旷观时局，寓情诗书：

KUANGGUAN SHIJU YUQING SHISHU

《不如痴斋诗草》研讨会论文集

邓稳·主编

巴蜀书社

序

一

就创作而言，诗的功用大略有“言志”“缘情”两种。“言志”重社会价值，大都与诗人的入仕相关；“缘情”重自我表现，又常与诗人的退隐相连。古代诗人往往徘徊于进退之间，诗歌的“言志”“缘情”又互为因果，因此诗歌鉴赏者用“以诗逆志”来评价诗人时，也有可能发生误会。唐玄宗因为孟浩然一句“不才明主弃”将其放还、宋仁宗也以“才子词人，自是白衣卿相”将柳永黜落，迫使诗人走上事功与诗艺相互背离的道路，由此印证了“诗穷而后工”的论断。

韩宝忠于庚子（1900）国难携家避居山西，随后四十年经历了妻离子散、宦海沉浮等众多苦难，最终逃避于诗歌、书法、宗教之中。观其一生，从1900年26岁写下“愿抛簪组换农蓑”（诗集第二首诗）开始，就一直在仕与隐中纠结，但与大多古代诗人一样，事功的追求始终是第一位的，只有仕途不得志以后才被迫在隐逸生活（诗歌、书法、宗教）中遨游。其隐逸期的诗歌也不时流露出幽怨、眷恋之情，从而倍增其诗歌思想内容的丰富性、复杂性。

古代没有职业诗人，诗除了用作科举考试的敲门砖外，确实是大多诗人坎坷人生中追求“幽居靡闷”的消极途径。但如果从“人的觉醒”角度来看，无论上述之诗的功能，还是古代所谓“立德”“立功”“立言”的三不朽伟业，皆有过分侧重人的社会价值的局限，而没有突出人之所以为人的独立价值。难能可贵的是，屈原、扬雄、陶渊明、苏轼等一批古代士大夫用文学、艺术等形式一次次在仕与隐的冲突中找到了实现各自人生价值的途径。而身处“三千年未有之大变局”中的韩宝忠及其艺术选择，在这一点上也将给我们很多启示。

二

自《不如痴斋诗草》稿本被发现，长江书院与恩师万光治先生便给予了特别的关注。万先生认为《不如痴斋诗草》的作者韩宝忠生活于晚清民国，其一生经历深刻地反映了中国传统知识分子在历史转型期的心路历程、社会实践与文学创作，故《不如痴斋诗草》对于研究中国近现代的社会史、文学史有重要的史料价值与认知价值。2020 年 12 月，《不如痴斋诗草》由巴蜀书社出版后，一方面，我们先后向从事相关诗学研究的学者以及收藏晚清民国诗集较多的图书馆邮寄该书；另一方面，我们也邀请相关学者撰写研究论文。2021 年 5 月 15 日，“《不如痴斋诗草》学术研讨会暨‘长江书院’揭牌仪式”正式召开，来自首都师范大学、上海大学、贵州大学、温州大学、西华师范大学、四川师范大学等高校三十余位学者通过撰文与发言，从各个方面对韩宝忠《不如痴斋诗草》的特点及价值进行了比较系统地阐述。又经过一年多的修改、编纂，终于汇成这本《旷观时局，寓情诗书：〈不如痴斋诗草〉研讨会论文集》。是书所选论文从三个方面肯定了韩宝忠及其诗集的价值。

第一部分为韩宝忠诗艺、书艺的探讨。“诗穷而后工”，感动人心的多是比较忧伤或闲适的诗歌，这一部分也是人性最真实、最自由的表达。书法无益于事功，特别是在废除科举以后，沉浸书法实为个体对艺术的纯粹探寻。“逸民适志，须凭诗酒养疏慵”，通过这部分的研讨，我们可以看出韩宝忠在“隐”的思想引领下其诗歌艺术、书法艺术的特点与成就。

第二部分主要探寻韩宝忠的吏治情况。韩宝忠出身于官宦世家，为吏作诗之初，又受到长辈华俊声“挟其聪明才力，出而问世”的劝勉，因而在其二十余年的吏治生涯中皆以古代循吏为榜样，最终赢得百姓的景仰——为其树立“永垂不朽”的政绩碑。古代的循吏思想一方面深深地影响了韩宝忠的社会实践，另一方面韩宝忠也用诗的形式将其比较全面地展现了出来。由此可知，读诗、作诗并无损于事功，韩宝忠终究未辜负长辈华俊声对他的期望。

第三部分为韩宝忠《不如痴斋诗草》的思想内容分析，尤以岁时、悼亡、唱和方面的研究为多。诗人大多敏感，生活中的一枝一叶乃至点滴感动皆可形诸于诗，虽有文弱之嫌，但却给阅读者留下无穷的探寻空间。这种艺术价值的永恒性是一般事功的影响力远远不及的。

三

通过《不如痴斋诗草》学术研讨会，我不但获得很多的收获与感动，而且发现了《不如痴斋诗草》整理中的一些文字讹误，现择要订正如下：

（1）原书第 2 页《白梅》第二首，“舔”应改作“添”。

（2）原书第 25 页《登西岳庙万寿阁观华山》，“一见山峰便倾倒”之“山”应改作“三”。

（3）原书第 105 页《瓶》，“長”应改作“辰”。

（4）原书第 129 页《余茀丞先生六十正寿征诗奉二律以祝》第二首，“蝦”应改作“睱”。

（5）原书第 172 页《端阳》，“撫”应改作“橅”。

（6）原书第 197 页《春思》“附原作”第四首，“誰”应改作“維”。

（7）原书第 214 页，“双□清娱知腕妙”，据本论文集所收向柱文先生论文考证，应补作：“双隗清娱知腕妙”。

（8）原书第 263 页《韩宝忠年谱简编》，“任东鹿县知事”之“東”应为“束”，但今所见韩宝忠撰书之《平遥赵公创办金井公司记》确实为“東”。原碑字迹模糊，可能是碑文重填者的误改。

本论文集的撰写者徐江先生指出了若干字的错误，向柱文先生不但补充了一个未识别之字，还论证了“火候”两字识读的合理性。凡此种种，深表感谢！

在《不如痴斋诗草》学术研讨会以及后来论文集的编校过程中，众多学者和有关人员都给予了大力支持。韩宝忠及其《不如痴斋诗草》研究的展开也得力于其后人对“忠厚传家久，诗书继世长”家风的传承。韩瑾先生为韩宝忠第四子韩文龙的次子，现为四川长江职业学院董事长，韩虎先生为韩宝忠重孙，现为四川长江职业学院校长，两人协同四川长江职业学院相关领导积极筹建了长江书院，对韩宝忠《不如痴斋诗草》的研究以及本论文集的出版给予了大量的物力、人力支持。在此，我们表示衷心的感谢！

壬寅仲秋邓稳于蓉城狮子山

目　录

韩宝忠与清末民初的渔洋诗风

上海大学　张宇超①

英国诗人艾略特（T. S. Eliot，1888－1965）在《传统与个人才能》中讲述了评价诗歌的一种方法："诗人，任何艺术的艺术家，谁也不能单独的具有他完全的意义。他的重要性以及我们对他的鉴赏就是鉴赏对他和已往诗人以及艺术家的关系。你不能把他单独的评价，你得把他放在前人之间来对照，来比较。"② 这种批评方法在中国古典文学批评中广泛地存在，并运用于古典诗歌的鉴赏之中。在这种方法的指引下，我们可以回到历史语境，切实体会诗人之心。阅读韩宝忠（1875－1939）《不如痴斋诗草》中的千余首诗作，可以感知到清初诗人王渔洋对其影响是最大的。

王渔洋（1634－1711）在清朝建立前十年出生，而影响力一直保持到清末，可以说是一位终清之世始终"存活"在诗坛的人物。不过他又是在饱受争议中发挥这种影响力的，因此情况比较复杂。尊渔洋与非渔洋（"非"有反对、不同二义），可谓是清代诗学的主线脉之一。清代诗学正式展开的起点在康熙时期，核心问题和独特视角都在康熙朝发生和确立，基本品格由此奠定，这些都与渔洋诗学紧密联系在一起。从渔洋去世之后的乾隆时期开始，对待渔洋诗学的态度既有负面批评，又有正面建设，而最终又以正面肯定持续至晚清。

---

① 张宇超（1986—），重庆人，文学博士，上海大学文学院副教授，研究方向为清代诗学。

② ［英］艾略特著，卞之琳、李赋宁等译：《传统与个人才能》，上海译文出版社 2012 年版，第 3 页。

后世对于渔洋诗学的接受在乾隆时期呈现得最为多样。王渔洋在康熙时期“代兴”钱谦益成为诗坛盟主①，充分吸收明代格调派的理论主张，倡导神韵诗风，成为时代最强音，但在康熙末年即遭到了强烈的质疑。对渔洋诗学或正面或反面的接受，成为乾隆时期诗学的一条主线。蒋寅先生也将渔洋诗学的命运作为乾隆时期诗学的一个重要标志②。一般认为渔洋诗学在乾嘉以后便“不闻继响”③，张健先生即以乾隆时期田同之《西圃诗说》、赵文哲《媕雅堂诗话》加以辨证④。从新出版的《清诗话全编·乾隆期》来看，对于渔洋诗学的讨论可以说俯拾皆是。如焦袁熹《此木轩论诗汇编》大贬《渔洋精华录》，逐一点评，半数为“扯淡”⑤。如此大规模的“恶评”渔洋诗，尚属罕见⑥。再如崔迈《尚友堂说诗》论诗主性情，而极诋王渔洋⑦。李重华《贞一斋诗说》（一名《玉洲诗话》）多驳渔洋神韵说，连及钟嵘《二十四诗品》、司空图《诗品》、严羽《沧浪诗话》，亦加以重贬⑧。具体而微者，如乔亿《杜诗义法》不满渔洋关于《冬狩行》“有鸟名鸲鹆”诸句，称之曰比，乔亿则曰“实获此鸟，非凭空结撰者”⑨。这仍然是从尚实、尚虚两种不同的看法而来。同样，朱宗大《杜诗识小》宗旨也大抵尚实，与其师乔亿之说杜同，而不满于渔洋⑩。与贬斥相对，乾隆时期还存在着大量对渔洋诗学的支持拥护者，而这些正是乾隆

---

① 郭兆麒在谈及牧斋、渔洋关系时，曾有士得一知己而不恨的感叹。参见郭兆麒：《梅崖诗话》，张寅彭编纂、刘奕点校：《清诗话全编·乾隆期》（第十一册），上海古籍出版社2020年版，第6490页。

② 蒋寅先生指出诗学史的理论问题都是在历时性的过程中展开，提倡清代诗学研究应该实现一种“进入过程”的诗学史研究。参见蒋寅：《清代诗学史》（第二卷），中国社会科学出版社2019年版，第36—43页。

③ 郭绍虞：《中国文学批评史》，上海古籍出版社1979年版，第522页。

④ 张健：《清代诗学研究》，北京大学出版社1999年版，第571—579页。

⑤ 丁晏曾过录焦袁熹评语，辛德勇教授购得丁晏批本，并将其视为丁氏批语。参见辛德勇：《丁晏批本〈渔洋山人精华录训纂〉》，收入《读书与藏书之间》，中华书局2005年版，第183—190页。

⑥ 周兴陆辑录数种《渔洋精华录》批点，其中最早的是乾隆二十年（1755）姜恭寿批本，焦本实早于姜本。见周兴陆编：《渔洋精华录汇评》，齐鲁书社2007年版，第585页。

⑦ 崔迈：《尚友堂说诗》，《清诗话全编·乾隆期》（第十册），第6045页。

⑧ 李重华：《贞一斋诗说》，《清诗话全编·乾隆期》（第一册），第470页。

⑨ 乔亿：《杜诗义法》卷下，《清诗话全编·乾隆期》（第二册），第1093页。

⑩ 朱宗大：《杜诗识小》，《清诗话全编·乾隆期》（第四册），第2337页。

诗学的新发现。田同之《西圃诗说》虽然标举乃祖田雯之说，但实际上通篇主微妙蕴蓄，重唐轻宋，又由宗唐因而对明诗致以恕词，引七子王世贞等为同调①。这些看法都是偏于渔洋诗学一路，而与山姜诗学稍有差别。雷国楫《龙山诗话》颇不以吴乔之说为然，而能识渔洋诗学之精微②。杨际昌《国朝诗话》以为盛世承平日久，诗风由变趋正，一代宗匠，终非王渔洋莫属③。更有甚者，郭兆麒《梅崖诗话》极力维护渔洋，乃至摘取赵执信《并门集》中一二诗句，以为同样是“无人”之作④。

与上述两类对渔洋或正或反的评价相较而言，有能更进一步，自出机杼者，这些诗话极大地扩展了乾隆时期诗学的话题。谢鸣盛《范金诗话》论及吴乔、赵执信之“诗中有人”说，认为“诗之中还须有我在”，因为“我有我之性情、我之学识、我之登览吟眺”⑤。改“人”作“我”成为“诗中有我”，一字之易，可以窥见乾隆盛世之下个体意识复萌的新气象。诗与诗论，抒情言志，自然是表现“我”的首当其冲之地。而此时袁枚提倡的性灵诗潮大兴，此一“我”字，正可以概括“性灵”实质。其后嘉、道诗话中盛行此种自我表现意识，皆不如谢氏表述正式⑥。谢氏的这一看法源自吴乔、赵执信与渔洋之间的论争，但终究又越出矩矱，得以自立门庭。书写自我的看法，在吴镇《松花庵诗话》中也得到了进一步的阐述：“今人作古诗，不患不古，而患不今，极今而自古矣。”⑦ 换而言之，这也就是乾隆诗坛“自我作古即独创”的自信新意识。

如此经过否定、肯定乃最终趋于稳定的评价，渔洋诗学在乾隆时期经历了复杂多变的接受状况。对于后世诗人而言，学习渔洋诗仍然是入门必

---

① 田同之：《西圃诗说》，《清诗话全编·乾隆期》（第一册），第 542 页。

② 雷国楫：《龙山诗话》卷二，《清诗话全编·乾隆期》（第八册），第 4619 页。

③ 杨际昌：《国朝诗话》卷一，《清诗话全编·乾隆期》（第四册），第 2017 页。

④ 郭兆麒：《梅崖诗话》，《清诗话全编·乾隆期》（第十一册），第 6482 页。

⑤ 谢鸣盛：《范金诗话》卷下，《清诗话全编·乾隆期》（第八册），第 4679 页。

⑥ 如成书于道光元年的蔡家琬《陶门诗话》亦有“作诗必有我在，诗情始活”之论，见《清诗话全编·乾隆期》（第十二册），第 6828 页。再如道光时盛大士《竹间诗话》卷三谓：“学明七子诗易落畳套。若诗中无我而专仗门面语，以为音节宏亮，则惑矣。或又多作感愤牢愁语，以为余法杜陵，则惑之甚者也！”则谓“诗中无我”。朱洪举、张宇超点校：《清道光朝诗话六种》，吉林大学出版社 2021 年版，第 315 页。

⑦ 吴镇：《松花庵诗话》卷一，《清诗话全编·乾隆期》（第六册），第 3237 页。

经之途，《渔洋精华录》也成为有清一代家弦户诵的诗歌读本。至晚清，以陈三立、沈曾植为代表诗人的同光体盛行诗坛。在这种推崇宋诗的诗坛风尚中，渔洋诗风是否盛行？这是一个值得探究的问题。韩宝忠《不如痴斋诗草》为我们提供了解释的可能。

《不如痴斋诗草》的整理者邓稳先生在讨论该书的成书缘由时，认为在庚子国难后，韩宝忠又遭家人至亲辞世之痛，从卷首怀念妻子的《悲遣》组诗第十八首的“好合翻成永别离，卧看牛女倍情痴”等句可以推知诗人编纂该书或许也有悼念亡妻之意①。从留存的诗歌来看，韩宝忠在庚子国难的大背景下开始有意识地写作，更多地表现了在时代漩涡中普通士人的生活图景。悼亡诗便是其用心之作，而这些悼亡诗其实受到了渔洋诗风的影响。

悼亡诗是中国古典诗歌的传统书写内容，在唐代元稹等诗人笔下正式成熟，体式格调大致完备。清代诗人中悼亡诗写作最出色者是王渔洋。渔洋一生中三次悼亡，一赋张宜人，二赋陈孺人，三赋张孺人，写下了数量众多的悼亡诗歌②。渔洋最擅长七绝，他以七言绝句写作悼亡诗，一改前人集中而笼统的写法，将悼亡之情化整为零，展现出丰富多彩的日常生活点滴。渔洋通过七绝多章组诗的形式空前扩大了悼亡诗的容量，丰富了悼亡诗的艺术表现力，成为悼亡诗写作史上的一座里程碑③。

就第一次悼亡张宜人而言，渔洋一共写了 36 首七绝，今存 35 首，编于康熙十六年的《丁巳稿》卷首，题作《悼亡诗三十五首》。日本学者三枝茂人认为这组诗歌内容上具有完整的构思。第一首为总述，第二首至第十一首回忆妻子生前，第十二首至第十六首追悼年来家中其他人的凋丧，第十七首至第二十九首写季节的推移，第三十首至第三十五首以佛教观念自解④。如此详尽地描写悼亡内容，较之传统写法有了很大的突破。但正

---

① 韩宝忠撰，邓稳整理：《不如痴斋诗草·前言》，巴蜀书社 2020 年版，第 5 页。

② 王利民：《王士禛诗歌研究》，中华书局 2007 年版，第 123 页。

③ 蒋寅：《论王渔洋悼亡诗》，《苏州大学学报（哲学社会科学版）》2010 年第 4 期。

④ 三枝茂人：《关于王渔洋的悼亡诗三十五首》（《王漁洋の悼亡詩三十五首について》），《名古屋外国语大学纪要》1991 年第 4 期。

如渔洋诗歌一贯写法一样，看似典雅的语辞中仍是大量使用了前人典故、成句，依赖书卷作敷衍，因此三枝茂人认为王渔洋这组悼亡诗的情感表现较为淡薄，可能与“神韵”诗艺有关。其实，乾隆时袁枚就已经指出这一弊端：“阮亭之悼亡妻，浮言满纸，词太文而意转隐故也。”① 雕琢字句，追求“爱好”，多造成“不切”之感，这是渔洋诗歌的通病，也成为乾隆时期“非渔洋”的核心话题。但渔洋对于悼亡诗体式的展拓之功，后人也是能够体认的。陈衍就明确表示：“语云‘欢娱难工，愁苦易好’，而悼亡诗工者甚鲜。王阮亭、尤西堂不过尔尔，则以此种诗贵真，而妇女之行多庸庸无奇。潘令元相所已言，几不能出其范围也。”② 总体而言，渔洋悼亡诗在清代独树一帜，后世效仿者甚多。

《不如痴斋诗草》的悼亡诗主要集中在前三年，庚子《悲遣》二十首、《重遣四首》，辛丑《哭内》等，其中尤以七言绝句《悲遣》二十首组诗最能体现出渔洋诗风的影响。

第一首至第五首总述。先写“红丝双绾到羊家”③（其一）出嫁时的喜庆，“深情密誓惟偕老，何向西风解六珈”（其一）化用《诗经·鄘风·君子偕老》④ 诗句形容爱妻的华丽服饰与姣好容颜。但“偕老”的誓言不久便“一曲霓裳谱未终”（其二），“比翼齐飞”（其三）也成为奢望，只留下诗人独自月下“垂泪”（其四）。“连理枝头灼灼红，桃华海上笑春风”（其五），枝头鲜花盛开，仿佛在沪上完婚时妻子的美丽笑靥，但这一切都“任付零脂剩粉中”（其五）。第六首至第十三首乃是回忆日常生活中的点滴琐事。“最是香初茶半候，细研花露写唐诗”（其六），一同品香茗读唐诗。“一掬湘江斑竹泪，墨图空自泣梅花”（其八），妻子善画墨梅。“石头絮语真成梦，无复聪明善起予”（其九），妻子喜说《红楼梦》以排闷，常与诗人交谈。“椿堂侍疾不成眠，捧腹床前勉药煎”（其十），在父亲病

① 袁枚：《随园诗话》卷一四，《清诗话全编·乾隆期》（第七册），第 4286 页。

② 陈衍：《石遗室诗话》卷一〇，张寅彭编《民国诗话丛编》（第一册），上海书店出版社 2002 年版，第 148 页。

③ 韩宝忠撰，邓稳整理：《不如痴斋诗草》，巴蜀书社 2020 年版，第 3 页。本论文集所引韩宝忠及其唱和诗作皆出于此书，下不另注。

④ 毛亨传，郑玄笺，陆德明音义，孔祥军点校：《毛诗传笺》，中华书局 2020 年版，第 67—69 页。

中侍奉汤药，“宜家宜室枉劳辛”（其十一）。“寝床屡赋本劳形，金线频年压不停”（其十三），操持家中事务殚精竭虑。第十四首至第二十首则以梦境为主，似梦非梦中展现对妻子的思念。“梦里依然笑语同，欢娱觉后总成空”（其十四）、“睡乡无意觅温柔，逝水光阴又到秋”（其十五）、“锦衾角枕合欢床，十载情难一刻忘”（其十六）、“夜台何处访音容，数罢更声又晓钟”（其十九），终究是“人间信是相思苦，苦煞相思无尽期”（其十八）。最后一首“蝴蝶有情终是梦，鸳鸯无匹不成春。美人黄土寻常事，看取莲花证夙因”，将美人早逝归于平常之事，从而寻求佛教的解脱，采用了渔洋组诗中的收束形式。

与王渔洋相比，韩宝忠的悼亡诗承继了七绝组诗的形式，用语切实，内容详实真挚。韩诗多沿用《诗经》中的常见典故，又多设定在黄昏、夜晚这种最容易动情之时。整个组诗的写作脉络也比较明晰，感情逐渐推进。这种日常生活的细微描写，让读者有更多的身临其境之感。朴实真切，这是韩宝忠悼亡诗较之渔洋“词文意隐”最突出之处。这种诗歌的真实书写，正是乾隆时期广泛批评、改造渔洋诗风之后所形成的，韩诗继承了这样的写作方式。

西方文化微观史学家主张通过历史资料的重新挖掘与整理，运用大量细节的描述从而分析重建微观化的个人、家族或社群，发现精英与大众在历史中的相互关系①。《不如痴斋诗草》正是为我们提供了晚清民国时期文学创作、社会文化等问题的新材料。通过诗人韩宝忠与各种人群、不同地域与社会背景等诸多方面的细致考察，对晚清民国时期诗学进行微观化的分析，可以展现出具有多种样相的诗坛实景。与此同时，西方史学又逐渐地纠正新文化史所导致的“碎片化”倾向，反对短期主义，提倡长时段的整体性②。在清代诗学中，对于王渔洋的接受问题当然是贯穿整个时段的一条主线脉，这条线脉在乾隆时期逐渐明晰并得以持久稳定至晚清民国。韩宝忠的诗歌正是在这条主线脉上给予其恰当的诗学定位。再如，从诗歌

① 周兵：《新文化史：历史学的“文化转向”》，复旦大学出版社 2012 年版，第 89 页。

② ［法］弗朗索瓦·多斯著，马胜利译：《碎片化的历史学：从〈年鉴〉到“新史学”》，北京大学出版社 2008 年版，第Ⅴ－Ⅵ页。

体式来看，韩宝忠诗歌除少数几篇古诗外，几乎全是律诗，而且多是七律。这也正符合清代诗学大家评判的标准，张问陶即以擅长七律而名著乾隆诗坛。另一体则是发展最晚的七言古诗①，韩宝忠亦有《佛洗曲》记录辛先生宠姬张佛洗之事，亦是承继了梅村体长于“纪事”而来。清代是传统社会的最后一个时期，梅村体横贯其时，当之无愧地成为吾国叙事诗的主型，其成就令人叹为观止，韩宝忠亦在此一脉路。

① 从《秋柳步樊山韵四首》可知韩宝忠与樊增祥之交游，而樊山以前、后《彩云曲》为代表，乃“梅村体”之殿军。

取法多师　融古出新

——韩宝忠诗歌创作特色论析

徐　江　田　静[1]

韩宝忠（1875—1939），字剑芝，安徽望江人，清末民初的诗人、书法家。有诗集《不如痴斋诗草》存世，存诗千余首，为我们了解异代背景下的诗人经历及感受提供了丰富的文本。在清代宗唐还是宗宋的诗歌潮流中，与韩剑芝同时而影响较大的主要是以陈衍、沈曾植、郑孝胥等为代表的宋诗派，但细味韩剑芝之诗，可看出他并未受到时代诗潮的影响，具有明显的宗法唐人的特点。那么，韩诗之“寝馈三唐”[2] 在具体的字法、句法、篇法等方面有怎样的体现？作为其学习唐诗之阶的又可能是什么样的书籍？其宗唐的原因何在？探究这些问题，可以丰富清末民初诗人的个案研究，加深对当时诗坛的认识，又可看出在宋诗派之外，唐诗对诗坛创作的影响，为诗歌的研究和创作提供有益的借鉴。

一、熔裁警句出新诗：韩宝忠诗寝馈三唐的表现

韩宝忠诗之“寝馈三唐”，当时已有评价。但是，韩宝忠学唐的具体表现，目前尚未有深入的探究，细读其诗，可知他的学唐，在字法、句法、篇法上都有丰富的表现。而且他的这种创作倾向已经足以成为较为鲜明的特色。总体说来，韩宝忠对唐人诗歌的学习体现在以下三个方面：

---

① 徐江（1991—），四川宜宾人，四川师范大学巴蜀文化研究中心助理研究员，研究方向为词曲学；田静（1996—），四川泸州人，四川师范大学文学院 2020 级硕士研究生。

② 韩宝忠撰，邓稳整理：《不如痴斋诗草》，巴蜀书社 2020 年版，第 2 页。

第一，拾其藻汇。韩宝忠之诗何以能够给人一种貌似唐诗的感受呢？其中最主要的原因就是他特别注意取用唐人诗中的词汇入句，而且这在其创作中并非偶一为之，而是具有鲜明倾向的行为。比如其《送别内兄陈鼎臣》写的本来是“廿载结朱陈，从未谋一面”的两个人，在乱离之中突然见到时，他的表兄陈鼎臣并不知其妻已殁的事情，因而韩诗中有“怪我避干戈，何为不携眷”之句，这当然是当时的实景。但是，只要将此诗与杜甫《羌村》诗对读，就很难说杜甫对他没有影响。尤其是当经历乱离的杜甫回到羌村时那句“妻孥怪我在，惊定还拭泪”①，两处“怪我”，一怪其在，一怪其不在，若不是熟悉杜诗，怎会运用得如此自如。此类例甚多，有的是取其词汇，有的是用其成句，有的是改自前人：

1.《同友人闻喜遇雪》“九月西山雪，长途增暮寒”。——祖咏《终南望余雪》“城中增暮寒”②。

2.《题美人梧桐月画扇》“独立黄昏悄无语”。——白居易《紫薇花》“独坐黄昏谁是伴”③。

3.《李肖峰乡丈因谏去官赋诗二律留别京友爰步原韵以和》“宣南遥指谪仙居，笔底词源倒峡如”。——杜甫《醉歌行》“词源倒流三峡水，笔阵独扫千人军”④。

4.《触怀》“自典朝衣当酒钱”。——杜甫《曲江》“朝回日日典春衣，每日江头尽醉归”⑤。

5.《耕》“馌妇炊藜黍，欢争饷陌阡”。——王维《积雨辋川庄作》“积雨空林烟火迟，蒸藜炊黍饷东菑”⑥。

6.《秋色》“板桥人迹五更霜”。——温庭筠《商山早行》“鸡声

---

① 杜甫著，杨伦笺注：《杜诗镜铨》（上册），上海古籍出版社 1980 年版，第 158 页。
② 《全唐诗》（第四册），中华书局 1979 年版，第 1337 页。
③ 白居易撰，谢思炜校注：《白居易诗集校注》（第四册），中华书局 2006 年版，第 1516 页。
④ 杜甫著，杨伦笺注：《杜诗镜铨》，第 62 页。
⑤ 杜甫著，杨伦笺注：《杜诗镜铨》，第 181 页。
⑥ 王维撰，陈铁民校注：《王维集校注》（第二册），中华书局 1997 年版，第 444 页。

茅店月，人迹板桥霜”①。

7.《吴平甫以魏寿岭韵赠诗志别并索和》“野火难消原上草”。——白居易《赋得古原草送别》“离离原上草，一岁一枯荣。野火烧不尽，春风吹又生”②。

8.《雨后》“西山新雨后”。——王维《山居秋暝》“空山新雨后”③。

9.《顾华伯复以〈春兴〉叠前韵见赠仍步以和》“梅红柳绿渡江春”。——杜审言《和晋陵陆丞早春游望》“梅柳渡江春”④。

10.《顾华伯复以〈春兴〉叠前韵见赠仍步以和》“流水高山自成调，清风明月不论钱”。——李白《襄阳歌》“清风朗月不用一钱买”⑤。

11.《春思》“何时樽酒细论文”。——杜甫《春日忆李白》“何时一尊酒，重与细论文”⑥。

12.《和白笑莲校书四律元韵》“奈何梦雨常飘瓦，浑似惊波不系舟”。——李义山《重过圣女祠》“一春梦雨常飘瓦”⑦。

13.《初秋感怀》“优游漫读安仁赋，摇落将成宋玉悲”。——杜甫《咏怀古迹五首》（其二）“摇落深知宋玉悲”⑧。

第二，学其句式。韩宝忠除了直接拾掇前人诗句中的藻汇以外，还往往法前人诗之句式：

1.《八仙庵看牡丹》“可怜深碧复深黄”。——杜甫《江畔独步寻

① 刘学锴撰：《温庭筠全集校注》，中华书局2007年版，第650页。
② 白居易撰，谢思炜校注：《白居易诗集校注》（第三册），第1042页。
③ 王维撰，陈铁民校注：《王维集校注》（第二册），第451页。
④ 《全唐诗》（第三册），第734页。
⑤ 李白著，王琦注：《李太白全集》，中华书局1999年版，第371页。
⑥ 杜甫著，杨伦笺注：《杜诗镜铨》（上册），第32页。
⑦ 李商隐著，冯浩笺注：《玉溪生诗集笺注》（上册），第369页。
⑧ 杜甫著，杨伦笺注：《杜诗镜铨》（下册），第651页。

花七绝句》“可爱深红爱浅红”①。

2.《顾华伯复以〈春兴〉叠前韵见赠仍步以和》“推敲神妙是吾师”。——杜甫《咏怀古迹五首》（其二）“风流儒雅亦吾师”②。

3.《春雨》“渭北青新杨柳色，江南红遍杏花娇”。——杜甫“渭北春天树，江东日暮云”③。

4.《寿陈牧青七十双庆》“古稀无病复何求”。——杜甫《江村》“微躯此外更何求”④。

5.《悲遣》“苦煞相思无尽期”。——白居易《长恨歌》“此恨绵绵无绝期”⑤。

6.《长征》“多情最是长堤柳”。——韦庄《台城》“无情最是台城柳”⑥。

7.《过分水岭遇风》“乱石咽寒流”。——王维《过香积寺》“泉声咽危石”⑦。

这些诗句，不仅句式相似，意思也往往与原诗接近，很容易见出其中的痕迹。作者既不讳直用前人诗句，同时借前人之成句略加改造以就己。

第三，仿其篇法。韩诗仿前人篇法处，从一些题目便已足见端倪。比如其《悲遣》组诗 20 首，作于庚子年。当时义和团乱起，作者携家避乱，途中不过十余日，妻子便“染时疫而终”，因为是在路途之上，只得草草葬之。作者悲伤之极，写下这一组悼亡诗。题目《悲遣》，很容易使人想到元稹悼亡诗《遣悲怀》。诗句如“嫁时钗钏何心检，任付零脂剩粉中”，虽然未必就直接化自元稹诗之“衣裳已施行看尽，针线犹存未忍开”⑧，但是因为爱人已逝，不忍去查检其故物则是一致的。

---

① 杜甫著，杨伦笺注：《杜诗镜铨》（上册），第 355 页。
② 杜甫著，杨伦笺注：《杜诗镜铨》（下册），第 651 页。
③ 杜甫著，杨伦笺注：《杜诗镜铨》（上册），第 32 页。
④ 杜甫著，杨伦笺注：《杜诗镜铨》（上册），第 320 页。
⑤ 白居易撰，谢思炜校注：《白居易诗集校注》（第三册），第 944 页。
⑥ 《全唐诗》（第二十册），第 8021 页。
⑦ 王维撰，陈铁民校注：《王维集校注》（第二册），第 594 页。
⑧ 元稹撰，冀勤点校：《元稹集》（上册），中华书局 1982 年版，第 98 页。

另外，如《早雨》诗仿李商隐之《无题》诗：

孤灯残梦小楼东，一线微凉罗幕通。隔树乱呼鸠妇雨，卷帘香送鼠姑风。马蹄渐觉游踪懒，鸡肋方知宦味同。且喜衙斋消夏好，海棠飞雪牡丹红。

昨夜星辰昨夜风，画楼西畔桂堂东。身无彩凤双飞翼，心有灵犀一点通。隔座送钩春酒暖，分曹射覆蜡灯红。嗟余听鼓应官去，走马兰台类转蓬①。（李商隐《无题》）

再如，《除夜》诗仿刘禹锡《酬乐大扬州初逢席上见赠》：

严寒酷暑惊来复，六十三年备历身。往迹怕谈游宦地，潜居且作忏修人。屠苏醉里千门晓，爆竹声中万象春。尚有群书供啸傲，不教俗虑损精神。

巴山楚水凄凉地，二十三年弃置身。怀旧空吟闻笛赋，到乡翻似烂柯人。沉舟侧畔千帆过，病树前头万木春。今日听君歌一曲，暂凭杯酒长精神②。（刘禹锡《酬乐天扬州初逢席上见赠》）

以上两首诗都是很容易见到模拟痕迹的。首先从题目来看，《早雨》诗并没有很好地概括其全篇之意旨，是以虽有题，却近乎“无题”。《除夜》诗不言赠谁，其实是自赠。《酬乐天扬州初逢席上见赠》也是写自身感遇以酬答他人所赠的。其次，韩宝忠所作之诗与仿写之诗，所用韵部相同。像《除夜》诗作者虽未明言，实际却是次韵刘禹锡原作而为的作品。因为是仿作，所以从字法、句法到篇章布局，都深受原作影响。比如李

① 李商隐著，冯浩笺注：《玉溪生诗集笺注》，上海古籍出版社 1979 年版，第 133 页。

② 刘禹锡著，瞿蜕园笺证：《刘禹锡集笺证》，上海古籍出版社 1989 年版，第 1047 页。

诗“桂堂东”[①]，韩诗则曰“小楼东”；刘诗谓“万木春”“长精神”[②]，韩诗则曰“万象春”“损精神”；李诗有句谓“分曹射覆蜡灯红”[③]，韩诗云“海棠飞雪牡丹红”。刘诗谓“怀旧空吟闻笛赋，到乡翻似烂柯人”[④]，韩诗云“往迹怕谈游宦地，潜居且作忏修人”。从意境上来说，《早雨》与《无题》诗都写到发生事情之处所，值得留恋之事与景，令人疲倦的宦味。《除夜》诗与《酬乐天扬州初逢席上见赠》均有对经历之回顾，目前之感慨，他日之期待，都有聊以振作精神之物。这些仿作，因为痕迹很分明，容易看得出。但是，正是因为有了这些模仿作为基础，在其窥得堂奥后，其幻化入神处，就正是得唐人三昧处。

二、转益多师是其师：韩宝忠对唐诗的接受路径探究

韩宝忠所宗法诗人的特点，在于所仿的人并不限定在一二人当中，取法极为广阔。总的来说，前人所谓“诗宗李杜浑无迹”[⑤]中“无迹”虽未免过誉，但是要说李、杜是其主要的取法对象，则属可信。从对《不如痴斋诗草》的阅读与比较来看，他对杜诗的学习深入到了各个方面。字法、句法、篇章皆有学习，因而有些作品也就写得类乎老杜。比如他的《登慈恩寺浮图》诗：

> 矗立逼诸天，题名不计年。云霞横足底，星斗列胸前。远树密于发，晴山小似拳。铃声触深醒，参彻上乘禅。

杜甫有《同诸公登慈恩寺塔》诗，与杜甫同赋的当时有高适、薛据等人。韩诗首句直陈其高则说“矗立逼诸天”，而杜诗谓“高标跨苍穹”[⑥]；韩诗为状其高则云“云霞横足底，星斗列胸前”，而杜诗亦有“七星在北

---

① 李商隐著，冯浩笺注：《玉溪生诗集笺注》（上册），第 133 页。
② 刘禹锡著，瞿蜕园笺证：《刘禹锡集笺证》，第 1047 页。
③ 李商隐著，冯浩笺注：《玉溪生诗集笺注》（上册），第 133 页。
④ 刘禹锡著，瞿蜕园笺证：《刘禹锡集笺证》，第 1047 页。
⑤ 韩宝忠撰，邓稳整理：《不如痴斋诗草》，第 59 页。
⑥ 杜甫著，杨伦笺注：《杜诗镜铨》（上册），第 35 页。

户，河汉声西流”① 之句，这些影响都是看得见的。因此，韩诗如《秋声》等诗就颇类杜甫：

> 万家砧杵客思乡，落木萧萧九月霜。枫叶江头惊断雁，豆花篱畔伏啼螀。风摧败草三间屋，雨战残荷半亩塘。堪乐读书宵漏永，狂挥赋笔续欧阳。

此诗描写秋天的各类声音：砧杵声、落叶声、断雁声、啼螀声、风吹茅屋声、雨打残荷声，起首二句仍有杜诗的影子，其他诸句则写出一篇萧瑟之感来。不过，与杜甫不同的是，韩宝忠的诗并没有任由悲伤的情绪凝结，形成沉郁顿挫的腔调，而是以“堪乐读书宵漏永”作结，能于乐中欣赏一派秋景，突破“秋士易感”之传统。这个地方其实牵涉到韩宝忠诗歌风格转向的问题。韩宝忠早年经庚子之难后的作品，确实感怆伤悲颇类杜甫之乱离诗，但是待其获得官位、生活安定之后，诗风也为之一变，多是一派祥和安乐的气韵。这也与华俊声对他的谆谆教诲有关：

> 诗以道性情。杜少陵号为诗圣，然其感喟忧思之作，后人学之，往往致无病而呻之诮……辛丑仲冬，由陕归来，抑郁无聊，出诗一卷，嘱余披览。举所历名区胜迹，托诸歌咏，其感怀悼亡诸作，忧伤憔悴，情见乎词。知其致力于诗者深矣。虽然，剑芝年力正强，若因境遇偶乖，少损其英锐之气，甚非余之所以望剑芝也。值此时事多艰，乱极思治。挟其聪明才力，出而问世，未必无补于时。昔庐陵论诗，谓穷而后工。慎毋徒工于章句之末，致同诗人之穷愁措大，庶不负余之望焉②。

华俊声期待他能够挟其智谋，展其聪明，不要因为偶然的境遇，损害

---

① 杜甫著，杨伦笺注：《杜诗镜铨》（上册），第 35 页。

② 韩宝忠撰，邓稳整理：《不如痴斋诗草·序》，第 1—2 页。

了英锐之气。事实上，他也是这样做的。因此，其诗歌虽然多有对杜甫的学习，但就其整体诗歌风格来看，与老杜并不相类。

除了杜甫之外，李商隐也是他学习的对象，不过也未成为其诗歌的主流风格。我们来看一首韩宝忠作的《游仙》诗：

学参丹篆术千年，肩拍洪崖欲上天。承露茎高青鸟集，餐霞书秘白鱼传。偷奔月殿姮娥悔，贪炼河车姹女怜。不是桃花误刘阮，胡麻争得两欣然。

这首诗用到了很多道家典籍中的术语，而且像“肩拍洪崖欲上天”使人想到李义山《碧城》诗中之“莫见洪崖又拍肩”①，“偷奔月殿姮娥悔”则显然是化自李义山《嫦娥》诗中的句子。有了这些基础，再加上整首诗歌构建出的意味，使得它在风格上略显朦胧，近于李义山之作。

但是，除了李杜之外。就目前集中所见者而言，韩宝忠的模仿还涉及很多唐代的诗人。包括：元稹、白居易、韦庄、王昌龄、薛逢、刘禹锡、祖咏、王维、柳宗元、温庭筠、杜牧、李白、李贺、杜审言、常建、戎昱等人，这一串名单跨度大、人物众多，而且在韩宝忠的诗集当中都有具体的作品可以考索，这就导致他并未专主一家而又寝馈三唐的诗歌特点。既然韩宝忠没有专主一家，那么他的诗法路径究竟是什么呢？从其诗集杂取众多诗人的作品这一特点来看，他显然是从一个唐诗选本进入的。前人在探讨诗歌取法时，多有两种路径可供采择，第一是先博观然后就性之所好选读专集；第二是先读专集再就情之所嗜，选读更多专集，久之融化其中，自成一家。韩宝忠显然仿效的是前者。

那么，这一选集究竟是哪一种集子呢？从韩宝忠的诗句所模仿的那些诗篇来看，这个选集极有可能就是最为流行的唐诗选本《唐诗三百首》，何以见得呢？我们略为整理一下，除了杜甫诗作已被韩宝忠化用外，其他被化用的《唐诗三百首》诗歌大略有以下一些：

① 李商隐著，冯浩笺注：《玉溪生诗集笺注》（下册），第570页。

五言律诗：杜审言《和晋陵陆丞早春游望》，白居易《草》，王维《过香积寺》《山居秋暝》，常建《题破山寺后禅院》。

七言律诗：李商隐《无题》（昨夜星辰昨夜风）（来是空言去绝踪）《春雨》，薛逢《宫词》，元稹《遣悲怀》、王维《积雨辋川庄作》。

七言古诗：白居易《长恨歌》，柳宗元《渔翁》，李白《庐山谣寄卢侍御虚舟》。

五言绝句：祖咏《终南望余雪》。

七言绝句：王昌龄《芙蓉楼送辛渐》，韦庄《金陵图》，刘禹锡《乌衣巷》，李商隐《嫦娥》，无名氏《杂诗》。

而这些几乎是他借用成句、仿照句式的全部作品。另外，我们看他早期的集唐诗，似乎也能说明这个问题，以其《送赵允卿之蜀》为例：

客去波平槛（李商隐《凉思》），凝情自悄然（杜牧《旅宿》）。举头望明月（李白《静夜思》），散步咏凉天（韦应物《秋夜寄邱员外》）。迢递三巴路（崔涂《除夜有作》），分为两地泉（沈佺期《陇头水》）。乡心正无限（赵嘏《寒塘》），归雁洛阳边（王湾《次北固山下》）。

此诗共用了8位唐人的8首作品，而其中6首均可见于《唐诗三百首》中。而且《唐诗三百首》中之五言律诗类下，杜牧的《旅宿》是其唯一入选的诗篇；五言绝句类下，韦应物的《秋夜寄邱员外》是其唯一入选的绝句，若说纯是巧合，岂能如此？这些都表明他曾经对这个大众选本下过功夫，也说明韩宝忠以唐为宗是可信的。

当然，韩宝忠并非除唐人之作外皆束而不观。就其集中诗作而言，如“安贫吾自爱吾庐”是仿自陶渊明《读山海经》；“正是江南春信早，驿程先寄一枝来”化自陆凯《赠范晔诗》；“一样窗前好明月，团圆不与旧时同”化自杜耒《寒夜》诗；“自公退食无余事，闲看儿童学体操”是模仿杨万里《闲居初夏午睡起》；“修到梅花是几生”仿谢枋得《武夷山中》

诗；另外，他也对一些诗集表现出兴趣，比如他说“苍颜但忆长公诗”是指苏轼及其诗集；“《疑云》《疑雨》续次回”则是指王彦泓。他对陆游的诗也体现出自己的偏好，曾说“画许参瓯北，吟偏契剑南”，而他也确实有取法陆游处，我们看他的《暮春杂咏》诗所谓“听余一夜催花雨，街巷争呼石首来”，就是从陆游名作《临安春雨初霁》脱化而来。而其《新年感作》诗还以陆游“世味年来薄似纱”句作辘轳体组诗五首。另外，集中次韵王渔洋《秋柳》诗的作品也不少。种种迹象表明，韩诗取法极为广泛，既不专主一家，也不专于一代。但是总体来说，韩宝忠的诗歌以宗法唐人为主，以经典的唐诗选本为基础。

三、细研花露写唐诗：韩宝忠诗歌宗法唐诗的原因探析

韩宝忠诗歌的宗法问题，时人就有评价。其姻弟姜浩谓：“伏读一通，意味隽永，知寝馈于三唐者深矣。”[①] 此“寝馈三唐”四字虽极为简略，但通读《不如痴斋诗草》全集，当觉此论为确。那么，是什么原因使得他对唐诗如此熟悉，并主要以唐诗为法呢？这与他的性情和阅读偏好有关。

第一，尊崇唐诗。从其诗歌创作中在字法、句法、篇法等多角度、全方位的模仿学习，可以看出他对唐诗的热爱及尊崇唐诗的总体倾向。其《悲遣》诗曾以十分细腻的文笔写下他与亡妻相知相爱的雅趣，谓“一生心事两心知，剪烛难忘对坐时。最是香初茶半候，细研花露写唐诗”，这一场景，可比之赵明诚与李清照间“赌书消得泼茶香”那种生活情味，而这一极具画面感的场景更是表现出了平时的阅读偏好。因为读唐尊唐，所以学唐，兴趣爱好当是其学习唐诗的先决条件。

第二，韩宝忠的性情。韩宝忠个性较为率直，他的诗歌在论及为官时曾谓“愧予来宰先生里，自信惟能不爱钱”（《题王明府先生松坪遗照》）、“人经作客方知苦，我亦为官总是贫”（《去沁任赴省感作》），可见他与一般官吏存有区别；更为重要的是他是一个极为率性的性情中人，观其诗有“水性炎凉观世变，云情出没任天机”（《和朱逸馨〈温冷二泉〉元

① 韩宝忠撰，邓稳整理：《不如痴斋诗草·序》，第2页。

韵》）之句，其风度可想。他也表示出对真性情的欣赏，谓“乔松冬岭何苍秀，腊尾春头见性真”（《和顾晴笙〈六旬自述〉元韵》），又说“绚烂时光容易过，岁寒始见性情真”；在其《六十自述口占》中他写下“一家相率性情真，自有天伦乐趣深。茹苦儿郎能向学，要知遗德胜遗金”之句，而此诗也成为其家相传的家训。因此，讲求真性情，是其性格中一个重要的特质。

他的真性情，并非仅是自许，时人张云楼读其集后就盛赞其人品及诗才，谓“自从座上识荆州，率性应推第一流”，应该是发自内心的折服于其人品，以至于要说“近代风骚久无主，门墙可许拜先生”的话，也正是他评论韩宝忠的诗是“诗宗李杜浑无迹”①。而杜甫本来也是一个推崇真性情的诗人，他在诗中曾说“由来意气合，直取性情真”。因其性情之近，取法唐诗之真，是他选择唐诗的内在因素。

第三，前两者是他选择唐诗作为学习榜样的原因，但是他何以要在字法、句法、篇法等方面模拟唐人之作呢？这与其精于书法存有一定关系。临书的道理与临诗的道理，颇有相通之处。明人谢榛在论及作诗时曾说：

> 学诗者当如临字之法，若子美“日出篱东水”，则曰“月堕竹西峰”；若“云生舍北泥”，则曰“云起屋西山”。久而入悟，不假临矣②。

韩宝忠既是书法名家，当然也明白临诗如临字的道理，故而集中多有模仿。值得注意的是，一般诗人初学，集中有一些模拟之作，并不令人觉得奇怪。但是，因为韩宝忠的诗集已编年保存，在他晚年的诗作中仍然存有部分模拟之作，这说明他是把模拟之法当成诗歌创作方法来运用的。

在诗人林立的清末民初，韩宝忠显然也还并未跻身于一流作者之中。虽然可以看到当时结社创作的风气，彰显诗国的文化底蕴，但是来往唱和

---

① 韩宝忠撰，邓稳整理：《不如痴斋诗草》，第 59 页。

② 谢榛：《诗家直说》，《明代论著丛刊：四溟山人全集》（下册），台湾伟文图书出版社 1976 年版，第 1187 页。

的作者也缺少具备一流影响力的人物。不过，也正由于此，他在近四十年时间中创作的千余首诗作具有较强的参考价值。他的创作体现以下几点启示：

第一，唐诗拥有强大的生命力，当一般人想进行诗歌创作之时，它仍然是学习的首选。韩宝忠的创作还同时说明一个经典选本对一般诗人的深刻影响，通过以上探究，笔者认为韩宝忠对当时最为流行的唐诗普及型选本——《唐诗三百首》有所学习，而且这成为他诗歌写作的基础。韩宝忠是如此，其他大量的一般创作者也未尝不是如此，在诗坛主流之外，唐诗经典的影响是深刻而广泛的。

第二，由模拟而入，是诗歌创作的正法。何以韩宝忠诗歌给人以学习唐诗的印象？细究之下，可以见出他在字法、句法、篇法等方面作出的努力，而这构成了其诗歌风格的基础。因此，要想创作诗歌，并得其神貌，模拟的环节必不可缺。

第三，博观约取，自成一家面目。韩宝忠的诗虽然以唐诗为主要取法对象，但是对其他的诗歌也有参考。这与他的性情之说是有关系的，因为诗以道性情，重要的是“性情”，而其他的技巧、风格都主要是为了表达这一真性情而服务的。甚至于他在诗中直接用前人的成句，或者对前人句式略加改造就加以使用，这都是表达性情的观念使然。总体来说，韩宝忠诗歌的创作不仅展现了当时诗坛学唐的风貌，更为一般作者学诗提供了很好的示范。

从模仿到自如：韩宝忠的诗歌艺术特征及其流变
——兼论《不如痴斋诗草》“寝馈三唐”说

雷　琪[①]

韩宝忠的诗歌创作经历了从模拟唐人到开合自如的转变。深情沉郁、哀婉感伤是其前期最具艺术感染力的诗歌风格。韩氏加入了著湑吟社、梁园诗社、稊园诗社等社团，有大量应题之作。诗社同仁往往有着相似的诗学观念，诗歌题材多以咏物抒怀为主，诗歌体裁以绝句、律诗为主，且多限定诗韵，这在一定程度上影响了韩氏的诗歌艺术风格的转变。韩氏后期的诗歌，内容上吸收了许多具有时代特色的新式词汇与意象，艺术风格上，复归于平静闲适。拙文所讨论的即是韩氏后期最具代表性的诗歌艺术特征及其转变。

一、师法三唐：诗宗义山　感伤悼亡

据该书《前言》，可以看出《不如痴斋诗草》的成书，颇为复杂[②]。该书由韩宝忠以书法的表达形式手著而成。第一册主要编录了庚子（1900）到癸亥（1901）年间的诗作。第二册则收录了甲子（1924）到庚午（1930）年间的诗歌作品。第三册收录了辛未（1931）至己卯（1939）年间的诗歌。韩氏在第一册作品收选完成之后，或有意让他人对其诗进行评点，因此第一册的序文、眉批与笺注，为我们探究韩氏诗学追求提供了重

---

① 雷琪（1995—），四川通江人，西北师范大学中国古代文学专业2021级博士研究生，研究方向为中国古代文学与文献。

② 韩宝忠撰，邓稳整理：《不如痴斋诗草·前言》，巴蜀书社2020年版，第1—8页。

要的依据和线索。

在华俊声《不如痴斋诗草·序》后，韩氏姻弟姜浩写道："伏读一通，意味隽永，知寝馈于三唐者深矣。姻弟姜浩拜服。"① 姜浩是韩氏姻弟，此说虽不乏溢美之词，但定不至于空穴来风。姜氏生平虽不得而知，就韩氏能在《序》文之后保留姜氏的评价而言，可见姜氏亦深谙诗家"三昧"，且深知韩氏的诗学追求，这为我们深入地探究韩氏诗风的艺术特征提供了一个重要的切入点。

《送别内兄陈鼎臣》首联"廿载结朱陈，从未谋一面"即有当时读者的眉批："如读老杜乱后诸作。"② 原诗如下：

> 廿载结朱陈，从未谋一面。离乱走关中，客里始相见。怪我避干戈，何为不携眷。君应哭班昭，我今伤奉倩。浮生本如寄，百事奔流电。把酒纵清谈，豪情肝胆见。斯世重才华，如君乃时彦。值此多事秋，通权贵达变。契合动挥毫，贻我蛮溪研。相聚几何时，归心忽如箭。三叠唱阳关，握手情恋恋。

全诗情感充沛，抑扬顿挫，一气呵成。诗中有睽违良久之憾，客中相逢之喜，有似为明知故问的嗔怪，有对于时事丧乱的喟叹，有丧妻之痛的悲哀，有蹭蹬不遇的失意，有举酒相慰的勉励，有临别不舍的流连，此诗与杜甫《赠卫八处士》实有异曲同工之妙。韩氏还有《西征》《长征》《长安》《春望蓟门》诸作，酷有老杜遗风。如《巢父洗耳处》"长安棋局不堪闻"句，则是直接化引老杜"闻道长安似弈棋"之句，《夏闺思四首》又颇似老杜之蜀地所作的闲适绝句，两者的因袭关系，一望而知。

韩氏友人张云楼题《诗草四绝》云："诗宗李（义山）杜浑无迹，书法钟王妙入神。"③ 韩氏对李商隐之诗，尤为钟情。细览韩氏诗集，可见以《无题》命名的诗歌多达 9 首，其中 8 首为七言律诗，1 首五言律诗，其中

① 韩宝忠撰，邓稳整理：《不如痴斋诗草·序》，第 2 页。
② 韩宝忠撰，邓稳整理：《不如痴斋诗草》，第 20 页。
③ 韩宝忠撰，邓稳整理：《不如痴斋诗草》，第 59 页。

有两首用回文进退格而作。可以说，《无题》诗是李商隐的代表作之一，韩氏应是有意模仿。韩宝忠《不如痴斋诗草》第一册的确有很多学习唐人诗歌艺术特征的词句。韩氏追忆其结发妻子陈氏的悼亡诗《悲遣》则对李商隐的诗歌意象甚至词句多有吸收与化用，如："绿绮无端弦四十""麝香抛冷绣芙蓉""蝴蝶有情终是梦"则是直接取用李商隐"锦瑟无端五十弦""麝香微度绣芙蓉""庄生晓梦迷蝴蝶"之句。《重遣四首》友人眉批云："义山惯写情根，长吉工于凄调。天长地久，石烂海枯，着不得些子平淡语，殆亦天使然耶。昔人悼亡诗云'宜颦宜笑娇模样，翻悔从前领略疏'，韩子恨亦同此。鸿元拜读。"① 可谓明眼之论。又如《悲遣·序》云：

> 庚子民教相仇，携眷避山右，解装十日，内子辄染时疫而终。草草一棺，苦情莫状，予率成悼亡诗二十首以哭之②。

序言交代了此诗之写作背景及缘由，奠定了其诗悲哀、凄凉的情感基调。前四首，韩氏诗接序言，直写忘妻之逝与丧妻之悲。以"深情密誓惟偕老，何向西风解六珈"开头，韩氏丧妻之恨一泻千里。中间十五首，昔日与今日对照抒情，梦境与现实交替出现，如"梦里依然笑语同，欢娱觉后总成空"，写诗人梦醒时分，笑语依稀终究化为幻影。韩氏善于抓住与其妻陈氏和谐温馨的婚后生活中的典型细节，如"桃花海上笑春风"韩氏自注云："辛卯在沪完姻。"③"石头絮语真成梦"韩氏自注云："内子喜说《红楼》，闲以排闷。"④ 又如"墨图空自泣梅花"韩氏自注云："内子喜画梅。"⑤ 这些细节描绘，令人动容，颇具李贺诗歌凄美之风。最后一首则是"苦煞相思无尽期"的叹惋和无尽的追思，以"看取莲花证夙因"作结，颇有"一生几许伤心事，不向空门何处销"⑥ 的意味。该诗作于庚子

① 韩宝忠撰，邓稳整理：《不如痴斋诗草》，第 10 页。
② 韩宝忠撰，邓稳整理：《不如痴斋诗草》，第 5 页。
③ 韩宝忠撰，邓稳整理：《不如痴斋诗草》，第 5 页。
④ 韩宝忠撰，邓稳整理：《不如痴斋诗草》，第 5 页。
⑤ 韩宝忠撰，邓稳整理：《不如痴斋诗草》，第 5 页。
⑥ 张勇编著：《王维诗全集（汇校汇注汇评）》，崇文书局 2017 年版，第 339 页。

年，颇能反映诗人早期的诗学倾向与艺术特征。这一时期的韩氏除了写作悼念亡妻之作以外，还有悼念其父的《追哀》，悼亲友的《七月十八日得家书知胞弟佩卿病亡痛作》《慰张亮臣悼亡》等悼亡之作。韩氏另有《有所思》律诗四首，诗前表明："悼亡韵。"① 此诗作于乙巳（1905），距离其妻谢世已过五年，但诗人的忧伤似乎并未被时间冲淡。其中《有所思·其四》模拟、化引李商隐《锦瑟》句的痕迹最为明显：

> 费煞相思亦枉然，怕看明月逐流川。已成恨事珠还浦，痛斩情根剑倚天。庄蝶梦醒空是色，杜鹃声促雨如烟。门前车马皆尘幻，绝慧朝云可悟禅。

这首诗的颈联化用《锦瑟》"庄生晓梦迷蝴蝶，望帝春心托杜鹃"，当然，古往今来，不乏诗单用"庄生迷蝶"之典故，也有单用"杜鹃啼血"的典故，甚至亦如此诗一样在一句之中分用两典，但皆不如李商隐《锦瑟》之经典。此外，韩氏还有《重遣四首》《哭内》等感伤悼亡的悲情之作。如果说，因为《悲遣》为绝句，不能直观地反映出韩氏对于李商隐《锦瑟》《无题》等七言律诗的学习，那么《重遣四首》与《哭内》，则为我们提供了探究韩氏师法义山感伤诗风的重要例证。《重遣四首》其一：

> 漫效鸳鸯不羡仙，好因缘是恶因缘。灵台误把情根种，精卫难将恨海填。蚁度回肠珠九曲，蟾飞空梦镜重圆。秋风无限鲛人泪，滴断瑶琴应手弦。

"好姻缘是恶姻缘"句，构思极为巧妙，这里藏着一个假设：若像韩氏中道丧妻，那么曾经美满幸福的婚姻生活，将会随着爱妻的去世而急转直下，这情天恨海，精卫也无力填满。念及亡妻，韩氏内心就如蚂蚁穿过宝珠中的缝隙一样"九转回肠"，蟾蜍已飞，如同陈氏之逝，不似盈虚消

---

① 韩宝忠撰，邓稳整理：《不如痴斋诗草》，第40页。

长之月，有“破镜”重圆之日。全诗意象密集，几乎每联用典。分别用到了卢照邻《长安古意》“只羡鸳鸯不羡仙”，《山海经》“精卫填海”，苏轼《祥符寺九曲观灯》“宝珠穿蚁闹连朝”，以及李商隐《无题》“沧海月明珠有泪”等，全诗以哀婉绵邈的基调曲折深沉地表现其亡妻之痛，典故虽多却无生硬排奡之弊。在句法上，此诗首联以二二三与三一三相对；颔联、颈联、尾联则以二二三与二二三相对，十分灵活，流畅而不板滞。如果说单一的典故的运用尚不足为证，那么用典密集、音韵和谐、句法雕润多变则又是韩氏诗法义山的又一力证。宋人杨亿、刘筠、钱惟演之流的《西昆酬唱集》则亦师法李商隐之用典繁密，但却因其内容空洞，多无聊唱和之作而饱受诟病，而韩氏此组诗效法义山所形成的深情绵邈的诗歌艺术特征是不言而喻的。

综上所述，可证韩宝忠的感伤悼亡之作的确机杼于义山，众多律诗中化引《锦瑟》《无题》诸意象，是其师法义山之诗的重要标志。韩氏的感伤悼亡诗情深词婉，隐约朦胧，常带沉郁，流美之中不失厚重，哀感沉邈。从《不如痴斋诗草》诗序、友人批注与韩氏的实际创作可以明确看到，韩氏早期的部分“感怀悼亡诸作，忧伤憔悴，情见乎词”的作品，的确是受到了李商隐深情绵邈与李贺哀婉凄迷的诗风影响。从韩氏《送别内兄陈鼎臣》对于杜甫《赠卫八处士》写作构思的模拟，可以看到韩氏早期的诗歌的确是“寝馈于三唐者深矣”。

二、入社作诗：闲适隽永　复归平淡

晚清民国时期文人缔结诗歌社团，蔚然成风。韩氏晚年曾加入的诗社有著涒吟社、梁园诗社、稊园诗社。诗社社员往往有相似的诗学追求，这必然会在一定程度上影响诗人创作。

著涒吟社是韩宝忠最早加入的诗歌社团。著涒吟社是清末光绪三十四年戊申（1908）成立于北京的一个重要文学社团。刘树《著涒吟社同人录序》云：

> 岁戊申番禺沈子于京师肇立吟社，锡名著涒，纪年也。名流墨

客，景附云属，曾不越月达百余人，来者未艾，杰构钞传，屑玉唾珠，一时纸贵[1]。

刘氏简要交代了著涒吟社的发起、成立以及名流相继入社更迭唱和的概况。可想见当时诗社活动之繁盛。有学者对著涒吟社的诗课课题有精确考证，录列于下[2]：

课别	课次	《诗词钞》	《诗钟集》
正课	第一课	《花朝（七律四首，不限韵）》	《春、分，鹤顶格》
	第二课	《春日天园杂兴（五律二首，限“先”“元”韵）》	《汉书、蚕，分咏体》
	第三课	《拟陆游长歌行》	《夕阳、王荆公，分咏体》
	第四课	《饯春词（七绝八首，不限韵）》	《皇帝、内经，双钩体》
	第五课	《满庭芳·红杏》	《桃、叶，蜂腰格》
正课	第六课	《浣溪沙（四首：渔、樵、耕、读）》	《寿星、帘钩，分咏体》
	第七课	《黄金台（七律一首，不限韵）》	《铁路，梨花，分咏体》
	第八课	《咏明女将秦良玉事（不拘体、韵）》	《荷叶饼、麻雀牌，分咏体》
	第九课	《五日龙舟竞渡（五排二十韵）》	《端、午，燕颔格》
	第十课	《红豆（调限〈红情〉）》	《冷布、新嫁娘，分咏体》
加课	第一课	《题钟馗画像（〈金缕曲〉、七古）》	《端午、宪法，分咏体》
	第二课	《落花（七律二首，限“江”“麻”韵）》	

第十课《诗钟集》题为：“冷布、新嫁娘，分咏体。”《韩宝忠年谱简编》转引其诗钟联云：“碧影窗前混纱縠，红颜厨下试羹汤。”署名

① 转引自朱则杰：《著涒吟社考》，《社会科学战线》2016 年第 2 期。

② 朱则杰：《著涒吟社考》，《社会科学战线》2016 年第 2 期。

为：“望潇湘馆。”[①] 查《时钟集》所载正课、加课共十二次。韩氏是否参加前九次及后两次的加课，尚未见有明确记载。据《韩宝忠年谱简编》载，韩氏于1908年加入著涒吟社，可谓是诗社之元老。但《不如痴斋诗草》所载1908年至1909年的诗歌创作均缺，而1907年，所载诗歌仅余《题美人梧桐月画扇》《绿菊》两首。由此表中《诗钟集》之题也可知诗社同仁对于新式事物的接纳：如宪法、铁路，不过韩氏《不如痴斋诗草》中未收录这些作品。诗社的诗题规定了吟咏的题材与体裁，且这些题材冷僻，彼此之间关联度很低，又有蜂腰体、鹤顶格、双钩体、燕颔体、分咏体等体式限制，颇为考验社员的诗歌创作能力。

韩氏在著涒吟社创作的诗歌在《不如痴斋诗草》中保存的并不多，在加入梁园诗社之后，韩氏迎来了其诗社创作的第一个高峰。“‘梁社’初名‘秋心社’，成立于清末光绪二十九年癸卯（1903）之秋。”[②]《韩宝忠年谱简编》载韩宝忠于1936年回到北京，参加梁园诗社[③]。《不如痴斋诗草》中，韩氏答梁园诗社诗题有：《初冬遣兴四绝》《早梅七绝五首》《忆旧游》《春雨限萧韵》《汴渠柳枝词》《初夏杂咏》《初秋感怀》《咏古》《秋雨》等三十余首。多是平淡闲适、伤春悲秋咏物写怀之绝句，这些诗歌无疑是《诗草》的重要组成部分，也是探究韩氏诗风概况必然绕不开的研究内容。正如有学者指出：“敏感而多愁也是‘梁社’诗人的普遍状态，他们的作品美妙之中有感叹，闲雅之中有忧愁。淡淡的愁绪总是会与美好的事物巧伴而生，伤春悲秋、漂泊思乡、无奈隐恨等等的感慨。”[④] 由此可见，韩宝忠的确是梁社“闲雅隐恨”诗风的典型代表。

韩氏答稊园诗社诗题之作，始于1938年，共计18首。稊园诗社的应题之作，几乎是诗人晚年收录《不如痴斋诗草》的重要来源。主要有《庾亮南楼》《菊虎》（七绝限真韵）、《盘古氏生日》（七绝限元韵）等。韩氏在稊园诗社所作诗歌并不甚多，但在诗人晚年的诗歌创作中却极具代

① 韩宝忠撰，邓稳整理：《不如痴斋诗草》，第254页。
② 吴慧慧：《梁社研究》，浙江大学2015年硕士学位论文。
③ 韩宝忠撰，邓稳整理：《不如痴斋诗草》，第269页。
④ 吴慧慧：《梁社研究》，浙江大学2015年硕士学位论文。

表性。

历数韩氏在诗社中的诗歌创作近五十首，诗题、诗体、诗韵记载俱全，这在晚清民国各大诗社文集保存并不甚完整的情况下，为我们深入研究各大诗社的创作情况提供了一定的文献基础。当然，韩氏在诗社所作的诗歌受到了诸多制约，诗社有固定课题、有限定韵脚、限定题材、限定体裁。诗歌大多七言绝句，咏物赠答、酬唱相和之作，使得其境界并不甚开阔，情感色彩略显单薄。如：《初秋感怀》“气爽天高暑退时，不堪清味与人宜。优游漫读安仁赋，摇落将成宋玉悲”之句，首联显得无聊、俚俗。颔联与首联无甚联系，直接化用杜甫“摇落深知宋玉悲”句，显得十分生硬。《秋雨》“挹得西来爽不嫌”句，用词虽颇考究，诗意却略显不足。再如那些应课之作：《药渣鱼》《盘古生日》《戴帽饧》《借雪令》等，短短二十余字的绝句，却要有用数十字甚至上百字交代典故来源。如《王伾大柜》：

按：唐顺宗为太子时，王伾以善棋出入东宫。太子即位为左散骑常侍、翰林待诏，与叔文、李忠言、牛昭容转相交结。伾尤阘茸，专以纳贿为事，做大柜贮金帛，夫妇寝其上。未几，传位宪宗，贬伾开州司马，寻病死。详《通鉴》。

斗角勾心战一枰，聚钱如壁怕西倾。
双双居积无遗算，一窍何能托死生。

韩氏用102个字交代此人此事，用典亦十分生僻。这类诗题，无非是诗社指定而来的炫才之题。这些冗长的按语与刁钻生僻的诗题，似乎在很大程度上限制诗人了自由的书写，但即便如此，韩氏仍能写出一些好诗，以诗人在梁园诗社中所作的《樵》为例：

陨箨搜岩计岂疏，担来谷口路回纡。家家采腐温新酿，供得良朋会暖炉。

首联描写樵夫初冬采箨出山之情景，可视为写实；尾联则化用白居易《赠刘十九》“绿蚁新醅酒，红泥小火炉”之句意，巧妙地运用通感修辞将初冬乍冷人们对于温暖炉火的想象揉进美味的肉脔与温热的新酿之中。又如绝句《咏古》八首，诗人历咏齐姜、班昭、木兰、孟光、梁红玉、红线、朝云、柳如是八位才女，八人在韩氏笔下性格鲜明、各具神采，诗味隽永，清新脱俗而不涉浮艳。

当然，这样的诗歌风格在诗人早年的作品中已见端倪，如《春咏三十六绝》对于春日物候变化有完整细致的题咏，从《春初》到《春残》，几乎写尽了历来咏春诗歌的题材，彰显了诗人高超的诗才。然而这样意味隽永、平淡而富有生活真味的诗歌在韩氏晚年的《诗草》中几乎占到了主要地位。可以这样说，韩氏晚年的诗歌除了必要的应酬，皆是此类闲适隽永的小诗，如《烹茶》《沽酒》《看剧》《观棋》《初夏杂咏三首》《早梅七五首》《六十自述口占》《闲居》《春思》《秋雨》《残冬即事》《潞河春柳》《回平口占》《春雨》《汴渠柳枝词》《题龚县长守中浇花小影》《龚县长守中浇花小影续题二绝》《初冬遣兴四首》等。

以韩氏在梁园诗社所作的《初夏杂咏》三首为例：

困人天气正清和，小叶圆浮雨后荷。调蜜为谁新制饼，香风满架摘藤萝。

今朝夕照艳金台，魏紫姚红次第开。信是稷园风景好，游人都为牡丹来。

红翻芍药向阶除，小饮花前乐意舒。不减富春江上味，北居一样啖鲥鱼。

三首绝句，分别吟咏了雨后的荷花、怒放的牡丹、繁盛的芍药。香风拂面，游人赏花，诗人自己小饮花前，闲适祥和，宁静冲淡，极具生活气息，让人读来颇觉惬意。将韩氏早期所作的《悲遣》《哭内》《无题》《长征》《西征》《春望蓟门》《巢父洗耳处》《夏闺思四首》等诗与此等平淡隽永的咏物诗、应课诗相对比，可以看到，韩氏的确是从师法三唐，深追险绝到复归平淡、隽永闲适，从而实现了对唐诗亦步亦趋的模拟到别具一格的转化。

三、新词入诗：三唐之外 别赋新声

“寝馈三唐”这个评语，是其姻弟题写在《不如痴斋诗草》序文之后，前文已经说明《诗草》的编撰过程十分漫长，跨度达数十年。其姻弟的评价与华俊声之序言、诸多友人的眉批旁注也仅仅只限于《诗草》的第一卷，他们的评价可以在一定程度上反映出《诗草》第一卷的诗歌的艺术风格、基本思想内容与韩氏早期的师法对象、诗学倾向，若用于笼统地评价其全部诗歌艺术风格，则是削足适履，一言以蔽之——其评价并不全面、准确。从一位诗人的成长历程来看，师法对象与诗学追求往往会随着诗人人生阅历增长、生活环境的变迁而随之产生变化。例如宋代诗坛诸多诗人“由江西诗派入，不由江西诗派出”① 就是一个重要的例证，明代前七子之一何景明提出的“达岸舍筏”与“舍筏达岸”② 就是这个道理。韩氏虽以师法“三唐”之诗入手，但未必就终身拘泥于此。

随着晚清西学东渐，诗界革命的冲击，大量的新式词汇、新式事物的涌入风雨飘摇的清朝，古体诗歌的话语内容出现重大变化。韩氏在古体诗中使用新式词汇，又是唐人所不能及的——唐人无法接触这些新式词汇。语言形式的改变，词汇首当其冲。晚清民国白话文的崛起，影响到了古体诗歌的词汇，遍览韩氏《不如痴斋诗草》，可以见到很多新式词汇，可以说韩氏从诗歌语言上便突破了“三唐”之藩篱，这是仅仅一句“寝馈三唐”无法概括的。

通览《不如痴斋诗草》，随处可见一些新式白话词汇的出现。首先，单从诗题上讲有《颐和园电灯公所和常九原韵》《祝〈法政经济报纸〉开馆四绝》《火车口占寄京好友》《民国四年二月二日在新乐署任恭贺〈大总统法〉告成适逢第二科科长马华峰先生六旬晋四寿辰谨赋一律为祝》《马

---

① 张洁：《宋代江西诗派的形成与发展》，《兰台世界》2012 年第 24 期。

② 蔡景康：《明代论文选》，人民文学出版社 1993 年版，第 114 页。

化封科长返里赋诗二绝留别》《留别刘鹤卿科长》等，可以看到电灯、《法政经济报》、火车、民国、科长这一类新式事物出现在题目之中。这对于以前来说的确是崭新的吟咏题材，因此我们可以说《不如痴斋诗草》很大程度上突破了古体诗歌的题咏对象，拓宽了古体诗歌的讽咏题材。其次，诗句之中也有很多当时一些时髦白话文词汇。如：《春望蓟门》"亚雨欧云漫故栖"，《感时》"一览全球天地卑"，《和王啸亭答周茗芗留别北京原韵四章》"天演竞争新世界""旷观东亚和平局"，《南乡查学口占》"维持乡学迪青年"，《火车口占寄京好友》"一声汽笛到芹泉"，《祝〈法政经济报纸〉开馆四绝》"人人欢夺自由权"，《宋畏三先生以癸丑春六十寿征诗，勉步原韵以和》"共和争比永和新""任他欧亚利权争"，《和朱逸馨〈温冷二泉〉元韵》"欧雨东来亚云暗"，《杨敬林先生五十双寿》"福尔摩斯名第二"等，诗中出现的新事物新词汇有"欧风亚雨""《天演论》""全球""东亚""青年""共和""权利""福尔摩斯"等等词汇，这些新式词汇的涌现，与当时诗界革命中梁启超所提倡的"新意境、新语句、以古人风格入之"① 的主张相暗合。梁启超认为"过渡时代，必有革命；然革命者，当革其精神，非革其形式"，主张"能以旧风格含新意境，斯可以举革命之实矣"，于是"虽间杂一二新名词，亦不为病"②。梁启超的诗歌革命宗旨在于宣传革命，韩氏虽然有不少诗歌关乎民生时事与时政要闻，不过他对于革命却保持着一种审慎而冷静的态度，但其诗歌中仍不乏"欧风美雨""共和"等政治意味强烈的新鲜词汇。古之诗文创作有大成就者，其诗歌必然取材于现实生活，韩氏毕竟处于清末时局动荡之际，他积极主动地在其诗歌创作之中接纳新鲜事物，的确是一种顺应诗歌发展潮流的顺势而为的明智之举。这无疑又是前文所说的"寝馈三唐"所无法概括的。

---

① 梁启超：《夏威夷游记》，《饮冰室合集·专集二十二》，中华书局 1989 年版，第 189 页。

② 梁启超：《饮冰室诗话》，《饮冰室合集·文集四十五（下）》，第 41—48 页。

结 语

韩宝忠的诗学观念完成了从取法唐人，尤其是模仿化用李商隐、杜甫诸唐人的诗歌意象与句意，到取材现实生活的转变。韩氏积极参加各类诗社，诗社同人的诗学观念，诗课、诗钟对于诗歌创作的各种限定，也是促进韩氏诗风转变的重要因素，其诗歌艺术风格也完成了从哀感沉邈到复归于平淡闲适的转变。这种转变标志着韩氏个人诗歌艺术创作的成熟与个人诗艺风格的形成。与此同时，韩氏吸纳新式词汇而进行的诗歌创作，是顺应其所处时代诗歌艺术发展潮流的产物。韩氏虽寝馈于三唐，但终究不为“三唐”所束缚。

兴来独运天机活

——浅议韩宝忠先生的论书诗和书法

吴　炬①

韩宝忠（1875－1939），字剑芝，号望潇湘馆，历任刑部主事，山西沁县知县，河北新乐、唐山、束鹿诸县知事，颇有政声。政事之余，韩氏工诗歌、擅书法。

韩宝忠的书法手迹现存手书诗集《不如痴斋诗草》、抄录《金刚经》二种。另外可以查到韩氏还曾为两种碑刻《皇清诰授奉政大夫光禄寺署正张公墓志铭》《平遥赵公创办金井公司记》书丹，并均有拓片存世。碑石是一种庄重严肃的书法载体，对于一个经过长期传统书法实践的书写者而言，是展示其书写功力的最佳舞台。这两种碑刻拓片在国家图书馆有藏，遗憾的是公开的图片较为模糊，无法细致地去考察其书法特点。如果有机会获取其高清图像资料，定会对韩氏书法的研究有重要意义。

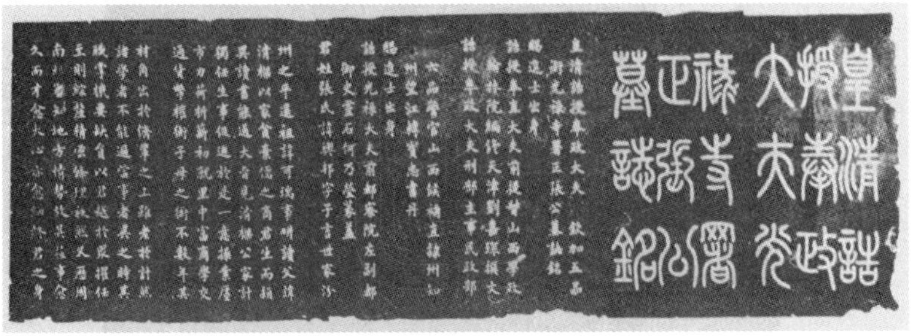

图一　《皇清诰授奉政大夫光禄寺署正张公墓志铭》（局部一）

---

① 吴炬（1983—），四川广汉人，四川省书法家协会会员，研究方向为印学与书法理论。

图二 《皇清诰授奉政大夫光禄寺署正张公墓志铭》（局部二）

图三 韩宝忠撰并书《平遥赵公创办金井公司记》

韩宝忠以诗歌见长，他的诗集中虽然没有大量专门的论书诗，但还是偶有一些诗句涉及书法。本文将综合其论书诗句及遗存书迹，从四个方面对其书法的特点进行初步讨论，期待未来发现其更多的书法作品。

一、取法：远法钟王，近踵诸城

1911 年，韩宝忠 37 岁，《不如痴斋诗草》已经汇集了作者一定数量的诗歌作品。其友张云楼应于该年见到其诗集，并为其诗集题诗，其中有一句称其“诗宗李（义山）杜浑无迹，书法钟王妙入神”。钟王即钟繇、王羲之，张云楼认为其书法取法钟、王，并学到了他们的精妙之处。

1938 年，韩宝忠 64 岁，步江宇澄韵作诗，有一首提到摹写王羲之书法：“寒催冬住近新年，几净窗明玉戏天。兴到挥毫摹逸少，传神犹让快晴贤。”“逸少”即王羲之，摹是古代学书的一种方法，以较透明之纸覆于法帖之上，或双钩填墨或直接描写，高手所摹，可与原作逼肖。著名的神龙本《兰亭集序》即由宫廷里专事复制摹写工作的冯承素双钩填墨描摹而成。“快晴”是指《快雪时晴帖》，当今学界普遍认为是唐人精摹的王羲之作品，摹写精绝。乾隆皇帝十分珍爱此帖，将它和王献之《中秋帖》、王珣《伯远帖》合称为“三希”，并将自己的书房命名为“三希堂”，还刻有《三希堂法帖》行世[①]。韩宝忠诗中描写的书写场景是窗明几净，兴致盎然，正符合《书谱》所说的“五合”[②]，可以想见当时应该是时和气润、偶然欲书，写出来自然是“神融笔畅”。所以作者的摹写十分传神，虽然自称“尤让快晴贤”，表面上是谦称自己的摹写不如著名的《快雪时晴帖》，而其内心对自己作品的满意和自信已经溢于言表。

由以上分析可见，无论是朋友还是韩宝忠自己的诗句，都记录了他取法钟王、摹写逸少的事实，那么从他的作品中是否能看出这一取法的倾向呢?

张云楼称韩宝忠“书法钟王妙入神”，应当是从其抄录自作诗的手迹出发所得出的评价，进一步推想应该是其诗集手迹第一册给张云楼留下的印象。由于当时韩氏尚在中年，张云楼又是为其诗集品题，难免让人认为有刻意拔高之嫌。韩氏自己所作诗已在晚年，诗句中明确记录了自己摹写王羲之作品的情景，从中可以想象其摹写应该有较高的水准。很遗憾我们目前无法看到他摹写王羲之的作品，其书写水平究竟如何，还是只有从其遗留的诗集书迹中去探寻蛛丝马迹。

鉴于此，笔者拟从诗稿中摘录出一句诗，与传世钟王一脉名家之书迹做对比，或者可以看出其师法钟王的脉络。张云楼这句“诗宗李杜浑无迹，书法钟王妙入神”诗应是韩氏当时所录，恰好可以拿来做书迹比对的例子。笔者所选名家书迹，尽可能以钟王一脉名家为范围，并且为了证明不是孤例，特意多选了一组书迹作为参考，二者对比图如下。

---

① 张伯驹著，楼朋竹校订：《春游琐谈》，南开大学出版社 2018 年版，第 15—18 页。

② 任思源编著：《中国书法一本通》，北京联合出版公司 2015 年版，第 297 页。

韩宝忠与前贤书迹对比图

韩宝忠书迹	钟王一脉名家书迹 1	钟王一脉名家书迹 2
	 王献之	 赵孟頫
	 王羲之	 智　永
	 王羲之	 《玉烟堂帖》
	 钟　繇	 智　永

续表

韩宝忠书迹	钟王一脉名家书迹 1	钟王一脉名家书迹 2
	 赵孟頫	 智　永
	 钟　繇	 王羲之
	 王羲之	 智　永
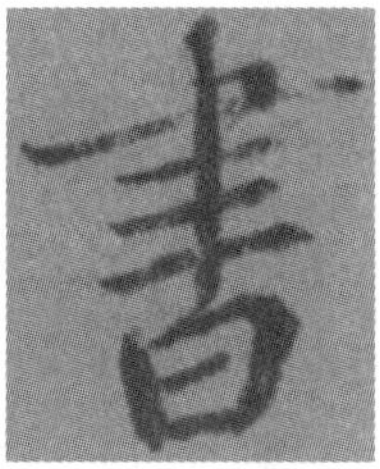	 钟　繇	 王羲之

续表

韩宝忠书迹	钟王一脉名家书迹 1	钟王一脉名家书迹 2
	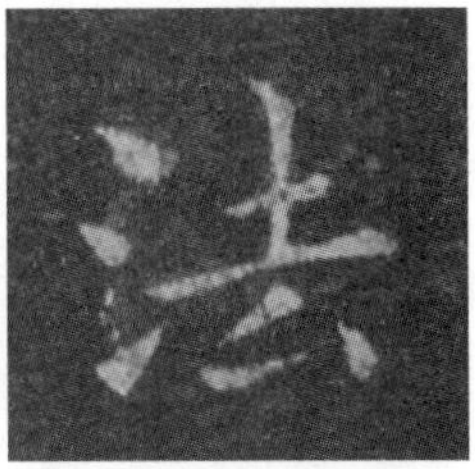 王羲之	 国　诠
	 王羲之	 王　铎
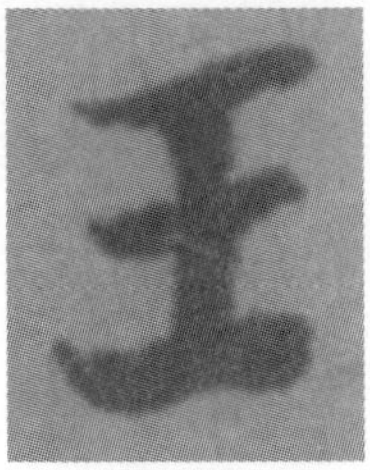	 王羲之	 智　永
	 智　永	 赵孟頫

续表

韩宝忠书迹	钟王一脉名家书迹 1	钟王一脉名家书迹 2
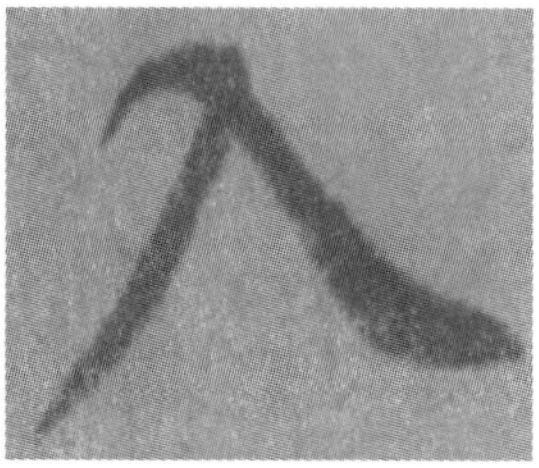	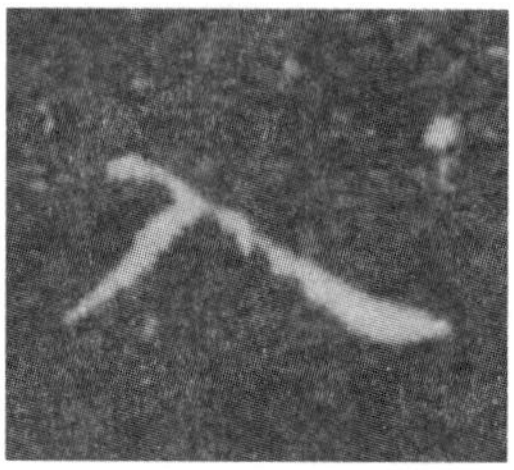 王羲之	 智　永
	 王羲之	 王献之

上表中，从笔画的长短、角度、距离等方面着眼，可以明确地看出韩氏取法钟王的痕迹，这些书迹和诗句可以相互印证。

钟王之外，在韩宝忠的诗中还提到了另外一位明确的书法取法对象，清代的帖学大家刘墉。刘墉是山东诸城人，故后世称其为“刘诸城”，又因其书法喜用浓墨，有“浓墨宰相”之称①。1914 年，40 岁的韩宝忠在《李采繁索书折箑并赠绝句三章》诗中称：“久钦书法妙诸城，心逐萍踪一合倾。才钝亦耽浓墨癖，不期模范得先生。”“久钦书法妙诸城”，是指钦佩李采繁的书法能够达到刘墉的高妙水平，而“才钝亦耽浓墨癖”则是指自己虽然资质驽钝，却也像李采繁一样喜欢刘墉书法的浓墨风格，浓墨是刘墉最重要的书法特点，在诗句中应该并不仅仅指墨色浓厚的情况，而更多地指向刘墉书法的整体风格特征。

韩宝忠对待刘墉书法的态度可能有所变化。甲戌（1934）年，韩宝忠

① 宋述林、石以品、范奉存：《名帖之美》，江西美术出版社 2017 年版，第 141—143 页。

60 岁，作诗《六十自述口占》："髫年胆妄擅书名，终日临池业未精。落纸习成浓墨癖，愧人评论学诸城。"这首诗表面上看起来是在自谦，说自己从小学书，有一点点擅长书法的名气，但是每天临池写字也没有能够达到精妙的境界，因为喜欢以浓墨落纸写字，而被时人评论为学刘墉，为此而感到惭愧。愧有遗憾、惭愧、不满足之意，实际上诗中透露出更高的学书志向，是不太满足于学刘墉的。前后两首诗联系起来看，他对刘墉的书法，已经从 40 岁时的耽爱钦服，而变化为 60 岁时希望超越的一种心态。

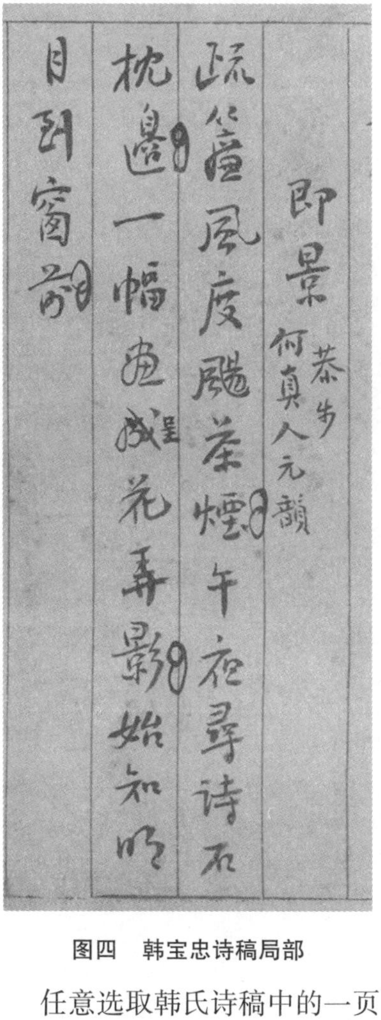

图四　韩宝忠诗稿局部

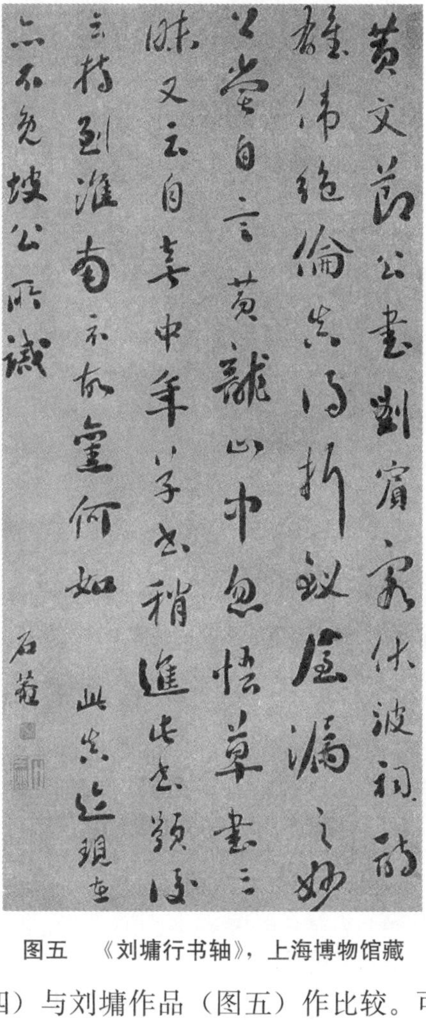

图五　《刘墉行书轴》，上海博物馆藏

任意选取韩氏诗稿中的一页（图四）与刘墉作品（图五）作比较。可以看出，韩宝忠和刘墉书法有相似的章法处理，它们都是竖成行，横无列，牵丝映带均在字内完成，字字独立。从上图中选出相同的字或者有相同构件的字，如“到”字、“自”和“目”字、“漏”字和“雨”字，可以发现，它们的写法高度相似，单字结构的处理方式几乎如出一辙，字多圆浑，转折轻松，貌似绵软，内含刚劲。

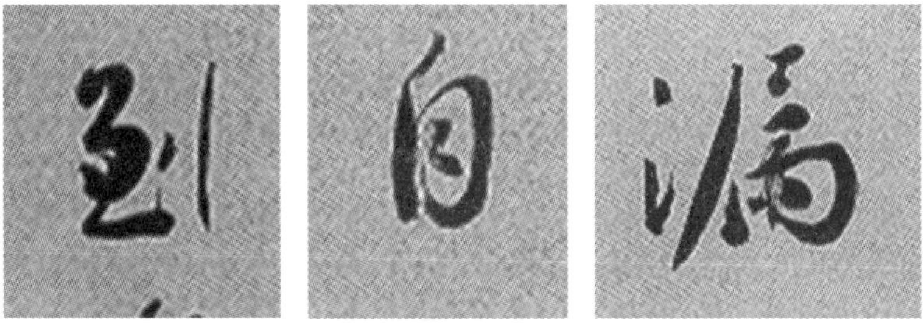

图六　刘墉书法选字

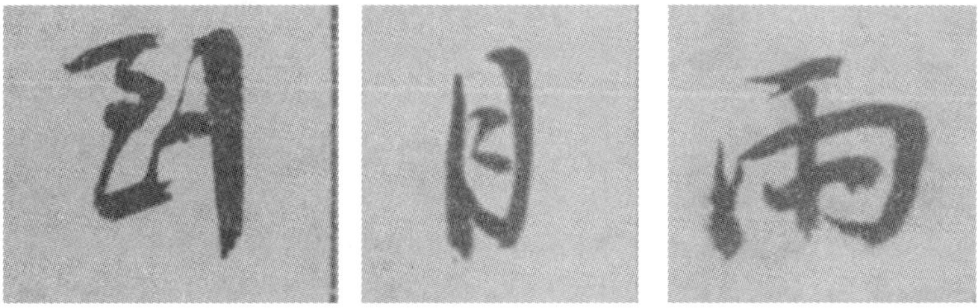

图七　韩宝忠书法选字

另外，在顾华伯寄给韩宝忠的诗《秋夜书怀八首》中还提到了索靖和卫瓘这样的前辈名家，认为韩宝忠书法像他们一样，“得肉得筋同靖瓘”。据《晋书·卫瓘传》：“咸宁初，（瓘）征拜尚书令……瓘学问深博，明习文艺，与尚书郎敦煌索靖俱善草书，时人号为‘一台二妙’。汉末张芝亦善草书，论者谓：瓘得伯英（张芝）筋，靖得伯英肉。”[①] “肉”和“筋”，是古代书法理论中重要的一对概念，关于它们的具体含义，近人丁文隽解说得十分清楚。他认为：“点画灵活者谓之有筋，呆板者谓之无筋。”[②] 又认为：“墨浓而浊，其性犹肉，故曰肉生于墨。”[③] 由此可见，“得肉”是指

① 房玄龄等：《晋书》卷三六，中华书局 1974 年版，第 1057 页。
② 丁文隽：《书法精论》，人民美术出版社 2007 年版，第 113 页。
③ 丁文隽：《书法精论》，第 114 页。

用墨浓厚，“得筋”是指点画灵活。因此顾华伯是以此来称赞韩宝忠的书法具有用墨浓厚且点画灵活的特点，并不是实指韩宝忠取法索靖和卫瓘的书法。

二、勤学：终日临池，摹帖寻碑

关于韩宝忠学书用力之勤，在他的诗句中亦有所反映。

1922年，韩宝忠48岁，在其和顾华伯《秋夜书怀八首》诗中写道：“轻装载鹤惟琴与，醉墨涂鸦欲砚穿。恨昔长安少良伴，寻碑曾到华山巅。”“醉墨涂鸦”描述的是诗人酒后饱蘸浓墨，信手挥洒的书写姿态，“欲砚穿”则是指书写时的那种兴致之浓、用功之深，几乎要达到把砚台磨穿的那种功力。“寻碑曾到华山巅”，则回忆自己在华山寻碑的情景。华山为五岳之一，历代大量的文人墨客在山上留下了无数的石刻碑铭，宋代欧阳修以及清代顾炎武、毕沅等人都对华山的石刻进行过考察整理，这些石刻文字可以说是一个庞大的书法宝库。寻碑访碑是许多文人书家乐于从事的一项活动，通过寻访碑刻可以开阔心胸，增长见识，欣赏和学习碑刻上的书法，还有可能发现前人未见过的石刻铭文资料，从而补充金石研究之阙。由诗句可见，这次华山寻碑的行为，在他的记忆中是一次重要的金石书法方面的活动，然而遗憾的是当时在长安（西安）却缺少能和他在这方面交流的好朋友。

1934，韩宝忠60岁，作《六十自述口占》：“髫年胆妄擅书名，终日临池业未精。落纸习成浓墨癖，愧人评论学诸城。”前文用这首诗讨论过他的取法，其实这首诗还表现出他学书用功之勤。虽然他从小就以擅长书法而闻名，但还是认为自己“终日临池”也没能达到精妙的境界。“临池”是用张芝临池学书，池水尽墨的典故来代指学习书法，可见韩宝忠经常整天临池学书，用功极勤。

从这些诗句中，我们也能窥探到韩宝忠学习书法的方法，即临和摹相结合，并且通过访碑以广见识。书法学习最常用的方法有临和摹，临是把字帖放在旁边对照着书写，摹是用较透明的纸覆盖在字帖上描着写。在韩宝忠的诗里只提到过“临池”，虽然临池并非临帖，但是所有书家学习书法都必定经过临帖这一关，而摹的方法却并不是所有人都会坚持使用的，许多人只是在初学时会使用摹的方式学习书法，但韩宝忠却将这一学书方式坚持到晚年。在韩宝忠 51 岁时的诗《端阳》中说："帖模双钩活，帘垂一桁重。"模同摹，双钩，即双钩填墨，也是摹的一种方式。而到其 64 岁时还在做这样的学习，就是前文提到过的"兴到挥毫摹逸少"，摹的方法需要对笔画的细节观察非常细致，双钩填墨时甚至要求达到分毫不差的程度，这种极长时间的细致入微的坚持摹写，可能正是他书法能够达到较高境界的重要原因。此外，访碑对书法学习也有重要的影响，它在金石学大兴的清代是文人书家中非常乐于从事的一种活动。一场严谨的访碑活动需要提前做大量细致的准备工作，需要从现存文献中寻找石刻的内容、可能的地理位置，判断寻访的次第、路线，在实地寻访时还要做好传拓、临写或者测量、记录的工作。这些深入的考察和研究虽然不一定是直接的书法学习，但所考察的石刻文字的特征也会自然而然地浸润到访碑者的内心乃至笔端。而即使是随意的游览观赏，在实地考察时石刻书法作品（许多是大型的摩崖石刻文字）给人带来的视觉和心理冲击，也和书斋中面对法帖时的感受是非常不同的。也许韩宝忠诗稿书迹中那些纵意雄强豪迈之处，便来自他对摩崖石刻文字的感悟。

三、笔墨：以锥画沙、耽浓墨癖

韩宝忠的书法最重要的特点体现在他的用笔和用墨两方面。关于用笔，他在 28 岁时的诗《无聊》中写道："坐看稺子闲拈笔，曾说当年教画沙。"这里提到的画沙是指锥画沙。锥画沙是书法中非常重要、时常引发讨论的一个比喻，每个人都可能有自己独特的理解，一般都认为它是指藏锋和中锋运笔的意思[①]。从韩宝忠的墨迹来看，他的诗稿因为是相对随意的手稿，字体以行书为主，故而露锋的情况较多，而藏锋较少，侧锋的情况相对也是较多的，但仍然以中锋为主，这是符合书法使用场合的特点的。再看韩宝忠所书《金刚经》墨迹，因为书写内容的特殊性，可以推想

---

① 严吉星：《书法笔力研究》，湖北美术出版社 2018 年，第 147—152 页。

他在书写时的状态是庄重严肃的，以至于一笔不苟。《金刚经》（尤其是丁卯本）的用笔非常含蓄内敛，几乎处处皆有中锋，平和稳重，和虞世南的《孔子庙堂碑》有相似之处，然而露锋仍然不少，这让其字显得既庄严肃穆，细节处又十分灵动活泼。由此可见，韩宝忠的书法并非讲求处处藏锋，而是通过适当的露锋来让字变得灵活轻松，但是他又是非常讲究中锋的，这说明他理解的锥画沙，可能更加倾向于中锋用笔这一特点。

关于用墨，前文已经提到他学习刘墉喜用浓墨的特点，在他的诗句："才钝亦耽浓墨癖"（40 岁）和"落纸习成浓墨癖"（60 岁）中已经表达得非常明确。清代有两位影响很大的书法家刘墉和王文治，当时合称为"浓墨宰相、淡墨探花"，从名号中就可以看出他们书法最大的特点就是用墨的浓淡不同。在当时因为皇帝的喜爱，明代董其昌的书法在清朝影响非常大，董其昌即以爱用淡墨而著称，王文治就是清人学习董其昌用淡墨的佼佼者[①]。因此浓墨的使用反而成为个性较强的表现，结合刘墉中正雍容的用笔和结构，其书法显得格外的凝重雅正，这样的风格取向符合韩宝忠的审美倾向，可能这正是他选择浓墨的重要原因。

四、时誉：书重当世，人竞相求

华俊声在韩宝忠诗集前所作的序言中称韩氏"髫年工书"，曾"以素绢为余楷书数行，其妻画墨梅于左，余名之曰双清图，悬诸壁间"[②]，由此可见华俊声对韩宝忠书法的珍视，同时也透露出两人有较为深厚的交谊。在传统的中国书法品评中，把书法和人物生平和品行联系起来是一种影响广泛而深远的做法。苏东坡说："古人论书，兼论其人生平，苟非其人，虽工不贵也。"[③] 那么华俊声对其书法的喜爱和推崇，自然而然地既有对其书法的欣赏，又包含了双方作为好友的深厚情谊。

另一位朋友顾华伯在诗句中还描述了当时人们向韩宝忠求书的情况，诗中说："雅爱君书重当世，允宜纸价贵多年。"时人喜爱他的书法，名重

---

① 黎孟德：《书法小百科》，巴蜀书社 2019 年版，第 87—88 页。
② 华俊声：《不如痴斋诗草・序》，韩宝忠撰，邓稳整理：《不如痴斋诗草》，第 1 页。
③ 北京大学哲学系美学教研室：《中国美学史资料选编（下）》，中华书局 1981 年版，第 40 页。

当时，向他求字的人很多，以至于顾华伯用“洛阳纸贵”的典故来形容其作品受欢迎的程度。还有一句“兴来独运天机活，人竞相求门径穿”使用了“铁门限”的典故，据唐李绰《尚书故实》载：“（智永禅师）积年学书……人来觅书，并请题头者如市场，所居户限为之穿穴，乃用铁叶裹之，人谓为铁门限。”① 用这个典故也是说明当时向韩宝忠求字的人很多，人们欣赏认可他的书法。

另外韩宝忠自己的诗句“髫年胆妄擅书名”“愧人评论学诸城”，也是描述了时人对他的评价。但是因为史料相对较少，没有办法更加深入去了解当时的情况，如果除了诗集和《金刚经》之外，还能有更多形式的书法作品存世，那么理解和评价他的书法水平将会更加深入和全面。

五、余论

将韩宝忠现存的诗集手稿和《金刚经》（尤其是丁卯本）书法进行对比，可以发现二者有明显的区别，甚至于在没有落款的情况下，恐怕很容易将二者认为是不同人书写的作品。这是因为《金刚经》的书写情况类似于前面提到的碑刻书丹的情况，都是在一种非常严肃的情况下去写的，熏香沐手、恭恭敬敬，而自己的诗稿是自己日常书写的东西，可以在上面涂改勾乙，很放松，不会那么刻意求工。对比两件作品，诗稿的书体是小行书为主，甚至楷行草夹杂，有大量的牵丝引带，而《金刚经》的书体是小楷，绝没有书体杂糅的情况，笔笔独立，没有牵丝；另外诗稿有不少的涂改和批注，而《金刚经》则干净整洁，一气呵成，没有任何修改。由此可以看出《金刚经》是基于宗教信仰而进行的书写，甚至作者可能是意在借书写修行或者祈福，故而虔诚、庄严、一丝不苟。诗集是个人日常生活状态的体现，因此相对轻松、自在、不拘成法。由此可见，不同的书写场合，书家会选择不同的书写方式来完成作品，同一个书家可以有非常不同的风格面貌。类似的现象在许多书家的作品中都有体现，例如康有为、李瑞清，他们的日常书写、公文书写和销售的书法作品差别之大，几乎判若

---

① 王美盛：《书法诗典论百例诠释》，山东教育出版社 1992 年版，第 99 页。

两人，可能有其主动求异的思想倾向在里面起作用。也有一类书家是不管什么场合都始终保持风格一致的，例如谢无量，其信札手稿、碑刻铭石、对联条幅，风格都是一致的，写大字和小字也是非常统一的。这些现象在书法中十分有趣，对于书法的鉴定和欣赏有着十分重要的意义，限于主题，在此不展开讨论。无疑，韩宝忠的书法也具有按使用场合而改变风格的特点，期待看到更多韩氏书法作品，从而进一步印证这一推论。

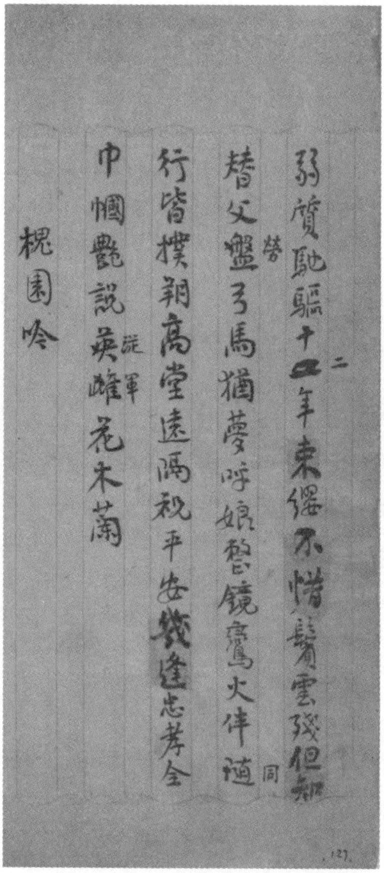

图八 《不如痴斋诗稿》局部

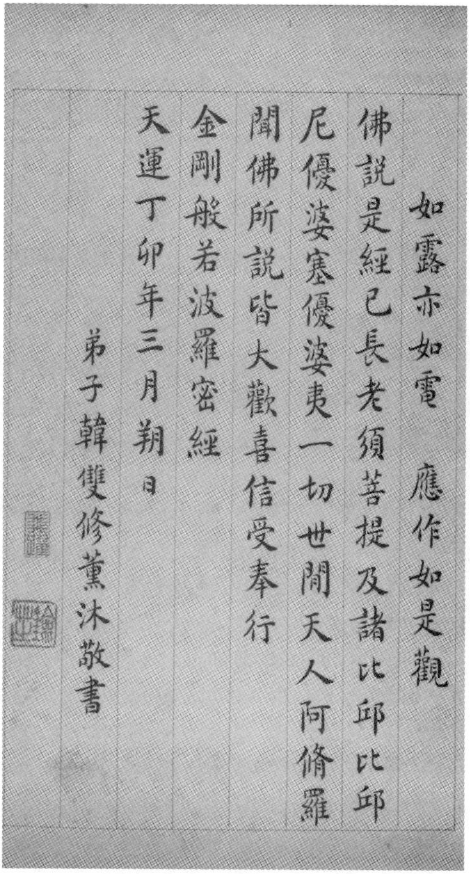

图九 《金刚经》局部

《不如痴斋诗草》中两处存疑文字之考辨

向柱文①

邓稳先生整理的清代韩宝忠《不如痴斋诗草》中标注有两处存疑文字，并附有韩宝忠相应手书影印资料。

其一为《和白笑莲校书四律元韵》所附白笑莲原唱其四："桃根桃叶旧知名，手帕论交互主盟。双□清娱知腕妙，钿车小试斗身轻。莺花粲粲归何处，风絮匆匆误此生。最是羡人鸳梦稳，兰房红烛有闲情。"② 诗后特附"校记"："整理者按：'双'下一字不能确定，请见书影倒数第二页。"③

其二为《牧青复用前韵见寄步韵奉和》所附原唱："日暮正岑寂，惠然来好音。诗才惭我拙，火候让君深。细读清新句，增思故旧心。何时重把袂，侍坐笔长簪。"诗后附"校记"："'火候'字形难辨，姑以文意猜之。原文请见书影末页，恳请方家斧正。"④

就此两处存疑文字，笔者反复吟诵静思，贯通语义诗意，细究作者手书，考诸前人草体，验之律诗格律，豁然自信得解。兹不揣浅陋，分别简述如下，姑以抛砖引玉，但望方家不哂为谢！

---

① 向柱文（1968—），四川仁寿人，四川大学附属中学特级教师，研究方向为高中语文教学与研究。

② 韩宝忠撰，邓稳整理：《不如痴斋诗草》，巴蜀书社2020年版，第214页。

③ 韩宝忠撰，邓稳整理：《不如痴斋诗草》，第215页。

④ 韩宝忠撰，邓稳整理：《不如痴斋诗草》，第241页。

一

关于第一处存疑文字，笔者以为当为“隗”，与其前“双”字构成“双隗”之典。

“双隗”指春秋廧咎如之叔隗、季隗二女。典出《左传·僖公二十三年》：“狄人伐廧咎如，获其二女：叔隗、季隗，纳诸公子。公子取季隗，生伯儵、叔刘；以叔隗妻赵衰，生盾。”① 后世诗中时有用此典表意者，如“二乔新获吴宫怯，双隗初临晋帐羞”②。

韩宝忠《和白笑莲校书四律元韵》序文介绍白笑莲有“字妙馨”“以清倌应征”“守身如玉”等语，且于诗题及诗歌中称述白笑莲时又特意使用了与中唐寓居蜀中的女诗人薛涛有关的“校书”“扫眉才子”“枇杷深巷”等语③。因此可以确定，白笑莲是一位“聪慧”而“擅文词”的女子。据序文所述，白笑莲“曾赴辽阳讬足平康”“有姊又逝”“因家寒入天庆班”“菽水养亲”，可谓命途多舛，人生凄苦。于此背景之下通览其“桃根桃叶”一诗，不难看出此诗旨在怀念其姊、感慨身世。

诗歌首联起句即以晋王献之之妾桃叶、桃根两姊妹代指诗人自己及其姊，言姊妹俩感情笃深，曾互换爱物以誓永为姊妹。若颔联出句“双”下一字为“隗”，则恰好组成“双隗”之典，自然就与首联“桃根桃叶”形成呼应互指的承接关系。如此，该联句意豁然贯通，即诗人追忆与其姐嬉戏游玩、无忧无虑的少女时光。这样就与颈联所述当下境况形成转换关系。因为颈联看似惜春叹春，实则以物喻人，言岁月轮转，自己青春已逝，容颜不再，此生如风絮般飘忽无成，抒发了浓烈的身世飘零之感。尾联在此基础上合为深沉的叹息：想到那些婚姻幸福的女人，兰房红烛，生活闲适惬意，“守身如玉”的诗人不禁心生艳羡，感慨万端。其“志洁心苦”之状可见。

据整理者邓稳先生的研究，《不如痴斋诗草》三册手书原著有以书写

① 杜预：《春秋经传集解》，上海古籍出版社 2016 年版，第 208—209 页。
② 郭继明：《中国牡丹大观·牡丹诗词部》，新华出版社 2005 年版，第 171 页。
③ 萧延恕：《唐诗风流佳话》，岳麓书社 1995 年版，第 188—193 页。

载体分册的特点，其中第三册书写均以行书为主间杂草书①。巴蜀书社2020年版《不如痴斋诗草》有存疑文字的两首诗歌均在第三册。从书中所附书影资料来看，这两处存疑文字均为草体。其中“双”下之字韩宝忠手书为“”。但查阅历代草书名帖及今人《楷草对照表》等资料均不见此字。然比照“隗”之“”与“”两种常见草法，不难看出韩宝忠所书应是“隗”字之误。其误在于将右边“鬼”字上部写成了一横，这应该是其记忆不准所致。但对照前文所列“隗”之第一种草法右边的“鬼”字，其基本轮廓还是在的。

就诗律而言，“桃根桃叶”一诗是据七律之平起首句入韵而作。若将颔联出句“双”后之字确定为“隗”后，全诗平仄为：平平仄仄仄平平，仄仄平平仄仄平。仄仄平平平仄仄，平平仄仄仄平平。平平仄仄平平仄，仄仄平平仄仄平。仄仄平平平仄仄，平平仄仄仄平平。完全符合此类七律之平仄规范，且颔联“双隗清娱知腕妙，钿车小试斗身轻”对仗工稳，颇富自然天成之妙。

综上，此诗颔联首句“双”下一字当为“隗”无疑。

二

关于第二处存疑文字，笔者认为整理者邓稳先生据诗意将其认作“火候”二字的推断准确。

首先，以“火候”一词入诗是古已有之的。如“河车九转宜精炼，火候三年在好看”②，“以才识涵濡蕴蓄，更当俟之以火候”③ 等。

其次，据诗题“牧青复用前韵见寄步韵奉和”可知，“日暮正岑寂”一诗是陈牧青收到韩宝忠和诗后复用原韵写给韩宝忠的和诗。诗歌大意为：傍晚时分，我正寂寞难挨时，突然收到您的和诗，这让我心里十分舒畅；读您的诗歌，发现您的诗才太好，诗歌修养太深，让我感到自己诗才浅拙，十分惭愧；细读您的清新诗句，更加增添了对老朋友您的思念之

---

① 韩宝忠撰，邓稳整理：《不如痴斋诗草·前言》，第6页。

② 白居易撰，丁如明、聂世美点校：《白居易全集》，上海古籍出版社1999年版，第424页。

③ 黄宗羲：《南雷文定三集》，商务印书馆1937年版，第6页。

情；什么时候你我方能再次相聚，坐在一起谈诗写诗。所以，从诗意上看，此处的“火候”与前句的“诗才”相对，意指韩宝忠诗歌方面的修养。且联内语意上下相承，自然贯通。

再次，从“火候”两字的草法来看，韩宝忠手书的“”字只能是“火”字而绝非“大”字，因为“大”字没有这种草法，而“火”字则有，如启功“火”字草书为“”。而“候”字较为常见的草法即为“明代书坛三株树”之一的倪元璐的“”。韩宝忠将其书作“”，只是草得不彻底，将中间部分笔意保留了而已。这一方面可能是他对该字的草书写法记忆欠精准，毕竟写草书相当于要把每个汉字的写法重新学记一遍。另一方面，他的《不如痴斋诗草》第三册书写特点是行书为主间杂草书，有时难免以草书行或以行书草，造成同一字中草行混搭之误。

最后，从格律来看，此诗按五律之仄起不入韵写成，用韵为平水韵之十二侵。将颔联对句前两字确定为“火候”之后，全诗平仄为：仄仄仄平仄，仄平平仄平。平平平仄仄，仄仄仄平平。仄仄平平仄，平平仄仄平。平平平仄仄，仄仄仄平平。除首联二句格律用了拗救外，其余联都严格按照格律句式创作。且“火候”联（即颔联）更是平仄协和，对仗工稳。

故此，将此诗存疑文字推断为“火候”应该是十分正确合理的。

《不如痴斋诗草》的诗艺与书艺

四川师范大学文学院　邓　稳①

韩宝忠（1875—1939），字剑芝，号望潇湘馆，祖籍安徽望江，生于北京，历任刑部主事、山西沁县知县、河北新乐县知事、河北唐山县知事、河北束鹿县知事等职，颇有政声，且擅长诗歌、书法。韩宝忠是晚清著湑吟社、梁园诗社、稊园诗社成员，手订诗集《不如痴斋诗草》三册，书法作品有《皇清诰授奉政大夫光禄寺署正张公墓志铭》《平遥赵公创办金井公司记》及小楷《金刚经》二种等等，借此可以更加深入地认识和理解中国古代士大夫以诗艺、书艺为核心的多元文化艺术。

一、《不如痴斋诗草》的诗学渊源与诗体创作

《不如痴斋诗草》创作于1900—1939年，跨越清朝和民国两个时代，但考虑到诗人1900年已经26岁及其创作题材、形式、风格等因素，可知韩剑芝的诗歌明显受到清代诗歌潮流的影响。

韩剑芝所作除少数几篇古风外，几乎全是律诗，因此有一个尊唐还是尊宋的问题。明代崇尚复古，前、后七子打着“诗必盛唐”的旗帜影响深远，明末清初的陈子龙以及云间派、西泠派诗人皆受其左右。由明入清的大诗人钱谦益抨击以前、后七子为代表的复古派，主张自写情性，积极拓

---

①　邓稳（1980—　），四川南充人，文学博士，四川师范大学副研究员、硕士生导师，研究方向为中国诗学。

宽诗歌的取径范围。至康熙时期，王士禛以唐朝王维、孟浩然、韦应物、柳宗元为基础，力倡“神韵”说，被奉为“一代正宗”。这一脉络显示，清诗宗唐派已经从明代“诗必盛唐”的取法转向整个唐代。而钱谦益不仅拓展唐诗的取径，也将宋、元诗纳入眼帘。钱谦益引林鸿之说论闽中诗派，称其“祢三唐而祧宋、元”[①]，也“素称宋人诗当学务观”[②]，实已开创取径宋诗的先河。至晚清，诗坛最为活跃的是以陈三立（1853－1937）、沈曾植（1850—1922）、郑孝胥（1860—1938）、李慈铭（1830—1894）、林纾（1852—1924）为代表的同光体诗人。“同光”指清代同治、光绪两个年号，郑孝胥、陈衍开始标榜这一诗派名称，认为该派指“同、光以来诗人不墨守盛唐者”。他们认为“宋人皆推本唐人诗法，力破余地”[③]，主张学宋以学唐。实际上这些诗人大多以学宋为主，因此被认为是宋诗派。

韩剑芝的生活时代与同光体诗人重合度很高，是否可以称为宋诗派呢？显然不是。韩剑芝的诗歌主要取法唐诗。在华俊声的诗集序言后面，有姜浩手书的评价：

> 伏读一遍，意味隽永，知寝馈于三唐者深矣。姻愚弟姜浩拜服[④]。

姜浩自称是韩剑芝的“姻愚弟”，即有姻亲关系，因此可以推测他对韩剑芝比较熟悉。他认为剑芝诗作渊源于“三唐”，可信度较高。诗歌史上唐朝诗歌一般分为初、盛、中、晚四个时期，但也有初唐、盛唐、晚唐的三分法。由此可知，韩剑芝的诗歌取法唐诗，而不仅仅拘限于盛唐的几个诗人。具体而言，大约有两个诗人是韩剑芝诗作的渊源。

首先是杜甫。华俊声为《不如痴斋诗草》所作序言已经指出这一点：

> 诗以道性情。杜少陵号为诗圣，然其感喟忧思之作，后人学之，

---

① 钱谦益：《列朝诗集小传》乙集，上海古籍出版社 1983 年版，第 180 页。

② 张寅彭、杨焄点校：《清诗话全编》，上海古籍出版社 2018 年版，第 4429 页。

③ 汪涌豪、骆玉明：《中国诗学》，东方出版社 2008 年版，第 445 页。

④ 韩宝忠撰，邓稳整理：《不如痴斋诗草·序》，巴蜀书社 2020 年版，第 2 页。

往往致无病而呻吟之诮。……昔庐陵论诗，谓穷而后工，慎毋徒工于章句之末，致同诗人之穷愁措大，庶不负余之厚望焉[①]。

华俊声与韩剑芝为世交，谊属长辈。在这篇序言中，华俊声虽认同《不如痴斋诗草》“琢句工雅”，但因为担心剑芝“致同诗人之穷愁措大”，并不赞同韩剑芝多写这类诗歌。当然，华俊声以学杜甫而有无病呻吟之虑来劝诫韩剑芝，主要是针对《不如痴斋诗草》“举所历名区胜迹，托诸歌咏，其感怀悼亡诸作”而言。其中，尤以《西征》《长征》《长安》《春望蓟门》等行旅诗以及《和继观察昌》等“位卑未敢忘忧国”的诗作最与杜甫相似，如《送别内兄陈鼎臣》首联“廿载结朱陈，从未谋一面”即有当时读者的眉批：“如读老杜乱后诸作。”[②]

其次是李商隐。《重遣四首》是诗人再次怀念前妻的悼亡之作，名为鸿元的读者在第一首尾联“秋风无限鲛人泪，滴断瑶琴应手弦”上眉批云：

义山惯写情根，长吉工于凄调。天长地久，石烂海枯，着不得些子平淡语，殆亦天使然耶。昔人悼亡诗云“宜颦宜笑娇模样，翻悔从前领略疏”，韩子恨亦同此。鸿元拜读[③]。

义山是李商隐，长吉是李贺，两人诗作皆擅长以丽词写凄情，尤以李商隐的情诗写得最为凄迷、悲怆。韩剑芝在庚子乱离中，爱妻病逝，悼念不已，两年之内写下数十首悼亡诗，其忧伤憔悴之情流入诗中，亦常借乐景写哀情，故诗风肖似李商隐。当然，这主要是就悼亡诗而言。

张云楼为《不如痴斋诗草》题有四绝，其二云：

诗宗李（义山）杜浑无迹，书法钟王妙入神。绣出鸳鸯花样谱，

① 韩宝忠撰，邓稳整理：《不如痴斋诗草·序》，第1页。
② 韩宝忠撰，邓稳整理：《不如痴斋诗草》，第19页。
③ 韩宝忠撰，邓稳整理：《不如痴斋诗草》，第10页。

等闲漫度与他人。

唐朝李姓诗人以李白最为著名，且常与杜甫并称“李杜”。张云楼为了避免读者误会，在“李”后特标“义山”以作说明。因此，当时诗人对韩剑芝取法杜甫、李商隐的渊源没有异词。不过，仍有两点需要说明。第一，诗人取法唐人比较广泛，并不仅限于杜甫、李商隐，如《长安瑞雪》其三，首联有眉批“韦苏州、杜工部见之，定当把臂”①，指出剑芝诗除了酷似杜甫外，尚与韦应物相契合；《上元夜作》“灯红有泪应怜我，帘碧垂钩不见人”读者眉批“有香山、玉谿意境”②，指出剑芝诗作除了取效李商隐外还取法白居易（香山）。第二，诗歌取法可以细分为字法、句法等语言艺术形式和诗歌风格两类，上面的评论主要从诗歌表现的内容、情感等角度将韩剑芝的诗学溯源至杜甫、李商隐。正如《然灯记闻》所述：

为诗各有体格，不可泥一。如说田园之乐，自是陶、韦、摩诘；说山水之胜，自是二谢；若道一种艰苦流离之状，自然是老杜。不可云我学某一家，则无论哪一等题，只用此一家风味也③。

韩剑芝只是将庚子至辛亥期间多反映乱离、悼亡的诗作分阶段呈送师友赏读，众多批评者难免受内容影响而将其诗学渊源归于杜甫、李商隐等唐代诗人。这固然反映了《不如痴斋诗草》的大体艺术面貌，但也略嫌不够全面、准确。

无论杜甫还是李商隐，诗歌情感都是比较激烈鲜明的，韩剑芝在乱离、悼亡的悲痛之中多从他们的诗作中汲取营养，因此创作了与其风格酷似的诗作。然而就整个诗集，或剑芝个人禀性来看，其风格实则比较平和、含蓄。反映在诗歌取法上，笔者认为韩剑芝可能更多地受到清朝诗人王士禛的影响。首先，明清诗派林立，虽然各自有宗唐、宗宋的诗法取

① 韩宝忠撰，邓稳整理：《不如痴斋诗草》，第11页。
② 韩宝忠撰，邓稳整理：《不如痴斋诗草》，第28页。
③ 何世璂述：《然灯记闻》，丁福保辑：《清诗话》，上海古籍出版社1978年版，上册第119页。

向，但每个群体特别是主要人物的诗作，影响其实特别大，甚至不亚于唐诗、宋诗。钱谦益、王士禛作为各自时段的诗坛盟主，其影响力正是如此。其次，王士禛诗学取法比较宽广，既尊唐又不废宋，但主要取法唐诗，其诗歌选本《唐贤三昧集》影响深远。这一选本尚未刊行就以稿本在士人间流传，“读者靡不叹其神简。盖集中所载，直取性情，归之神韵，凌前邈后，迥然出众家之上。由是先生论诗之宗旨，益足征信于天下”①。蒋寅认为：“三百年来，《唐贤三昧集》还是作为一个精审的选本广为流传，并为诗家所重视。”② 韩剑芝可能从这一选本获益良多。第三，《不如痴斋诗草》有大量用王士禛诗韵创作的诗歌，如《秋海棠限渔洋〈秋柳〉韵并序》《菊花四首用渔洋〈秋柳〉韵》《潞河春柳仍用渔洋〈秋柳〉韵和刘君东吾》。文中的“渔洋”即王士禛。《秋柳》共计四首，是王士禛的成名作，当时即有曹溶、朱彝尊等数百人唱和。这里姑以《秋海棠限渔洋〈秋柳〉韵并序》为例考察韩剑芝及其同侪诗友对王士禛的接受。该诗序云：

> 清秋寂寞，闲事咏吟，适友人王君运初拈《秋海棠》为题，限渔洋《秋柳》韵征句。不觉技痒。因此花独具一种幽娴雅淡之态，亦实足撩情，动人诗兴也。于是三叠其韵，百丑皆忘。隔幔惊秋，谁洒思人之泪；拈毫咏物，欲招倩女之魂。乃着意描摹，殊难仿佛；藉兹引玉，聊当抛砖③。

从中不难看出三点。第一，韩剑芝与友人王运初共同步王士禛《秋柳》四章之韵作《秋海棠》，可见晚清诗人群体对王渔洋诗歌的接受面较广。第二，《秋海棠》限用渔洋韵是因为秋海棠具有“一种幽娴雅淡之姿”，即其风度与王士禛倡导的“神韵”诗风接近。第三，《秋柳》为四首的组诗，诗人“三叠其韵”，即步王士禛《秋柳》韵作了三组十二首诗，

① 王士禛：《十种唐诗选》，盛符升：《十种唐诗选序》，康熙刊本。
② 蒋寅：《王渔洋与康熙诗坛》，凤凰出版社 2013 年版，第 70 页。
③ 韩宝忠撰，邓稳整理：《不如痴斋诗草》，第 73 页。

可见和作之多。鉴于王士禛在清朝诗坛的地位，绾合韩剑芝及其诗友对《秋柳》组诗的步韵如此之多，基本可以推定韩剑芝的诗歌亦取法王士禛。如果通观诗集，特别是辛亥（1911）以后的诗作，甚至可以说韩剑芝的诗歌可能主要效法王士禛。因为艺术虽以古为贵，但取则近人总会更加方便且容易成功。

除了诗歌渊源外，韩剑芝在具体诗歌创作上也多有创获。

首先，时见诗体的创新。《游仙》诗序说："游仙体向皆绝句，予试作律，实率意为之，非敢云创格也。"① 可见诗人将两联的绝句体游仙诗改换为四联的律诗形式，虽自谦是"率意为之"，实则有意"创格"。《红鹤楼》序言"步崔养生《黄鹤楼》韵"②，实则也将崔颢平仄不谐、失粘等格律不严谨的地方做了修改，成为一首格律严谨的律诗。由此可知，诗人对诗体有所思考和突破。

其次，有意识地尝试多种诗体创作。诗集收有两组回文诗，一组为《秋雨无聊同内子夜话》，另一组为《无题》且属于"回文进退格"。宋代严羽《沧浪诗话·诗体》："有辘轳韵者，双出双入。有进退韵者，一进一退。"郭绍虞校释认为："若律诗先二韵甲，次二韵乙，为辘轳格。两韵间押，为进退格。"③ 换言之，进退格即一首诗采用两个相近的韵部来押韵，隔句递换用韵，一进一退。《无题》一诗巧妙地将回文与进退格融合起来。其诗云：

帘冰隔影低钱掷，远卜人思春梦同。
甘味茶消眠午夜，落花莲数漏丁冬。
纤纤柳染双尖碧，窄窄菱弯一捻红。
三月三朝花候约，那无香芍赠情侬。

在平水韵中，这首诗的韵脚同、红属于上平声"一东"，即东韵；冬、

① 韩宝忠撰，邓稳整理：《不如痴斋诗草》，第 79 页。
② 韩宝忠撰，邓稳整理：《不如痴斋诗草》，第 12 页。
③ 严羽著，郭绍虞校释：《沧浪诗话校释》，人民文学出版社 1983 年版，第 89 页。

侬属于上平声“二冬”，即冬韵。因此，这首诗以东、冬两个相邻韵部的字押韵，而且同、冬、红、侬四个韵脚是按东韵、冬韵相互交换的顺序排列，刚好构成进退格。如果将这首诗从末句读起就构成回文的形式：

侬情赠芍香无那，约候花朝三月三。
红捻一弯菱窄窄，碧尖双染柳纤纤。
冬丁漏数莲花落，夜午眠消茶味甘。
同梦春思人卜远，掷钱低影隔冰帘。

巧妙的是，即使回文后的诗句依旧构成进退格的押韵形式！在这首诗中，三、甘属于平水韵下平声的“十三覃”，纤、帘属于下平声的“十四盐”，因此也具有邻韵相押且覃韵、盐韵一进一退的奇妙形式。

另外有一组辘轳体诗也比较有趣，其诗名为《新年感作以放翁“世味年来薄似纱”句作辘轳体》。辘轳体，一般要求写律诗五首，每首都有一句相同，这公用的一句，分别用作五首诗的第一、二、四、六、八五个需要押韵的诗句。因为诗的韵律如水井之辘轳架旋转而下，故名辘轳体。这里姑且摘录三首，以方便观察其特征。其一云：

世味年来薄似纱，尔虞我诈欲何奢？
居鸠惯逐营巢鹊，吞象偏逢不足蛇。
铜马漫泞持荔子，白鱼江味惜松花。
书生本少安邦策，愿效张骞贯月槎。

在这首诗中，“世味年来薄似纱”为律诗的第一句，整首诗首句押韵，共有五个韵脚。其二云：

狂澜君视滥无涯，世味年来薄似纱。
竞说偷天能换日，谁怜泛宅更浮家。
箕燃釜泣伤煎豆，匕见图穷险剖瓜。

锦绣河山云万变，繁华不是旧中华。

在第二首诗中，“世味年来薄似纱”已移至律诗的第二句，依然押韵。以下依次将该句移至第四、第六、第八句，总计五首，其五云：

忠恕方违道不遐，肯将匆欲向人加。
养苗未见能除莠，种豆从何望得瓜。
落魄休云文有价，守身常懔玉无瑕。
穷途漫乞人怜我，世味年来薄似纱。

在第五首，“世味年来薄似纱”放在整首诗的末尾，已经无可移动。辘轳体要一口气作五首，而且每首诗必须使用同一句、押同一个韵部的字，创作起来难度很大，非常考验诗人的语言艺术能力。因此，也可说近于游戏。但当时诗社盛行，许多诗友也经常作这种类似于文字游戏的诗歌作品。韩剑芝曾先后参加著涒吟社、梁园诗社、稊园诗社，许多类似的诗歌也在这些诗社活动中被创作出来。在当时名流荟萃的著涒吟社唱和活动中，韩剑芝也有一诗钟联被保存了下来①。

二、韩宝忠的书学渊源及其特点

《不如痴斋诗草》不仅具有诗歌的艺术价值，还有较强的书法价值。华俊声在序言里评价韩剑芝“髫年工书”②，且悬挂其楷书于壁上以供观摩。当时索书者甚多，《李采繁索书折箑并赠绝句三章》记载了当时书家李采繁向韩剑芝求书折扇一事。今天还留存了两块韩剑芝所书的碑记，一是1909年所书《皇清诰授奉政大夫光禄寺署正张公墓志铭》，一是1922年所书《平遥赵公创办金井公司记》。前者墓主张兴邦为皇清诰授奉政大夫、

① 《著涒吟社诗钟集》第十课“冷新嫁娘分咏体”载录署名“望潇湘馆”的诗钟联：“碧影窗前混纱縠，红颜厨下试羹汤。”据《著涒吟社同人录》“韩宝忠，号剑芝，别号望潇湘馆”，知其为韩宝忠所撰，见《清末民国诗词结社文献汇编》，国家图书馆出版社2013年版，第十册。

② 韩宝忠撰，邓稳整理：《不如痴斋诗草·序》，第1页。

钦加五品衔光禄寺署正，铭文由赐进士出身、诰授奉直大夫、前提督山西学政、翰林院编修刘嘉琛所撰，韩宝忠以诰授奉政大夫、刑部主事、民政部六品警官、山西后补直隶州知州的身份书写墓志铭。后者为韩宝忠以束鹿县知事的身份撰文并书写，传主赵鸿谟为山西平遥望族，一家三代皆被封赠荣禄大夫，夫人皆封一品夫人，赵鸿谟因为庚子（1900）接待西逃的慈禧太后而名噪一时。因为损坏严重，两块碑文皆漶漫不清，但可证明韩宝忠在当时确以书法闻名。

今天能见到的韩宝忠书法作品当以两本《金刚经》和三册《不如痴斋诗草》最为完整、精美。两本《金刚经》分别写于 1924 年、1927 年，正是诗人 1923 年被迫辞官后最为痛苦、消沉的时段。1924 年书写的甲子本《金刚经》钤闲章“宝忠长寿”“宦海沉浮二十年”，可见其当时痛苦莫名的心态。这件作品不同于一般的抄经字体，选择以行楷来书写，似乎有意表现诗人被无辜罢官的不平之气。1927 年书写的丁卯本《金刚经》署名双修，钤闲章“飞跃”“剑芝”，字体为工整、平和的小楷，反映诗人已经通过佛教、诗歌、友情等消融了痛苦。两件《金刚经》书法作品间隔四年，与《不如痴斋诗草》第二册 1924—1930 年的时间跨度比较接近，由此可以体味诗人心态的转变，甚至可以窥探诗人平和心态的具体方法。

《不如痴斋诗草》用书法的形式载录诗人四十年的诗作，从书写的角度不仅可以看出诗人心态的转变，还可以分析诗人书法的渊源与变化。首先，诗人主要师法锺繇与王羲之，尤其擅长小楷。张云楼题赠《不如痴斋诗草》绝句四首，其二即称颂韩剑芝“书法钟王妙入神”，可见其已经看出剑芝的书法渊源。韩剑芝《救世新教冬至郊天时逢瑞雪江副教统宇澄赋贺廿八字谨步元韵勉成四绝》其四云“兴到挥毫摹逸少，传神犹让快晴贤”，证明韩剑芝确实曾以王羲之为师法对象，并以其名作《快雪时晴帖》为最高标准。其次，《不如痴斋诗草》第二册、第三册多用草书字法，比如幸、达、庆等字也与王羲之、智永的草书字法相同，而与明清俗体有异。第三，和诗歌一样，韩剑芝书法既师法古人，也受时人的影响。清代晚期正值帖学、碑学相互争鸣的时代，韩剑芝恪守帖学，以清代馆阁体为尚，书风近似刘墉。刘墉（1719—1804），字崇如，号石庵，祖籍安徽砀山，出生于山东诸城，大学士刘统勋长子，清代著名的帖学大家，被世人称为“浓墨宰相”。《李采繁索书折箑并赠绝句三章》其一云：“久钦书法妙诸城，心逐萍踪一合倾。才钝亦耽浓墨癖，不期模范得先生。”“诸城”指刘墉，“浓墨”即刘墉书法的主要特征。由此可知，韩剑芝曾经追求刘墉书法的浓墨韵味。因为是小楷，这种浓墨的韵味时有体现，但并不明显，倒是网上流传的几件条幅拍卖品，很能体现浓墨特征。

不过，诗人似乎也并不太满意肖似刘墉，而想有所突破。1934 年所作《六十自述口占》其五云：

> 髫年胆妄擅书名，终日临池业未精。落纸习成浓墨癖，愧人评论学诸城。

在这首诗中，韩剑芝对一生的学书经历和书风作了回顾。“髫年胆妄擅书名”是时人的评价，“终日临池业未精”是刻苦学书的陈述，“落纸习成浓墨癖”自然是书法渊源的夫子自道。然而，末句“愧人评论学诸城”似有歧义，到底是因为把自己和刘墉并列感到惭愧，还是因为对自己学刘墉而未有所超越感到羞愧呢？笔者以为是后者。第一，《李采繁索书折箑并赠绝句三章》称颂李采繁“久钦书法妙诸城”，即认为李采繁的书法比刘墉还妙，可见在剑芝眼里，刘墉书法虽好，但还未到神品的境地。第二，“愧人评论学诸城”表明时人仅仅以“学刘墉”评价剑芝的书法尚未达到他的自我期许。当然，诗人认为这是由于自己“终日临池业未精”带来的后果。由此可知，韩剑芝对书法艺术有更高的追求。

总而言之，韩剑芝的书法远师钟繇、王羲之，近则刘墉，在当时至少为一区域性书家，即在今天山西、河北、北京一带享有一定的书名。书为心画，足以知人。民国书家陈公哲《行草章法》从行气角度将书法作品中的字分为字法字和章法字两种。字法字，“即古碑帖中最平稳之字体，字字可以取法。真书如钟繇《宣示表》，正行如王羲之《兰亭序》……各字侧重于本身之结构，大小平匀，长短合度，既无过长之字，亦无特短之字"[①]。章法字，"即在各种碑帖中常见之特长、特短、特大、特小、特粗、特细、特斜、特险等字，不合'字法'本身之结构……分之不合'字法字'之体例，合之可以为佳章之要素"[②]。韩剑芝的书法皆用字法字，而罕见章法字的使用。这种平匀字法、章法的选用既是书家书写功力的自信，也是性情平和的表现。陈公哲认为"点画清洁，结字疏散者，其人清高"[③]，以此观《不如痴斋诗草》的书法艺术，确能获得心有戚戚焉的审美感受。

---

① 陈公哲：《行草章法・行气字范》，作者书社 1940 年版，第 4 页。

② 陈公哲：《行草章法・行气字范》，第 4—5 页。

③ 陈公哲：《行草书例・书道逻辑・书相》，中国书店 1988 年版，第 28 页。

晚清民国下层官吏的精神境况与隐微写作

——以韩宝忠《不如痴斋诗草》为考察中心

袁 昊①

如何展开对晚清民国时期旧体诗的研究，学术界自20世纪90年代以来一直存在争议。关于旧体诗是否入文学史的问题，也一直是学术讨论热点，观点歧出②。与入史问题悬而未决相对的是具体研究的稳步推进，甚而设想出研究旧体诗的三种角度与框架："一是从中国现代文学的多元性和传统性的角度来确认旧体诗的存在，二是从多元现代性和人文性的角度来分析思考旧体诗的价值，三是从传统与现代的对话的角度来思考旧体诗与古典诗词、'新文学'的关系。"③

可以看出，无论是哪一种角度与框架，其立足点都是站在中国现代文学的立场上来阐发旧体诗的价值与意义，而且预设中国现代文学（以新诗为论述基点）的优先性。实际上自诞生到今天，新诗也没有取得绝对的主导地位。新诗自身的问题更是有目共睹，新诗的新形式与新内容在美学上并没有

---

① 袁昊（1984—），四川广元人，文学博士，四川师范大学文学院讲师，研究方向为中国现当代文学。

② 唐弢、王富仁、钱理群持反对态度，黄修己、袁进、苗怀明持支持态度，吴晓东取价值中立立场。分别参见：唐弢《中国现代文学史的编写问题》、王富仁《当前中国现代文学研究中的若干问题》（《中国现代文学研究丛刊》1996年第2期）、钱理群《20世纪诗词：待开发的研究领域》（《返观与重构——文学史的研究与写作》，上海教育出版社2000年）、黄修己《拐弯道路上的思考——20年来现代文学研究的一点感想》（《文学评论》1999年第6期）、袁进《中国现代文学中的旧体文学亟待研究》（《河南大学学报》2002年第1期）、苗怀明《要宽容，还是要霸权？——也说现代旧体文学应入文学史》（《粤海风》2001年第5期）、吴晓东《建立多元化的文学史观》（《中国现代文学研究丛刊》1996年第1期）。

③ 孙志军：《现代旧体诗的文化认同与写作空间》，华中师范大学出版社2015年版，第13页。

取得令人信服的成绩[①]。这让我们不得不思考从晚清民国时期诗歌发展演变史来重新认识诗歌的新与旧、承继与创新等问题。

新诗包括现代文学的其他文体，大多是从西方舶来，因民族危机的外在压力，反映在文化文学领域，就是广泛地学习西方。而西方文学（以现代文学为主）更多的是呈现“主观经验”、尊重“个人的主观视角”[②]，反映“现代生活最深刻的问题来自个人企图在社会强权、历史的沉重遗产以及生活的外在文化和技巧中保持其生存的独立与个性”[③]，对应到近现代中国文学史，从“诗界革命”一直到“五四”新文学革命，都在试图突破旧体诗歌传统。“诗界革命”坚持保有旧体诗歌形式，书写新的内容，即梁启超所说的“以旧风格含新意境”[④]。

究竟怎样才算是“新意境”，梁启超并未进一步论证，从他与黄遵宪等人的诗歌创作情况来看，新名词新事物入诗成为基本策略。尽管梁反对“以堆积满纸新名词为革命”[⑤]，但实际上，能实现的诗歌手法非常有限，新名词新事物依然是“诗界革命”有效的实践路径。

以黄遵宪的诗歌《今别离》其一为例：

别肠转如轮，一刻既万周。眼见双轮驰，益增中心忧。古亦有山川，古亦有车舟。车舟载离别，行止犹自由……虽有万钧柁，动如绕指柔。岂无打头风，亦不畏石尤。送者未及返，君在天尽头。望影倏不见，烟波杳悠悠。去矣一何速，归定留滞不？所愿君归时，快乘轻

---

① 郭沫若评价“五四”以来的新诗成绩时说：“‘五四’以来的新诗毫无成就。”（见《沫若文集》第十七卷，人民文学出版社 1963 年版，第 264 页），毛泽东则说：“现在的新诗不成形，我反正不看新诗。”（见陈晋主编《毛泽东读书笔记解析》，广东人民出版社 1996 年版，第 1613 页），流沙河在不同场合否定新诗的成绩与价值，如“现在的好多新诗不耐读，因为没有秩序”，“东诗效颦西诗”后“面目模糊”甚至“面目可憎”等言论。

② ［英］克里斯托弗·巴特勒著，朱邦芊译：《现代主义》，译林出版社 2018 年版，第 63、68 页。

③ ［德］格奥尔格·西美尔著，陈恒译：《大都市和精神生活》，上海人民出版社 2014 年版，第 293 页。

④ 梁启超：《饮冰室诗话》，人民文学出版社 1959 年版，第 51 页。

⑤ 梁启超：《饮冰室诗话》，第 51 页。

气球①。

这首诗书写的现代器物是轮船与火车，所使用的语言皆是旧体诗歌语言，借用崔国辅《乐府诗集杂曲歌辞》中的《今别离》，同时活用孟郊的《车遥遥》相关词语及意象，让人在旧体诗歌中来体会现代器物，最大限度降低违和感，使诗歌保有旧体诗歌格调。

晚清民国时期具有黄遵宪这种“旧瓶装新酒”的诗歌不少，比如吴虞的《甲午即事八首》之一：

长鲸何日始行诛，抚髀苍凉缺唾壶。刘湛安能同管葛，卫青那解学孙吴。取盘枉画平戎策，聚米难为破敌图。不及兰台班令史，洛阳宫殿赋东都②。

这首诗句句用典，而且这些典故，假如没有组诗标题提示的话，几乎看不出与甲午战争有多少关系。

“诗界革命”影响颇大，晚清民国诸多旧体诗人都不同程度践行其观念与方法，韩宝忠的《不如痴斋诗草》就是晚清民国旧体诗研究的一个样本。之所以说是样本，一是因为韩宝忠不是像梁启超、黄遵宪这样开风气、引领潮头的人物，他离文化文学中心相对较远，其诗作更偏向由旧转新；二是韩宝忠一生都是中下层官吏，其诗歌创作更能反映广阔的社会现实，显示转折时代传统文人的精神境况。

韩宝忠生于1875年，卒于1939年，历任山西、河北等地县知事。在行政公事之余喜欢写诗，存世有《不如痴斋诗草》稿本三册，经邓稳整理，并于2020年由巴蜀书社出版。整理出版的《不如痴斋诗草》收录韩宝忠四十余年千余首诗，在内容方面包括感怀悼亡诗、时事诗、循吏诗、行旅诗、唱和诗、诗社题咏等。这本诗集的价值，邓稳认为有四：一是可

① 黄遵宪著，钱仲联笺注：《人境庐诗草笺注》，上海古籍出版社1981年版，第516页。

② 吴虞著，田苗苗整理：《吴虞集》，中华书局2013年版，第389页。

以丰富晚清民国时期旧体诗研究，二是可以促进手稿学研究，三是有助于对士大夫多元文化研究，四是可以作为以诗证史的史学材料[①]。笔者以为这其中更为重要的是以《不如痴斋诗草》为个案来考察晚清民国时期中下层官吏的精神境况与心态，从而认识晚清民国整个社会变更的历史复杂性与丰富性。

韩宝忠因其为官身份的影响，在诗歌书写中有较为明显的士大夫情结，对时局、朝廷及社会政治没有较为尖锐的批评，更多侧重对自身处境心境的书写。而这些诗歌保有更多旧体诗的特色，"《不如痴斋诗草》未受到朝代更替的太大影响，而是遵循从清朝康熙时期所形成的主流诗风叙写自己的行旅、爱情、仕宦、交游等经历和感情，比遗民诗人、南社诗人都平和，反映出民国时期另一种文人群体的心态以及审美趣味。"[②]

韩宝忠《不如痴斋诗草》与主流诗潮不相侔这一问题，除了与其外任与职位不高之外，还与他对世事变幻与诗学观念的认识有关。对于世事风云变幻，韩宝忠显得相对恒固与保守，"破坏非难建设难，人人欢夺自由权。漫云弱肉应强食，子母精微赖笔椽"（《祝〈法政经济报〉开馆四绝》）。韩宝忠对严复翻译的《天演论》应该知道，但对"物竞天择"的进化论观念显然是持保留态度。反映在诗学观念上，韩宝忠并未急于趋新、沿"诗界革命"的路径前行，相反秉持康熙朝以来的特征与诗风，传统士大夫的藏与隐的诗歌意境比较明显。只不过因时代的剧烈变化，政治环境与自身处境的险峻，自由抒写已不再可能，"隐微写作"成为晚清民国时期普遍的书写状态与书写选择。

"隐微写作"，按照施特劳斯的观点，是写作者的一种写作策略，受外在压力（政治、宗教等），写作者把自己真正想要表达的思想隐藏在文本之中，读者需要细读文本从精微处读出写作者的思想与观点[③]。韩宝忠作为中下层官吏不能直接书写对时政的臧否，更不能公开表达自己的思想倾

① 韩宝忠撰，邓稳整理：《不如痴斋诗草·前言》，巴蜀书社2020年版，第42—44页。

② 韩宝忠撰，邓稳整理：《不如痴斋诗草·前言》，第43页。

③ 参见［美］列奥·施特劳斯著，刘锋译：《迫害与写作艺术》，华夏出版社2012年。［美］亚瑟·梅尔泽著，赵柯译：《字里行间的哲学：被遗忘的隐微写作史》，华东师范大学出版社2018年。

向，只能隐微地在自己的行旅、唱和、写景等诗歌中加以隐微的闪现。而韩宝忠的这些隐微诗作，却可以让我们一窥作为士大夫、官员、诗人在晚清民国时代语境下的个人精神境况，进而由微观来观照整个时代精神风貌。

韩宝忠“隐微写作”诗歌不少，有对中下层官员各地赴任苦境的书写，“朝朝谁促唱骊歌，山路崎岖唤奈何。绕铺疏槐暗烟雨，举家行李逐风波。一官培植思庭训，廿载光阴悔墨磨。此去天涯何所事，愿抛簪组换农蓑。”（《西征》）“五洲何处可为家，世乱怀才未许夸。从此怕谈时事变，于今休作宦情赊。”（《和曹令鹤卿步原韵》）“君今养晦身何辱，我学为官志已疏。侈口富强无至计，望洋徒胜几唏嘘。”（《李肖峰乡丈因谏去官赋诗二律留别京友爰步元韵以和》）“尊前莫问长安客，且把愁肠诉暮鸦。”（《七月四日登四合楼》）韩宝忠历任山西沁县知事、河北新乐县知事、河北唐山县知事、河北束鹿县知事等职，一直到1933年隐退，长期的中下层宦海生活，使其苦不堪言，劳顿奔波成为常态。因身份问题，不能公开展露，只能在诗歌里“隐微”表达。

韩宝忠“隐微写作”的诗歌也有对自己志向未能实现的感喟，“论法即今应虎变，补牢何暇悔羊亡。男儿自恨无长策，强为他人作嫁裳。”（《感怀和善汝明步原韵》）“旷观时局醒春婆，万变云霞瞥眼过。危幕岂堪巢燕雀，狂澜何事助蛟鼍。空思沧海捞明月，竟使流光付逝波。我欲归耕无处所，一腔热血敢消磨。”（《感时步毓聘之韵》）为官辛苦，士大夫仕途理想不能实现，心生倦怠之感，失去对人生意义的热烈追求，为官似乎意义阙如，归隐之意的诗作数量不少，“显—隐”“达—穷”之间的转换，在韩宝忠诗歌里有明显体现。这种观念与施特劳斯所说的“隐微写作”有内在的一致性。即使这样，韩宝忠像传统士大夫一样，并没有一味沉沦下去，而是不断勉励自己、激发斗志，“男儿无计安磐石，羞说荣名衣锦归。”（《感时》）“英雄时事犹堪造，出匣干将着意磨。”（《和王啸亭答周茗乡留别北京原韵四章》）壮志未酬，虽有委顿之感，但还是不能放弃自己，“遁世岂能如我愿，趋时未必惹人怜。养生自恨无长策，看到儿孙倍赧然。”（《四十自述步绳武、滦营唱和韵》）

在《不如痴斋诗草》中，“隐微写作”的诗作很多，包含在行旅、循吏、唱和、写景等诗歌中。通过这些诗歌，我们能深味晚清民国时期下层官吏的精神境况与时代风貌。从晚清民国时期诗歌流变的角度，我们还会发现《不如痴斋诗草》中的另一种诗学特征与诗歌价值。

如前文所述，在对晚清民国时期旧体诗研究中的三个视角与框架中，基本上是以现代立场对旧体诗进行价值与意义评价的，而现代立场的标准，“诗界革命”是以是否具有“新的意境”为标准的，新文学革命时期，是以是否具有现代价值与美学特征为标准的。若有则赞誉，若无则遗弃。问题是旧体诗有自身的发展脉络与传统，并不是天然就具有与西方文学相通连的意境与价值，如何冷静客观地重新去梳理、淘洗数量巨大的晚清民国旧体诗是目前亟待展开的学术问题。

旧体诗在形式不变的情况下，如何与新的时代及社会环境乃至人的精神层面相结合，确实是一个不容忽视的问题。除了梁启超所开拓的“旧形式注入新内容”这一途径外，是否还有别的可能？查看晚清民国时期如柳亚子、苏曼殊、陈去病、吴芳吉、郁达夫、聂绀弩等人的旧体诗，会发现他们旧体诗具有独特的美学意蕴，即旧形式旧词语与新苦痛新思想交融形成新的诗学张力。这种新的美学意蕴与诗学张力，正是我们重新来整理与研究众多晚清民国时期旧体诗提供了一种可能路径。

《不如痴斋诗草》中的诗歌基本上都是旧形式旧内容，千余首诗歌中偶有为数不多的几首诗歌融入了新词语，旧体诗是韩宝忠诗歌的显著特征。在细致阅读这些诗歌中，也会发现诗歌的旧形式（诗歌体式）旧内容（诗歌主题）之中有了新的苦痛与新的美感。

“炊烟远隔树模糊，茅舍参差俨画图。客里秋风悲蟋蟀，马前残雪冷蒲芦。飞红扑面尘三斗，大白浇胸酒一壶。检点征衣倍珍重，砧声敲断楚山孤。”（《途中有感》）“雨后田园晓风清，无边众绿一齐生。小亭湖上浑忘夏，团扇风前不记名。烟重鸟呼声翠翠，林殷花点泪猩猩。篝车遍起豚蹄祝，聒耳秧歌乐岁声。”（《夏雨生众绿得生字》）前一首诗是赴任途中所感，后一首诗是在任时视学路上所见所感。诗歌主题也很明显，词语意象也很常见，但是两首诗生成的美学感受却有新意。尤其是两诗对旧意象的灵活使用，显示了旧意象新意境的特色，“任何意象的存在都有一定的空间形式。把意象置于何种时空坐标系，体现着某个诗人的特定心态。这些传统意象在现代旧体诗人们的诗歌中也发生着变化，这种变化，一方面是因为社会形态的影响作用，一方面也反映出诗人的内在精神在现实中的转变。”[①]《途中有感》对赴任苦途的书写，用意象一一串联，“炊烟”“远树”“茅舍”“秋风”“蟋蟀”“残雪”“蒲芦”“风尘”“白酒”“征衣”“砧声”错落排列，自成景致，而其中的感受却有现代交通初开时的情形。《夏雨生众绿》也是通过乡村道途所见景象，用意象一一联结，构成新的图画，融入新的意境。

韩宝忠的《不如痴斋诗草》的旧体诗词放在整个晚清民国时期旧体诗系统中，也许并不出色，没有与时代共振的铮铮诗情，也没有太多现代人的精神苦境、执拗低音，但是这本诗集却从另外一种状况下显示了时代的丰富性与复杂性，也让我们看到了旧体诗词转变的多维面向。现代以来的新诗似乎在形式与内容上有了大的突变，但其中属于中国诗歌内蕴的东西并没有因此而丢失，一部分在新诗中传承，“新诗变革的跨度有了大的扩展，是从文言写作的旧诗到用白话写作的新诗的大跨越。但冷静观察可以看到，使用汉语写作的根基没有变，传达中国情思的内涵也没有变。它充其量不过是中国诗歌内部的一场适应时代潮流的大调整。”[②] 更多是在旧体诗词中缓慢蠕行，在《不如痴斋诗草》这样的旧体诗中显隐。整理、淘洗、辨认与重新阐释《不如痴斋诗草》的个体隐痛与精神境况，并与大时代精神走向对读，进而审视百年中国诗歌渐变的多种面向与可能，这或许才是我们今天研究与《不如痴斋诗草》相类旧体诗词的意义与价值所在。

---

① 王巨川：《中国现代时期新旧诗学互训》，华中师范大学出版社 2015 年版，第 241 页。

② 谢冕：《中国新诗史略》，北京大学出版社 2018 年版，第 14—15 页。

浅论韩宝忠的吏治思想

——读《不如痴斋诗草》有感

王 朋①

《不如痴斋诗草》是韩宝忠生前手订诗集，在这本诗集中，韩宝忠“举所历名区胜迹，托诸歌咏，其感怀悼亡诸作，忧伤憔悴，情见乎词”②。正因为是作者亲自编辑，因此这本诗集也成为后人研究韩宝忠生平经历、思想智慧的第一手资料，具有重要的历史文献价值。以此出发，亦可以具体观察晚清民初易代之际一个地方官员的日常生活的各个方面。本文拟以韩宝忠主政县治时的诗歌书写为切入点，集中讨论韩宝忠的吏治思想，发掘其为政智慧，以期对当下社会治理有所启示。

一、任职宣言：“人经作客方知苦，我亦为官总是贫”

1911年春天，韩宝忠离开北京，一路西行，赴山西沁州任，途中作《触怀》一首。值得注意的是，1911年是韩宝忠结束京官生涯，转变为地方官的一年，从前是京城衙门奔走的署僚官员，时时候命而办差，而现在却即将成为一县父母官，主政一县，可以充分施展一己抱负。从离开北京那一刻起，个体身份的转变意味着自我认知的变化，因此这首《触怀》在某种程度上可以视为韩宝忠首次为政地方的内心宣言，隐含着深刻的吏治思想：

---

① 王朋（1987—），山东泰安人，文学博士，四川警察学院讲师，研究方向为中国古代文学。

② 韩宝忠撰，邓稳整理：《不如痴斋诗草·序》，巴蜀书社2020年版，第1页。

夫子关西岂偶然，乌纱原不愧青天。拼将鹤俸频迎送，自典朝衣当酒钱。（《触怀》）

韩宝忠在诗文开篇两句话中，主要表达了两层意思，一是剖明心迹，强调自己赴山西上任，定能尽职尽责，不辱使命；二是通过“拼鹤俸”“典朝衣”等语言描述自己以微薄俸禄打点人情世故，维系个人生活，暗示出自己任内将为官清廉，不会贪污腐化。廉洁自律恰恰是韩宝忠在1911年的诗歌书写中经常提及的主题：

愧予来宰先生里，自信惟能不爱钱。（《题王明府先生松坪遗照》）

人经作客方知苦，我亦为官总是贫。（《去沁任赴省感作》）

“不爱钱”“总是贫”，类似语言在诗歌中多次出现并不是偶然的，翻检《不如痴斋诗草》的诗歌著录情况，我们发现韩宝忠在1911年共收录了15首诗歌，而包含廉政思想的诗歌数量虽只有3首（《触怀》《题王明府先生松坪遗照》《去沁任赴省感作》），但是在这一年的诗歌总数中占比却达20%，比例仍然相当可观。

可以看出韩宝忠有意在1911年突出强调廉洁去贪的吏治思想，并在诗歌中反复咏叹。笔者认为韩宝忠此举首先可视为对朝廷“大计”的先行回应。清朝对地方文官的考核方式主要有“京察”和“大计”两种方式，“京察”的考核对象是三品以上官员及总督、巡抚等方面大员；“大计”是考核道、府及州县官员清朝对官员的考绩。无论是“京察”还是“大计”大抵以“四格八法”作为考核标准，“考以四格，纠以八法……以四格叙其功劳，以八法行其处分”[①]。“四格”为考核官员的四项内容：守、才、政、年；“八法”为处分官员的八类标准：贪、酷、不谨、疲软无为、浮躁、才力不及、年老、有疾。“四格”的“守”首推“清”，将清廉作为地方文官的首要政绩，同时“八法”中处分地方官员时亦首

① 萧一山：《清代通史》，上海商务印书馆1932年版，第592页。

论“贪污”。故而以此来观，韩宝忠 1911 年在上任之际，在诗歌中反复表达清廉志向，强调不贪，透露着己身的吏治思想，既是一种仕途的自我标榜，也是向外界传达出自己称职廉洁的为官形象，可视为其就职宣言。

二、施政思想：“官民共挽千钧发，上下同珍百姓脂”

自晚清以来，山西一直灾荒不断，光绪元年（1875）至四年，华北地区发生特大旱灾饥荒，史称“丁戊奇荒”。在这次灾荒中，山西受灾尤重，时任山西巡抚的曾国荃称之为“二百余年未有之灾”①。其后光绪十八年、二十五年、二十六年、三十三年山西接连发生一系列灾荒，对传统农业生产造成了极大破坏，整个山西经济遭受重创，元气大伤。祸不单行，除了天灾之外，苛捐杂税也随之而来，1901 年清政府在与帝国主义列强的抗争中战败签订了《辛丑条约》。《辛丑条约》中第六款规定中国赔偿各国共计 4 亿 5 千万两白银。国力空虚的清政府只能从地方搜刮，摊派全国各省，而山西被令每年交赔款 1163000 两。在这种情况下，山西主政官员为了完成任务，往往巧立名目，重征旧税，开征新捐，把沉重的负担转移到普通老百姓身上，天灾不断加之赋税严重，让山西民间社会在晚清最后十几年间基本沦为荒废之地，百业凋敝，民不聊生。民国初年，山西清理财政局经过调查，曾对晚清时期的山西经济有如此描述：“光绪庚辛之交，京省财政同一困难，属在晋省筹防赔教案。其情形则尤为艰窘。自辛丑迄于丁未，所有陆续增加各款凡一百数十万，虽竭尽智能，多方筹集，终难使库中出入俾得相符。”②

在这种历史条件下，韩宝忠治下的沁州满目荒凉凋敝。农业生产落后破败。面对此情此景，上任后的韩宝忠流露出深深忧虑，但是并没有就此消沉。其在《东吴绅钤》一诗中，其写出了自己的施政思想：

政繁绝少郑侨慈，瘠土何时霖雨滋。爱国尚期诸父老，障民休恃

① 曾国荃撰，梁小进主编：《曾国荃集》，岳麓书社 2008 年版，第 181 页。

② 山西清理财政局编：《山西全省各府厅州县地方经理各款说明书》，《民国史料丛刊》第 431、432 册。

好城池。官民共挽千钧发，上下同珍百姓脂。自治未成休自乱，安民不刻党人碑。

在这首诗中，韩宝忠直白地批评了山西当时一些官员只顾向老百姓派捐收税——“政繁”，而没有体恤民情之意——“绝少郑侨慈”，很遗憾在连年遭灾，老百姓生活困苦的山西，缺少了郑侨式的爱民之官（郑侨，南宋官员，字惠叔，体恤民情，任内多次奏请朝廷赈灾减赋，深受域内百姓爱戴）。并进一步忧虑何时才能拯救此方百姓呢，“瘠土何时霖雨滋”。同时，韩宝忠在这首诗里也表达出对山西官员粗暴施政的不满。天灾人祸之年，没有出路的山西人民往往或揭竿而起，起义暴动，或铤而走险，沦为盗贼，而地方主政官员面对此种情况，不知道团结乡里士绅，“爱国尚期诸父老”，只知道加高修固城池防止盗贼和暴民，以为高墙深池便可保佑一方百姓，这恰恰是治标不治本——“障民休恃好城池”。紧接着韩宝忠用“官民共挽千钧发，上下同珍百姓脂”概括出了自己的施政主张：一是官民一心，共克时艰；二是体恤民情，减少税捐，其中心点在于“安民”二字。这也是韩宝忠十几年县长生涯中坚守不渝的施政原则，“人皆蒙福何云去，官为安民不患微”（1916 年《和朱逸馨〈温冷二泉〉元韵》）；“未能拯溺惭官拙，怕听嗷鸿有颂声”（1917 年《积雨侵旬中秋始见晴日顾念灾黎感而赋此》）。就连 1923 年，韩宝忠隐退的时候仍然忘不了“安民”二字，“后来自有龚黄略，和众安民在目前”（1923 年《魏寿岭先生赠别步和》）。

在整个官宦生涯中，韩宝忠如是说，亦如是做，以躬身作为诠释一个地方官员的“安民”信念，这一点在其处理沁州“干草会”一案中表现得格外突出。1911 年冬至 1912 年春，晋东南高平县、长治县、长子县等地百姓为了反抗苛捐杂税，聚众起事，手持干草，火烧当地士绅家宅以及新式学堂，轰动全国，史称“干草会”民变。1911 年农历腊月十二，沁县议事会士绅王克仁将乡民计划于腊月十八起事的鸡毛传单面呈给县长韩宝忠。韩宝忠立刻召集官员士绅商量对策，一致认为当务之急，先答应农民要求，减免杂税，当即起草免捐告示连夜印刷五百余张，分发给各乡士绅，但是到了腊月十八日（1912 年 2 月 5 日），沁县数万民众在杜焕、王三富等人的带领下，手持干草，蜂拥而来。在这种情况下，韩宝忠亲自登上城头，向起事百姓作揖协商会谈，恳请不要入城，但谈判无效。起事民众进城后，火烧张尔富、刘耀、阎增民及刘管则等士绅房屋，随后，分成四路回各乡行动，至腊月二十一日，沁县城乡共计 50 余家被烧毁，造成巨大损失①。

仔细梳理韩宝忠在这场沁县“干草会”事件中的应对措施，从腊月十二日得到线报到腊月十八日百姓公开起事，中间隔了五天，韩宝忠完全有时间派人去上级请求兵力支援，做好镇压准备。但在具体的应对过程中，其还是首选以怀柔为主，与起事百姓商议解决，尽量避免诉诸武力，充分体现了一位县长的以仁政安民的为官心态。

同样在隆平救灾工作中，韩宝忠仍然以自身行动诠释了安民信念。自 1917 年以来，隆平县水患频发，接连两年，大量耕地被毁，当地百姓苦苦向上级反映灾情，却得不得救济。1919 年四月，韩宝忠任隆平县知事，甫上任就开始紧张地灾后救治工作，亲自到各乡调查受灾土地情况，并呈请上级，豁免公粮，当地百姓自发立碑，感念韩宝忠功德。在其“永垂不朽政绩碑”上记录了韩宝忠救灾情形：“幸我县长莅唐，痌瘝在抱，忧民之忧。复据灾民请命，乃亲诣各乡，逐亩履勘；戴月披星，不辞劳瘁。现已呈报上宪，将被压地粮概行豁免。似此再造同恩，能不兴歌‘来暮’”②。从这些记载中，可以很明显看到韩宝忠是一个勤政爱民，安民有道的地方官员。

三、从政理想：“天演竞争新世界，人才如鲫未嫌多”

1911 年，韩宝忠离京赴晋，在火车站与诸位好友道别，留有诗组《和王啸亭答周茗芗留别北京原韵四章》，让我们有机会了解韩宝忠从政抱负的另一面：实干兴国，渴望图强。“天演竞争新世界，人才如鲫未嫌多”，

① 翟一帜、岳谦厚：《清末民初晋东南“干草会”事件及其所反映的山西基层社会》，《中北大学学报》2013 年第 1 期。

② 韩宝忠撰，邓稳整理：《不如痴斋诗草·韩宝忠年谱简编》，第 262 页。

在这句诗歌中，韩宝忠提出了“天演竞争”的说法。无独有偶，同一年在祝贺《法政经济报》开馆的诗中写道：“欲来天演谋生活，莫当寻常警世钟。”勉励《法政经济报》要积极宣扬振聋发聩的思想，不要走警世、喻世等宣扬教化的老套路，“天演”一词的两次出现充分说明韩宝忠接受了当时社会中的“天演”思潮。

1897 年 12 月，严复翻译的《天演论》在《国闻汇编》上陆续发表。一经面世，便在社会上造成了轰动效应。自 1898 年以后，在短短的十多年中，《天演论》就发行过三十多种不同的版本，这是当时任何其他西学书籍都不可比拟的[①]。书中提出的“优胜劣败”给当时的中国知识分子群体以巨大的精神刺激，一时间，“物竞天择”，“适者生存”等新名词充斥报纸刊物也成为爱国志士的口头禅，激励影响了无数年轻人。从此我们也可以看到，韩宝忠对“天演”的热衷，透露着强烈的爱国情怀。虽然自嘲“时危枉作不平鸣”（《和王啸亭答周茗芗留别北京原韵四章》），但是仍执着于“出匣干将着意磨”（《和王啸亭答周茗芗留别北京原韵四章》）、“须念国民担负在”（《和王啸亭答周茗芗留别北京原韵四章》），纵然时局不稳，但仍然出仕救国，渴望图强，与世界列强相竞争，展现出了韩宝忠作为一个地方官员宏大的视野格局。

无论是将清廉不贪作为自己的上任宣言，将仁政安民作为自己的施政信念，还是将救国图强作为自己的从政理想，在韩宝忠身上集中体现了那个风雨飘摇的晚清民国时代，一个正直官员的坚守与抱负，这亦可以成为今天每一个从政者可以资鉴的宝贵财富。

---

① 俞政：《严复翻译〈天演论〉的经过》，《苏州大学学报》2002 年第 4 期。

清末民国时期政治风云中的中下层官员心态索隐

——以韩宝忠《不如痴斋诗草》为例

牟　歆①

从清末到民国时期社会急剧动荡，民族矛盾的尖锐对立，保守、改良与革命三条道路的艰难选择，新旧思想的纠缠交错，共同构成了一个错综复杂的时代，诚所谓“三千年未有之大变局”②。关于这一时期中国精英知识分子的思想和社会思潮研究成果已经相当丰硕，但对这样一个时代中下层官员或知识分子的心态似乎关注不多。韩宝忠于清末至民国曾担任刑部主事、山西沁县知事、河北新乐县知事、河北唐山县知事、河北束鹿县知事等职，长期游宦于官场中下层，其诗集《不如痴斋诗草》的创作自光绪二十六年庚子（1900）延续至民国二十八年己卯（1939），共计40年。其间跨越八国联军侵华、清末新政、辛亥革命、袁世凯称帝、南北内战直至抗日战争等中国近代史上重大之历史事件。其诗歌创作于当时风云诡谲、变幻莫测的政治背景之下，恰好为我们提供了一条探寻以韩宝忠为代表的社会中下层官员在那个新旧交替、思想激荡的特殊时代中如何应对时局、表现家国情怀和真实生活的典型例证和线索。本文试对此问题进行一番梳理和探讨，以求教于方家。

---

①　牟歆（1987—），四川成都人，文学博士，四川师范大学文学院讲师，研究方向为中国古代文学文献。

②　李鸿章：《筹议制造轮船未可裁撤折》，《李鸿章全集》（第二卷），海南出版社1997年版，第676页。

一、庚子国难时韩宝忠的诗歌创作与心态

据《韩宝忠年谱简编》，韩氏生于光绪元年（1875）[①]，在光绪二十三年三月发布的《新旧海防筹饷事例分发三月各省试用人员名单》，“韩宝忠入‘知事栏’”[②]。则韩宝忠是在清末海防筹饷的潮流中以捐官的方式步入仕途的，这也开启了他与从政相联系的一生。

三年后的光绪二十六年，义和团运动突起，清政府同时向英、美、德、法等十一国宣战，后八国联军攻入北京，时任主事直隶司行走的韩宝忠于是年六月，“携眷避乱山西，侨居平遥”[③]。自是年六月至次年七月期间，韩宝忠发妻陈氏、次子与胞弟韩佩卿相继离世，韩氏作《悲遣》《哭内》《送别内兄陈鼎臣》《七月十八日得家书知胞弟佩卿病亡痛作》等诗，颇有国破家亡之感。《悲遣》一诗有《序》云：“庚子民教相仇，携眷避山右，解装十日，内子辄染疾而终。草草一棺，苦情莫状。”[④]《哭内》诗云：“去岁今朝魂梦惊，药炉茶镬两凄清。生前心血何曾惜，死后衣棺太不情。倚我诗肩双泪重，怜他瘦骨一毛轻。千般欲说凄难说，一夜呼侬十万声。”当时境遇之惨淡、内心之悲苦，可见一斑，真可谓“新恨争如旧恨长，黄金难买莫愁堂”。然《送别内兄陈鼎臣》一诗更有眉批曰：“如读老杜乱后诸作。”则可知这些诗作虽看似只为悼念亡妻亡弟而作，实则蕴含着更为深层次的思想，因为它体现出了一个普通知识分子在国家离乱时的遭遇和心情，颇有史诗互证之价值。

若再进一步联系同为创作于这一时期的“公子仁亲应返国，小人有母敢贪天。君恩一炬真高厚，赢得清明尚禁烟”（《绵山》），“红拳倡乱，曾递呈词剿灭”（《和继观察昌》自注），“论法即今应虎变，补牢何暇悔羊亡。男儿自恨无长策，强为他人作嫁裳”（《感怀》）等，则可以看到在国破家亡的现实中，韩宝忠对时局有自己的认识，并秉持了一颗士人所应该

① 韩宝忠撰，邓稳整理：《不如痴斋诗草·韩宝忠年谱简编》，巴蜀书社 2020 年版，第 250 页。
② 韩宝忠撰，邓稳整理：《不如痴斋诗草·韩宝忠年谱简编》，第 251 页。
③ 韩宝忠撰，邓稳整理：《不如痴斋诗草·韩宝忠年谱简编》，第 252 页。
④ 韩宝忠撰，邓稳整理：《不如痴斋诗草》，第 1 页。

有的救国救民之心。总的来说，表现在以下两个方面。

第一，对于义和团运动的认识。韩宝忠称义和团运动为“红拳倡乱”，实质上是与当时清廷对于义和团的普遍认识一致的。早在光绪二十五年（1899）义和团刚在山东一带兴起的时候，时任吴桥知县的劳乃宣《义和团教门源流考》就认为：“义和拳一门，乃白莲教之支流……其为邪教，形迹显然。”① 其后，时任直隶总督裕禄下令印发劳书，并宣布：“义和拳实系邪匪，并非义民。”② 因此清政府最初对于义和团即持否定态度，将其与白莲教等同，是明令禁止的，韩宝忠自然会受到这种认识的影响。加之义和团仇视一切外来事物，以及慈禧太后和朝中徐桐、刚毅等人的纵容，最终酿成庚子巨变，给韩宝忠的人生特别是家庭带来巨大不幸，所以韩氏对义和团并无好感是正常的。

第二，对于时局的忧虑和期望改变时局，通过“变法”救亡图存的希冀。既然国家扰乱，时局令人担忧，作为一名有担当的士人理应为国为民做一些贡献，韩宝忠也不例外。他渴望并号召大家振兴国家，但同时仍然跳不出君主即国家的限制，兴国是要报君恩。在他看来，兴国的方式于当时来说唯有“变法”一途。所谓“论法即今应虎变，补牢何暇悔羊亡”（《感怀和善汝明步原韵》），亡羊补牢，为时未晚，应对变局只能“大人虎变”，因时制宜，革新创制。这也为他返京后积极参与到新政中打下了思想基础。

二、清末新政与辛亥革命前后的韩宝忠

据韩氏《年谱》，韩宝忠于光绪二十七年（1901）仲冬“由陕回京”，仍任主事直隶司行走，又于光绪二十九年参加了秋闱，光绪三十三年改授奉政大夫刑部主事民政部六品警官山西候补直隶州知州③。时值清政府试行新政，韩宝忠躬身入局，其诗作颇有经世济民之志，体现出希望救亡图

① 中国史学会：《义和团》，《中国近代史料丛刊》，上海神州国光社 1951 年版，第 438 页。

② 北京大学历史系中国近现代史教研室：《义和团运动史料丛编（第二辑）》，中华书局 1964 年版，第 58—59 页。

③ 韩宝忠撰，邓稳整理：《不如痴斋诗草・韩宝忠年谱简编》，第 252—254 页。

存的精神气象。

其中，有步毓聘之韵《感时》一首，其诗云：

> 旷观时局醒春婆，万变云霞瞥眼过。危幕岂堪巢燕雀，狂澜何事助蛟鼍。空思沧海捞明月，竟使流光付逝波。我欲归耕无处所，一腔热血敢消磨。

此诗首先对艰危的时局提出清醒的认识，一旦国家倾覆，哪里还有百姓民众的生存空间？可是列强却偏偏似蛟鼍之辈掀起狂澜。面对如此局面，诗人慨叹覆巢之下焉有完卵，若真到了亡国灭种之际，就是真想归园田居也找不到一方净土了。所以敢不将自己的一腔热血奉献给朝廷、百姓。这是一名普通的士人针对时局发出的时代之音，救世之声！若与毓聘原诗“几经对酒歌慷慨，逝水东流岁月过。报国未能输狗马，感时空忆射蛟鼍。夷门风节朱屠肆，异域功名马伏波。闻说春陵气犹昔，倚天长剑且横磨”对读，则更显一股英雄气概。

但是随着新政的推行，从厘定新官制到试行预备立宪，清政府的自救运动又一次一步一步迈向失败。在这一种进程中，韩宝忠也陷入了迷茫，与之前遭遇离乱过后迸发出的豪情不同，此时的韩宝忠对于时局与执政颇有不满，诗作亦多现衰音。“五洲何处可为家，世乱怀才未许夸。从此怕谈时事变，于今休作宦情赊”（《和曹令鹤卿步原韵》），此诗作于光绪三十一年（1905），已经开始有茫然若失之感。而作于宣统二年（1910）的几首诗则更显出一种大势已去、无可奈何的凄凉。一是《李肖峰乡丈因谏去官赋诗二律留别京友爰步元韵以和》，直叹“直道不行空折槛，斯文将丧等焚书”，这应是对以摄政王载沣为首的皇族内阁的指斥，他认为正是他们的自私自利与志大才疏，罢免袁世凯等重臣，最终致使新政彻底流产。因此他不得不感叹“君今养晦身何辱，我学为官志已疏。侈口富强无至计，望洋徒剩几唏嘘”，不得不调侃“干济果谁成柱石，行藏原不为锥刀。自公退食无余事，闲看儿童学体操”。当时的学堂中开设体操课，可能是唯一真正实施到了全国的新政措施，诚如韩氏所自言“变政空谈与事违”

（《自遣》），“一览全球天地卑”（《感时》），充满了揶揄感与幻灭感。

辛亥革命前后，韩宝忠的思想进一步表现出了矛盾的色彩，一方面对革命持保留态度，如在《东吴绅钤》中针对江苏程德全宣布独立，脱离清政府，他呼吁“官民共挽千钧发，上下同珍百姓脂。自治未成休自乱，安民不刻党人碑”，告诫程德全及江苏士绅应以国家、天下百姓为重，不要自治不成反而造成国家混乱，号召他们回到朝廷怀抱，朝廷为了安抚黎民将既往不咎，这显然是反对革命。但另一方面又积极接受一些新鲜事物，他曾为《法政经济报》开馆写诗庆祝，他写道“热心宝筏渡迷津，何幸完全作国民。权利自然休放弃，竞争天赋与人身”（《祝〈法政经济报〉开馆四绝》），又说“破坏非难建设难，人人欢夺自由权”（《祝〈法政经济报〉开馆四绝》），“缔造冀成平等国，归来且作自由身”（《宋畏三先生以癸丑春六十寿征诗勉步原韵以和》），看得出来，在共和真的到来时，韩宝忠也发自内心表示欢迎。

而尤其值得关注的是辛亥革命之后，韩宝忠对待袁世凯的态度。据《韩宝忠年谱简编》载：“民国四年（一九一五年，乙卯），四十一岁。是年，任新乐县知事。在新乐县署办会，庆祝《大总统选举法》告成。”[①]《总统选举法》本颁布于1913年，规定总统任期五年，最多连任一次。袁世凯为实现独裁，于1914年底颁布《大总统选举法》，规定总统每届任期十年，可以连选连任无限制，这是对共和的公然挑战。《不如痴斋诗草》亦收有《民国四年二月二日在新乐署任恭贺〈大总统法〉告成适逢第二科科长马华峰先生六旬晋四寿辰谨赋一律为祝》一诗，开头便是“提灯欢祝国家光”一句，表现出韩宝忠政治上拥护袁世凯，倾向北洋政府以及内心顽固守旧的一面，所谓“怀抱岂能中道易，世风还是北方强”（《魏寿岭先生赠别步和》），是此时韩氏内心认识和政治倾向的真实写照。而到了1923年辞官后，他常叹于内战“戎马阋墙”（《春兴和顾华伯元韵八首》），“无端南北逐烽烟”（《顾华伯复以〈春兴〉叠前韵见赠仍步以和》），终于感到“旷观时局伤春去，争奈人心不古何”（《春兴和顾华伯元韵八首》），深

① 韩宝忠撰，邓稳整理：《不如痴斋诗草·韩宝忠年谱简编》，第259页。

觉“宦海经过义气平，世情今更冷于冰”（《寿郭搏九六十四律》），世风日下，人心不古，时常流露出对往日的怀念之情。虽难说就以遗老自居，然“可怜最是团圞月，不照京华照北平”（《中秋友人招隐》），“昨向故宫参博物，文明犹是旧城都”（《春思步斯文同扶韵答余大》），“锦绣河山云万变，繁华不是旧中华”（《新年感作以放翁“世味年来薄似纱”句作辘轳体》）等感慨，亦颇表现出对于往日清廷或者说旧时中国的留恋。

因此，韩宝忠的内心其实根植着中国传统士人经世济民的思想，同时又呈现为一种既趋新又守旧的矛盾体。

三、韩宝忠的思想根源与时代关联

韩宝忠的心态和思想之所以会表现出如此鲜明的矛盾，应该是与其成长环境和当时中国的时代思潮以及其自身阶层属性等因素息息相关的。原因主要有以下几点：

首先，韩宝忠出生在北京一个传统的仕宦家庭。这主要影响到的是他内心深处趋于保守的一面。据《韩宝忠年谱简编》所载，韩氏“祖籍安徽省望江县”“由清而民国，韩氏先祖因仕宦移居北京约两百年”，韩氏祖宅“黑色大门书有红底黑字门联：‘忠厚传家久，诗书继世长’”[①]。由此可知，韩宝忠虽然祖籍安徽，但实际上却是一个土生土长的北京人，生长在天子脚下的传统士人家庭。即使没有明确的资料表明韩宝忠的真实启蒙教育情况，但从他“诗书继世”的家训和他最终科甲入仕的人生轨迹，我们依然可以断言，其蒙学和青年时期长时间的读书阶段均是以学习《四书》《五经》为主。

清朝自康熙以来，历代君主都推重程朱理学。清代太学、国子监所授的就是“《四书》《五经》《性理》《通鉴》诸书”[②]。又据《清史稿·选举志》载：“自唐以后，废选举之制，改用科目，历代相沿。而明则专取《四子书》及《易》《书》《诗》《春秋》《礼记》五经命题取士，谓之制议。

---

① 韩宝忠撰，邓稳整理：《不如痴斋诗草·韩宝忠年谱简编》，第 250 页。
② 赵尔巽：《清史稿》，中华书局 1977 年版，第 3101 页。

有清一沿明制，二百余年，虽有以他途进者，终不得与科第出身者相比。"① 在这样一种大背景下，韩宝忠想要以传统的科甲之路作为晋身之途，就必须研习《四书》《五经》等程朱理学的著作和义理，因而也就必然会受到程朱理学精神的深刻影响，比如《中庸》所讲的"君子尊德性而道问学"②。这就可以解释为什么韩宝忠会总是习惯于把影响历史进程的因素归结到世道人心和当权者个人品德与修养上去，不仅针对清末新政的流产，甚至直到他 20 世纪 30 年代的诗作中往往都还能看到这一点，所谓"世味年来薄似纱""道德沦亡谁与说""守身常怀玉无瑕"（《新年感作以放翁"世味年来薄似纱"句作辘轳体》），"纲常名教将垂绝，一木高擎岂偶然"（《吴子玉将军六十一初度》）等，都是根植于韩宝忠内心的"中学"的影响。因为"尊德性"本就是他从小就浸染的程朱理学最为根本的义理之一。同时我们还应该看到，彼时北方尤其是京津地区民风士风的相对保守已是共识，与韩宝忠身份颇为相似的梁济（梁漱溟之父）就曾讲到过："光绪二十八九年，北京城里还不懂得什么叫做演说呢!"③ 清末京津地区的文化保守可见一斑。所以韩氏身上表现出某些守旧的一面是完全可以理解的。也许李新国对梁济的一段评述也适用于韩宝忠：

> 他在面对层出不穷的社会问题时，总是习惯于把它归结为社会风俗和个人道德问题，尤其是社会贤达和政府官员的个人道德问题。同时他在看待任何社会事件时，往往从传统价值观出发，习惯于先做出道德评价，而不是学理和历史的评价。这样，就不可避免会在晚清这个大转折时代与西学东渐的潮流产生无法同轨的现象④。

可见当时这一情况在社会中下层官员士绅中具有相当的普遍性。

---

① 赵尔巽：《清史稿》，第 3099 页。

② 孔颖达：《礼记正义》，《十三经注疏》，中华书局 1980 年版，第 1633 页。

③ 梁济：《表扬醉郭之一班》，《正宗爱国报》，第 2314 号，第 6 版。

④ 李新国：《清末民初京津地区中下层士绅的心路历程（1860—1920）——以梁济为中心》，中国社会科学院研究生院 2011 年博士学位论文，第 45 页。

其次，韩宝忠生在一个西学东渐，尤其是政治改良和政治革命风起云涌的时代。这主要会影响到他对于新思想、新事物的接受。韩宝忠生于光绪元年，正是洋务运动如火如荼的时代，西方的各种技术和学说都开始大量传入中国。从公车上书到戊戌变法，再到清末新政和预备立宪，韩宝忠正值二三十岁的盛年，当时西方先进的理念尤其是近代政治思想的输入对于彼时的韩宝忠不可能没有影响。从庚子国难返京之后，韩宝忠倡导“变法”的诗作来看，他是赞成维新的，至少是运用新政一些新思维新方法来挽救国家挽救朝廷的。这是他内心趋于进步和维新的一面。

再次，韩宝忠的社会身份和社会属性决定了他不可能彻底维新，也不可能彻底接受新式思想。这决定了他矛盾的思想和内心世界。前面提到，韩宝忠骨子里是一个传统的士人，传统思想根深蒂固，但因为时代的冲击，他又接受了一些新学和新思想的影响，但这种接受是有选择性的，根本原因就在于韩宝忠作为传统士人和政府官员的身份。无论是韩宝忠早年通过海防捐官入仕，还是之后步入科甲之途，抑或是在清末新政厘定新官制期间，甚至从他的祖上来看，他其实都是一个当时体制内的既得利益者。这样的阶层属性注定了他不可能真正像康有为、梁启超那样认识到要救亡图强就必须彻底地要求从制度根源上进行革新，更不可能像革命党一样要求暴力革命来实现民族和国家的独立富强。这是他的阶层和身份决定的，他的眼界与见识是必然受到自身属性限制的。这当然也是当时如韩宝忠一样的社会中下层官员士人群体的共性，他们无法在思想上真正做到彻底地改头换面，只能在传统思想限制的维新中摸索。正如郑大华所说：“近代中国社会的变革使政治转型和文化转型不能同步完成，致使二者发生了分裂。”① 这既是韩宝忠等人的悲哀，更是时代的悲哀。

综上所述，韩宝忠是清末到民国时期许多重大历史事件的亲身经历者，其中下层官员的身份又具有某些特殊性，他的诗歌创作可以与当时的历史结合起来探讨，体现出史诗互证方法的具体运用。韩宝忠的思想中，既具有传统儒家士人心忧天下的一面，还表现出西学东渐之后士人普遍要

---

① 郑大华：《民国思想史论》，社会科学文献出版社2006年版，第91页。

求维新改良的一面，同时其传统家庭的成长环境、自身理学思想和官员既得利益群体的身份属性又决定了他内心具有某些怀旧保守的特性。总之，韩宝忠是清末民国时期中下层官员这个群体的一个典型代表，他身上所表现出的心态和思想具有相当的普遍性，颇可以从中窥探当时中国普通知识分子的内心世界。对思想家或者说社会上层精英知识分子的思想研究固然重要，但是他们的思想"是通过何种方式和渠道影响人民大众、从而影响到历史发展进程的研究"① 也同样具有重大意义，这或许也正是本文的价值所在。

① 郑大华：《晚清思想史·绪论》，湖南师范大学出版社 2005 年版，第 13 页。

个体记忆的温度、价值与意义

——读《不如痴斋诗草》

李俊杰①

所有的文学现象无论是新近发掘的还是经典序列当中的，我们都需要把它放到一个非常具体的时空坐标当中去考察它的价值、意义、谱系。对于《不如痴斋诗草》，我们不仅要将其视作新进发掘的独特文献，进行艺术的、历史的、文化的分析，更应将其放置在独特的晚清民国历史语境和文化语境中，进行比照。

历史与文化的留存与否，源于记忆与遗忘的激烈缠斗，这其中有不断消弭或涌现的文本之间的竞争与博弈，也有知识人（包括写作者与研究者）主观的心绪与感受。如今，我们手捧《不如痴斋诗草》，在宏大话语淹没个人体验的当下，重读这份充满个体记忆温度的书稿，感受到的是由无数个体记忆缓慢建构近代中国集体记忆过程中，许多有意无意被折叠、删改、湮没、沉沦、再发现、再解读的珍贵文本，在浮出历史地表之际，向我们袒露着作者的心血浇灌、各色读者的情绪交织、看得见与看不见的各种权力的争夺。

近代中国跌宕的“大历史”中“不起眼”的个体记忆，恰恰能使因历史事实远去而抽象、宏观、概论以至格外沉稳甚至沉闷、刻板、缺乏人性之美的知识化的历史焕发勃勃生机。因“庚子民教相仇”②，1900 年避居

---

① 李俊杰（1985—），江苏扬州人，文学博士，四川师范大学国际教育学院讲师，研究方向为中国现代文学。

② 韩宝忠撰，邓稳整理：《不如痴斋诗草》，巴蜀书社 2020 年版，第 2 页。

西北的韩宝忠并未在诗歌中正面记叙大历史中“拳匪之乱”等常见的实事，而是将一腔浓情倾注于悼亡之中。因妻子“辄染时疫而终。草草一棺，苦情莫状，予率成悼亡诗二十首以哭之”①。即便对时局有所议论，也是曲笔，如《褒姒》《过韩侯岭》。

尽管与时局关联密切，但韩宝忠却是极度关心日常生活与精神生活。尽管也有宦海沉浮的种种遭遇，但诗中透露的却是对个人精神追求的强调。

韩宝忠行旅诗涉及风景的发现。他的两次行旅，一次是避祸，一次往返是京沪之间②。事实上这是两种含义的风景，一个具有古典意义，一个具有现代意义，其心态是不一样的。

作为横跨晚清民国的诗人韩宝忠，诗歌创作中几乎没有展现任何“现代”形式与内容的追求，这是不多见的。他的诗歌功能和情趣，集中于悼亡、行旅、唱和、诗社题咏，含蓄深沉，多用以记录自己的日常与感受。在诗人韩宝忠那里，文体选择并不是个问题。

阅读《不如痴斋诗草》时，尤其是在古典文学研究语境中，我们很容易做一个想象，这位诗人，是晚清民国的、距当下社会生活异常遥远的人。倘若我们换一个角度来说，换一个参照坐标，则有更丰富的意趣。

韩宝忠先生生于1875年③，比鲁迅大六岁，逝世于1939年④，比鲁迅晚三年。他们人生所处的社会时空，大致是交叠的。但众所周知，鲁迅写白话，他的杂文、小说创作甚至散文诗创作皆为白话文，早年有一些文言文的学术论文写作，但白话文运动后则转向白话文，可是旧体诗写作仍不断。对鲁迅整体创作而言，文体、语言的选择都是有特殊性的。

从古典文学中的谱系传承来看，晚清民国从龚自珍开始到黄遵宪再到梁启超此类带有政治身份的写作者，其诗歌一般都处于两种形态之间，一种是纯然的古典形态，类似于韩宝忠诗歌；还有就是用旧形式填入新词

---

① 韩宝忠撰，邓稳整理：《不如痴斋诗草》，第2页。
② 韩宝忠撰，邓稳整理：《不如痴斋诗草·前言》，第20页。
③ 韩宝忠撰，邓稳整理：《不如痴斋诗草·韩宝忠年谱简编》，第250页。
④ 韩宝忠撰，邓稳整理：《不如痴斋诗草·韩宝忠年谱简编》，第270页。

语。笔者认为，这两种诗歌的文体的抉择背后透射的不是对诗歌艺术的抉择，而是对诗歌功能的限定。如果这个诗歌他是属于个人的记录，而不是一个公共文化产品的话，可能不太在意是新诗还是旧词，能确切地说出自己真实情感就可以了。一旦走入公共传播空间，如黄遵宪的《日本杂事诗》是作为驻日本大使而写作的①，龚自珍、梁启超包括鲁迅他们的诗歌不是一个面向自我的纯然的记录，而是要走向公共文化空间的一个流通产品，必然要想象或想要预设他的读者，其接受环境或对诗歌当中的所谓新与旧、思想观念的同与异、艺术风格的古典与现代要做出要求，作者必然有所考量。这是自然的事情。韩宝忠先生的诗集，可能是偏向一种纯然的自然的诗，有点类似晚清民国的日记，都是非公共化的那个我，并不是公共空间塑造出来的我的形象。然而胡适的日记写出来就是让人读的，其中当然有面向公共空间的叙述。故此，笔者认为，面对具体文本，对作者的价值形态、艺术形态及思想作出判定的时候，我们还是要还原到具体的历史语境中。文史对照，最终的落脚点不是用他的文学来印证这段历史的真实与否，而应该是在文化命题上。比如：为什么他把自己的诗集叫做“不如痴斋诗草”？这个“痴”怎么解释？它是有丰富含义的。这个“不如痴斋”是不是他面对整个社会文化环境作出的某种个人选择的回应方式呢？是不是一个自我文化定位？我们尚不能作出结论。所以我们就不要去强求把这样一个带有独特鲜明个人印记的东西，纳入一个大的，所谓的宏大叙述的洪流当中去整合。我个人认为是要强调他的独特性。实际上他是独特的，因为从文化发展的谱系来看，他不是顺流的，而是逆流的，所以我觉得他这个独特性是在谈到他对传统继承以外，额外需要去发掘的一个重点。

当我们还原到这个具体历史语境里面来，《不如痴斋诗草》的巨大张力才体现出来，就是我从他的诗歌看出文体的选择或者说是艺术方式的选择，在韩宝忠先生那里不是一个问题，他毫不犹豫地选择了“旧体诗”，但是在我们主流的一般性的民国文学史、现代文学史叙述里边，这是一个

---

① 黄遵宪著，钟叔河辑校：《日本杂事诗广注》，湖南人民出版社 1981 年版，第 29 页。

巨大的问题，甚至是中国现代文化起点似的、源头似的追问。但作为一个参与者，作为一个亲历者，在韩宝忠的诗歌里面，“文白之争”并不存在。韩宝忠比较出名的悼亡诗和行旅诗，包括唱和的诗歌，这些是独特的精神生活的记录，同时也集中展现了中国古典诗歌的文化功能和艺术特质，也未受到白话文运动以后中国文化变迁的太多影响。在这个基础上，我想追问的是，韩宝忠先生的《不如痴斋诗草》包括他个人的社会生活和文化经验中，就没有留下现代中国的任何一点痕迹吗？我们研习其诗，大致可以从这样几个侧面进行考察：

“《不如痴斋诗草》创作于一九〇〇—一九三九年”①，其中展现的个人经历包括了家庭生活、社会活动和政治生涯。

“对山西文教的记载，县衙老吏经历、心态的描述，退休文官、将军等官员生活的反映，道教、佛教、救世新教等各种宗教团体的载录，都将成为极其宝贵的历史材料。”② 其诗歌对文教、公务、宗教等描述，是重要的历史材料。

“由韩宝忠《祝〈法政经济报〉开馆四绝》可知，1911 年《法政经济报》创刊；由《民国四年二月二日在新乐署任恭贺〈大总统法〉告成适逢第二科科长马华峰先生六旬晋四寿辰谨赋一律为祝》可知，1915 年颁布《大总统法》举国欢庆，等等。”③ 韩宝忠与中华民国法政事业密切相关。

值得关注的是，笔者在《法政学报》创刊号中找到了韩宝忠唯一一次发表的诗作，即 1913 年的《春咏三十六绝》。

这份刊物由梁启超任名誉社长的“法政同志研究会”主办。1913 年 3 月 21 日成立，4 月 26 日呈报北京政府内务部批准备案。该会采用理事负责制，由朱颐年、赵连棣（均直隶人）、袁光璧（四川人）任理事，总理会务兼会计主任四川人雷震寰，会计副主任马鸿逵，交际主任河南人王郁骏，交际副主任杨畅时，文牍主任直隶人姚鸣楷，文牍副主任赵世昌，调查主任四川人杨定同，调查副主任刘春溥，庶务主任安徽人胡家鑫，庶务

① 韩宝忠撰，邓稳整理：《不如痴斋诗草·前言》，第 29 页。
② 韩宝忠撰，邓稳整理：《不如痴斋诗草·前言》，第 44 页。
③ 韩宝忠撰，邓稳整理：《不如痴斋诗草·前言》，第 17 页。

副主任徐天真。社员有 120 人。月刊《法政学报》由梁启超任名誉社长，司法界专家撰文，以“阐明学理，促进法治”为宗旨，主张实行新政。

韩宝忠在《法政学报》任“编辑专任”，发表了《春咏三十六绝》。

在《法政学报》创刊号上找到了他发表的《春咏三十六绝》后，笔者思考，古典文学研究前沿注重写本和刊本，现代文学着眼的方向大多是现代出版机制中的刊本或（出）版本，古典文学着力的写本与彼时的刊本概念不一样，与现代文学也不一样。

《不如痴斋诗草》中的诗进入了现代出版机制的、梁启超为名誉主编的《法政学报》的创刊号中。此刊大力鼓吹法的精神，大力鼓吹现代人的法治精神、自由民主的口号，韩宝忠不仅发表诗作，还是其中的主任编辑之一。注重他和现代法治事业的关联，是有重要意义的。他不仅是《法政学报》的编辑，参与到梁启超对中华民国宪法理论体系的梳理，并且还写了很多跟法治相关的诗歌。

由此，可联想到一个问题，当我们把视野局限在其诗歌古典功能的时候，我们是否忽略了其强烈的现代价值？我找到如下几首诗，很能代表旧体诗歌的现代功能。

比如在《祝〈法政经济报〉开馆四绝》中，他提倡，“权利自然休放弃，竞争天赋与人身”，可见天赋人权的概念；“破坏非难建设难，人人欢夺自由权”，其中蕴涵了现代中国自由民主的观念。诗歌中，韩宝忠有“缔造冀成平等国，归来且作自由身”（《宋畏三先生以癸丑春六十寿征诗勉步原韵以和》）这样的观念性表达，这和他的法治观念、现代价值理念是密切相关的。

甚至他的诗中还有一些关于现代自由恋爱的表达，我觉得这和时代的风尚、氛围是密切相关的，尽管他在用一种古典的形式去写作，或者是传统的形式，但精神内核无疑是现代中国的模式。

用古典的形式进行诗歌创作，一直到今天都在蓬勃发展。回归历史语境，具体写作者对诗歌方式中包含的思想内容之古典或现代的承传与择取，又有不同方向。所以形式与内容是否具有现代属性和价值，需要加以辨别。

《不如痴斋诗草》的思想内容，包括诗人参与编辑的行为，是和现代中国的很多积极性的、现代性的因素密不可分的。故其诗歌以独特的技艺为我们展示了20世纪我国文化当中并不属于“通史”的那一面的意义，当下的一般性的文学史表达也好、历史叙述也罢，因其宏观历史叙述的需要，遮蔽了很多微观历史的局部细节。一方面来看当然是有必要的，对于初入门径者而言，需要一个宏观的历史框架去认识文学史，进而认识这个文化史、思想史；另一方面，对于一个逐步进入文学史内部的研究者而言，如何在既有知识构成的历史话语权面前，找出被宏大历史观念淹没的无数个体的表达，是很重要的。

今天是宏大话语淹没个体表达的非常剧烈的时代。如何去拒绝这样的宏大的话语裹挟，被迫成为一个非常集中的单一的表达方式，就需要有这样的意识，寻找《不如痴斋诗草》这样的文献，这种文献它是现代历史文献，它蕴含着独特的生命印记和文学方式，拥有对话宏观历史的独特性。新文化运动本身，是对某种文学和社会权力话语钳制的突破，今天我们在新世纪回望这本诗集，也是一样。

如果以学科视角进入韩宝忠诗歌，古典文学学者与现代文学学者乃至历史学者会得出各自的结论。

从现代文学的视角来看，韩宝忠在文体建设上是古典性的，这和他本人的性格、情趣、追求有关。尽管文体上古典，他也不乏对感受到的现代问题进行颇有价值的思考，在《祝〈法政经济报〉开馆四绝》中，他提倡，“权利自然休放弃，竞争天赋与人身”“破坏非难建设难，人人欢夺自由权”。在《宋畏三先生以癸丑春六十寿征诗勉步原韵以和》中，他欢欣，“缔造冀成平等国，归来且作自由身。乾坤曼衍鱼龙戏，放眼何辜此日春。”

当然，他对很多“现代性”议题的理解方式，源于质朴的古典情怀，比如《为张颐伯题黄忠烈〈乩绘钟馗嫁妹图〉四绝》中，他提到：“恋爱无端尚自由，关雎谁复咏河洲。添妆赖有除魔剑，斩尽人间拆白头。”

韩宝忠《不如痴斋诗草》以独特的个人记忆为我们展示了20世纪中国非通史的一面，作为一个更具生命力的个人视角，是大历史文化骨骼外丰富的毛细血管。在风潮之中微茫的个人喜怒哀乐，给我们察势观风提供了独特的角度。“真正的史学，必须是以人为中心的，里面跳动着现实的生命”[①]，真正的文化研究，也应该不拘泥于文史知识的固化，应不带偏见地将个体生命、记忆片段与思想竞逐真诚地奉献给读者。

① 何俊编：《余英时学术思想文选》，上海古籍出版社 2010 年版，第 278 页。

重现历史“影像”，再识韩宝忠先生

金　晓①

韩宝忠（1875－1939），是一位诗人，也是一位书法家。由其后辈、学者们共同整理出版的韩宝忠诗集《不如痴斋诗草》及尚存的书法手迹、碑刻等作品也正在吸引越来越多的有识之士去深入的研究。最近，我在查阅民国资料时，发现在当时很有影响力的《大公报》上，短短两年多一点的时间里，登载有关韩宝忠消息的竟达二十次之多（尚有未发现之处）。时韩宝忠正好历任新乐县、唐山县知事，我们不难看到其政之繁，其行之勤。

文字使人的思想得到绽放，书画可以滋养灵魂，而予他人予社会之关系责任，却能使人物更具生命力。后者在特殊的历史环境下，尤为可贵。在我看来，韩宝忠正是这三者很好的融合体。

20世纪初，中国社会处于剧烈的动荡之中。1911年辛亥革命推翻了清王朝的统治，刚刚建立的中华民国由北洋政府主政。1916年随着袁世凯的离世，北洋政府分崩离析，中国的政治格局起了重大变化，一时间各地拥有一定军事实力的人物借助几个西方强国的支持，纷纷划定自己的势力范围，争夺利益。中国大地战火不断，一片混乱，民不聊生。

这时，韩宝忠的身份也在发生着变化，由京官转变为地方官，且政有善声。让我们来到1919年1月至1921年6月期间的直隶新乐县、唐山县，

---

① 金晓（1968—），四川成都人，长江书院研究员，研究方向为晚清民国文学文献。

去探寻韩宝忠的"与民共济"及其背后的社会因素。

一、（新乐县）为民请免，免民受累

1. 据《直隶现任同官录候补附》记载韩宝忠于1914年10月委署新乐县知事，另《大公报》载1918年6月任命韩宝忠为新乐县知事。

2. 新乐县概况：据1920年《大中华直隶省地理志》新乐县治北纬38°25′偏西1°33′，东界深泽西界行唐南界藁城北界定县。东西50里南北95里。1923年《内务统计（土地与人口）》当年住户数：19376户；总人口：134152人；辖境面积：3600方里。民国出版书籍《河北省棉产调查报告》和《中国棉产统计》中指出沙河斜穿新乐县中部，两岸常被其灾。西部土质沙性过大，岗岭起伏，不便耕作，故农民种植果树甚多，品质亦佳，桃、梨、藁等果实为该县之特产，获利亦颇优厚。城西有铁路车站（平汉铁路线），交通尚称便利。

1919年1月《大公报》登载"水冲地豁除粮额"一文：民国六年新乐县所属四十一顷八十八亩多村田被水冲刷不能垦复，知事韩宝忠呈报省长并恳请转呈豁除粮额，俾免民累，现闻已蒙照准训令施行①。

这一消息在同时期的《财政月刊》② 和《政府公报》③ 也有登载。

1919年前后的华北五省灾害不断，堪称四十年未有之"奇灾"，其中河北灾情尤为严重。灾害给当地老百姓带来了毁灭性的打击，田屋财产多被淹没，严重饥荒把他们推向了死亡的边缘。

身为父母官的韩宝忠，灾时积极组织防汛抗洪，灾后思民困，恤民难，呈文请免赋税。终于在1919年1月内务财政两部受大总统指令鉴核办理完毕。可见，过程周折。

事实上，1933年出版的《定县社会概况调查》一书中记载，民国四

---

① 《水冲地豁除粮额》，《大公报》，第五千八百四十八号，第六版。

② 《呈：大总统会核直隶新乐县南累头等村民国六年分水冲沙压地亩恳请豁除粮额文（七月三十日）》，《财政月刊》1919年第68期，第12页。

③ 《兼署内务总长朱深、财政总长龚心湛呈：大总统会核直隶新乐县南累头等村民国六年分水冲沙压地亩恳请豁除粮额文》，《政府公报》1919年第1255期，第17页。

年、六年、七年，在定县、新乐县一带除了水灾成患，也出现雹灾。

值得我们注意的是，民国县长的任期都很短，更换频繁，犹如“走马灯”，但韩宝忠执政新乐县的时间相对较长，自 1914 年 10 月至 1918 年 9 月前后。由此我想至少他是恪尽职守，得民心的。1918 年 9 月 27 日《大公报》登载本埠琐纪“请留知事之批驳”证实了这一想法。文中提到新乐县有公民在省公署呈请挽留新乐县韩知事，因韩知事已调省遴员调任在案，省长自有权衡，所请留任被驳回①。

二、（唐山县）上任伊始，肃清毒卉

1.1919 年 4 月韩宝忠任唐山县知事。

2. 唐山县概况：据 1920 年《大中华直隶省地理志》，唐山县治北纬 37°23′偏西 1°37′，东界隆平西界内邱南界任县北界柏乡，东西 85 里南北 43 里。面积 1204 方里。尧山在其西北部。主要河流有三支：泜河、马河、柳河。物产以豆麦、高粱、花生、棉花居多。户口 16995 户，人口 77923 人。光绪十二年开始建筑铁路，直达天津，主要用于运煤。

1919 年 6 月《大公报》本埠琐纪“关于拒毒汇志”登载了天津拒毒会接唐山县知事韩宝忠函，函中呈述了唐山县种毒现状，及相应禁毒措施等②。

同月，《大公报》时评“唐山县烟苗何来”，分析了唐山县为何种植鸦片流行，文中指出：“播种罂粟，官厅出示严禁，不啻三令五申，然而禁者自禁，种者自种，终难收肃清之效，良由乡民惑于厚利不免姑为尝试，官长自顾考成，不肯再为检举，上下相蒙以致日久顽生耳。前此姑息养奸有地方之责。”③

时唐山县种烟已有十数村之多，且民情素称刁悍，屡禁不止，稍一松懈，死灰复燃。韩宝忠自四月五日上任，即着手调查属区各村私种鸦片情况。出示严禁嗣准大函，设拒毒分会。逐日督率警察所长区官分路挨村查

① 《请留知事之批驳》，《大公报》，第五千七百五十号，第十版。

② 《关于拒毒汇志》，《大公报》，第五千九百八十七号，第十版。

③ 《唐山县烟苗何来》，《大公报》，第六千号，第十版。

勘，并作演说晓以利害：当庭限定各地主五日内将烟苗拔除铲净，逾期未办则拘获；若再有私种必严惩，科以重罚，惩一儆百。乡民不寒而栗，各村民即刻铲除毒卉，一律改种五谷，甚有成效。当种烟人终有所悔悟时，又会网开一面，请免其究。反映出韩宝忠为政讲策略也有“惜民”的一面。

三、对付猖獗匪贼，保一方平安

1919 年 12 月 24 日《大公报》消息：“唐山县属南位发生抢劫掳人重案，韩宝忠添招马步兵巡兵共二十九名，分置东南两区以资防守。”①

1920 年 4 月 28 日《大公报》消息：“为整顿大霍村一带，唐山县添设警区”，选派干警，委区官驻扎，勤加巡辑，以保治安②。

1920 年 6 月 19 日又报“匪人聚众被获”：唐山县西区巡官赵恒泰因周村庙会，访闻贼犯王害心在韩洛温家吸食金丹，是晚率警拿获郭洛景一名，后经郭洛景之叔郭洛佩纠集村民千余人将郭洛景抢回，并将枪支子弹抢去，并将巡警张振海郎玉山抢去，经该县知事韩宝忠督同警队于五月五、九等日将案内人犯王害心等拿获③。

同期此类报道还有“唐山县又出劫案”④“唐山县破获贼匪”⑤ 等。

中国社会史专家幕少卿认为，土匪就是超越法律范围进行活动，但是又没有政治目的的团伙。他们常以群体暴力的方式，从事抢劫或者袭击活动。民国时期的匪患，是特定时期的特殊产物，数量庞大，据《益世报》1930 年的统计，彼时全国土匪数量已达 2000 万之惊人数据。

韩宝忠执政时期的唐山县也常有逃兵四散，匪贼出没，掳掠抢劫层出叠见。土匪手段凶残，事主往往不敢报案。百姓苦不堪言，怨声载道。作为一县之长的韩宝忠并没有在凶悍强顽的匪贼面前束手无策，而是寻找有

① 《唐山县属南位村突出抢劫掳人重案》，《大公报》，第六千一百八十三号，第十版。
② 《添设警区》，《大公报》，第六千二百九十五号，第十版。
③ 《匪人聚众被获》，《大公报》，第六千三百四十七号，第十版
④ 《唐山县又出劫案》，《大公报》，第六千一百六十七号，第十版。
⑤ 《唐山县破获贼匪》，《大公报》，第六千一百四十八号，第十版。

效办法，护一方百姓，如报直隶警务处，添招兵马，组织扩大抵抗力量；委任巡官，加强防范。在相关的报道中皆有韩宝忠亲自“督战”的身影。

四、灾荒连绵，不辞劳瘁，忧民之忧

上文所提新乐县所遇之水灾，唐山县也未能幸免。资料显示该县民国六年以来水灾之后元气未复，1920 年春夏又现蝗蝻，入夏则旱魃为虐赤地千里。1920 年 12 月 29 日《京报》登载“直隶唐山县灾情”（旱灾），统计受灾面积约占全境面积的十分之七，人口总数七万七千七百余口，灾民共九千七百余口①。1921 年第 29 期《救灾周刊》刊登了“唐山县报告赈务函”，对灾后情景如此描述：“附近各县灾情以我唐山县为尤甚，每经旅客度此县者未有不以苦地称之。亢旱成灾、土匪充横，民生困苦。于是掘草根剖树皮以充饥者遍野皆是，有全家服毒者，有投井自缢者，有逃荒谋生者不下五六千……”②

种种惨状因时局动荡，政府虽有措施，但财力匮乏，治理方法落后，效果很有限。7 月爆发直皖战争，农田再遭摧毁，人祸助天灾，百姓难上加难。他们把希望更多地寄托在社会的慈善赈济，以及自己的“父母官”身上。

从下面资料中可以看到韩宝忠的作为：

1920 年 2 月 1 日《大公报》登载“请豁免沙压粮银”：“韩宝忠以县境约数十顷地亩变成沙碛，而地丁粮银仍旧完纳，民情困苦殊为可怜，拟呈请将上项地亩粮银概予豁免。”③

1920 年 6 月 18 日《天津益世报》登载：“唐山县多村发现蝗蝻，韩宝忠带同巡官长警前往各村督促村民如法捕除，从事勤劳者酌予奖赏，童妇捕得活蝗发价收买，现颇有成效，不日可望肃清。”④

1920 年 10 月 6 日《大公报》登载“博唐两县购粮平粜”。唐山县知事

---

① 《直隶唐山县灾情》，《京报》，第四百零六号，第十版。

② 《唐山县报告赈务函》，《救灾周刊》1921 年第 29 期，第 8 页。

③ 《请豁免沙压粮银》，《大公报》，第六千二百九十号，第十版。

④ 《唐山县电陈发现蝗蝻》，《益世报》，第二千零五十一号，第十版。

韩宝忠呈派员赴河南省郾城县采买粮谷 67200 斤又购杂粮 58 万斤，均自郾城车站起运至邱县车站止运回平粜请发护照等情（平粜：旧时遇到荒年，官府按平价卖出粮食）。以上均由省署发给护照并咨请中央核鉴铁路减价照单暨饬各关卡免予税釐①。

积极开展（或配合开展）灾后工作。1921 年出版《顺直省议会文牍类要（及议案录）（四）》一书，有对唐山灾后赈务的调查诉讼，结论是：赈务并办。1921 年第 29 期《救灾周刊》②，1921 年《清华周刊》③ 上也有关于灾区的通讯“唐山县赈务报告”等文，可做参考补充。

五、发展经济，鼓励垦荒植桑育蚕

1921 年 6 月 6 日《大公报》登载：“唐山县前奉省长训令筹设桑园，经该县知事韩宝忠召集各村农林董事讨论筹设办法，已择定官荒从事开垦，以便植桑育蚕……”④

蚕桑经济在中国传统农业社会中占重要地位。古人云“富民者，以农桑为本”。河北省春秋季节气温适宜，气候较干燥，土壤条件适宜桑树栽培，所产桑蚕茧质量上乘，是我国蚕桑事业发源最早的地区之一。

在河北经历大灾后，迫切需要恢复耕织，发展农业经济。1921 年 8 月 20 日《益世报》登载消息“实业厅筹备野蚕事业”：“因柞树饲蚕，为利甚巨，所有山地各县，是否产有是项柞树，亟应从事调查，以便‘举办野蚕事业’，昨特令近山各县，限文到一月内，查明境内柞树，株数地点，及所占面积，列表呈报，以凭核办，并令饬警保护。”⑤

韩宝忠为这一政令的积极响应者与实施者，他召集各村农林董事商讨办法，并选出具体负责人，由劝业所长兼任管理员，司员由劝学员兼任，并给予津贴。可见，韩宝忠行事是措施细则落实到位的。

---

① 《本埠新闻：博唐两县购粮平粜》，《大公报》，第六千四百四十七号，第九版。
② 《赈务报告：唐山县报告赈务函》，《救灾周刊》1921 年第 29 期，第 8 页。
③ 《灾区通讯：唐山县赈务报告》，《清华周刊》1921 年第 214 期，第 29—39 页。
④ 《唐山县设立桑园》，《大公报》，第六千六百六十八号，第七版。
⑤ 《实业厅筹备野蚕事业》，《益世报》，第二千零五十一号，第十版。

韩宝忠在唐山的任职时间也较长（1919 年 4 月至 1923 年）。在任期间，政声颇好。略举一二：因行政成绩卓著与静海县知事对调（据 1919 年 6 月 18 日《大公报》第十版《本埠琐纪》）；曹省长因韩宝忠办理地方事务政绩卓著请奖四等勋章（据 1919 年 8 月 25 日《大公报》第十版《本埠琐纪》）。虽两事似未成果（其因待后考），但韩宝忠治理唐山县有成效是一定的。

可时世艰难，韩宝忠也终不能全。

1919 年 10 月 26 日《大公报》有关于“筹划警费之无聊，加抽亩捐以充警款”的报道。韩宝忠因系属警卒太少，时值冬防不敷分布，拟添招数十名，以资保卫，加抽亩捐以补警款。此举当然不顺民意。但治安、警力、财乏、灾荒、民苦……①哪一件不是大事？不是要事？在做抽亩捐这一决策的时候，可想韩宝忠内心的矛盾。

再有，1923 年 10 月 27 日《大公报》消息“减收田赋议决惩处”②。韩宝忠等人因直隶九年分经征田赋未完，依照田赋考成条例，减俸三个月十分之二之处分。金钱上的处罚，大概韩宝忠并不会十分在意，但他已逐渐看清了时局的糟糕、腐败。这一点，在韩宝忠的诗里也常有表达。他无奈，无望，无声的呐喊……这是否是诱发他辞官的原因之一呢？他的辞官恰巧发生在 1923 年。

灾害频发，战争不断，匪患猖獗，课税繁重，以至于民不聊生是韩宝忠时代的总体特征。民不易，他不易。

但综上，可见，韩宝忠为官有仁，有识，有勇，有谋……他心中定藏着“天地之大德曰生”③ 七个字。所以，他爱民，他勤政。

终归，他是一位儒士，一位儒者。

---

① 《筹划警款之无聊》，《大公报》，第六千一百二十四号，第十版。

② 《减收田赋》，《大公报》，第七千五百九十一号，第六版。

③ 王弼撰，楼宇烈校释：《周易注校释》，中华书局 2012 年版，第 246 页。

论韩宝忠《不如痴斋诗草》中的岁时诗

杨化坤①

文学作为一种艺术创作，与其描写的对象之间往往呈现出双向的互动关系。文学源于生活，是对社会生活的主观反映，同时，社会生活也会对文学产生反作用，促使文学活动的发生，并直接影响到文学的内容和形式，体现了社会生活对文学的影响。这种双向关系，在古今中外文学家的笔下都有体现。中国是一个诗的国度，向来以抒情文学见长，从古到今，对季节的咏叹一直是经久不衰的主题。乃至宋代的宋绶专门编纂了一本二十卷的《岁时杂咏》，选取汉魏六朝至唐代的岁时诗作，按照四季时令编次而成。后来蒲积中又在此基础上编成《古今岁时杂咏》，汇集历代岁时诗歌二千七百四十九首。可见四时变迁在中国古典诗歌主题中的分量很重。

韩宝忠（1875—1939），字剑芝，号望潇湘馆，祖籍安徽望江，生于北京，历任刑部主事、山西沁县知事等职，长于诗歌、书法，是晚清著涒吟社、梁园诗社、稊园诗社成员。所著诗集《不如痴斋诗草》原为稿本，体量庞大，又多草书，整理起来颇为不易。四川师范大学邓稳先生逐字辨析、规范整理，历时四年多完成转录、校点工作，又于书前作有长序，系统介绍了《不如痴斋诗草》的编撰特点、整理体例、思想内容、艺术特

---

① 杨化坤（1985—），安徽怀远人，文学博士，安徽财经大学文学院副教授，研究方向为中国古代文学。本文系安徽省高校人文社科重点项目“清代安徽淮河流域文化世家研究”（SK2019A0481）阶段性成果。

色、学术价值，由巴蜀书社 2020 年出版。诚可谓嘉惠学林，功德无量。邓稳先生学养深厚，态度谨严、又精于书法、诗律，从而保证了是书整理的质量。笔者在阅读过程中发现，韩宝忠在漫长的诗歌创作历程中，存在大量题目中带有春、夏、秋、冬，及其他时令如除夕、新年、人日、上元、寒食、花朝、清明等岁时名称的诗作。具体到作品内容方面，作者又以诗人的敏锐感官，捕捉不同季节、不同气候的景物特点，记录内心情感的波动、社会生活的变迁。如《感时》诗中，作者说："风雨飘摇屋一椽，边春无主百花然。荆天益懔冰壶抱，花月供参水镜禅。"在作者看来，大自然变化万千，都是可以用以参悟的对象。体现了作者对自然界的敏感，也说明作者的确是在用心感悟这个世界，用真实的情感激发诗歌的创作。《不如痴斋诗草》中的岁时诗，内容丰富，诗艺高超，具有重要的研究价值。

一、《不如痴斋诗草》中岁时诗的创作状况

韩宝忠虽然不以诗名，但纵观《不如痴斋诗草》，作者显然在有意识地进行诗歌创作。他将自己的诗歌按照年代依次排列，从 1900 至 1939 年四十年内，只有 1904、1908、1909、1912 四年无诗，体现出作者自觉的创作意识。在长达三十六年的创作历程中，创作的诗歌内容非常宽泛，有抒发情志之作，也有记录社会现实的篇章。同时，作者还常常有意无意地将季节和时令的变迁融入诗中，从而令其笔下的季节时令都浸润了浓郁的诗意。

《不如痴斋诗草》中诗题带有季节名称的作品，按春、夏、秋、冬四个季节来分，带"春"字的作品有《春望蓟门》《伤春》《春咏三十六绝》《春日即事》《暮春》《暮春杂咏》《春兴》《春思步斯文同扶韵答余大》《春雨》《潞河春柳》《报春鸟》；带"夏"字的作品有《夏雨生众绿》《夏闺思四首》《夏日万寿山途中作》《夏日偶成》《夏日早起》《初夏杂咏》；带"秋"字的作品有《中秋》《中秋感怀》《中秋前五日沁源高令惠诗二章因步原韵和以寄之》《中秋为内子题"背镜观秋海棠"小像》《秋雨无聊同内子夜话》《秋海棠》《秋柳步樊山韵四首》《积雨侵旬中秋始见晴日顾念灾黎感而赋此》《秋声》《秋色》《秋影》《秋意》《中秋有怀寄顾大》《中秋

友人招隐》《初秋感怀》《秋雨》《秋夜诵经》；带“冬”字的作品有《冬柳》《初冬遣兴四绝》《残冬即事》《救世新教冬至郊天时逢瑞雪江副教统宇澄赋贺廿八字谨步元韵勉成四绝》。

另外，《不如痴斋诗草》中不少作品还带有其他节令，如《七夕》《九日过胭脂坡》《上元夜作》《寒食》《九日宿遵化惠源店阻雨三日》《人日》《闰七夕》《花朝丁香盛开感时作》《旧除夕和化翁先生元韵》《端阳》《上巳》《闰清明大雨》《清明过天桥作》《除夕》《新年感作》《除夜》《新年感作》《九月九日现明上人招游广济寺与净业诗社同人分韵赋诗》《九日又用阳韵柬净业诗社同人》《新年感作》《己卯三月三日稊园修禊用崔颢〈上巳〉诗分韵得停字》。

上述作品，带有“春”字的作品共49首，带有“夏”字的共11首，带有“秋”字的有31首，带有“冬”字的作品有7首。可以看出，以春、秋作为写作时间背景的作品，明显要比夏、冬多。春季草木生长，万物复苏，秋季木叶凋零，心情萧瑟，这两个季节最容易引起情感的变化，这是《不如痴斋诗草》中春、秋季节的作品比夏、冬季节多的原因。上述作品，虽然都带有季节、时令的名称，但作者的写作目的并不相同，有的是抒情之作，有的是写景之作，有的是兼有抒情和写景的成分。可以说，内容十分丰富。

《不如痴斋诗草》中的抒情之作，以季节为背景，抒发郁结心中的浓郁情感。季节轮替本是一种客观存在的自然现象，但在作者的笔下，却成为借以抒发情感、体现出作者主观思想的载体，如《花朝丁香盛开感作》：“才乏江郎大笔椽，寻诗偶得意翛然。醉邀明月花间饮，坐悟青山江上禅。居室但求完美矣，养心何若息游焉。天涯酬唱谁知己，莫梗鱼书渭北传。”花朝是中国古代传统节日，也称“花神节”，一般在农历二月初二、十二或十五、二十五举行。花朝节时值春季，丁香盛开，作者有感而发，遂作此诗。作者虽然在诗题中标注了时令和花名，但通过阅读全诗我们发现，作品主要以抒情为主，未将写景作为重点，或者说，看见丁香花开只是激发自己作诗的导引。诗中，作者抒发了偶得佳句的乐趣，醉酒之后，明月可与自己在花间共饮，青山上的禅机也得以顿悟。这种怡然自得之情油然而生。

还有一些作品为写景之作，虽然也表现出了作者不同的心境，但相对来说，主观情愫较少，主要是对描写对象的客观描摹，按照王国维的说法，即接近于“无我之境”。如《秋雨》：“阴云漠漠雨纤纤，挹得西来爽不嫌。润到琴书残暑退，听馀襟袖晚凉添。牵怀栗里花三径，触想吴淞梦一帘。霁展长空清若洗，远山妆好衬明蟾。”此诗风格清逸，精工自然，作于作者晚年，属于“人诗俱老”的作品。内容上，这首诗描绘秋天细雨绵绵的景色，抒发了一种恬静澹然的情感。秋天的雨水淅淅沥沥，容易让人滋生愁闷，但此诗读来，则令人心旷神怡，遐想无限。诗中的首联描摹了秋雨的形状，次联写秋雨的作用，既可以消退残暑，又可以令襟袖添凉。第三联中用到两个地名，栗里坐落于山南虎爪崖下，是一个山环水绕，景色秀丽的山村，也是大诗人陶渊明的故乡。吴淞位于中国上海市北部，黄浦江注入长江口（即吴淞口）的西侧，属于典型的江南文化地区。这里作者以两个地名对举，表达了一种闲适恬淡的心情。秋雨过后，天空若洗，心情也变得更为辽阔，远处的山坡也被雨水清洗过，正好衬托初升的月亮。通篇读来，作品明净清爽，表达了作者悠然的心境。

除上述两种外，《不如痴斋诗草》中的季节时令作品，大部分属于情景交融之作，即一首作品中，有完整的写景描摹，又有显著的抒情成分。同时，写景与抒情也并非各自独立，而是彼此交融，互有体现。如《上元夜作》：“七尺方闲作客身，惊心又见早梅新。灯红有泪应怜我，帘碧垂钩不见人。竹影仍窥檐底月，椒花谁颂酒中春。枕函那解相思意，枉效思王赋洛神。”这首诗中，第二联和第三联是写景的内容，但明显存在着作者的主观想象，或者说是以作者的自我来体现景物。比如，蜡烛流下蜡油是一种自然现象，但作者加以拟人化，比作是流下的泪水，认为是对自己的怜惜。“窥”本为人的动作，这里作者却用来形容竹影和檐底月的互动关系，体现了主体对客体的主观想象。王国维在《人间词话》中说“有我之境，以我观物，故物皆著我之色彩”，并认为“古人为词，写有我之境者为多”①。中国的诗歌向来具有抒情的传统，如《毛诗序》说：“诗者，志

① 王国维：《人间词话》，上海古籍出版社2004年版，第5页。

之所之也，在心为志，发言为诗。”① 写景不是目的，而是要通过景物，增强抒情的色彩，达到感召的目的。

《不如痴斋诗草》中的季节时令诗歌从创作方式看，存在着两种类型，一是主动性的经营，即先有情感，再通过季节或时间的变化诉诸诗篇；二是被动性的创作，即最初并没有创作的意图，受到景物的影响，性情摇荡，继而开始创作。这两种方式，前者如组诗《春咏三十六绝》《秋柳》四首等，都是非常明显的例子。作者在创作之初，显然具有浓郁的兴致，经过周密的构思，形成诗篇。后一种方式，如《秋海棠限渔洋〈秋柳〉韵并序》："清秋寂寞，闲事吟咏，适友人王君运初拈《秋海棠》为题，限渔洋《秋柳》韵征句，不觉技痒。因此花独具一种幽娴雅淡之态，亦实足撩情，动人诗兴也。于是三叠其韵，百丑皆忘。"② 作者明确说明见到海棠花的幽娴雅淡，引发自己的创作兴致。总之，《不如痴斋诗草》中的这些作品，既体现了作者的独特写作特点，同时又体现了中国诗歌创作的一般规律，具有典型性和普遍意义。

二、《不如痴斋诗草》中岁时诗的特点

《不如痴斋诗草》中的岁时诗，虽以岁时为题，但并未限于对时间或季节变迁的咏叹，而是借以抒情言志，内容极为丰富。有抒发颠沛流离之苦的作品，有对亡妻的思念，有对黎民百姓的关心，有排遣孤寂或表达淡薄心情之作。这些作品描摹自然，情感真挚，同时运用多种手法如白描勾勒，赋笔铺排、融情于景等，体现了较高的诗歌水准，下面我们可以具体作品为例来说明。

《春望蓟门》是作者早期的作品，诗曰："浮踪随处等鸿泥，亚雨欧云漫故栖。岂是塞翁才失马，谁云孺子善驱鸡。春回青草愁埋骨，闰厄黄杨悔噬脐。怕道不如归去好，杜鹃休向耳边啼。"该诗作于光绪二十六年（1900）、二十七年间，适逢义和团运动，作者携家眷逃难，颠沛流离，

① 孔颖达等：《毛诗正义》，《十三经注疏》，中华书局2009年版，第563页。

② 韩宝忠撰，邓稳整理：《不如痴斋诗草》，第73页。

《韩宝忠年谱》“光绪二十六年”：“任主事直隶司行走。是年，义和团突起，五月二十日烧毁前门老德记西药房及附近商铺约千家……六月，韩宝忠携眷避乱山西，侨居平遥。六月廿日，妻子陈氏染疾去世，次子相继而终……国破家亡，诗以寄哀，韩宝忠始撰《不如痴斋诗草》。”① 《春望蓟门》即作于此时，根据诗题来看，显然取自杜甫《春望》，表达国破家亡的悲伤。此诗首联描绘了自己漂泊无依的惨况，“春回青草愁埋骨”即春愁之意。与“为赋新词强说愁”② 的作品不同，作者之“愁”，有着深刻的切肤之痛，绝非无病呻吟。诗歌最后一句化用“杜鹃啼血”的典故，进一步表达了自己的痛苦。传说古代蜀国有一位皇帝叫杜宇，与他的皇后恩爱异常。后来他遭人所害死去，灵魂化作杜鹃鸟，日日在皇后花园哀号。杜鹃的啼叫之声较为凄楚，韩宝忠以此作为诗歌的结尾，从而使得抒情的效果变得异常浓烈。“怕道不如归去好”则直接表达了作者在流亡途中对故乡的思念。

《不如痴斋诗草·前言》称：“韩剑芝一八九一年在上海与第一任夫人陈氏结婚，婚后伉俪情深，被时人传为佳话。一九〇〇年，义和团兴起，八国联军入侵北京，陈氏迁至山西十余日染病去世，而出生一岁左右的小儿子也相继离世。韩剑芝遭此大变，愤而为诗，既有对恩爱生活的深情追忆，更有对亡妻的痛苦悼念。”③ 这类作品有《悲遣》二十首、《重遣四首》《哭内》等，此外还有一些虽然在标题上并未明显标为悼亡之作，而从内容看，则分明也是表达对亡妻的思念。《伤春》曰：“无复流风响屧廊，王昌家枉在东墙。疏帘燕误双飞羽，短榻花残百合香。春色深藏毛女洞，痴心空抱尾生梁。簷蛛织尽缠绵网，不及情丝一缕长。”这首诗描摹自己与妻子的情谊，深情款款。其中用了几个典故，王昌是魏晋时期的美男子，唐人认为是乐府诗中洛阳女儿莫愁倾慕的对象。“双飞羽”与“百合香”均暗指夫妻。毛女是古代传说的仙女，通身长毛，毛女洞在华山主峰西北毛女峰上，为一天然石龛，传说是毛女隐遁栖身处。尾生梁即是尾声抱柱

① 韩宝忠撰，邓稳整理：《不如痴斋诗草》，第 252 页。

② 辛弃疾著，吴企明校笺：《辛弃疾词校笺》，上海古籍出版社 2018 年版，第 1265 页。

③ 韩宝忠撰，邓稳整理：《不如痴斋诗草·前言》，第 11 页。

的典故，出自《庄子》，据说尾生与一女子在桥下约会，女子久久不来，尾生一直痴心等待，后来桥下发大水，尾生抱柱淹死。诗中的这些典故，均指代男女关系，表达了对亡妻深厚的情谊。诗歌的末尾，作者将无形的思念比作有形的蜘蛛网，进一步深化了情感的抒发。

作者长期担任地方官员，深感百姓疾苦而无能为力，常常将这种对百姓的关爱诉诸诗篇，《积雨侵旬中秋始见晴日顾念灾黎感而赋此》曰："十日难期一日晴，苍天何事苦苍生。但愁今夜秋风紧，谁管中宵月色明。万户烟消釜底爨，千家露宿水边棚。未能拯溺惭官拙，怕听嗷鸿有颂声。"这首诗作于民国六年（1917），据《年谱》可知，从民国四年开始，韩宝忠任新乐县知事。是年，韩宝忠在衙西辟地，拟作试验农场。连日的积雨让当地百姓苦不堪言，时至中秋方才见晴。作为当地的父母官，韩宝忠非常关心民生疾苦，不禁发出了苍天何苦为难苍生的慨叹。尽管今夜的月色分外明亮，但作者满心都是百姓疾苦，无暇观赏景色。当时千家万户的百姓都生活于水深火热之中，作者深感无力，也为自己不能拯救他们自感惭愧，乃至害怕听到鸿雁的哀鸣好像有颂扬之声一样，表达了乱世中一位地方官员的深深的无奈。

作者生活的年代，当时战乱频仍，四方列强乘机入侵，作为一名官员，韩宝忠希望能够早早恢复和平，这在他的岁时诗中也有体现，如《中秋有怀寄顾大》："春明策马倦游回，未已雄心犹壮哉！佳节擢将茶当酒，良宵不觉蜡成灰。干戈满地愁中月，鼙鼓惊天梦里雷。坐望承平何日得，楚歌四面尚闻垓。"此诗为唱和诗，作者在诗序中说："华伯曾以《春感》见赠，步其元韵。"但只是形式上追踵前诗，思想内容则体现了鲜明的个人特点。首句表达了自己的雄心壮志，但是随着时间的消磨，逐渐心情消沉，适逢中秋，也只能以茶当酒，夜半蜡烛成灰，既是实指当时的时间，同时也代指自己的心境已心灰意冷。干戈和鼙鼓都是战争用具，这里指代战争。作者以想象的手法，描绘当时的战况，可是作者用"愁""惊"形容，表达了对战争的厌恶。末尾两句，作者表达了对和平的渴望，而"楚歌四面"也体现了作者的无望。

韩宝忠的时令诗歌中，还有一些闲适之作，表达了作者当时澹然的心境，如《秋雨无聊同内子夜话》：“茫茫百事身嗟寄，旧话陪卿有睡不？裳葛薄同捐箧扇，壁纱轻却下帘钩。黄花晚听幽蛩语，绿酒新倾味蚁浮。霜叫远空排阵雁，凉天一雨夜来秋。”这是一首回文诗，体现出作者的匠心。作者秋夜无聊，陪同妻子聊天，诗中都是家常之事，夏天的衣服太薄，需要更换厚衣服，故而放入箱子中，壁纱也用不着而从帘钩中取下。在这幽静的秋夜，有阵阵虫鸣，远方飞过雁阵，天色愈发变凉了。

从本质上看，季节时令都是时间，时间的流逝，最容易引发人们的感慨，故而《不如痴斋诗草》中的一些作品，往往在这方面也有所体现，如《中秋感怀》：“驹光何事遽匆匆，曲水寻诗俨梦中。到处幸多青眼客，信天岂独白头翁。中宵私语灯犹绿，南国秋风豆不红。一样窗前好明月，团圆不与旧时同。”驹光指短暂的光阴，“曲水寻诗”用的是王羲之《兰亭集序》中“曲水流觞”的典故，这里代指与朋友的欢聚。“青眼”指对人喜爱或器重，“豆不红”化用王维诗歌“红豆生南国”的句子。诗歌的最后一句，以明月虽然一样，但旧时团圆，如今却物是人非，作者在诗中，追忆过去的欢乐，表达了对朋友的思念。

《不如痴斋诗草》中的时令诗歌内容丰富，真挚动人，既表达了作者的思想，也是当时动荡的社会中，一位地方官员和知识分子的心灵写照。在这些作品中，作者广泛运用各种表达手法，竭力将诗歌写得富有艺术化。如《春雨》：“润物无声静市嚣，小楼坐听夜迢迢。萋萋草长人千里，滑滑泥香路一条。渭北青新杨柳色，江南红遍杏花娇。乡村泼火逢寒食，莫负流光百五韶。”这首诗采用白描手法，勾勒了春日雨天的景色。《不如痴斋诗草》以绝句和律诗见长，尤其是律诗，极见功力。关于对仗的基本类型，刘勰在《文心雕龙·丽辞》篇中概括说：“丽辞之体，凡有四对：言对为易，事对为难，反对为优，正对为劣。”并解释道：“言对者，双比空辞者也；事对者，并举人验者也；反对者，理殊趣合者也；正对者，事异义同者也。”[1] 刘勰这里主要对四种对仗的优劣进行评判，而事实上，句法的兼收并蓄与巧妙使用更能体现作者驾驭语言的能力。上述四种对句在

---

① 周振甫：《文心雕龙今译》，中华书局2013年版，第318—319页。

《不如痴斋诗草》中的岁时诗中均可寻见，正对如《中秋前五日沁源高令惠诗二章因步韵和以寄之》："卖剑高贤思渤海，鸣琴良侣聚并州。"反对如《中秋》："海棠本是无香种，天竹谁教有豆生。"言对如《初秋感怀》："优游漫读安仁赋，摇落将成宋玉悲。"事对如："箕燃釜泣伤煎豆，匕见图穷险剖瓜。"《不如痴斋诗草》中还有一些其他的对仗句法，有数字对、颜色对，如《夏日万寿山途中作》："一色藕花红不了，两行垂柳碧无情。"时间、颜色对，如《中秋》："沅芷秋波难再碧，月华今夜不须明。"人物对，如《上巳》："画许参瓯北，吟偏契剑南。"[①] 这些句法，在《不如痴斋诗草》中的很多地方都变换使用，充分体现了作者的深厚功力。

三、《不如痴斋诗草》中岁时诗的文学史意义

通过以上分析可见，《不如痴斋诗草》中的岁时诗不仅内容丰富，作者还广泛运用各种手法加以创作，体现了作者敏锐的观察力和高超的写作技巧。对于一名诗人来说，这是最为重要的素养。诗人必须要有一颗敏锐的心，对外界的自然变化能够感同身受，才能写出好的诗作。在这方面，《不如痴斋诗草》可以说具有重要的典范意义。作者首先继承了中国古代文人悲秋伤春的传统，并加以发扬光大。这个传统古来有之，从《诗经》开始一直到晚清民国，历朝历代很多诗人很多文人都有这种特点，正如《诗经·采薇》所说："昔我往矣，杨柳依依。今我来思，雨雪霏霏。"[②] 这种时间和景物的变化本是一种自然现象，但在诗人心中，则成了心情变化的写照。因此，骆鸿凯评价《诗经》说："诗人感物，连类不穷者，明《三百篇》写景之辞所以广也。"[③] 正因为诗人的联想，诗歌的写作范围才会变得宽广。又《离骚》说："日月忽其不淹兮，春与秋其代序。惟草木之零落兮，恐美人之迟暮。"[④] 眼见岁月流逝，春秋变换，进而想到美人的迟暮，这都是将心情渗入时间变化之中所体现出来的比物联类。

---

① 按，瓯北指清代诗人赵翼（号瓯北），剑南即宋代诗人陆游，著有《剑南诗稿》。

② 孔颖达等：《毛诗正义》卷九，第 884 页。

③ 黄侃：《文心雕龙札记》，商务印书馆 2017 年版，第 213 页。

④ 洪兴祖：《楚辞补注》，中华书局 1983 年版，第 6 页。

魏晋南北朝时期，文学得到进一步发展，同时，文学理论也开始完善，对于这种悲秋伤春的传统，人们进一步加以总结，如陆机在《文赋》中说："遵四时以叹逝，瞻万物而思纷。悲落叶于劲秋，喜柔条于芳春。心懔懔以怀霜，志眇眇而临云。"唐大圆解释说："文之思维，不独由读书而生，亦有时遵随春夏秋冬四时之迁易，而瞻观万物之变化，则思想纷纭而生。如何瞻观乎？或有时观木叶之脱落，而悲秋风之劲健，亦有时睹树枝之嫩柔，而喜春光之芬芳，皆有生文思之机会者也。"[①] 再如钟嵘《诗品序》："气之动物，物之感人，故摇荡性情，形诸舞咏""若乃春风春鸟，秋月秋蝉，夏云暑雨，冬月祁寒，斯四候之感诸诗者也"。这段话揭示了诗歌发生的本源。这里的"气"指节气，即"节气变化，萌动万物，触发人的感情"[②]。

此外，《文心雕龙》也有相关阐释，如《物色》篇说："春秋代序，阴阳惨舒，物色之动，心亦摇焉。""若夫珪璋挺其惠心，英华秀其清气，物色相召，人谁获安？是以献岁发春，悦豫之情畅；滔滔孟夏，郁陶之心凝。天高气清，阴沉之志远；霰雪无垠，矜肃之虑深。岁有其物，物有其容；情以物迁，辞以情发。"[③] 关于这种客体对主体的影响，周振甫在《文心雕龙今译》中做了详细的解释："外界景物影响人的感情，由感情发为文辞，说明外界景物对于创作的关系。情和景既是密切结合着，所以要'既随物以宛转''亦与心而徘徊'。一方面要贴切地描绘景物情状，一方面也要表达出作者对景物的感情，达到'情貌无遗'，是情景交融。"[④] 这些都可以看作《不如痴斋诗草》创作的传统和渊源。

中国文学史上这种悲秋伤春的传统以及客体对主体的影响，在《不如痴斋诗草》中表现得非常明显。一方面，作者在一些岁时诗的标题中直接标明自己的心情或是悲伤或是欢乐，或是有明确的波动，如《伤春》《春兴》《中秋有怀寄顾大》《春思》《新年感作》《初冬遣兴四绝》等，此外，

---

① 陆机著，张少康集释：《文赋集释》，人民文学出版社 2002 年版，第 24 页。
② 钟嵘著，曹旭笺注：《诗品笺注·序》，人民文学出版 2009 年版，第 1 页。
③ 周振甫：《文心雕龙今译》，第 414 页。
④ 周振甫：《文心雕龙今译》，第 412 页。

作者还经常在诗题中着一“感”字，如《中秋感怀》《花朝丁香盛开感作》。所谓“感”，即心灵上的碰撞，既是主体对客体的感知，也是客体对主体的感召。具体作品中，也有不少体现了这种传统的诗句，如《初秋感怀》：“触观万物纷回薄，游者临川慨若斯。”表达了作者由眼前景色而引发的众多感慨。

《不如痴斋诗草》中的时令诗，还体现了主体对客体的刻画。这种刻画表现在两个方面，首先是从客观角度对景物进行的描写。这种描写表现为欣赏的性质，即诗歌的作者（主体）对描写对象（客体）进行客观描摹，以文字形式形象地写出客体特点。这是一种没有掺杂或很少表现出作者自我的写作，但这种作品很少，我们看到更多是作者以自己的心情，去点染描写对象。由此，诗中的景物超越实际景物，体现出作者的情志，这是主体对客体的刻画。从方向上看，包括顺向和逆向两种。所谓顺向，即作者的心情因外界景物的变化保持一致，春天万物复苏，作者心情也随之舒畅，如《春日即事》：“月圆花好吟情动。”花好月圆是一种美好的景色，作者自然容易受到感染而触发诗情。所谓逆向，指作者在一种美好的环境之下，却因内心的悲伤，而更觉得景物也表现出与人一样的情绪。如春天是美好的，但文人却因心中悲慨，产生“伤春”之感。相反，即便身处恶劣的环境，只要内心充满愉悦，也会感觉景色之美。无论哪一种，都说明诗中的景物实际上已经超越景物，更多地体现出主体的主观情志。

中国的古典诗歌发展至晚清民国时期，可以说已经完全定型，诗歌的创作题材、写作手法等都已经达到完备的状态，要想在前人的基础上有所突破，无疑是很难的。从整个中国诗歌史的发展来看，韩宝忠《不如痴斋诗草》相对于前人，无论题材还是写作手法并没有太大创新，对比同时代的作品，在艺术上也不能算作最为出色的，但《不如痴斋诗草》在岁时诗方面的丰富和完备，却是其他大多诗集所不具备的，具有一定的代表性和典型性。作者秉承中国古典诗歌的优秀传统，感物联类，创作出不少情感真挚、内容广阔、诗艺高超的优秀作品，也体现出作者作为一名诗人所应有的基本素养。

浅析韩宝忠的爱国诗

王　虎　罗金红①

引言

韩宝忠（1875－1939），字剑芝，号望潇湘馆。据《缙绅全书》载，其祖籍安徽望江，历任刑部主事、山西沁县知县、河北新乐县知事、河北隆平县知事等职，在他为官期间，为人民谋幸福，为地方策治安，隆平县百姓曾自发为其立“永垂不朽”政绩碑。韩宝忠在文艺方面亦颇有造诣，擅长诗歌、书法，有书法作品《金刚经》二种等，有诗集《不如痴斋诗草》三册，存诗千余首，其中揭露动荡时局的黑暗、反映战争之下的民生疾苦、揭示列强侵略残酷的爱国诗有 91 首，是其诗歌主题中一个重要的部分。

目前对于韩宝忠的研究较少，对于韩宝忠爱国诗的研究暂未有前人作出论述。因此，本文拟将韩宝忠所作爱国诗作为研究对象，从思想内容、艺术特色、创作缘由及学术价值等方面进行探讨，通过还原韩宝忠的生活场景进而感悟理解其爱国思想与情怀。

一、韩宝忠爱国诗的思想内容

（一）爱国忧世，心系时事

在儒家思想的影响下，古往今来，无数文人墨客都保持着忠君爱国的

① 王虎（1986—），四川绵阳人，文学博士，四川农业大学人文学院中文系讲师，研究方向为清代诗学；罗金红（2001—），重庆渝北人，四川农业大学人文学院中文系 2019 级本科生。

品格，对时事政治有着高度的关注，做到家事国事天下事，事事关心。韩宝忠亦是如此，生活跨越晚清民国两个时代的他，面对国家的风雨飘摇，对于战争带来的动荡不安，创作了一系列忧叹国家命运、感伤时局的爱国诗。

1901 年，身处陕西的韩宝忠在《春望蓟门》诗中云：“浮踪随处等鸿泥，亚雨欧云漫故栖。”诗中“亚雨欧云”代指当时的美国、英国、日本等为首的八国对清朝实施侵略带来的腥风血雨，“故楼”是指韩宝忠的生长地北京。1900 年，八国联军侵华攻陷北京，慈禧太后携光绪皇帝仓皇西逃，联军所到之处，烧杀抢掠，一片混乱。韩宝忠眼见故乡惨遭兵燹之祸，父老乡亲流离失所，心中悲痛如杜鹃啼血，化用古蜀望帝失国、杜鹃啼血的典故，发出“杜鹃休向耳边啼”的哀叹。

1926 年，国共合作基础上的国民革命军开始了从广州向北进军讨伐旧有北洋军阀的北伐战争。这场战争是一场规模空前的反帝反封建革命战争，同时也是结束军阀割据局面的统一战争。韩宝忠对于北伐战争颇为关注，其当年所作诗作多提及北伐战争。如《春兴》：

> 战云四合动征鼙，整暇军容亦可师。卫令筹防真大树，流民失所企杨枝。东南誓守三章约，西北相持一局棋。莫道丰台花事好，正当戎马阋墙时。

战火四起，处处敲响作战的鼙鼓，理当整饬军队。将领指挥着筹备御敌的卫令，看着失所的流民，作者企盼杨柳生长而没人折，希望天下安定。国内战争局势僵持不下。不要说丰台的花长势正好，此时正是兵马相见内部不和之时。首联描写战争初起之时，通过写战云四起、鼙鼓声响、军容严整，表现战争规模庞大，军队精神昂扬，士气正好。颔联写国民革命军指挥得当，从容不迫，但即便如此战争依旧使得普通民众丧失住所，突出对流民的关切与对和平的渴望。颈联写战争进行时，化用约法三章，写出东南战场的革命军军纪严明，秋毫无犯，而北方战场，冯玉祥的中华民国国民军与吴佩孚、张作霖等军阀的军队在北方展开战争，势力波及河南、山东、陕西、东北等地，局势僵持不下。尾联以乐景衬哀情，花开得正好，却时值国内发生战争。诗作中流露出对战争的高度关注，对天下安定的盼望。

在1926年的其他诗作中诗人仍有对北伐战争的关心，如《中秋有怀寄顾大》："干戈满地愁中月，鼙鼓惊天梦里雷。"中秋本是团圆之节，却仍战火纷飞，家人不能团聚，甚至尸骨遍地，鼙鼓雷声惊天入梦，使人忧心着外面的战局，夜不能寐，愁苦不已。"乱离那得息征尘"，诗人不禁感慨何时才能平息战争，结束乱离生活，表现出对结束战争、平息战火、安定生活的渴望。

（二）关心黎民，心系百姓

"居庙堂之高则忧其民，处江湖之远则忧其君"①，以忧国忧民、心系天下为己任一向是中国传统知识分子的美好品格。韩宝忠自小接受良好的教育，培养了强烈的社会责任感。在其宦海沉浮的二十年里，创作了不少关心黎民，心系百姓的诗作。

1911年，韩宝忠离开京城就职于沁县，从京差成为地方父母官，作为知事，与百姓的联系更为紧密，更能够深切地感受到人民的酸甜苦辣。如其当年诗作《和王啸亭答周茗乡留别北京原韵四章》：

> 回首沧桑几变更，水流听罢看云行。闲探石室追遗学，愧宰铜鞮浪得名。才短难偿求治愿，时危枉作不平鸣。南天苦雨西山雹，相对穷黎百感生。

回望过去，作者经历了巨大的世事变化，听腻了水流声，再抬头看看云的行踪。闲来无事，游览了隋开皇初年国子博士王通著书讲学的场所——文中子石室，追寻前人的遗留下来的学说，做沁县的父母官觉得心中有愧，浪得虚名，自己才疏学浅，难以达到治理好沁县的愿望，时局危亡，心中有不平。雨久下成灾，冰雹也随之而来，面对穷苦的百姓，作者

① 欧阳清编著：《范仲淹集》，远方出版社2005年版，第48页。

心中百味杂陈。首联点出巨大的世事变化，此诗创作时虽辛亥革命尚未爆发，但黄花岗起义、四川保路运动已发生，结合前两年的时事来看，清帝虽颁布了一系列改制的政令，但并未实质上改变人民的生活，也未能挽救摇摇欲坠的清政府，社会即将更迭，不可避免的是起义与革命，势必会给人民带来不安与动荡，是为人祸。尾联写出自然灾害，久下成灾的雨，与相继而来的冰雹，是为天灾。天灾人祸，忧心百姓，却又无法拯救困苦百姓的不平在韩宝忠心中郁结。

在山西受特大旱灾饥荒影响严重和担负着每年巨额“庚子赔款”的情况下，山西主政官员为完成赔款任务，加重赋税，搜刮百姓。天灾人祸同时降在山西百姓的身上，使得晚清时期山西社会荒废，民不聊生。韩宝忠在这样条件下的山西沁县担任知县，他对百姓有着深切地忧心与爱护，他道：

政繁绝少郑侨慈，瘠土何时霖雨滋。爱国尚期诸父老，障民休恃好城池。官民共挽千钧发，上下同珍百姓脂。自治未成休自乱，安民不刻党人碑。（《东吴绅钤》）

首联点出了山西部分官员政令频繁，加重百姓负担，对这种行为韩宝忠持批判态度，他在这里特地引用了春秋时期子产爱民的典故来反衬山西官员的贪劣。“瘠土何时霖雨滋”一语双关，既指山西旱灾影响下的贫瘠土地缺少霖雨滋润，又指山西百姓饱受压迫，缺少官员的爱护、关心。后三联韩宝忠抒发自己的政见，他认为官者当爱护人民，与人民同仇敌忾，团结人民群众，爱惜民脂民膏。毕竟“爱国尚期诸父老”，不能只依赖修好城墙和护城河防止盗民。同时官者还应当沉着冷静，不要自乱阵脚，积极治理，安抚人民，韩宝忠在此处化用“党人碑”的典故，以表明自己安世济民的志向。据《宋史纪事本末》卷四十九《蔡京擅国》记载：

（宋徽宗崇宁元年）九月己亥，立党人碑于端礼门，籍元符末上书人，分邪、正等黜陟之。时元祐、元符末群贤贬窜死徙者略尽，蔡

> 京犹未惬意，乃与其客强浚明、叶梦得，籍宰执司马光、文彦博……凡百二十人，等其罪状，谓之奸党，请御书刻石于端礼门[①]。

宋时蔡京为相，专权恣肆，排斥打击哲宗时的大臣，在端礼门立碑，刻司马光、文彦博、苏轼等一百二十人于其上，诬为奸党。此碑称为“党人碑”。清代丘园有《党人碑》传奇剧本，即演写此事，后用为排斥打击能臣之典，亦有贤达自我期许之意。韩宝忠先生在此处反其意而用之，意在表达自己安民的志向，而并不在意个人一己的声名。韩宝忠为官清廉且富正义感，不与浊者同流合污，心系百姓，关心黎民，面对艰难时局积极作为。

（三）歌咏山河，热爱生活

我国文人自古以来就有“不歌而诵谓之赋，登高能赋可以为大夫”[②]的观念，据《韩诗外传》卷七载：“孔子游于景山之上，子路、子贡、颜渊从。孔子曰：君子登高必赋，小子愿者何?”[③] 韩宝忠登高必赋，虽身处乱世，但遇见祖国的大好河山，仍融情于景，抒发对河山的歌咏，借此表现对祖国的热爱。韩宝忠在陕西时，闲暇时间便四处游走，如他登临慈恩寺大雁塔，作下《登慈恩寺浮图》：

> 矗立逼诸天，题名不计年。云霞横足底，星斗列胸前。远树密于发，晴山小似拳。铃声触深醒，参彻上乘禅。

“浮图”是佛教术语，亦作“浮屠”，释义颇多，有佛陀、佛教、和尚、佛塔等义，在此处指佛塔，“慈恩寺浮图”则是指位于唐长安城晋昌坊（今陕西省西安市南）的慈恩寺大雁塔。韩宝忠首联便歌咏大雁塔高耸入云的壮伟，道出流传千百年的雁塔题名的文化现象。关于“雁塔题名”最为盛行的是“神龙以来说”，《辞源》《汉语大词典》等均采用此说，最早记载“雁塔题名”史实的是五代王定保《唐摭言》卷三：“进士题名，

---

① 陈邦瞻：《宋史纪事本末》卷四九，中华书局 1977 年版，第 439 页。
② 班固撰，颜师古注：《汉书》，中华书局 1962 年版，第 1755 页。
③ 韩婴撰，许维遹校：《韩诗外传集释》，中华书局 2020 年版，第 301 页。

自神龙之后，过关宴后，率皆期集于慈恩塔下题名。”① 后来进士在雁塔题名成为风俗，久为流传。“云霞横足底，星斗列胸前”一联采用夸张想象的手法，描绘出站在云端俯瞰天下，胸怀星斗的宏伟视野，也从侧面印证了大雁塔“矗立直逼天”的高耸与雄壮。颈联写所见实景，平视远方，已经看不清树木的具体样子了，只见得树如发般细密，俯瞰众山，山落入眼帘只有拳头大小。登高望远，心胸随视野变得舒坦开阔，最后在铃声中悟出了人生哲理。

韩宝忠登上西岳庙万寿阁观望华山风景时，作下《登西岳庙万寿阁观华山》：

> 驱车直入华阴道，一见三峰便倾倒。三峰削成神秀钟，群岩罗列皆怀抱。突兀纵横不可攀，万寿阁上凭阑干。芙蓉玉女眼前立，振衣且作画图观。仙人掌拍青柯枰，跨河凌空擘巨灵。怪云横吞毛女洞，飞霞险走玉羊精。洗头盆侧水溶溶，千叶莲花秋不红。吐露冥冥压关辅，苍穹半落金天宫。寒飚怒号天地肃，落雁峰头惊断鸿。饱看不足日已昃，马前童仆催金勒。淋漓兴发快挥毫，写入诗囊壮行色。

西岳庙位于陕西省华阴市区东约 1.5 公里的岳镇东端。而万寿阁位于西岳庙的最后方，是庙的制高点，也是观望华山的最佳点。诗开篇即言“一见山峰便倾倒”，接着叙写华山三座主峰东峰朝阳峰、南峰落雁峰、西峰莲花峰的神秀与整个华山的险峻、高不可攀，突出了华山的壮丽与诗人对壮丽景色的崇敬与喜爱之情。从芙蓉玉女到落雁峰头，诗人虚实结合，用所观之景结合奇绝的想象描绘出一副壮阔的华山细节场景图，诗人用“跨河凌空”“怪云横吞”“飞霞险走”“苍穹”“寒飚”等词勾勒出华山的险、怪、壮阔雄伟。万寿阁距离华山有约五公里的距离，因此在万寿阁用肉眼是无法看清华山上细小景物的，如玉女峰上的洗头盆侧的流水。最后两联流露出对大好河山的留念及目睹河山壮丽的畅快之意。

---

① 李裕民：《雁塔题名研究》，《长安大学学报（社会科学版）》2010 年第 2 期。

二、韩宝忠爱国诗的艺术特色

（一）崇杜尊唐

韩宝忠的诗集《不如痴斋诗草》始作于光绪二十六年，终于民国二十八年，其诗集创作时间与诗歌创作在光绪中后期走向成熟并延续至民国初年的“同光体”诗派发展时间较为吻合。“同光体”诗派作者宣称“不墨守盛唐”，主学宋。但处于这种时代潮流中的韩宝忠的诗歌却并未有学宋的特征，而是如姜浩评价：“伏读一遍，意味隽永，知寝馈于三唐者深矣。”[①] 纵观韩宝忠所遗诗作，其诗作有杜甫忧心时事悲凉的意境，同时其诗作在遣词造句、整体意境上都呈现出学唐的特征。

在词、句的选用上，韩宝忠的诗给人一种学习唐人的感受。如《感怀》：

> 骨肉流离枉独伤，天涯羁旅滞归乡。春风不入朝云殿，秋梦仍依昼锦堂。论法即今应虎变，补牢何暇悔羊亡。男儿自恨无长策，强为他人作嫁裳。

“春风不入朝云殿”与唐崔颢《杂曲歌辞·行路难》中的“香风吹入朝云殿”[②] 颇为相似，真实的朝云殿是明英宗正统年间修建，最开始被称为“夏唐宫”，在崇祯二年，才改名为“朝云殿”。显然，崔颢作诗时，真实的朝云殿尚未修建。因此，有学者推测《杂曲歌辞·行路难》中的朝云殿可能为崔颢所杜撰[③]。在崔颢诗中，朝云殿是指得宠宫女所住的“热宫”，与冷宫相对。韩宝忠诗中的“春风不入朝云殿”更可能是学习崔颢诗作而来的。因为真实的朝云殿供奉的是为大宋江山立下汗马功劳的郑恩及四大元帅，且并未有其他含义，放入诗句“春风不入朝云殿”理解不通。而依照崔颢诗中朝云殿的含义来理解“春风不入朝云殿”，就可理解

---

① 韩宝忠撰，邓稳整理：《不如痴斋诗草》，巴蜀书社 2020 年版，第 2 页。

② 万竞君：《崔颢诗注》，上海古籍出版社 1982 年版，第 18 页。

③ 魏耕原：《崔颢诗的艺术追求》，《陕西师范大学学报》2011 年第 3 期。

为春风吹不到得宠宫女住的“热宫”去，言下之意就是不得宠，与末句“强为他人作嫁裳”相照应，不得宠才有为他人作嫁衣的怀才不遇之感。所以，韩宝忠的“春风不入朝云殿”是学习崔颢的“香风吹入朝云殿”的。“男儿自恨无长策”学习唐王维《酬张少府》中的“自顾无长策”①，指自己没有好的计策来报效国家。“强为他人作嫁裳”出自唐秦韬玉《贫女》“为他人作嫁衣裳”②，指贫女为富家小姐做嫁裳，实则抒发诗人怀才不遇的感恨。韩宝忠此诗多句学习唐人，首先表达自己与骨肉分离，羁旅异乡的孤独伤感，其次阐明自己不得宠，但仍想衣锦还乡。再是抒发自己的政治见解：当今变法应当大刀阔斧地去改变，既然想去改变就不应该去追悔因改变而失去的东西。尾联的“自恨无长策”更像是自谦之词，因为韩宝忠在颈联抒发的政治见解不失为一个良计，重点在于末句表达的怀才不遇之感。

在诗的意境上，韩宝忠的诗颇有杜甫的风范。如《秋声》：

> 万家砧杵客思乡，落木萧萧九月霜。枫叶江头惊断雁，豆花篱畔伏啼螀。风摧败草三间屋，雨战残荷半亩塘。堪乐读书宵漏永，狂挥赋笔续欧阳。

“万家砧杵客思乡”与杜甫《秋兴八首·其一》“寒衣处处催刀尺，白帝城高急暮砧”③ 意境相似，都采用捣衣砧这一意象，营造城内千家万户妇人制备寒衣的场景，极尽思乡之情。“落木萧萧九月霜”与杜甫《登高》“无边落木萧萧下”④ 相似，绘出秋天里落叶纷纷飘零的萧条之境。“风摧败草三间屋”与杜甫《茅屋为秋风所破歌》“八月秋高风怒号，卷我屋上三重茅”⑤ 意境相似，道出狂风怒号，摧残草与房屋。前三联将

---

① 彭定求等：《全唐诗》，上海古籍出版社 1986 年版，第 292 页。
② 彭定求等：《全唐诗》，第 1682 页。
③ 萧涤非：《杜甫诗选注》，人民文学出版社 1998 年版，第 249 页。
④ 萧涤非：《杜甫诗选注》，第 288 页。
⑤ 萧涤非：《杜甫诗选注》，第 173 页。

秋天的萧条落寞描绘得淋漓尽致，有杜甫沉郁的风格。但尾联又一转，变得积极向上，读书报国的豪迈之情抒发出来。韩宝忠的爱国诗虽学习借鉴杜甫，但不尽是杜甫风格，有比杜甫诗作更为乐观积极的一面。

（二）慷慨悲壮

慷慨悲壮是指充满正气，情绪哀伤而激昂。韩宝忠生活在乱世之中，频繁的战乱导致社会不稳定，致使他安邦定国的政治理想不能实现，同时，官场险恶加上韩宝忠早年官位低，政见不敢言也无法施展。但韩宝忠并未因此堕落，仍然怀有积极乐观的人生态度。其爱国诗多呈现出慨慷悲壮的特色。如《西征》一诗：

> 朝朝谁促唱骊歌，山路崎岖唤奈何。绕铺疏槐暗烟雨，举家行李逐风波。一官培植思庭训，廿载光阴悔墨磨。此去天涯何所事，愿抛簪组换农蓑。

前两联叙写韩宝忠一家为避难而西迁的情形："朝朝谁促唱骊歌"用骊歌促别的典故来表示被迫离去，典出《汉书·儒林传·王式传》：

> 王式字翁思，东平新桃人也。……式征来，衣博士衣而不冠，曰："刑余之人，何宜复充礼官？"既至，止舍中，会诸大夫、博士，共持酒肉劳式，皆注意高仰之，博士江公世为《鲁诗》宗，至江公著《孝经说》，心嫉式，谓歌吹诸生曰："歌《骊驹》。"式曰："闻之于师：客歌《骊驹》，主人歌《客毋庸归》。今日诸君为主人，日尚早，未可也。"江翁曰："经何以言之？"式曰："在《曲礼》。"江翁曰："何狗曲也！"式耻之，阳醉遏地。式客罢，让诸生曰："我本不欲来，诸生强劝我，竟为竖子所辱！"遂谢病免归，终于家……①

汉代时，博士江公因嫉妒王式精通《诗经》的才华，便让乐人在欢迎

① 班固：《汉书》，中华书局2007年版，第3598页。

王式的酒宴上唱《骊驹》之歌。《骊驹》本是客人表示告辞的歌曲，江公作为主人唱此歌欲撵王式离开。王式感到耻辱，告病归家。“山路崎岖唤奈何”，山路崎岖不平，路途险阻，教人直呼奈何。因庚子国难的急促，不得不离开家乡西迁避难，西迁路途还万分艰难，心中的难受与哀伤油然而生。天色昏暗，并且下着蒙蒙细雨，如烟细雨笼罩下，有几棵稀疏的槐树绕着铺子。一个“暗”字既道出天气的昏暗，又与“烟雨”组合，给人一种被暗沉的烟雨笼罩的压抑感。第三联韩宝忠感念家庭国家对他的栽培，悔恨自己二十年来习文，是个文人，不能像武官那样冲锋在前线，上前杀敌，报效祖国。诗的情感又转为充满正气，变得悲壮。

韩宝忠于 1902 年作的这首《感时》诗，强烈的悲壮之情寓于其中：

> 旷观时局醒春婆，万变云霞瞥眼过。危幕岂堪巢燕雀，狂澜何事助蛟鼍。空思沧海捞明月，竟使流光付逝波。我欲归耕无处所，一腔热血敢消磨。

前三联韩宝忠针对清廷而写，“旷观时局”指的是 1900 年八国联军侵华以来发生一系列时事变化，清政府签订丧权辱国的《辛丑条约》，其中不仅要割地赔款，还使中国彻底沦为半殖民地半封建社会，彻底打破了清政府天朝上国的美梦，因而用“醒春婆”。在八国联军侵华以前，清朝虽然经历了第一次鸦片战争、第二次鸦片战争、中法战争、甲午中日战争，但前几次的战争列强并未入侵到政治中心北京，清政府并未引起重视。列强攻占北京，统治者才有了危机感。颔联写出清廷如危幕燕雀，处境十分危险，而局势却助长着如蛟鼍的列强。“空思沧海捞明月”，清廷只知道做一些不切实际的事，白白地让时光随着流波逝去。尾联韩宝忠回到自己身上，自己想要归隐山林耕田种地，但却没有这样的地方让他去，又转念一想，当下正值国家危急存亡的时刻，作为臣子，怎能逃避责任，于是发出了“一腔热血敢消磨”的慨叹。

三、韩宝忠爱国诗的创作缘由和学术价值

（一）创作缘由

韩宝忠撰《不如痴斋诗草》时，并未点明创作缘由，但从华俊声为其诗集所题之序，可见韩宝忠是经历了庚子国难和妻儿相继离世的打击之后，情绪抑郁而开始创作诗集的。在韩宝忠的诗作中也有例证，其诗《悲遣》的序中写道："庚子民教相仇，携眷避山右，解装十日，内子辄染时疫而终。"① 由此可推测韩宝忠的爱国诗创作缘由一是国破家亡的经历，使得诗人心态发生巨大的转变，内心无法言说的悲怆全都化言为诗。诗歌作为诗人的精神寄托，将韩宝忠内心深厚而沉重的感情托载起来。韩宝忠将自己的悲伤一部分转化为对侵略者的痛恨和对国家的忠心，正如他前往陕西途中遇到春秋战国时期义士豫让为主公智伯报仇，准备刺杀赵襄子而潜伏的那座桥，便写下《豫让桥》，诗作中抒发了对豫让有气无力的悲叹，诗的首尾两句既像在写豫让，又像是在寄托诗人自己的情志。首句"一腔忠愤气难伸"，尾句"壮怀无命扫嬴秦"，列强长驱直入北京，吓得统治者匆匆西迁，自己也随着统治者的步伐西迁。对列强入侵并且烧杀抢掠的行为，自己满腔悲愤，痛恨不已，但空有一腔怀抱，如同豫让一般，没有运气也没有实力驱逐列强。

二是自古乱世出豪杰，逆境出人才。战争之下暴露的社会问题、各种矛盾为诗人提供了写作题材。例如，由于战事的节节衰败，清政府签下了不平等的《辛丑条约》，条约中的巨额赔款的负担就被官员通过征收赋税，将重担转移到人民身上了，官员的这种欺压百姓的行为，韩宝忠在诗作《东吴绅钤》中对其进行了批判，同时提出要爱护人民、团结人民的思想。在 1914 年，袁世凯为将权力掌握在他一人手中，实行复辟，不断操控民心，殊不知这样已经丧失了民心。与此同时，孙中山等革命党人惨遭迫害，孙中山在东京改组国民党为中华革命党，或想再次取得政权。韩宝忠对于这样的社会问题十分关注，其诗"一局新棋难著子，旁观无计烂樵柯"

---

① 韩宝忠撰，邓稳整理：《不如痴斋诗草》，第 2 页。

表露出对时局未定、棋局难走的担忧。同时，诗人一生所作四首《感时》诗，虽没有确切所指的事件，但都是由于对时局有感而作。可见时局的变化、社会的问题对诗人的写作题材有很大影响。

（二）学术价值

韩宝忠的爱国诗作中叙写了晚清民国的部分史实，对于晚清民国时期历史的进一步研究，有着重要的文献价值。八国联军侵华之时，韩宝忠当年诗作《红鹤楼》中有强烈的驱除鞑虏的愿望："一拳打碎呼卢笑，扫尽胸襟万斛愁。""呼卢"指赌博，但"呼"诗稿中原作"胡"，联系上下文诗句应该是"胡"，暗指列强的侵略，后可能因为列强清算主战官员，韩宝忠方将含敏感字眼的"胡"改为"呼"。在次年的《春望蓟门》中，韩宝忠写道："亚雨欧风漫故楼。"直指列强入侵北京。义和团之乱时，韩宝忠曾上书剿灭义和团，在诗作中写道："中原一夕遍烽烟，折槛陈词亦枉然。"清廷前期相信义和团能够做到"扶清灭洋"，对其并未采取剿灭措施，并大力扶持，可义和团在客观上还是对社会造成了一定破坏，一定程度上阻碍了社会现代化进程。辛亥革命后，韩宝忠的诗作《宋畏三先生以癸丑春六十寿征诗勉步原韵以和》中写道"廿载沧桑变局频""缔造冀成平等国""共和争比永和新"等句，"变局频"指出时局的变化，"平等国""共和"等词指向辛亥革命的共和思想，可见这首诗对辛亥革命有一定的叙写。1926年，北伐战争开始时，韩宝忠当年诗作多有叙写战争。在《春兴》中写道："战云四合动征鼙，整暇军容亦可师。"在《顾华伯复以〈春兴〉叠前韵见赠仍步以和》中道："多稼殷殷望大田，无端南北逐烽烟。"在《中秋有怀寄顾大》中道："干戈满地愁中月，鼙鼓惊天梦里雷。"1937年，以"七七"事变为开端的日军侵华战争爆发，韩宝忠在诗作中咏怀像花木兰、齐姜等为国献身的古人，抒发自己的爱国之情。

其次，韩宝忠的爱国诗涉及的交游信息，有助于推动清末民初文学史的研究。爱国诗是清朝自第一次鸦片战争以来诗歌创作的一个重要写作题材。随着帝国主义侵略的加深和民族矛盾的激化，各个阶层的爱国之士开始走进现实社会，用诗歌来揭露战争的残酷，反映民生疾苦[①]。韩宝忠所作爱国诗共 91 首，其中 43 首是与他人唱和而作的爱国诗作，占比 47%。这无疑对晚清民国文学的进一步研究有深远影响，有助于进一步搜集、整理晚清民国的诗学文献、文学文献，有助于深入探讨晚清民国士大夫和知识分子对于时局动态的心态变化和情感历程。

① 刘艳祖：《陆嵩及其诗歌研究》，西北师范大学 2018 年硕士学位论文。

《不如痴斋诗草》中的时事诗考述

苏琳琳①

《不如痴斋诗草》是韩宝忠遗留的一部重要手稿诗集。此诗集共分为三册，其题名分别为《不如痴斋诗草》《不如痴斋诗草（第二册）》《不如痴斋诗草（第三册）》，三册诗稿大致按编年包含了韩宝忠所著的庚子年（1900）至己卯年（1939）近四十年的诗歌。

韩宝忠早年入仕，光绪二十三年（1897），时年 23 岁的韩宝忠已经进入“新旧海防筹饷事例分发三月各省试用人员名单”中，入“知事栏”。26 岁时，韩宝忠任主事直隶司行走一职，此后还历任刑部主事、山西沁县知事、河北新乐县知事、河北唐山县知事、河北束鹿县知事等职，颇有政声，作为跨越晚清与民国两个时代的中下层官员，韩宝忠是特殊时代的亲历者，其诗集《不如痴斋诗草》不仅记载其漫长的个人人生体悟，那个时代发生的诸多历史性大事，如庚子国变大事件在《不如痴斋诗草》中也有及时、准确而又详尽的反映。

一、《不如痴斋诗草》始于庚子国变

《不如痴斋诗草》按编年进行编排，始于光绪庚子年（1900），此年韩宝忠 26 岁，任主事直隶司行走。据其世交好友华俊声在《不如痴斋诗草》

---

① 苏琳琳（1995—），四川达州人，文学硕士，成都市熊猫路小学语文教师，研究方向为清代文学文献。

第一册的序言所言："韩剑芝比部与余为世交，髫年工书，尝与论文，初不知其能诗也。"[①] 由此可知韩宝忠在此前诗名并不太显著，《不如痴斋诗草》应当是韩宝忠大规模诗歌创作的伊始。

韩宝忠的写作动机大致可由《不如痴斋诗草》庚子年的诗歌的诗风变化窥见。《不如痴斋诗草》庚子年的诗歌共有十六首，分别是《题张亮丞道服小像》《白梅》《西征》《悲遣》《绵山》《豫让桥》《途中有感》《长征》《巢父洗耳处》《褒姒》《有感》《过韩侯岭》《长安》《重遣四首》《长安瑞雪》《红鹤楼》。第一首《题张亮丞道服小像》是为道人张亮丞小像所题之诗，第二首《白梅》为咏物诗，歌咏白梅之品质，此两首诗歌都充满传统文人诗作的雅致。此年的诗歌自第三首《西征》始，诗风骤然转向忧伤憔悴的"经世"之风。如第三首《西征》即道尽韩宝忠为避庚子国祸举家西迁路途中的艰辛：

> 朝朝谁促唱骊歌，山路崎岖唤奈何。绕铺疏槐暗烟雨，举家行李逐风波。一官培植思庭训，廿载光阴悔墨磨。此去天涯何所事，愿抛簪组换农蓑。

韩宝忠一家在西迁途中遇到的困难，首先是地理环境的恶劣，韩宝忠携家眷从北京平原之地来到山西山路崎岖之地，面对如此险恶的环境，只得"唤奈何"。不仅地理环境恶劣，天气也不如人意，烟雨天也得出行，"暗烟雨"可能是阴雨天气导致的天气阴沉，也有可能是天色渐晚，为避战乱，一家人也不得不在这崎岖陡峭的山路上奔波。但即使是在这样的窘境中，韩宝忠作为晚清官员，一方面想回报清廷的培植之恩，后悔成为"墨磨"的文人，没能在危难之时像武将一样上阵卫国杀敌，体现了他在国家危难之时不忘忠君爱国的责任感。但最后一联，诗人又"愿抛簪组换农蓑"，他渴望归隐，抛去做官去过农耕生活。体现了韩宝忠既有作为官员的现实责任感，又夹杂有作为文人的归耕穴隐的情怀。

---

① 韩宝忠撰，邓稳整理：《不如痴斋诗草·序》，巴蜀书社 2020 年版，第 1 页。

因此可以看出《不如痴斋诗草》在庚子年诗风有很大的转变，可以说《题张亮丞道服小像》《白梅》代表的是传统诗歌的“安”“乐”之音，《西征》后的诗歌则变为忧伤憔悴的“经世”之风，为何会这样呢？盖源于庚子国变。庚子年（1900），义和团起义，八国联军侵华，由天津直逼北京，七月二十日，北京失陷，慈禧携光绪帝仓皇西逃，都城由联军占领，分区管制，直至次年《辛丑条约》签订，史称“庚子国变”。从《不如痴斋诗草》庚子年的诗歌来看，此年韩宝忠也携家眷大致沿慈禧西行路线避居山西，不幸的是，其妻与幼子相继殁于奔波途中，此年韩宝忠写下了感人深切的悼亡诗。华俊声在庚子年诗作的序言中也劝慰韩宝忠年正力强，不可因境遇偶乖损伤其英锐之气，所谓“在心为志，发言为诗”①，盖这场国破亲亡的极大创伤，刺激了韩宝忠作为文人词客的心灵，从而催生了他空前的诗歌创作高潮，故有意写诗并决意编撰诗集《不如痴斋诗草》传世。

关于庚子国变的祸因，韩宝忠认为是义和团之乱引起的，庚子年诗作《悲遣》序言：“庚子民教相仇，携眷避山右……”民众和教会对立冲突频发是晚清的一种独特现象。义和团以“扶清灭洋”为口号，打击与洋人有关的一切。面对八国联军的侵略，清政府默许了义和团行为的合法性，于是他们毁坏铁路、拆毁电灯，对待基督教徒不分中外一律屠杀。义和团与教会的矛盾也愈演愈烈，义和团运动引起俄国、德国、法国、美国、日本、奥匈帝国、意大利、英国八国组建远征军进攻天津、北京，引发八国联军侵华战争②。战败后慈禧也被迫携光绪帝出逃，北京的官员一部分留守北京，另一部分携带家眷跟随慈禧的路线避祸，韩宝忠属于后者，从《不如痴斋诗草》庚子年的诗歌来看，韩宝忠的路线为北京经山西再到陕西，此年留下的行旅诗《西征》“绕铺疏槐暗烟雨”句自注有“山西有槐树铺”，此外还有咏怀诗《绵山》《豫让桥》《长征》《巢父洗耳处》《褒姒》《过韩侯岭》，均是诗人行经山西途中遇到的古迹。庚子年《长安》《重遣四首》《长安瑞雪》《红鹤楼》等诗歌应是记录诗人在陕西西安时的所想

① 孔颖达等：《毛诗正义》卷一，中华书局2009年版，第563页。

② 戴海斌：《庚子围攻西什库教堂（北堂）史实再考》，《北京历史文化研究》，人民出版社2012年版，第50—71页。

所感。

如果说义和团之乱是庚子国变的内因，那么八国联军之劫则是外患。韩宝忠用大量笔墨叙述外敌入侵给时局造成的动荡，咏怀诗《巢父洗耳处》即有“长安棋局不堪闻”句，“长安棋局”即影射动荡不安的政局。《不如痴斋诗草》中还有咏鹃诗歌，在古典诗词中，杜鹃鸟往往是凄凉哀伤的象征，历代诗人大量的咏鹃诗大多源于“望帝化鹃”的悲剧传说。在周朝末期，蜀王杜宇称帝，号望帝，时有鳖灵死而复生做了古蜀国的宰相。后望帝让位于鳖灵，自己隐居于西山，死后化为杜鹃鸟日日哀啼。但不少人认为望帝并非主动禅位于鳖灵，而是被鳖灵夺取了政权，因此是亡国之君。比如杜甫《杜鹃行》即包含这一意象：

> 君不见昔日蜀天子，化为杜鹃似老乌。寄巢生子不自啄，群鸟至今与哺雏。虽同君臣有旧礼，骨肉满眼身羁孤。业工窜伏深树里，四月五月偏号呼。其声哀痛口流血，所诉何事常区区。尔岂摧残始发愤，羞带羽翮伤形愚。苍天变化谁料得，万事反复何所无①。

此诗开头四句即感叹望帝化杜鹃鸟之悲，中间八句怜悯杜鹃鸟形声之哀惨，结尾四句抒发感慨悲痛，含有感叹唐玄宗失去帝位的寓意。此外唐代诗人吴融也有多首咏鹃诗直接以杜鹃喻亡国之君，如《岐下闻杜鹃》：“化去蛮乡北。飞来渭水西。多为亡国恨，不忍故乡啼。”② 此诗直接将亡国之恨与杜鹃鸟联系在一起。《不如痴斋诗草》辛丑年（1901）诗作《春望荆门》有：“怕道不如归去好，杜鹃休向耳边啼。”杜鹃所啼乃亡国之音，不愿意听到杜鹃的啼叫，乃是韩宝忠不愿听亡国之音。作为亡国之君的化身，杜鹃的哀鸣往往能勾起人们国破家亡之恨，壬寅年（1902）韩宝忠回到北京，所作《社日迟起》再次使用杜鹃这一典故：“可怜杜宇声声血，滴入泉台土未荒。”此诗则直接将亡国之君的亡国之恨抒发得淋漓

---

① 杜甫撰，仇兆鳌注：《杜诗详注》，中华书局 2015 年版，第 837 页。

② 吴融：《岐下闻杜鹃》，《全唐诗》，中华书局 1960 年版，第 6759 页。

尽致，这又何尝不是隐含着韩宝忠对导致亡国的列强之恨呢?

当然，诗歌还传递着诗人自己的政治态度、情感倾向、个性品质，从中可以窥见以韩宝忠为代表的当时社会知识阶层的士人的生存状态与精神世界。比如韩宝忠辛丑年（1901）所作《送别内兄陈鼎》道尽了因亡国西迁途中偶遇内兄的心酸：

> 廿载结朱陈，从未谋一面。离乱走关中，客里始相见。怪我避干戈，何为不携眷。君应哭班昭，我今伤奉倩。浮生本如寄，百事奔流电。把酒纵清谈，豪情肝胆见。斯世重才华，如君乃时彦。值此多事秋，通权贵达变……三叠唱阳关，握手情恋恋。

此诗不仅写二人避乱的艰辛，而且最后一联写出兄弟二人在临别之时的恋恋不舍之情“三叠唱阳关，握手情恋恋”。此诗眉批有“如读老杜乱后诸作”①。同年所作《感怀》亦有“骨肉流离枉独伤，天涯羁旅滞归乡”的感叹。

还有韩宝忠对清王朝的眷念。如庚子年所作诗《西征》有“一官培植恩庭训，廿载光阴悔墨磨”，《绵山》有“公子仁亲应返国，小人有母敢贪天。君恩一炬真高厚，赢得清明尚禁烟”。

还有韩宝忠对时局的看法，辛丑年（1901），韩宝忠所作《和继观察昌》记载庚子国变：“中原一夕遍烽烟。”还有对时局的感叹：“百年世事拟云烟。”当然，此诗作于庚子国变的第二年，韩宝忠对义和团的态度已经有所转变了，从仅仅记述“民教相仇”到“折槛陈词亦枉然”。韩宝忠对义和团的态度骤变，还自注在“红拳倡乱”时，曾经“递呈词剿灭。军机处公牒，继尽行携出，未失片纸”，说明韩宝忠对义和团运动是持剿灭态度的，并且他还认为是义和团运动导致的如今“中原一夕遍烽烟”，期盼“转盼三台云五色，帝城春好待朝天”。韩宝忠如此，应当是当时八国联军清算义和团成员及主战派官员，韩宝忠为避祸刻意为之。壬寅年

---

① 韩宝忠撰，邓稳整理：《不如痴斋诗草》，第20页。

(1902) 韩宝忠还创作了一首极有代表性的时事诗——《感时》，《不如痴斋诗草》中共有四首名为《感时》的时事诗，此为第一首，兹录如下：

> 旷观时局醒春婆，万变云霞瞥眼过。危幕岂堪巢燕雀，狂澜何事助蛟鼍。空思沧海捞明月，竟使流光付逝波。我欲归耕无处所，一腔热血敢消磨。

这首《感时》乃与毓聘唱和，毓聘原作为：

> 几经对酒歌慷慨，逝水东流岁月过。报国未能输狗马，感时空忆射蛟鼍。夷门风节朱屠肆，异域功名马伏波。闻说春陵气犹昔，倚天长剑且横磨。

“马伏波”指的名将马援（前 14—49），字文渊，扶风郡茂陵县（今陕西兴平）人。马援是西汉末年至东汉初年著名的军事家，不仅辅助汉光武帝刘秀统一了天下，年迈时仍请缨东征西讨，西破陇羌，南征交趾，北击乌桓，为国家抵御外敌立下了赫赫战功。在清朝受列强侵辱时，毓聘渴望有一位像马援一样的名将腾空出现抵御外敌，在这首诗中毓聘的情感较为强烈，对报国的心情较为急切。而韩宝忠的这首《感时》较毓聘诗作稍显平静，但此诗却是《不如痴斋诗草》中对时局情感流露较为强烈的诗作，可以看出韩宝忠对时局的悲叹，既想归隐，又有报国的心愿。此诗为唱和诗，反映了当时文人士大夫群体渴望报国的心理感受。此首《感时》情感最为强烈，究其原因，此时的韩宝忠年纪尚轻，随着年岁增长，阅历丰富，韩宝忠对国家灾难的认知日益深刻，对史事的把握愈发准确，个人的情感也不断加深。因此在此后韩宝忠再作《感时》诗，不仅在感情上极为深沉，在语言艺术上也日趋成熟，达到了很高的境界。

二、《不如痴斋诗草》中辛亥革命前后的时事诗

《不如痴斋诗草》中还保留了辛亥革命前后士大夫的心理感受。比如

辛亥革命前夕的庚戌年（1910），部分官员已经察觉到了清王朝摇摇欲坠，因此上书。韩宝忠记载了其同乡李肖峰因谏去官，作诗《李肖峰乡丈因谏去官赋诗二律留别京友爰步元韵以和》安慰李肖峰：

宣南遥指谪仙居，笔底词源倒峡如。直道不行空折槛，斯文将丧等焚书。君今养晦身何辱，我学为官志已疏。侈口富强无至计，望洋徒剩几唏嘘。

浊世休为脱颖毛，无端豸绣返词曹。云天逸志盘孤鹤，淮海诗情策六鳌。干济果谁成柱石，行藏原不为锥刀。自公退食无余事，闲看儿童学体操。

最后一句“闲看儿童学体操”记载了辛亥革命前我国已开设体操课。在《西乡查学即事口占四绝》中还有与开设体操课相关的记载：“三五儿童好头角，英雄史事果如何。”韩宝忠自注：“开村口小学体操整齐可喜。”① 实际上，在清末维新派改革发展的学校中已设有体操课，《不如痴斋诗草》恰好记载了体操课已经推行到乡村。《不如痴斋诗草》还有较多关于教育改革的记载，如辛亥（1911）诗《西乡查学即事口占四绝》中有关于改良私塾的记载：

荒祠深柳读书堂，学究欢迎说改良。简易完全都不解，路傍花笑野丁香。

从此诗可以看出当时部分私塾先生是支持私塾改良的，但是韩宝忠对此地的私塾改良多有不满，因此他在自注中建议“五龙庙私塾改良，教习聋而不通，急宜更换”②。

从《不如痴斋诗草》还可以看出文人在辛亥革命前后对君主立宪的看

① 韩宝忠撰，邓稳整理：《不如痴斋诗草》，第 49 页。
② 韩宝忠撰，邓稳整理：《不如痴斋诗草》，第 49 页。

法。庚戌年《自遣》诗自序记载："昨阅《晋阳公报》，得见某中丞《招隐》诗。"[①]《晋阳公报》于1909年创办，主张君主立宪，韩宝忠此时阅读此报并作诗记载，说明对君主立宪一事已十分关注。同时，从"某中丞《招隐》诗"可见当时文人士大夫群体对君主立宪的看法不一，韩宝忠《自遣》诗表达了他对变政的看法：

> 变政空谈与事违，敢云法术继韩非。从来才大遭时忌，每欲言高愧位卑。剑匣常鸣心未已，酒杯聊助兴遄飞。加餐努力高堂望，多寄平安两字归。

从此诗来看，韩宝忠是支持变政的，但他只是支持变法术，不触及政权本身。同时从"空谈"二字可知，即使是这样也很难实现，可见当时变革之艰难。不过，随后韩宝忠又作《感时》诗，从迷茫变为坚定：

> 今叹才难与昔违，竞争奇想入非非。几经沧海风潮恶，一览全球天地卑。何事龙争耽虎视，未甘雌伏且雄飞。男儿无计安磐石，羞说荣名衣锦归。

韩宝忠从这时起，已经一改忧伤，心怀竞争。1911年的多首诗歌也频繁涉及了竞争，如《和王啸亭答周茗芗留别北京原韵四章》：

> 天演竞争新世界，人才如鲫未嫌多。旷观东亚和平局，谁赋南风解阜歌。志在藏弓难尽鸟，功能脱茧自成蛾。英雄时事犹堪造，出匣干将着意磨。

此年韩宝忠离京赴沁州担任知事，"自治未成休自乱，安民不刻党人碑"，韩宝忠从对变政导致时局混乱的批判转变开始认可共和。《张云楼题

---

① 韩宝忠撰，邓稳整理：《不如痴斋诗草》，第46页。

拙集四绝适予将北上步和原韵志别兼以志感》有“相对头髭堪一笑，须眉竟是两朝人”，可见韩宝忠在改朝换代的不适中很快调整了过来。《宋畏三先生以癸丑春六十寿征诗勉步原韵以和》对辛亥革命后民国建立的推崇体现得淋漓尽致：

> 廿载沧桑变局频，狂潮一怒洗陈因。论才志在安天下，强种休教问水滨。缔造冀成平等国，归来且作自由身。乾坤曼衍鱼龙戏，放眼何幸此日春。

该诗不仅写晚清时局更迭，而且写出了辛亥革命的“狂潮”使得社会发生大变革，也表达了韩宝忠对辛亥革命“缔造冀成平等国，归来且作自由身”的感叹，并且在后面直接发表“共和争比永和新”的结论。《祝〈法政经济报〉开馆四绝》中还有“何幸完全作国民”的慨叹，同时也推崇法律公正，“同是新闻传一纸，谁将法理释私公”“破坏非难建设难，人人欢夺自由权”。

韩宝忠对共和已经完全接受，并推崇发展经济。韩宝忠《宋畏三先生以癸丑春六十寿征诗勉步原韵以和》诗后附原作，当中有：

> 输英胎美息溟瀛，莫忘神州是主盟。西国精华源货殖，东来强毅祖阳明。汉高误下贱商令，宋哲空留学道名。愿活计然筹要术，场开剧烈起雄争。

此诗原注：“欧美商学推源中华，无如言政治者尚循吏而遗货殖。”①1921年《顾大华伯以秋夜口占二律见寄并索和》称赞“经济文章代代贤”，1923年《魏寿岭先生赠别步和》称赞其“才长能扩农商业”。

---

① 韩宝忠撰，邓稳整理：《不如痴斋诗草》，第63页。

三、《不如痴斋诗草》中民国时期的时事诗

纵观《不如痴斋诗草》，辛亥革命期间韩宝忠抱负远大，所作时事诗多是对辛亥革命的接受与赞美。辛亥革命后的1912年一年无诗，1913年诗歌风格忽转，首先是一组关于春景的组诗，如《春初》《春日》《春残》等。看似悠闲，但此年之后的诗歌直接表达了诗人的茫然与落寞，如《秋雨无聊同内子夜话》云“寄嗟身事百茫茫”。《凉夜枯坐效俳谐体遣闷》中言“戏选名词慰寂寥”，《秋海棠》序云“清秋寂寞”。在诗题和诗句中都表达出诗人的失意与落寞，可推知此年诗人应当是想通过写春景排解烦闷，但无奈只是更加寂寥。韩宝忠此前什么经历导致其如此烦闷？这就追溯到1912年韩宝忠为何无诗？韩宝忠因“火火案”被革职，1913年郁闷地赋闲在家。

《不如痴斋诗草》还记录了知事考试。韩宝忠赋闲在家的情况在1914年得到扭转，该年通过知事考试，再登仕途。其《沈穆堂六十征诗步元韵以和》云“愧我不才婴荐拔，初衣那许遂归田”，此句韩宝忠自注其参加县长考试的经历：“余应第二届知事试验，忝列甲等，分省直隶。”① 1914—1915年，北京政府先后有四次“县知事试验”，要求有七年工作经验，录取后要先副署一年，考核合格后方才实授知事一职，韩宝忠参加的即是第二次的“县知事试验”。

《不如痴斋诗草》还记载了《大总统法》的颁布。《大总统选举法》为袁世凯颁布，将总统任期增加到十年，并且可以无限连任。韩宝忠1915年作《民国四年二月二日在新乐署任恭贺〈大总统法〉告成适逢第二科科长马华峰先生六旬晋四寿辰谨赋一律为祝》，虽然这首诗在内容上没有提及《大总统法》，但据题目可知此年《大总统选举法》告成，并且据1917年所记马化封所云“甲寅嘉平月《总统选举法》告成，新乐公署举行庆祝会”，可知当时因《大总统法》颁布还举行了庆祝会。

1920年韩宝忠还作《和任瑾存元韵》记载唐山旱灾：“堪笑无能驱旱

① 韩宝忠撰，邓稳整理：《不如痴斋诗草》，第81页。

魃，天缘箸许借留侯。”由自注“庚申，唐山遭旱灾，公奉省令来县查赈”①，可知任瑾存奉省令来隆平县查赈，韩宝忠时任隆平县知事，虽自谦“无能驱旱魃”，但从地方乡绅百姓自发为他立“永垂不朽”政绩碑来看，他防汛有力，并且蠲免灾民赋税，颇有政声。

结语

总之，《不如痴斋诗草》当中的时事诗数量丰富，题材多样，涉及面亦极广：从庚子事变到辛亥革命，再到民国的建立，其诗作内容上至对总统法的拥护、下到对底层民瘼的书写，韩宝忠以诗人敏感的笔触对其生活时代的时事与政局进行记述，发表意见。这在一定程度上弥补了宏大历史叙事之不足，为我们从微观层面了解其时中下层官吏、诗人在历史变局中心路历程的转变提供了重要的参照。与此同时，晚清民国是中国社会由传统向现代转型的重要阶段。在这一时期，诗坛的诗风呈现出一些新的特质，而《不如痴斋诗草》整体呈现的是“雅人深致”的诗风，体现了韩宝忠追求古典文学的风骚雅趣，反映了在文化嬗变之中韩宝忠对文学理念和传统诗学观的坚守。这也再次印证诗歌这种最具代表性的传统文体对知识分子影响之深。当然，韩氏诗歌关照时事的同时，不可避免地引入了大量新式事物和词汇，这为我们研究晚清至民国古体诗歌的发展与演变、探究晚清民国古体诗歌的整体风貌，提供了重要的文献。

---

① 韩宝忠撰，邓稳整理：《不如痴斋诗草》，第132页。

韩宝忠行旅诗研究

罗　佳①

诗歌分行旅类自《文选》始，《文选》将诗歌分为二十三类，“行旅”便列于其中。《文苑英华》有“行迈”一类，共十卷。唐代诗歌繁荣，行旅诗创作亦盛，严羽《沧浪诗话》言：“唐人好诗，多是征戍、迁谪、行旅、离别之作，往往能感动激发人意。”② 关于行旅诗，胡大雷从内容描写与情感抒发两个维度对其加以定义：“或描摹叙写出行至某地的所见所闻所感，或描摹叙写出行途中的所见所闻所感。”③ 又“多描摹行旅中的沿途景物，其情感抒发是与‘羁宦’联系在一起的，均以离乡漂泊作为抒情的起点，或抒发对前途的焦虑，或抒发对理想境界的向往，或抒发对当前境地的感慨，或抒发仕宦不满的牢骚，时或有些许‘游览’欢悦的意味但仍是以离乡漂泊为前提。”④ 本文所指行旅诗是指诗人因避难、做官或其他原因出行在外时，反映诗人途中所见所思的诗歌。内容涉及途中风景、客居生活以及诗人的情感体会，这些诗作对研究其生平和其诗歌艺术特色有重要意义。

---

① 罗佳（1997—），四川眉山人，文学硕士，四川省雅安中学高中语文教师，研究方向为清代文学。

② 严羽著，郭绍虞校释：《沧浪诗话校释》，人民文学出版社 1961 年版，第 198 页。

③ 胡大雷：《文选诗研究》，广西师范大学出版社 2000 年版，第 275 页。

④ 胡大雷：《〈文选〉编纂研究》，广西师范大学出版社 2009 年版，第 237 页。

一、韩宝忠行旅诗的思想内容

光绪二十三年（1897），韩宝忠23岁，于是年三月入“新旧海防筹饷事例分发三月各省试用人员名单”中“知事”栏。光绪二十六（1900）年，韩宝忠任主事直隶行走[①]。逢义和团突起，八国联军侵入北京，韩宝忠遂携眷避乱山西，侨居平遥。到达平遥后不过十余日，爱妻与幼子相继而终，庶母携长子前往上海，韩宝忠与同僚结伴就陕抚岑春煊幕。光绪二十七（1901）年仲冬，韩宝忠由陕回京。在逃难和回京的路途中，韩宝忠创作了几十首行旅诗，按题材内容分为三类：一是侧重行旅感受的纪行诗；二是途径某地，触发古今之思而成的登临咏怀诗；三是侧重景色描写的观光览胜诗。

（一）抒发行旅感受的纪行诗

韩宝忠行旅诗中有很大一部分是描写沿途实景，突出行旅感受的，如《西征》《途中有感》《长征》《长安》等。这类诗歌的命题特色是题目里包含“征”“宿”“过”一类的行旅动词，以及经过的地点。

《西征》是韩宝忠1900年西迁途中第一首行旅诗，“朝朝谁促唱骊歌，山路崎岖唤奈何”，“促”表现了被迫离开京城的无奈。其时义和团势力已席卷京城，“拳匪以符咒不畏枪炮惑人，愚民易信，自二月至四月，京师上下，自宫廷、王府、神机、武术、虎神，下至百姓，遍地皆是，大街之上，白昼喊杀，无人敢阻。”[②] 韩宝忠离开京城是情势所促，归根结底是因为世路崎岖。此时诗人携家人行经山西槐树铺，槐树虽高大挺拔，但浓阴密布，在中华文化传统里，已经给它打下了“阴树”的文化烙印[③]，自然让人感到它枯朽、丑陋、贼害、阴森的一面，其形象高大却不俊伟。映入眼帘的几棵稀疏的槐树，加之烟雨朦胧，天气晦暗，给诗人的心上蒙了一

① 按清朝制度，不设专职的官员或不专任的官员叫作“行走”。“行走”即是已有一定官职，又派到别的机构办事的意思。见许圣义、许昌浩：《不可小视的官场“临时工”——说说清朝的特殊官职“行走”》，《秘书之友》2020年第8期。

② 戴海斌：《有关庚子事变的一份实录——“宝鸭斋”长札释读》，《中国国家博物馆馆刊》2020年第12期。

③ 纪永贵：《槐树意象的民俗象征》，《民族艺术》2004年第1期。

层阴翳，在这样的行程中，诗人难免会产生消极、自我怀疑的情绪。韩宝忠走的是仕途经济的道路，初入官场就遭遇动荡时局。“此去天涯何所事，愿抛簪组换农蓑”，“簪组”即官宦之意，韩宝忠西迁可能与朝廷派遣有关。在他踏上仕途之初未大展拳脚时反而因官名所累，流离失所，可能看到当地农民相对安定的生活，韩宝忠心生羡慕之情，产生了悔入仕途之意。

《西征》作于诗人途经陕西省商县商山时，前两句交代了行旅的被动性，通过环境描写渲染了愁苦的氛围，为后两句抒情与议论做好了铺垫，使人读来更容易有情感上的共鸣。《途中有感》作于从山西前往陕西的路途中，在此之前，诗人遭遇了丧妻、丧子之痛，同行的其他家人去了上海，他于是独自前往陕西。这首诗也是前半段写征途实景，后半段抒发行旅感受。写景部分，诗人运用了两组意象，一是用“炊烟”“茅舍”勾勒出远景画面，袅袅炊烟使人联想到家中的灶台上升腾的热气，能够激发游子对家的思念，茅舍参差，透露出一片祥和之气。但是这些都是远处之景，模糊朦胧，宛如图画，是韩宝忠当时渴望却不可得的。另一组意象是“秋风”“蟋蟀”“残雪”“蒲芦”构成的近景画面：在瑟瑟秋风中骑马赶路，耳边传来蟋蟀的鸣声，路上尚有残雪，水边的蒲芦也透着丝丝寒意。远景的祥和与近景的萧瑟凄冷形成鲜明的对比，也是游子心中理想与现实的对比，通过环境描写表现了凄苦旅途中对温暖与团圆的向往。“飞红扑面尘三斗”典出黄庭坚《书嵇叔夜诗与侄夏》中“便可扑去面上三斗俗尘矣”①。秋冬时节没有落花，此处的“飞红”应指饮酒后脸上的红晕，与“大白浇胸酒一壶”相照应，颇具豪迈气概。尾句气势下转，用游子诗中常见的意象“征衣”“砧声”表现思乡的愁绪。在古典诗词中，凄冷的砧杵声又称为“寒砧”，往往表现征人离妇远别故乡的惆怅情绪，如秦观《满庭芳·碧水惊秋》：“又是重阳近也，几处处，砧杵声催。”② 宋贺铸《杵声齐》：“砧面莹，杵声齐，捣就征衣泪墨题。”③ 尾句“检点征衣倍珍

① 黄庭坚撰，郑永晓编：《黄庭坚全集辑校编年》，江西人民出版社 2011 年版，第 1587 页。
② 周义敢、程自信、周雷编注：《秦观集编年》，人民文学出版社 2001 年版，第 853 页。
③ 贺铸著，钟振振校注：《东山词》，上海古籍出版社 1989 年版，第 39 页。

重，砧声敲断楚山孤”道出了韩宝忠对亲人的思念与旅途的孤独。

《长征》描写了诗人晨起赶路的情形，首句“征铎西摇月五更，度关忙不待鸡鸣”，颇似温庭筠《商山早行》中“晨起动征铎，客行悲故乡。鸡声茅店月，人迹板桥霜”① 之句，都使用了“征铎”“鸡鸣”“月”的意象。不同之处在于韩诗的行旅更加匆忙，五更之际不待鸡鸣就整装西行，更加突出了“早”。第二句“多情最是长堤柳，送我新丰路一程”将杨柳拟人化，让匆忙的旅途增添了诗意，也用“柳”表现了游子的愁绪。《长安》一诗作于诗人到达长安后，诗歌整体上表现了诗人豪迈的气概与建功立业的决心。“振衣匹马入秦州，未答升平气岂休”“愿纡筹策谁青眼，力转乾坤属白头”，表达了诗人想要获得当权者赏识，在乱世中建立功业的愿望，与《西征》中诗人欲弃官归隐的态度相比有了明显的转变，可见当时诗人写下“愿抛簪组换农蓑”的诗句当是因旅途艰难产生的牢骚，并非内心真实的想法。第二句“槐梦抛残湘水月”为诗歌增添了清寂之感，“槐梦”即槐安梦，出自《南柯太守传》，也称南柯梦，比喻人生如梦，富贵得失无常。“湘水”在中国的文化传统里，一向被用于营造幽远清绝的意境，如安史之乱后颠沛流离的诗圣杜甫飘零到湖南，在一首《祠南夕望》诗中写道：“山鬼迷春竹，湘娥倚暮花。湖南清绝地，万古一长嗟。”② 国破家亡之际匆忙出逃避难，在旅途中妻儿相继去世，“槐梦抛残湘水月”表达了诗人遭遇变故的痛楚，但是诗人没有被磨难击垮，下一句“莲花挺出华峰秋”就表现了华山莲花峰的壮景。从“湘水月”到“莲花峰”，一高一低，虚实相应，使诗歌气势跌宕起伏，恰到好处地表现了诗人昂扬用世的思想中夹杂的落寞消沉情绪。

1901年诗人客居西安时写下《夜雨留宿马坊门》一诗，标题下诗人注“访内兄陈鼎臣，阻雨，故留宿”③。从二、三联“震雷催夜短，急雨入河遥。林暝暑俱退，茶多梦转消”可推知此诗当作于夏季，诗人访亲归来的途中遇雷雨，遂与同伴在旅馆中饮酒喝茶，肆意快哉。夜里暑热退去，

---

① 刘学锴：《温庭筠全集校注》，中华书局2007年版，第650页。

② 杜甫撰，仇兆鳌注：《杜诗详注》，中华书局2015年版，第2370页。

③ 韩宝忠撰，邓稳整理：《不如痴斋诗草》，第17页。

诗人因饮茶过多而无眠，与邻床萍水相逢的人闲聊夜话。整首诗闲适淡然，显示出诗人随遇而安的个性。同年秋天诗人写下《九日过胭脂坡》，胭脂坡位于兴庆宫南边①。“陵树萧疏噪暮鸦”中的“陵树”原作“槐柳”，经此一改，突出了胭脂坡的历史含蕴，“槐柳”枝叶茂密，“陵树”则能突出萧疏之感，加之黄昏时乌鸦聒噪之声，更觉萧条衰败。第二句“明月二分凄碧柳，秋风十里卖黄花”中的“凄碧柳”原作“归碧海”，诗人将虚景改为实景，但是与“月上柳梢头，人约黄昏后”中的月下柳不同，此处的二分明月映照下的碧柳显得凄清落寞。“更无翠黛调琴曲，那得貂裘付酒家”感叹如今生活清苦，时运不济，羡慕诗仙李白“五花马千金裘”换作美酒的潇洒肆意。“断云残雨梦琵琶”似有追念亡妻之感。这首诗通过写景营造萧瑟的意境，进而抒发穷途之感。

作于 1901 年秋冬的行旅诗还有《同友人闻喜遇雪》《车中口占》二诗，表现了诗人由陕回京的情形。《同友人闻喜遇雪》诗云：“九月西山雪，长途增暮寒。几番乡泪寄，谁念客衣单。涧碧松枝老，林红柿叶干。前村秋酿熟，相约驻吟鞍。”西山位于北京郊区，由此可知诗人此时已踏上回乡路途，傍晚行至西山忽遇大雪，为长途跋涉的旅人增添了寒意。近乡情更怯，于是诗人生发了“几番乡泪寄，谁念客衣单”的感慨，设想家人对自己的牵挂，用笔曲折，情思深婉。后半部分写近处的景物，碧绿的涧水与林中的红叶相映衬，色彩和谐，干枯的枝叶营造出肃杀之气。尾联写诗人与友人相约前往附近的村落饮酒，将诗前半部分低落的情绪稍稍扭转。《车中口占》诗云：“晓发车中眠，卧游三十里。积雪逐风飘，纷纷泥行李。”这首诗描述了诗人乘车赶路，风雪交加，行李上也落满雪花的情景，体现了舟车劳顿、旅途艰难之感。

韩宝忠早年逃难过程的纪行诗多反映出人在乱世中的愁苦悲凉，中年时生活相对稳定，纪行诗也相较之前显得平和冲淡。民国三年（1914），诗人应试位列甲等，任“文武惩治委员会”备选举人，从这一年写下的

---

① 《类编长安志》是元代骆天骧所撰的一部地志书，该书卷八“虾蟆陵”条下记道：“本下马陵。新说曰：兴庆池南胭脂坡大道东有虾蟆陵。”骆天骧撰，黄永年点校：《类编长安志》，三秦出版社 2006 年版，第 249 页。

《九日宿遵化惠源店阻雨三日》《药王庙阻雨晚眺》《过分水岭遇风》这三首行旅诗的地名来看，诗人应主要在河北地区活动，但是具体的活动内容不可知。《九日宿遵化惠源店阻雨三日》作于诗人宦游途中，从首联“为嬴斗禄恋微官，凹凸山腰行路难”可看出。诗人因公务被困在地势险峻、道路崎岖的君子口，心里有些许牢骚，妻子也在催促他快些回去。尾联“翻觉主人情意重，晚菘村酿劝加餐”写提供住宿的主人热情地为诗人准备酒食，“翻”字有意外之意，可见诗人因主人的深重情意而得到了心灵的慰藉。这首诗歌先写诗人旅途的牢骚愤懑，再写旅途中温暖的人事，颇具真实感。《药王庙阻雨晚眺》同样写诗人因下雨留滞于一地，但这次是在寺庙中，诗人内心没有愤懑之气，反而有几分欣喜，沉浸在庄重典雅的氛围里，和老僧交谈来往，颇有自在清静之感。《过分水岭遇风》诗云：“乱石咽寒流，纡回梗道周。羊肠盘岭上，马足替人愁。尘起沙迷目，峰低叶打头。漫云行不得，今作壮哉游。”分水岭位于何地不详，此诗应当也是作于宦游途中，虽然前路难行，但是诗人内心洒脱豪迈，无所畏惧。

（二）立意新奇的怀古咏史诗

韩宝忠的咏史诗主要集中在西迁途中，途遇历史遗迹，根据与之相关的事件主人公抒发感慨。有仰慕前贤，追思古人之作，如《绵山》《豫让桥》；也有扣合时代，借古讽今之作，如《巢父洗耳处》；有些诗歌对有争议的历史人物提出独到见解，如《褒姒》。这些咏史诗反映出韩宝忠的人格追求与历史观，其中的独到见解对读者也能有所启发。

《绵山》《豫让桥》《过韩侯岭》三首诗歌皆以古代具有悲剧命运的“国士”为主题，表达出韩宝忠对他们遭遇的惋惜愤慨之情，对他们的崇敬之情也显示出韩宝忠的忠义观。绵山在山西省介休县东南，山下有地名绵上，故名绵山。相传春秋时晋介子推隐此山中，故又称介山[①]。据《左传·僖公二十四年》记载，晋文公重耳在落难的时候，介子推一直紧随其后。重耳掌权后，介子推拒绝接受赏赐，带着母亲归隐山林而终，晋文公在介子推死了之后以绵上作为他的封地[②]。《左传》勾勒了介子推忠心与淡泊名利的形象，在此之后诸子著作出于各自不同的意图，对介子推的事迹进行了渲染。《庄子·盗跖》增加了介子推割肉奉主、抱树而死的情节[③]，这两个新增的情节，更鲜明地体现出介子推的忠、贤和晋文公的忘恩负义。介子推成为一名忠诚但遭君主背弃、结局悲惨的贤士。《九章·惜往日》《韩非子·用人》《吕氏春秋·季冬纪》《史记·晋世家》各有新增的情节，介子推故事自东汉与寒食节结合后，传播更加广泛。自东汉起，山西地区的百姓便有在寒食禁烟、吃冷食的习俗[④]。在汉代，寒食的习俗还局限在山西地区盛行，至唐代寒食节确立后，寒食禁烟的习俗已经流传至楚地，在全国盛行。韩宝忠采取了经过文学作品加工之后的介子推故事，割股奉主、携母归隐、清明禁烟等方面都有体现，前两联流露出对介子推的惋惜与同情，认为介子推的忠心没有得到应有的回报。颈联嘲讽了晋文公忘恩负义，没有成全介子推的孝心，“公子仁亲”应是反语。尾联“君恩一炬真高厚，赢得清明尚禁烟”也含有为介子推抱不平之意，介

---

① 《水经注·汾水》：“子推逃晋文公之赏，而隐于绵上之山也。晋文公求之不得，乃封绵为介子推田。曰：以志吾过，且旌善人。因名斯山为介山。……子推，晋之人也。文公有内难，出国之狄，子推随其行，割肉以续军粮。后文公复国，忽忘子推，子推奉唱而歌，文公始悟，当受爵禄，子推奔介山，抱木而烧死，国人葬之，恐其神魂赏于地，故作桂树焉。”郦道元著，陈桥驿校证：《水经注》，中华书局 2013 年版，第 152 页。

② 《左传·僖公二十四年》：“晋侯赏从亡者，介之推不言禄，禄亦弗及。推曰：‘献公之子九人，唯君在矣。惠、怀无亲，外内弃之。天未绝晋，必将有主。主晋祀者，非君而谁。天实置之，而二三子以为己力，不亦诬乎？窃人之财，犹谓之盗，况贪天之功以为己力乎？下义其罪，上赏其奸，上下相蒙，难与处矣。’其母曰：‘盍亦求之？以死谁怼？’对曰：‘尤而效之，罪又甚焉。且出怨言，不食其食。’其母曰：‘亦使知之，若何？’对曰：‘言，身之文也。身将隐，焉用文之？是求显也。’其母曰：‘能如是乎？与汝偕隐。’遂隐而死。晋侯求之不获。以绵上为之田，曰：‘以志吾过，且旌善人。’”杨伯峻：《春秋左传注》，中华书局 2009 年版，第 417—418 页。

③ 《庄子·盗跖》载：“世之所谓贤士……介子推至忠也，自割其股以食文公。文公后背之，子推怒而去，抱木而燔死……此六子者，无异于磔犬流豕、操瓢而乞者，皆离名轻死，不念本养寿命者也。”王先谦：《庄子集解》，中华书局 1987 年版，第 263 页。

④ 《新论·离事》载：“太原郡民，以隆冬不火食五日，虽有疾病缓急，犹不敢犯，为介子推故也。”桓谭：《新论》，上海人民出版社 1977 年版，第 47 页。

子推被晋文公焚烧致死，赢得了后世的崇敬与追思，是“君恩”使然，但是这样的君恩实则令人寒心，“高厚”也是反语。此诗反映了韩宝忠个人对介子推事件的看法，尾句独具匠心，因此有他人眉批云“结句匪夷所思”①。

《豫让桥》诗云：“一腔忠愤气难伸，国士桥边草不春。漆体誓追襄子魄，佯狂甘作乞儿身。恨无上策酬知己，何若中行遇众人。易水悲歌同一叹，壮怀无命扫嬴秦。”豫让桥即以纪念“士为知己者死”的豫让形象而命名的桥梁，位于山西省太原市西南二十四公里处的赤桥村②。豫让，春秋战国时期晋国人，其事迹见于《吕氏春秋》《战国策》《史记》《淮南子》《资治通鉴》等。豫让先投奔晋卿范昭子吉射，但在此处并没有得到重视，他所任的职位仅仅相当于一个马夫，于是他愤而转投别处。在范氏之后，豫让又事于中行氏荀寅，也仅仅做了其营下的一个小尉，因此豫让没有把范吉射和荀寅当为自己真正的主人。晋定公二十二年，豫让归顺于智伯，在政事方面得到重用，在物质方面也得到优待。由此，他便产生了士为知己者死的豪情。后来智伯被赵襄子杀害，更因二人宿怨，毋恤“漆其头以为饮器”。豫让在战败后逃入山中，感念智伯的知遇之恩，决意为其复仇，开始谋划刺杀赵襄子。相关史书中对此事的描述颇具传奇色彩，其经过大致如下：豫让伪装成刑徒混入赵襄子宫中，等待刺杀时机，不料被赵襄子发现，被放出后并没有放弃复仇。他不甘以假意投靠仇人的方式来复仇，而是“漆身为厉，吞炭变音，擿齿易貌”③。在得知赵襄子的行踪后，他匿伏于其所经过的桥下，伺机而动，却再次被赵襄子发觉而失败。襄子有感于他舍生取义的赤诚之心，遂执衣使豫让三击其衣而了结心愿。豫让完成夙愿，遂伏剑自刎而死。首联“一腔忠愤气难伸”发出了对豫让报仇不成，忠愤未平的叹惋，“国士桥边草不春”表现出豫让桥的萧条冷清，感慨英雄不被铭记。晚唐胡曾《豫让桥》有“年年桥上行人过，谁有当时国

① 韩宝忠撰，邓稳整理：《不如痴斋诗草》，第 6 页。
② 牟应杭：《中国古地名揽胜》，云南人民出版社 2013 年版，第 113 页。
③ 司马迁：《史记》，中华书局 1982 年版，第 1684 页。

士心”[①] 一句，也对英雄无人知表达了同情遗憾之情。中间两联“漆体誓追襄子魄，佯狂甘作乞儿身。恨无上策酬知己，何若中行遇众人”回顾了豫让早年怀才不遇，知己被害后走上凄苦复仇路的悲壮人生经历，表现出对豫让在为知己报仇中所表现的慷慨赴难的勇气和舍生取义精神的赞赏。尾联将豫让与荆轲对举，认为豫让和荆轲有相似之处，其可悲之处都在于没有实现自己的刺杀目的。清朝越南使臣阮攸《豫让桥桥首行》有“岂是荆轲聂政徒，甘人豢养轻其驱”[②] 之句，认为荆轲只是被人驱使，不足以与一腔忠义的豫让相提并论，而韩宝忠则认为两人同为义士，身上具有相同的悲剧意蕴，此诗有眉批“语翻新而益奇”[③]，其新奇之处即在于此。

《过韩侯岭》是诗人经过山西省灵石县韩侯岭时所作，可见韩侯岭由高壁岭演变而来，韩侯祠由韩信墓而得名。“岧峣仙岭”表现出韩侯岭地势险峻，有仙人之气。诗人认为自己乃韩信后裔，所以对此地有着特殊的情感。实际上刘邦便下令诛灭了韩信三族，所以韩信根本没有后人存活于世，“我本淮阴后裔留”的附会乃是出于对韩信的崇敬之情。颔联“背水归鸿余远阵，回峰立马吊荒丘”古今相照，先写韩信背水一战时的大将风范与英雄气概，又写今日仅有一冢荒丘供人凭吊，激发出对韩信悲剧人生的同情。后两联发表议论：“若非国士谁亡项，几见将军不断头？漂母何人偏巨眼，区区一饭竟千秋。”韩信为一代名将，萧何评价其“至如信者，国士无双”,[④] 可偏偏因为才高而招小人嫉妒，后期未充分发挥才干，因此颈联抒发了对韩信才高却不得善终的惋惜。眉批所言“‘美人自古如名将，不许人间有白头’，知造物者于斯二者嫉之深，抑亦成之厚耳”，道出了韩宝忠的感慨。自灵石韩侯祠立，南来北往的王公贵族文人骚客不知写下多少诗文楹联，以寄思古之幽情。其中最引人注目的要算下面一联：“十年成败一知己，七尺存亡两妇人。”[⑤] 漂母在韩信落魄时曾给予他帮助，被传

① 周振甫：《唐诗宋词元曲全集·全唐诗》（第十二册），黄山书社 1999 年版，第 4810 页。

② 复旦大学文史研究院、越南汉喃研究院：《越南汉文燕行文献集成》（第十册），复旦大学出版社 2010 年版，第 56 页。

③ 韩宝忠撰，邓稳整理：《不如痴斋诗草》，第 7 页。

④ 司马迁撰，裴骃集解，司马贞索隐，张守节正义：《史记》，中华书局 2013 年版，第 3149 页。

⑤ 葛以政：《淮阴访胜·淮安市淮阴区政协文史专辑》，远方出版社 2003 年版，第 66 页。

为千古美谈，后人多赞其无私善良，韩宝忠却认为其能名留青史的主要原因是独具慧眼，同时也对漂母其人的真实性有些许怀疑。

以上三首诗歌主要书写古代英雄人物，宣泄不平之气，表达哀婉之情，《巢父洗耳处》则借古代先贤反讽当下世事。巢父洗耳处位于山西襄汾城北，高树帜在《许由洗耳故地在襄汾城北考》一文中提到他早年在史村（今襄汾）城北的荆村南面见一统古碑赫然屹立于公路东侧干沙河沟边，镌有“许由洗耳处”几个大字①。韩宝忠行至山西时应该见到此碑，因此写下《巢父洗耳处》一诗。许由认为尧召他当九州长玷污了他的耳朵，到颍阳箕山洗耳，遇到了隐士巢父。巢父认为许由之所以处于现在的境地，都是平时热烈追求功名的后果②。历史上形成了“巢由洗耳”的典故词语，是在诗文用典的过程中通过概括等方式对其典故进行凝缩形成的短语。韩宝忠诗题将“巢由洗耳”变作“巢父洗耳”，旨在突出此诗主要言及巢父。诗云：“长安棋局不堪闻，巢父遗踪尚白云。欲蹈高风来洗耳，河流今日也尘氛。”“长安棋局”指八国联军入侵下的北平已是满目疮痍，自己来到巢父隐居的圣地，想要效仿先贤归隐避乱，但是此地已非清净之地难以隐居。这首诗借古讽今，反映出韩宝忠对时局的不满。

《褒姒》一诗应是韩宝忠经过陕西省临潼县的骊山烽火台时写下的，以一种全新的角度来对历史事件进行解读，令人耳目一新。周幽王为博褒姒一笑，烽火戏诸侯，最终导致亡国。历史上多抨击褒姒为红颜祸水，如《诗经》：“赫赫宗周，褒姒灭之。”③ 晚唐诗人胡曾有《褒城》一诗：“恃宠娇多得自由，骊山举火戏诸侯。只知一笑倾人国，不觉胡尘满玉楼。”④ 将一个女性所应承担的责任无限地放大，而对周幽王的荒谬却讳莫如深，对女性持一种偏见并不高明。韩宝忠《褒姒》诗云：“如斯宠爱太猖狂，烽

---

① 高树帜：《许由洗耳故地在襄汾城北考》，《河东学刊》1998 年第 3 期。

② 皇甫谧《高士传》记载：“巢父者，尧时隐人也。山居不营世利。年老，以树为巢而寝其上，故时人号曰巢父。尧之让许由也，由以告巢父。巢父曰：‘汝何不隐汝形、藏汝光？若，非吾友也。’击其膺而下之。由怅然不自得，乃过清冷之水，洗其耳，拭其目，曰：‘向闻贪言，负吾之友矣。’遂去，终身不相见。巢父鸟栖，弗营栋宇。由进尘言，严挥不与。”叶长青：《中华名医皇甫谧》，宁夏人民出版社 2009 年，第 326 页。

③ 朱熹集注，赵长征点校：《诗集传》，中华书局 2011 年版，第 170 页。

④ 胡曾著，陈新宪等编注：《咏史诗》，岳麓书社 1988 年版，第 24 页。

火无端召四方。倾国倾城休怨妾，敢将一笑答君王。”诗人认为是周幽王宠爱无度，不顾朝政所致，周的覆灭并不是褒姒的过错。韩宝忠以更加客观的眼光来看待，直面历史的真相，消除了以往对女性的偏见。在倡导男女平等的今天，或许这样的历史观已不足以称为进步，但是在一个多世纪以前的旧中国，韩宝忠的《褒姒》的确观点新颖，令人称奇。

综上可知，韩宝忠的咏史诗往往是到达某地后，根据看到的历史遗迹随兴而发，每首诗皆有所依据的实景实物。以地名和人名为题是这类诗歌的命题特色，诗针对某个历史人物抒发感慨，或抒发伤古之情，或借古讽今，或旧题新解。其表现手法以议论与叙述相结合为主，对历史事件中的要素进行叙述，最后加以自己的议论。往往用直接抒情的方式来抒发情感，同时间用反语、讽刺的手法来使情感的表达更加浓烈。通过这些咏史诗，可以看出韩宝忠对英雄人物有崇敬向往之情，同时也对英雄不得善终表示出悲哀与不平。

（三）描写山水景物的游览诗

胡大雷将游览类诗的抒情分三种模式：触景生情、造景抒情、游景悦情。游景悦情即因游览而抒发人生欢悦之情，欢悦情感的抒发是由于自然景物的美妙引起的，或者说是由观赏自然景物引起的，在欢悦的同时，诗人又对景物、对内心加以分析，追探为什么游览景物会产生欢悦之情的原由①。韩宝忠的游览诗的抒情模式大多是游景悦情式的，或作于途中，或是在某地短暂停留时游览所作。依诗歌所游的景物来区分，韩宝忠游览诗又可分为两类：游览名胜古迹、游览一般性景物。

《登慈恩寺浮图》是诗人1901年在西安停留时游览大慈恩寺所作，是韩宝忠游览诗中描写名胜古迹的代表。大慈恩寺位于唐长安城晋昌坊（今陕西省西安市南），一般认为是唐高宗为太子时，为了彰显对其母文德皇后（601—636，唐太宗李世民皇后）的敬爱，于贞观二十二年六月庚辰下旨建成的，是唐代长安城内规模最大的一座寺院。慈恩寺浮图即雁塔，位于院西，永徽三年（652）由玄奘所立，用于贮存从西域带回的经像。塔

---

① 胡大雷：《论中古游览类诗作》，《广西师范大学学报（哲学社会科学版）》1998年第2期。

初建时五层，砖表土心，后重建为七层，内部有梯可攀登。此塔至今犹存，是慈恩寺的标志性建筑，唐代新进士题名即在此处。自唐中宗开始，每年的早春三月，在进士科放榜之后，新科进士们都汇聚曲江共同宴庆，官方便在曲江池西侧的杏园设立官宴，故称“杏园宴”。据考证，在唐中宗神龙年间，进士张莒将自己的名字题于大雁塔下这一事件引得后来的文人雅士竞相效仿，进而成为一种风俗，“雁塔题名”由此而来。据史料记载，在唐代的八千多位进士之中曾在雁塔题名的就有五六千位，有“文题大雁塔，武题小雁塔”的风俗。因此韩宝忠开篇就感慨“矗立逼诸天，题名不计年”，道出了大雁塔的壮观景色与厚重的历史底蕴。“云霞横足底，星斗列胸前”用虚景展现出大雁塔高耸入云，“远树密于发，晴山小似拳”实写登临所见之景，与“一览众山小”[1] 的意蕴相似，以开阔的视角表现出诗人旷达的胸怀。尾句“铃声触深醒，参彻上乘禅”写到诗人在此情境中，心灵也受到佛音的洗涤，参悟了人生哲理。与前代题咏慈恩寺浮图的诗歌相比，可看出韩宝忠有借鉴前人的痕迹，试看以下两首：

香界泯群有，浮图岂诸相。登临骇孤高，披拂欣大壮。言是羽翼生，迥出虚空上。顿疑身世别，乃觉形神王。宫阙皆户前，山河尽檐向。秋风昨夜至，秦塞多清旷。千里何苍苍，五陵郁相望。盛时惭阮步，末宦知周防。输效独无因，斯焉可游放[2]。（高适《同诸公登慈恩寺浮图》）

塔势如涌出，孤高耸天宫。登临出世界，磴道盘虚空。突兀压神州，峥嵘如鬼工。四角碍白日，七层摩苍穹。下窥指高鸟，俯听闻惊风。连山若波涛，奔凑似朝东。青槐夹驰道，宫馆何玲珑。秋色从西来，苍然满关中。五陵北原上，万古青濛濛。净理了可悟，胜因夙所宗。誓将挂冠去，觉道资无穷[3]。（岑参《与高适薛据登慈恩寺浮图》）

---

① 杜甫撰，仇兆鳌注：《杜诗详注》，中华书局 2015 年版，第 4 页。

② 刘开扬：《高适诗集编年笺注》，中华书局 1981 年版，第 233 页。

③ 岑参著，陈铁民校注、修订，侯忠义校注：《岑参集校注》，上海古籍出版社 2019 年版，第 510 页。

可见高适诗与岑参诗都是先总体描写大雁塔的雄壮，接着描写登临所见之景，最后抒发个人感慨，韩宝忠的写作模式也是如此。在景色描写方面，韩宝忠通过虚实结合、仰视和俯视的视角转换，将景色勾勒在读者眼前，画面感强，且句式对仗工整，流利自然。

《登西岳庙万寿阁观华山》是韩宝忠游览诗中篇幅最长的一篇，作于1901年诗人停留西安期间，描绘了华山壮美的山景。西岳庙，又名华岳庙，俗称岳庙、皇庙、太庙，是历代帝王祭谒华山的神庙，位于华山北面7公里、华阴市城东1公里处①。诗人身处西岳庙万寿阁，是以仰视的角度欣赏华山美景的，所以开篇言“驱车直入华阴道，一见山峰便倾倒。三峰削成神秀钟，群岩罗列皆怀抱。突兀纵横不可攀，万寿阁上凭阑干。芙蓉玉女眼前立，振衣且作画图观”，总写了华山三峰矗立，突兀纵横，高不可攀的特点。“三峰”是指华山高大挺峻的三座重要峰峦，分别是东峰朝阳峰、西峰莲花峰、南峰落雁峰，“芙蓉玉女眼前立”中的“芙蓉”即莲花峰，因峰巅有巨石形状好似莲花瓣而得名。“千叶莲花秋不红”运用了比喻的手法，生动地体现了山峰的形状。“振衣且作画图观”流露出诗人对华山的景仰与观赏景物的欣喜。“仙人掌拍青柯枰，跨河凌空擘巨灵”写了华山的一个古老传说，相传远古时，首阳山（今山西中条山）与太华山（即今华山）连为一体。某年的三月三日王母娘娘在蟠桃会上喝醉了酒，琼浆撒向人间，成为水灾。玉帝传旨巨灵仙下凡平息洪祸。巨灵仙头缩身挤于首阳山和华山之间，左手抵住华山，右脚蹬住首阳山，使得地裂山开，大水呼啸东去。巨灵左手仙掌却深深印在了华山东峰的绝壁上，为西岳华山增添了“华岳仙掌”的动人传说②。李白在《西岳云台歌送丹丘子》一诗中对此做了生动的描绘：“巨灵咆哮擘两山，洪波喷流射东海。”③“怪云横吞毛女洞，飞霞险走玉羊精”描写的是华山东侧，毛女峰位于华山东侧。毛女洞在毛女峰上，是“毛女洞下院”的简称，是一天然石龛，就龛建庙，庙内供奉毛女彩绘坐像一尊，玉羊是传说中的华山之

① 陕西文物局：《陕西文物古迹大观》，三秦出版社2003年版，第143页。
② 李险峰：《论华山神话传说主题的兼容性特征》，《渭南师范学院学报》2011年第11期。
③ 李白著，王琦注：《李太白全集》，中华书局2015年版，第453页。

灵。“洗头盆侧水溶溶，千叶莲花秋不红。吐露冥冥压关辅，苍穹半落金天宫。寒飙怒号天地肃，落雁峰头惊断鸿”分别描写了中锋、南峰，华山中峰有玉女祠，祠前有石臼，称为玉女洗头盆。金天宫是华山南峰上的主要建筑，也是华山上边最为宏伟壮观的传统宫殿建筑。在描绘华山景色时，诗人结合了历史传说，充分发挥了想象力，运用拟人、比喻的手法，体现出山景的雄壮，同时不落俗套。最后以“淋漓兴发快挥毫，写入诗囊壮行色”作结。韵脚的运用基本随着描写内容的转换而变化，朗朗上口的同时使得诗篇更加层次分明。

韩宝忠游览诗中对一般性景物进行描写的主要有：《渡黄河》《窄道子晴雪早发》《过大虫峪》《夏日万寿山途中作》。这些诗歌虽然描绘的是行旅途中的景物，但是全无困顿哀愁之感，多以愉悦平和的心态欣赏途中的景物。《渡黄河》是诗人回忆在潼关渡河时所见的景象而作，韩宝忠写景诗中描写山景较多，这和沿途的地貌有关系，渡黄河是旅途中难得一遇的水路，因此他印象深刻。起句“河势莽奔腾，潼关晓日升”就勾勒了奔腾的黄河上旭日东升的壮景，接着描写了河上游人争渡，岸边寺庙中传来僧人撞钟的声音，尘世的喧嚣与佛家的宁静形成对比，赋予了诗歌艺术张力。“急溜喧人语，长风任我乘”表现了诗人急于从嘈杂的环境中解脱出来，与自然融为一体，而尾句描绘了浪花中翻滚的肥美鲤鱼引得渔船放下渔网，回归到具有生活气息的画面中来。除《渡黄河》外，韩宝忠的其他游览诗也都真切自然，情景交融，诗情画意跃然纸上，使人读后如亲临其境，犹在画中，深受感染。

二、韩宝忠行旅诗的艺术特色

在写法上，韩宝忠的纪行诗侧重对沿途实景的描写，以情景交融的手法抒情，也突出对旅行中的时空意识来抒发漂泊流离之苦。其写景诗的审美特征主要表现为喜刻画高大壮美的景物，咏史诗的审美特征则表现为悲剧性与哲理性的统一。

（一）时空意识

从文学创作的角度来讲，时空的设计安排及其艺术表现在文学作品中有着举足轻重的作用，如陆机《文赋》中有“观古今于须臾，抚四海于一瞬”[①] 之语，当代台湾学者黄永武认为：“时空设计，是中国诗里最重要的环节。”[②] 韩宝忠行旅诗的时空意识主要表现在对空间的描写、对时间的体悟，以及“时”与“空”相对艺术手法的运用。

行旅诗常常使用数量词以及形容词来表现对空间的直观感知，从而表现诗人行旅的困顿及其感受。行旅中最寻常最深切的体验首先是对空间的体验。距离的远近、路途的高低、行程的难易等等，是行旅生涯中的实时经历，无时无刻不关联着创作主体的个体生存经验[③]。韩宝忠行旅诗中“万余里”“千里”等数量词的使用，是对遥远的空间距离的量化表现，如“无限孤心万里愁”（《追哀》）、“蓟门云树家千里”（《七月十八日得家书知胞弟佩卿病亡痛作》）、“卧游三十里”（《车中口占》）。在送别诗中，《送赵允卿之蜀》中“迢递三巴路，分为两地泉”一句，化用了唐代崔涂的《巴山道中除夜书怀》中的“迢递三巴路，羁危万里身”，想象友人此去路途迢迢，与自己相隔甚远，既抒发了送别友人的怅然之情，又联想到自身处境，激起了“乡心正无限，归雁洛阳边”的感叹。韩宝忠行旅诗中除了对空间的描写，也有对距离路程艰难的感慨，如“山路崎岖唤奈何”（《西征》）、“劳人惊异路，久客盼归程”（《经锣鼓台险不得渡舍车步行》）。

羁旅他乡的生活对季节的变化极为敏感，韩宝忠行旅诗的时间意识表现为于节序流易的感受中慨叹时光的迅疾。与家园之思、亲人之思相关联的主要是时间与空间，韩宝忠行旅诗中有直接感叹时光飞逝的句子，如“一官培植思庭训，廿载光阴悔墨磨”（《西征》）。长久的分别引发诗人对时间的强烈感受，而诗人又长久漂泊于旅途与他乡，与自然景物接触频繁。因此，与自然景物相关联的节序变易就更容易引发诗人们的情感波动。朱筠云：“大凡时序之凄清，莫过于秋，秋景之凄清，莫过于夜，故

---

① 陆机著，张怀瑾译注：《文赋译注》，北京出版社 1984 年版，第 70 页。

② 黄永武：《中国诗学·设计篇》，新世界出版社 2012 年版，第 43 页。

③ 常华荣：《试论〈古诗十九首〉行旅诗的时空意识》，《时代文学》（下半月）2009 年第 8 期。

先从秋夜说起。”① 积聚的强烈的悲感情怀以及相思忆恋的情感使古诗十九首作者对时序的变化极为敏感。时序的变化亦成为古诗作者诗思产生的催化剂。韩宝忠诗歌中也会突出对季节的描写，如《途中有感》有“客里秋风悲蟋蟀，马前残雪冷蒲芦”，《红鹤楼》有“秋水空深莼菜思，夕阳寒压蓼花洲”。这个时候诗人客居他乡，对季节的流变十分敏感，还曾作《伤春》一首，开头“无复流风响屧廊”揭示出此诗是感念亡妻而作，接着将用典和写景相结合，抒发心中的憾恨，眉批所言极是：“何幽思之深也！细腻风光，深情一缕。”

空间意识的表现还常常借助一种因果关系表现抒情主人公的生存困顿，这种因果关系即空间距离的遥远难行致使诗人们有家难归、亲人难聚。这种表现方式是普遍的，已经形成了空间意识表现的一种模式。这既是一种定型化了的审美经验，也是诗人对这种空间意识反复体验、迭次观察的一种艺术体现。因此，透过这一类空间意识的表现，我们可以看到诗人们的生存状态、诗人们内心的情感。《追哀》一诗，“已违庭训两经秋，无限孤心万里愁”道出了漂泊的时间跨度和亲人的空间距离，感慨了在先父祭日时客居他乡不能亲自祭拜的苦楚。《七月十八日得家书知胞弟佩卿病亡痛作》颔联和颈联云：“蓟门云树家千里，乡信秋风泪两行。已是望庐无仿佛，那堪同气又参商。”突出了在外漂泊之人遭遇生离死别时，对距离有更深的感触。

韩宝忠行旅诗的时空意识在修辞手法上也有所体现，即出句和对句分别用时间和空间相对，这样的时空艺术可以溯源到杜甫的诗歌。杜诗中出句用时间意象、对句用空间意象的句子非常多，这种时空表现不妨称之为“严格的时空对仗”，如《阁夜》“岁暮阴阳催短景，天涯霜雪霁寒宵”② 两句，“岁暮”是时间，“天涯”属空间，上下相对，构成“时空对仗”联；同诗颔联“五更鼓角声悲壮，三峡星河影动摇”，“五更”对“三峡”，时与地相对，也是“时空对仗”③。韩宝忠常在起句中使用时、空相对的手

① 朱筠：《古诗十九首说》，清光绪四年啸园刻本，第 7—8 页。

② 杜甫撰，仇兆鳌注：《杜诗详注》，中华书局 2015 年版，第 1888 页。

③ 杜松梅：《论杜诗中的时空艺术》，《唐都学刊》2020 年第 2 期。

法，如《西征》中“朝朝谁促唱骊歌，山路崎岖唤奈何”出句的“朝朝”和对句的“山路”形成“时空对仗”，《同友人闻喜遇雪》中“九月西山雪，长途增暮寒”出句的“九月”和对句的“长途”形成时空对仗。

（二）意境构造

韩宝忠的行旅诗不仅写景，而且处处言情，情景交融浑然一体，常常通过在旅途中对所见景物的描写，借以传达某种感情。韩宝忠在行旅诗中采撷了大量唐代行旅诗的意象，也融合了一些前人的词句，除了揭示出在诗学思想上的宗唐倾向外，还寄托了诗人在旅行中愁苦的思绪，以及在苦旅中依然保持着士人的雅趣。在早期的逃难行旅诗中，韩宝忠通过使用经典意象以及虚实结合的手法，营造出凄清寂寞的意境。

首先，韩宝忠擅用带有浓厚行旅色彩的意象营造意境，在逃难途中的纪行诗中，有大量表现秋天的肃杀之气与日暮时的昏暗以及寒冷的意象，形成了昏暗、愁苦、凄凉的主色调。翻看中晚唐的边塞行旅诗，也可发现其在意象的选择上往往带有愁苦、寒冷、落寞乃至暗淡的色彩，其中“秋”“暮”“寒”等类意象出现的频率非常之高。韩宝忠逃难的时节刚好是秋冬，因此行旅诗中也有大量此类意象，如《途中有感》中有“客里秋风悲蟋蟀，马前残雪冷蒲芦”。在《长征》中，“征铎西摇月五更，度关忙不待鸡鸣”中有温庭筠《商山早行》中“征铎”“鸡鸣”等意象，渲染了寒冷凄清的早行氛围。“多情最是长堤柳，送我新丰路一程”，“柳”这个意象常用来表达怀家恋土的离情别绪，此句既有游子愁思，同时意境凄婉柔美。

其次，韩宝忠擅用虚实结合的手法营造意境，既有对沿途景物中实在意象的选取，又吸收了唐诗之中表现游子孤苦落寞的意象。中晚唐行旅诗当中描述性意象用得比较多，这些诗句都具有追求精确和具体的写实倾向，往往行旅途中独特的意象刻画细微，其意象都是生活中常见的霜、雾、川、林、烟、树等等，或者就是边塞所常见的如鸿、月、沙等，都是非常实在具体的事物。《途中有感》中，既用“炊烟”“茅舍”“蟋蟀”“蒲芦”勾勒实景，尾句由“征衣”引出“砧声敲断楚山孤”，化用唐人行旅诗中的意象。在与人的日常生活关系最为密切的衣、食、住、行中，“衣”

被放在首要地位。“衣”不仅可以御寒蔽体，在传统诗学中，它还被视为一个约定俗成的情感暗语，贮存着思念、盼望、关切、依恋、欢爱、伤逝等一系列丰富的人文内涵，与之相联系的“捣衣”“砧声”成为古典诗歌中游子思妇主题下最为常见的意象之一，如杜甫《秋兴八首（其一）》中有“寒衣处处催刀尺，白帝城高急暮砧”①。用这个实在的视觉意象加上“砧声”这个虚构的听觉意象，再结合王昌龄《芙蓉楼送辛渐》“平明送客楚山孤”② 中“楚山孤”的意象，使意境更加空明辽阔，诗歌更具古典意蕴，寄托了诗人旅行中的思乡之情。

（三）审美意识

韩宝忠行旅诗的审美意识体现在欣赏自然景物与人文景观两个方面。韩宝忠笔下的自然景物清灵自然，富有诗意，并且善于用对比色使画面亮丽又不至于喧嚣夸张。在描写沿途的人文景观时，在当时离乱动荡的环境中，韩宝忠常常和历史上的悲剧人物产生共鸣，因此其咏史诗体现出悲剧性与哲理性相统一的特点。

在写景诗歌中，韩宝忠对色彩的描绘别具一格。盛唐诗人在景物描写时更加有意贴近自然之美，如李白追求“清水出芙蓉”的清新雅丽之美，王维追求空灵之美等。盛唐诗人描写景物时使用频率较高的是“白”“绿”“青”等自然清新的颜色词，较少使用“紫”“红”“黄”等浓艳的颜色词③。韩宝忠喜用对比色，突破了唐人诗歌喜用清冷色彩的创作传统，以自然清新为审美取向。如《九日过胭脂坡》中有“明月二分凄碧柳，秋风十里卖黄花”，在抒发感伤情绪的诗歌中增添一抹亮色，可以中和压抑沉闷的诗歌色调。《同友人闻喜遇雪》中有“涧碧松枝老，林红柿叶干”，《八仙庵看牡丹》有“可怜深碧复深黄，不见阑干百宝装”，韩宝忠用“红”“黄”一类的暖色调和“碧”一类的冷色调相搭配，整体和谐自然。

韩宝忠的游览写景诗承接盛唐诗人对“高”的审美取向，有意将建筑

---

① 杜甫撰，仇兆鳌注：《杜诗详注》，第 1790 页。

② 李云逸注：《王昌龄诗注》，上海古籍出版社 1984 年版，第 159 页。

③ 李洁杰：《盛唐诗歌写景艺术研究》，南京师范大学 2018 年硕士学位论文。

或者山的高度进行艺术夸大，从而达到气势雄伟的艺术效果。西安为唐朝都城，盛唐诗歌中诗人常常把长安的宫殿、寺观、塔楼描摹为体制雄伟、高耸入云，韩宝忠在西安停留时期的游览诗也具有这个特点。唐诗中有“高阁逼诸天，登临近日边”（岑参《登总持阁》）[1]，韩宝忠《登慈恩寺浮图》中有“矗立逼诸天，题名不计年”，和唐诗一样展现了崇“高”的审美意识。《登西岳庙万寿阁观华山》极写华山之突兀高耸，不可攀登，尾句“淋漓兴发快挥毫，写入诗囊壮行色”说明雄伟大气的景物符合诗人的审美倾向。

韩宝忠咏史诗表现出来的审美特性主要为悲剧性与哲理性的结合。每一个时代、每一种类型的诗作都有各自的审美特征，由于当时社会动荡和诗人悲伤压抑的创作心理，韩宝忠逃难时期的咏史诗几乎都是以悲剧性人物为主题。《绵山》《豫让桥》《过韩侯岭》表现出对有才有德之人或因为不遇明主，或因造化弄人，最后获得凄惨下场的哀叹与同情。韩宝忠作为官员，咏史诗中历史反思意识的缺乏在所难免，其中更多地折射出对自身前途堪忧，时运不济的叹惋。虽然吟咏的主题多有前作，但是韩宝忠能够另辟蹊径，立意新奇，有独到见解。

结语

韩宝忠的行旅诗集中创作时期是1900年至1901年逃难时期，在北京和陕西的往返途中，以及在陕西期间，有直接描写经历了颠沛流离行旅生活的纪行诗，也用情景交融的手法在写景诗中浇筑了内心的失意痛苦，还在咏史诗中借古讽今，哀叹自身的怀才不遇、时运不济。此外还包含送别、行旅、友情等多种题材，从广度上面来讲，韩宝忠行旅的表现领域十分广阔。作为表达行旅途中见闻感受的诗歌，韩宝忠的行旅诗在意象的选择上有典型之处，既吸收唐诗中表达游子愁绪的经典意象，也用虚实结合的手法，增大了情感表达的空间。在写作上，韩宝忠一般都是如实的记叙

---

① 岑参著，陈铁民校注、修订，侯忠义校注：《岑参集校注》，上海古籍出版社2019年版，第510页。

行旅经历的感受，偏向于生活化和个性化，把日常生活实景表现与作者身世感受结合起来写，故有些诗句，表面上看是景句，实际上却同时也是情语，并且由于写景真切，抒情浓郁，故往往能动人心目，突出身世之感和乱世暗影。韩宝忠以一颗敏锐的诗人之心，感受着行旅途中的空间跨度和季节更迭，并借此抒发内心的乡愁。在审美方面，韩宝忠对景物的刻画有着和盛唐诗人一般的尚“高”倾向，对色彩的描写有鲜明的个人特色。无论是从题材的表现领域和写法上的创作特色来看，韩宝忠的行旅诗都具有较高的艺术价值，也能从中窥见晚清国难之际普通民众的心态。

“事发而后情生，情生而后诗作”

——韩宝忠悼亡诗的叙事和抒情研究

任茂雪[①]

悼亡诗的起源，可以推溯至我国诗歌的源头《诗经》，《诗经·唐风·葛生》被学界公认为是一首妻子悼念亡夫的诗歌，以其真挚动人的情感，开启了我国悼亡诗歌的传统，堪称“悼亡诗之祖”[②]。而“悼亡诗”在中国文学史上首次被确定名称，则是在西晋时期潘岳为其亡妻作《悼亡诗》之后，作为一种特殊的爱情诗，专用于指丈夫悼念亡妻，缅怀感情[③]。此后，中国文学史上历朝历代都不乏优秀的悼亡诗，悼亡诗发展到清朝，则出现了一个创作高潮，诗人韩宝忠也延续了清朝诗人以组诗形式悼念亡妻的传统。韩宝忠，字剑芝，号望潇湘馆，祖籍安徽望江，生于北京，不仅政绩显著，还兼擅诗书。其诗集《不如痴斋诗草》的思想内容主要有四种：悼念亡妻、感怀时事、游行羁旅和友人唱和。悼亡诗是诗集中首先出现的组诗，也是作者倾注情感最浓烈的部分。从《不如痴斋诗草》的诗歌及序、批可以知道诗人写作悼亡诗的背景。庚子年，八国联军侵华，光绪帝与慈禧逃至西安。韩宝忠一家西迁避难，颠沛流离之后在山西安顿下来，十余日后，夫人陈氏感染时疫去世，刚刚岁余的小儿子也相继离开人世。随后庶母把韩宝忠的大儿子带往上海，韩宝忠孤身辗转于山西、陕西，悲情苦

---

① 任茂雪（1999—），四川自贡人，四川师范大学中国古代文学2020级硕士研究生，研究方向为清代文学文献。

② 齐清仙：《〈诗经·唐风·葛生〉赏析——兼及悼亡诗的讨论》，《名作欣赏》2019年第24期。

③ 赵梅：《历代悼亡诗初论》，《苏州大学学报》1992年第1期。

痛之状难以言喻，只得作诗排解。

中国诗歌从《诗经》《楚辞》发端以来的创作实绩，可以证明中国诗歌史贯穿着叙事与抒情两大传统，而中国诗学更多地强调“情”的作用，所以过去的论诗者认为中国诗歌的主要传统是抒情。但“事发而后情生，情生而后诗作”①，近年来学界对诗歌中“事”的叙述也越来越重视。悼亡诗就是将叙事与抒情两大传统糅合的典型，学界认为，悼亡诗和其他抒情诗不同，可以算是抒情诗的一个“亚种”，杨周翰将其称为“叙事抒情诗”②。然而很多分析悼亡诗的文章只关注其抒情意象、抒情方式等，而忽略了其中的“事”。本文从叙事和抒情两个方面探讨韩宝忠悼亡诗的艺术特色，并分析这两个方面在诗中的使用情况。

一、“事发而后情生”：《不如痴斋诗草》悼亡诗中的叙事

从字面上来看，“叙事”指叙述一件事情。在传统专门用于叙事的记叙文中，时间、地点、人物、起因、经过、结果是必不可少的六要素，这六要素串联起一幅幅画面从而得到一个连贯完整的事件。在被归于抒情性作品的悼亡诗中，因为悼念亡妻不可避免地会涉及作者的回忆，那些按照一定时间顺序组织起来的回忆赋予悼亡诗一定的叙事因素。由于悼亡诗的题材特殊性，已经可以知道的是：时间是在妻子去世后；人物包括作者和亡妻；事件为悼念亡妻。而每一首悼亡诗创作的确切时间、地点、起因、经过和结果因为诗歌容量所限，不可能像记叙文一样一一铺叙，只能依靠这些悼亡诗中勾勒的一个个场景来表现，这些场景又通过作者逻辑的组织，最终在悼亡诗中实现了叙事。

（一）韩宝忠悼亡诗中的叙事场景

王兆鹏认为“场景”是构成抒情性作品内涵结构的三个层次之一，是抒情主人公所依存、生活的时空环境和引发主人公心绪的外在物象，在这

---

① 董乃斌：《中国诗歌传统再认识——关于抒情叙事、表现再现的互惠与博弈》，中华诗词研究院、复旦大学中文系编：《中华诗词研究·第五辑》，东方出版中心 2019 年版，第 1 页。

② 杨周翰：《弥尔顿的悼亡诗——兼论中国文学史里的悼亡诗》，《北京大学学报（哲学社会科学版）》1984 年第 6 期。

里即可以说是悼亡诗作者的生活世界①。从潘岳的《悼亡诗》开始，传统悼亡诗积累了许多惯用的场景，如故居、灵堂、坟墓、梦境等分别构成的殡葬场景、居室场景和回忆想象场景②。

可能由于妻子陈氏去世于韩家逃难途中，并未得到厚葬，所以韩宝忠悼亡诗中的场景绝大多数只涉及居室场景和回忆想象场景，殡葬场景只在《悲遣》二十首的序和《重遣》其二中略有提及。《悲遣》序言："庚子民教相仇，携眷避山右，解装十日，内子辄染时疫而终。草草一棺，苦情莫状，予率成悼亡诗二十首以哭之。"③ 陈氏生前与韩宝忠夫妻情爱甚笃，然而陈氏染病去世后，只有一口薄棺将其草草收殓。"绿杨深处悲啼鸟，黄土余香掩鬓鸦。"没有盛大的葬礼，甚至连一炷清香也无。殡葬场景在其他悼亡诗中十分常见，韦应物的《出还》就有名句"入室掩无光，衔哀写虚位。凄凄动幽幔，寂寂惊寒吹。"④ 灵堂黯淡无光，垂下的白幔凄凉地翻飞，寒风在夜里寂静地吹动。诗句中的场景的确令人肝肠寸断，但两两对比，虽然亡妻芳魂已逝，仍有灵堂灵位可供人凭吊，可稍慰未亡人之心。韩宝忠却只有"草草一棺"，一想起亡妻甚至无法魂归故里，辛酸凄凉之感便搅动五内，不可自拔。

殡葬之后，只剩诗人韩宝忠孤身一人生活在空荡的居室之中，看到房间内熟悉的场景，韩宝忠不由自主地想起亡妻，物是人非之感油然而生。韩宝忠的二十六首悼亡诗，在《悲遣》二十首之其三、其四、其六、其八、十二、十五、十六、十八、十九，《重遣》其三、其四以及《哭内》诗都涉及韩宝忠的独居生活所能见到的生活场景。场景包括晶帘下、烛光前、碧窗纱旁、妆台、鹅衾等，其中有一些是作者反复提及的。《悲遣》其三"晶帘半卷春无迹，不见梅花点额妆"和《重遣》其三"怕说风流一枝笔，水精帘下画双眉"同样出现了"水晶帘"这个场景。然而《重遣》

---

① 王兆鹏：《唐宋词的审美层次及其嬗变》，《文学遗产》1994 年第 1 期。

② 陈燕仪：《芳魂、坟墓与遗痕——韦应物悼亡诗的抒情场景》，《长江师范学院学报》2018 年第 5 期。

③ 韩宝忠撰，邓稳整理：《不如痴斋诗草》，巴蜀书社 2020 年版，第 2 页。

④ 韦应物著，陶敏、王友胜校注：《韦应物集校注》，上海古籍出版社 2019 年版，第 428 页。

是诗人回忆中妻子生前的画面，《悲遣》则是水晶帘半卷、春无踪迹的现实场景：水晶帘似乎失去了垂下的必要，被它的主人随意卷起，春天好像再不会光顾诗人独居的这一处所。这一切都是因为“不见梅花点额妆”，那个将梅花点在额头上的优雅女子故去，水晶帘下描眉梳妆的美好画面荡然无存。同样的还有《悲遣》其八“酒醒微雨碧窗纱，顾影无人懒唤茶”和《重遣》其二“万种闲愁谁解得，更无人语碧窗纱”中的碧窗纱。《悲遣》中诗人酒醒后向碧窗纱顾望，发现窗前空空荡荡，才反应过来再没有人于此处等待着为他送上一杯解酒茶。《重遣》中诗人纵有万种闲愁，也再不会有人为其轻语解忧。韩宝忠虽然在不同的悼亡诗中用了不同的说法，但是通过理解诗意可以判断出是在描写同一个场景。如《悲遣》其四“一钩新月印苍苔，垂泪灯前待不来”和其六“一生心事两心知，剪烛难忘对坐时”，前一句是在灯前垂泪等待，后一句是在烛光摇曳中枯坐；还有《悲遣》十五“竟夕鹅衾凉似水，伤神奉倩忆针楼”和“锦衾角枕合欢床，十载情难一刻忘”，前一句是被褥冰凉整夜无法安睡，后一句是形单影只地躺在昔日共眠的华丽寝床……这些都可以看出一些诗句出自诗人居室的同一个场景。韩宝忠选取与亡妻生前一起生活而今独剩自己一人的场景入诗，这与潘岳的《悼亡诗》其一“帏屏无仿佛，翰墨有余迹。流芳未及歇，遗挂犹在壁”[①] 有异曲同工之妙。诗人尤其对那些他有深刻体会的场景反复渲染，使人在阅读其悼亡诗时，在脑中勾勒出诗人独居的场景，体会其苦闷寂寥。

如果说居室场景着重展现诗人当下独居的画面，那么回忆想象场景则直接刻画夫妻二人往昔的真实生活。这些场景一般发生在诗人梦中或沉溺回忆之时，如苏轼《江城子》“夜来幽梦忽还乡，小轩窗，正梳妆。相顾无言，惟有泪千行”[②]。韩宝忠的悼亡诗中涉及回忆想象的有陈氏初嫁、二人剪烛写诗、共读《红楼》、陈氏辛苦操劳等场景。韩宝忠所写的第一首悼亡诗就是回忆陈氏初嫁的场景：

---

① 余冠英：《汉魏六朝诗选》，人民文学出版社 2009 年版，第 146 页。

② 姜红雨、马大勇选注：《苏轼词》，中华书局 2014 年版，第 37 页。

本是前身萼绿华，红丝双绾到羊家。深情密誓惟偕老，何向西风解六珈。

这不仅是诗人悼亡的起点，也是诗人对陈氏回忆的起点。上句韩宝忠用“萼绿华”来写夫人陈氏的清雅美丽，用红丝、羊家来渲染出嫁场面的喜庆。下句化用《诗经·鄘风·君子偕老》“君子偕老，副笄六珈”① 来赞美陈氏的举止雍容自得，表达二人白头偕老的美好愿望。剩下的回忆想象场景可以分为两个方面，即夫妻恩爱生活和陈氏辛苦操劳。《悲遣》其六“最是香初茶半候，细研花露写唐诗”，化用宋人邹登龙《幽事》“烧柏子香读周易，滴荷花露写唐诗”，沿用了其幽静、典雅、平和的氛围，“香茶”“细研”又在这种氛围之中平添了一丝精致和暖意。夜半剪烛之时，红袖添香之际，香茶散发出阵阵水雾，二人一同用花露细细研磨砚台再写下唐诗。此种缱绻在韩宝忠为陈氏写下的悼亡诗中随处可见。韩宝忠除了描述二人相处场景，也在诗中极力叙写陈氏的辛劳，《悲遣》其七“岂恋金闺燕昵情，夙兴曾忆警鸡鸣”，说明陈氏除了要照顾丈夫日常起居，还要夙夜警戒，敦促丈夫早起使其上进②；《悲遣》其十“椿堂侍疾不成眠，捧腹床前勉药煎”，韩父卧病在床，即便陈氏已经怀孕，行动笨重，也要勉力弯腰生火煎药，在床前侍疾夜不得眠。除此之外，更有“金线频年压不停”的日夜针黹、“宜室宜家枉辛劳”的操持家务等陈氏操劳的场景。韩宝忠描写二人生活和妻子辛劳的画面，塑造了一个贤良淑德的女子形象，也将夫妻二人的真实生活图卷揭示开来。

（二）韩宝忠悼亡诗使用的叙事模式

韩宝忠在诗中描绘的场景可以分为殡葬场景、居室场景和回忆场景。诗歌篇幅有限，如何利用有限的画面去展现一个完整的事件，从而使叙述更加流畅，情节更加生动鲜活呢？韩宝忠用以上场景在他的悼亡诗中构建了两种叙事模式：一是描绘现有的居室场景，对逝去的曾经作追忆；一是

① 毛亨传，郑玄笺，陆德明音义，孔祥军点校：《毛诗传笺》，中华书局 2018 年版，第 67 页。
② 毛亨传，郑玄笺，陆德明音义，孔祥军点校：《毛诗传笺》，第 127 页。

回忆起往昔的欢乐时光，突出表现如今的物是人非。这两种叙事模式也是中国历代悼亡诗所形成的传统中最常见的模式，其一如韦应物《郡斋卧疾绝句》“秋斋独卧病，谁与覆寒衣”①，诗人在居室中卧病在床，从而追忆亡妻生前为自己添衣御寒。其二如傅若金《忆内》“花阴昼坐闲金剪，竹里春游冷翠裙”②，诗人回想当年与妻子昼坐于花阴，春游于竹里，而今妻子仙游，金剪无人使用，翠裙也失去了温度。

韩宝忠使用由今及昔的叙事模式，如《悲遣》十五：“睡乡无意觅温柔，逝水光阴又到秋。竟夕鹅衾凉似水，伤神奉倩忆针楼。”根据《哭内》序言“嫡室庚子六月廿日逝世”③ 可知陈氏亡故正在夏日，此诗写诗人韩宝忠失去妻子后，不惯于独卧床榻，长夜漫漫，从夏日一直挨到了秋日仍然苦不成眠。秋风肃杀，鹅衾单薄冰凉，诗人一整晚都沉溺在孤苦伶仃的伤情中，不由得追忆妻子仍在世时二人居室之温暖惬意。又如《哭内》：“去岁今朝魂梦惊，药炉茶镬两凄清。生前心血何曾惜，死后衣棺太不情。”药炉、茶镬无人再顾之时，韩宝忠回想起妻子生前的操劳才感慨自己当时没有好好珍惜。韩宝忠以他现在独居的场景出发，写到他对往昔夫妻二人共同生活的追忆，完整地描绘了一幅由今及昔的回忆图卷，一个悲痛无奈的诗人形象跃然纸上。

韩宝忠使用由昔及今的叙事模式，如《悲遣》十四：“梦里依然笑语同，欢娱觉后总成空。风前恍见姗姗影，一瓣残荷坠粉红。”诗人自梦中醒来，梦中妻儿尚在，陈氏如往常般与诗人细研花露，饮茶作诗，二人闲说《红楼》，共弹素琴。转视现实，诗人深知佳人已逝，万事成空。孤苦伶仃的诗人，只有靠在风中飘落下的一瓣残荷，来慰藉自己渴望再次看到妻子姗姗身影的心灵。《悲遣》十六有“笙歌处处敞华筵，独抱空琴理断弦”之句，抒发出韩宝忠感慨往昔华筵笙歌热闹非凡，而现在只剩自己独抱着断弦空琴无人做伴的落寞之情。韩宝忠由梦境、回忆出发，来写他现在独居的萧索和物是人非之感，由昔及今，使人看到诗人失去妻子后与往

① 韦应物著，陶敏、王友胜校注：《韦应物集校注》，上海古籍出版社 2019 年版，第 615 页。
② 张寅彭编辑，杨焄点校：《清诗话全编》，上海古籍出版社 2018 年版，第 495 页。
③ 韩宝忠撰，邓稳整理：《不如痴斋诗草》，第 19 页。

昔对比强烈的生活情境，感受到诗人哀伤惨淡的心情。

韩宝忠在悼亡诗中使用的叙事模式，虽然并没有超越前人悼亡诗的范围，但他将夫妻二人的生活实景以及独居的凄清融入其中，将两种不同的画面展现出来，不仅便于诗人进一步地抒发感情，并且使人对诗歌叙事成分中的时间、地点、人物、起因、经过、结果有更深入的把握，从而与诗人产生共情，更易于体会到诗人即将抒发的情感。

二、"情生而后诗作"：《不如痴斋诗草》悼亡诗中的抒情

正如上文所说，中国诗歌的传统主要是抒情的，悼亡诗作为抒情诗的一个亚种，自然具有属于抒情诗，但又不同于其他抒情诗的特点：悼亡诗拥有自己特殊的意象群①。意象是在中国传统文化中逐渐形成的一个概念，袁行霈认为意象是融入了主观情意的客观物象，或者是借助客观物象表达出来的主观情意②。意象在抒情诗中占有很高的地位，蕴含了诗人的情感。由于悼亡诗抒发情感的特殊性，其意象大多被固定为亡妻的遗物以及能象征亡妻的事物等。但具体来讲，因为个体之间差异明显，每个人兴趣、性格、擅长各有不同，所以意象也有所不同。蒲松龄《悼内》其五云"旦陈簪珥情难已，时检仓箱涕欲流"③，借亡妻生前的发簪耳环表达悲痛；元稹《遣悲怀》其三云"衣裳已施行看尽，针线犹存未忍开"④，借亡妻生前所用的针线表达不舍；《离思》有"曾经沧海难为水，除却巫山不是云"⑤，元稹又借沧海之水与巫山之云的不可替代来赞美亡妻。由此可见，悼亡诗中能寄托作者哀思的意象千变万化。韩宝忠在使用意象寄托情感的同时，采用不同的抒情方式，最终达到抒发悼念之情的目的。

（一）韩宝忠悼亡诗中的抒情意象

韩宝忠在二十六首悼亡诗中使用了大量的意象，如《悲遣》中的蓴绿

---

① 杨周翰，王宁：《中西悼亡诗》，《外国文学评论》1989 年第 1 期。

② 袁行霈：《中国诗歌艺术研究》，北京大学出版社 1987 年版，第 63 页。

③ 盛伟编：《蒲松龄全集》（第二册），学林出版社 1998 年，第 1936 页。

④ 元稹著，周相录校注：《元稹集校注》，上海古籍出版社 2011 年版，第 249 页。

⑤ 元稹著，周相录校注：《元稹集校注》，第 1436 页。

华、子规、海棠、荷、钗钏、梅花等，《重遣》中的鸳鸯、精卫、蚁、蟾、鲛人、连理树、合欢花、独活草、相思豆、花影、菩提等，《七夕》中的青鸟、银河等，尤其是《重遣》四首几乎每一首都是由意象组成。可以看到，韩宝忠的悼亡诗中大概有这些意象：植物、动物、典故神话、陈氏遗物。如钗钏、镜函这一类的陈氏遗物，可以很容易地品味诗人寄托其中的情感，而剩下的意象则根据其作用分为以下三类：用于赞美妻子的意象；用于感慨夫妻二人情笃的意象；用于表达妻子去世哀痛的意象。

在用于赞美妻子的意象中，除了上文提到过赞美陈氏美丽优雅的萼绿华外，出现多次的是梅花和莲花，《重遣》其二“手把芙蓉感岁华”；《重遣》其三“梅花骨瘦仍留影，杨柳情长枉挂丝”；《悲遣》其八“墨图空自泣梅花”，此诗有一条诗人自注“内子喜画梅”，华俊声在为《不如痴斋诗草》诗集所写的序中提道：“娶陈氏，通文翰，善画墨梅，伉俪甚笃。剑芝以素绢为余楷书数行，其妻画墨梅于左，余名之曰《双清图》。”① 剑芝写字，陈氏画梅，由此可见陈氏是一个颇通文墨、腹有诗书的女子，与丈夫韩宝忠在精神上相互契合。历代文人多有赞美此二花之作品，用于形容妻子的大有人在，如李商隐《忆梅》道“定定住天涯，依依向物化。寒梅最堪恨，常作去年花”，《赠荷花》云“惟有绿荷红菡萏，舒卷开合任天真”②。再者，梅花与荷花都是花中之高洁者，梅花欺霜压雪，不畏严寒，荷花出淤泥而不染，濯清涟而不妖，韩宝忠使用这些意象，也正是想表现妻子的美好大方、优雅从容和坚强持家。

用于表现夫妻二人情笃的意象，韩宝忠主要使用了动物和植物：鸳鸯，连理树和合欢花。鸳鸯这个意象在韩宝忠所有悼亡诗中出现了三次，《悲遣》其三“比翼齐飞觅乐乡，荷风何事妒鸳鸯”；《悲遣》二十“蝴蝶有情终是梦，鸳鸯无匹不成春”；《重遣》其一“漫效鸳鸯不羡仙，好因缘是恶因缘”，旁批“《石头记》中云‘不是冤家不聚头’，正谓此耳”③，不

---

① 韩宝忠撰，邓稳整理：《不如痴斋诗草·序言》，第 1 页。

② 李商隐著，朱鹤龄笺注，田松青点校：《李商隐诗集》，上海古籍出版社 2018 年版，第 30 页、第 184 页。

③ 韩宝忠撰，邓稳整理：《不如痴斋诗草》，第 10 页。

羡慕神仙的逍遥自在，只羡慕鸳鸯的成双成对。由以上几句诗可以看出韩宝忠以鸳鸯作比，正写出了自己与妻子陈氏的夫妻恩爱和婚姻美满。而连理树、合欢花和鸳鸯一样，都是成双成对的意象，常在诗歌之中用于表现男女之情。韩宝忠在诗歌中使用以上意象，表现了其与陈氏婚姻生活之美好幸福。

韩宝忠悼亡诗有大量表现失去妻子而哀痛的意象，在植物、动物、典故神话的类别中都有涉及。《悲遣》十七“绿绮无端弦四十，从今漫谱凤求凰”，化用了李商隐《锦瑟》“锦瑟无端五十弦”。虽然历代学者对《锦瑟》诗意象和主题颇有争议，但其悼亡主题最早由清代朱鹤龄明确提出后一直较为人所认同①。结合我国断弦象征亡妻、续弦象征再娶的传统，韩宝忠确实是使用此典故意象来寄托失去妻子的哀痛和茫然。在《重遣》中，意象的运用达到了极致，四首诗中涵盖了植物、动物、典故神话三类意象。其三“草绿有名偏独活，豆红无奈忒相思”有旁批“佳句合以锦囊贮之，绝世文心”。诗人用独活草和相思豆作为意象，充分利用其名称蕴含的深意，象征自己的独活之痛以及相思之苦。清代裘筱芸有散曲《拙鲁速》“惜贞贞，恨蚁度忙。动相思，是九回肠”②，其一“蚁度回肠珠九曲”化用此曲，以蚁度九曲象征诗人对亡妻相思之百转千回。“精卫难将恨海填”“秋风无限鲛人泪”，张华《博物志》“南海有鲛人，水居如鱼，不废织绩，常出卖绡，眼能泣珠”③，与《悲遣》十三“寝床屡赋本劳形，金线频年压不停”前后呼应，写出陈氏生前之操劳不辍，再以精卫难以填海之无奈悔恨寄托自己此时的痛苦内疚。

（二）韩宝忠悼亡诗使用的抒情方式

诗人的真挚情感是通过一定的艺术手法表现出来的，韩宝忠在描述画面、将自己情感寄托于意象之中的同时，也使用了一定的方式作为自己表达情感的艺术载体，这些恰到好处的抒情方式能够帮助诗人酣畅淋漓地表

---

① 宋红霞：《从“悼亡”说到“自伤”说——论何焯对〈锦瑟〉主题的阐释及其流变》，《齐鲁学刊》2014 年第 6 期。

② 谢伯阳、凌景埏编：《全清散曲》，齐鲁书社 2006 年版，第 1881 页。

③ 张华撰，王根林校点：《博物志》，上海古籍出版社 2012 年版，第 13 页。

达内心的情感[1]。我国古诗词传统中有各种各样的抒情方式，韩宝忠的悼亡诗中使用的抒情方式，最为突出的有以下两种：借景抒情和直抒胸臆。

借景抒情是间接抒情中的一种，这里的“景”包括诗人通过叙事或者借用意象搭建起来的情景。《悲遣》之中随处可见诗人对夫妻二人典雅生活的情景描写，正是这种叙述起到了以乐景衬哀情的作用，表达了诗人对陈氏故去的悲痛不舍和对过往生活的追忆痛惜。另外，在《重遣》《七夕》之中，诗人多营造意象来达到以哀景写哀情的表达效果。《重遣》其一有鲛人泣泪、瑶琴弦断，其二有合欢遭妒、雀鸟悲啼，其三有梅花骨瘦、杨柳丝长，其四有箫声幽咽、花影破，《七夕》有青鸟无踪、银河夜沉。通过上文对意象的分析，可以看出，诗人使用这些自带哀伤色彩的意象，准确而含蓄地表达了他对于亡妻极致思念和极度痛苦。

直抒胸臆也就是直接抒情。中国诗歌继承了《诗经》雅的传统，成为一种含蓄委婉的文学，但也不乏一些优秀的直接抒情的作品，韩宝忠的一部分悼亡诗就采用了直抒胸臆的抒情方式。《重遣》其三“万种闲愁谁解得，更无人语碧窗纱”，诗人直接用一个“愁”字点出自己的心情。结合《悲遣》其八“酒醒微雨碧窗纱，顾影无人懒唤茶”，可知诗人在《重遣》中是愁于碧窗纱前倩影消逝，无人陪伴的伤心愁苦之情无奈迸发。《哭内》“生前心血何曾惜，死后衣冠太不情”“千般欲说凄难说，一夜呼侬十万声”，陈氏在世时韩宝忠未加珍惜，就连死后也只得草草收殓，诗人在痛心绝望之中难以成眠，竟在长夜中呼唤陈氏姓名不曾停歇，此种哀情的确令人“声随泣下，不忍卒读”。另外，韩宝忠也在《重遣》《哭内》中用“泪”“相思”“无奈”“苦”等字眼来直接抒发自己的情感。

三、韩宝忠不同时期悼亡诗使用叙事和抒情的情况

通过上文的具体分析，可以从叙事场景、叙事模式把握韩宝忠悼亡诗中对“事”的叙述，从抒情意象、抒情方式把握诗中对“情”的抒发。按

---

① 陈建任：《言情的艺术——论李商隐无题诗的情感及抒情方式》，《中山大学学报（社会科学版）》1997 年第 1 期。

照时间顺序组织起来，韩宝忠在他的悼亡诗中大概叙述了他新婚燕尔、婚姻生活美满、喜得麟儿、痛失妻子以及独居感怀的情景。“饥者歌其食，劳者歌其事”①，根据诗歌“缘事而发”的传统观念，正是由于先有陈氏亡故一事，诗人才会“事发而后情生”，因为其妻的突然病故产生悲痛之情，因为其婚姻生活的美满产生物是人非之感，又因为其独居生活的孤独而产生追忆伤感之情。同时，为了抒发这些情感，除了直抒胸臆的方法，韩宝忠还在诗中叙述以上情景以达到借景抒情的效果。由此可见，韩宝忠的悼亡诗正是“感事而生情，述事以寄情”，以叙事和抒情为手段，创造出悼念亡妻的文本意义和情事合一的艺术效果②。但也应该看到，在韩宝忠的所有悼亡诗歌中，叙事和抒情并不是均匀分布。韩宝忠悼亡诗的叙事成分主要集中在庚子年的《悲遣》二十首，抒情成分主要集中在庚子年《重遣》四首和辛丑年《哭内》《七夕》。《悲遣》中多为诗人构建的叙事场景，通过其由今及昔和由昔及今的叙事模式，展示了诗人的各种生活图景。《重遣》《哭内》《七夕》中多为诗人选取的抒情意象，通过直接抒情和间接抒情的抒情方式，表达了诗人真诚而复杂的情感体验。造成韩宝忠悼亡诗前期多叙事、后期多抒情现象的原因有客观和主观两方面。

（一）其他文类影响以及组诗形式为韩宝忠悼亡诗中的叙事提供可能性

客观上来看，中国诗词在发展抒情传统之时，也不断向其他文类如赋、文、小说等汲取营养，尤其是历代创作中“以赋为诗”“以文为诗”等的观念大大提升了传统诗词的叙事技巧和叙事篇幅③。杜甫的诗歌历来有“诗史”之称，元稹《唐故工部员外郎杜君墓系铭并序》形容杜甫之诗“铺排终始，排比声韵，大或千官，次犹数百”④，此论为杜甫“以赋为诗”的发端。“赋者，铺也，铺采摛文”⑤，赋这种文体的特色在于铺排直

---

① 《春秋公羊传注疏》卷一六，《十三经注疏》，中华书局1979年版，第493页。

② 李桂奎：《中国传统诗论中的“情”“事”互济观念》，《文艺理论研究》2018年第6期。

③ 李桂奎：《中国传统诗词叙事之“跨文类”借势》，《江西师范大学学报（哲学社会科学版）》2019年第2期。

④ 元稹著，杨军笺注：《元稹集编年笺注（散文卷）》，三秦出版社2008年，第207页。

⑤ 刘勰著，范文澜注：《文心雕龙注》，人民文学出版社2020年版，第134页。

陈，这种特色也可见于杜甫的诗歌之中，如“三吏三别”。《新安吏》“借问新安吏：‘县小更无丁？’‘府帖昨夜下，次选中男行。’‘中男绝短小，何以守王城？’”① 杜甫在诗中直接铺排自己与新安县吏的对话，不仅增加了一种纪实感，而且将诗歌的写作背景也交代清楚了：安史之乱后，洛阳二次被叛军占领，郭子仪率领部下拆断河阳桥以阻止叛军南下。这一战中伤亡惨重，为填补空缺，朝廷下令征兵。还有《石壕吏》中对一个只剩下老弱病残的贫困家庭被强行应征的叙写、《新婚别》中新婚女子对征夫不舍与嘱咐的叙写等。明李东阳《麓堂诗话》评价杜甫：“汉魏以前，诗格简古，世间一切细事长语，皆著不得，其势必久而渐穷。赖杜诗一出，乃稍为开扩，庶几可尽天下之情事。韩一衍之，苏再衍之，于是情与事无不可尽。而其为格，亦渐粗矣。”② 在杜甫以后，增加诗歌铺叙内容的趋势愈加扩展，元、白的新乐府诗提倡要写讽喻的时事诗，如《长恨歌》《连昌宫词》等；韩愈直接提出“以文为诗”，倡导以写散文的方法来写诗歌，如其《山石》③。这些观点和创作实践在诗中增加了直接铺陈的成分，使诗歌更直观地反映现实，开始将叙事逐渐赋予给以抒情为传统的诗歌。清赵翼《瓯北诗话》道：“以文为诗，自昌黎始；至东坡益大放厥词，别开生面，成一代之大观。”④ 到了宋代，苏轼不仅在内容方面更多地将写文的方法引入诗歌，并且在形式上将“以文为诗”的道路开拓得更宽。苏轼的诗歌中有一百二十多首有序言，如《游净居寺并叙》交代了净居寺的地理位置、寺名由来和变迁；《张先生并叙》几乎可以说是一部人物小传……⑤苏轼的诗序发挥了状物、记人等功能，且在数目上大幅增长，使得诗前有序言渐渐变得更为普遍，这种叙事性的序言增强了诗歌的叙事色彩⑥。诗歌发展到元明清时期，由于戏曲、小说日趋繁荣，很多戏曲小说作者同时就是诗人，这类叙事文学中刻画人物、构建场景的方法也被他们用于诗歌中。

---

① 杜甫撰，仇兆鳌注：《杜诗详注》，中华书局 2015 年版，第 837 页。

② 李东阳：《麓堂诗话》，商务印书馆 1936 年版，第 16 页。

③ 陈伯海：《唐诗学引论》，上海古籍出版社 2015 年版，第 84 页。

④ 赵翼：《瓯北诗话》，人民文学出版社 2013 年版，第 168 页。

⑤ 苏轼：《苏东坡全集》，北京燕山出版社 2009 年版，第 493、495 页。

⑥ 王琴：《从诗序看苏轼对“以文为诗”的发展》，《乐山师范学院学报》2013 年第 10 期。

综上所述，历代其他文类对诗歌的影响是渐进的，从铺陈的成分增多到诗歌序言的完善，再到将叙述的方法引入诗歌，使得诗歌不仅有交代背景的序言，并且在内容上增加了刻画人物、描述细节等的叙事成分，这样的趋势发展到清代就出现了一个高峰。钱仲联评价清诗："以诗歌叙说时政，反映现实，蔚为有清诗坛总的风气。十朝大事往往在诗中得到表现，长篇大作动辄百韵以上。作品之多，题材之广，篇制之巨，都达到了前所未有的水平。叙事性是清诗的一大特色，也是所谓超明越元、上追唐宋的关键所在。"① 清代后期国运跌宕，政治黑暗，尤其是庚子国变前后，参与大型组诗创作活动的诗人达到了空前的数量，如黄遵宪《天津纪乱十二首》、延清《庚子都门纪事诗》六卷等。同样地，除叙写庚子国难之外，清代诗人也创作组诗以自叙，如龚自珍《己亥杂诗》315 首；或纪行述志，如袁枚《湖上杂诗》21 首。更有不少诗人组诗以悼念亡妻，如屈大均《哭华姜一百首》、尤侗《哀弦集》二卷。韩宝忠正是延续了以上这些传统，陈氏亡故后，韩宝忠为其所作的第一组悼亡诗就是一组二十首的七言绝句，并且其序言交代了妻子亡故的原因。这使得二十首诗歌的展开有一个整体的背景，易于将诗歌中的叙述整合起来。另一方面，体制篇幅的扩大打破了字数的限制，韩宝忠在《悲遣》中具体丰富地铺叙了陈氏生前的事迹、二人婚姻生活的细节以及陈氏亡故后自己的独居生活，并且对这些场景进行有章法的布局，从而使得叙事更加完整有序。② 其后作的《重遣》为四首七言律诗，《哭内》是七言律诗，《七夕》是五言律诗，由于篇幅所限，无法进行场景、事件的铺陈，频繁使用的意象使得这些诗歌带上了更浓厚的抒情色彩。

（二）主观心境对韩宝忠悼亡诗中叙事和抒情的影响

主观上来看，悼亡诗大部分写作于妻子亡故以及周年祭之时，此后数量锐减，只有特殊的事物触发了情思，作者才会再次提笔悼亡③。如元稹之妻韦丛亡于唐宪宗元和四年（809 年），元稹为其作《离思》五首，811 年韦氏亡故两周年，元稹又为其作《遣悲怀》三首。韩宝忠的悼亡诗也是

① 钱仲联、涂晓马：《犹有壮心歌伏枥——钱仲联先生访谈录》，《文艺研究》2003 年第 5 期。

② 杨长正：《悼亡诗的叙事性分析》，《鲁东大学学报（哲学社会科学版）》2019 年第 3 期。

③ 沈童：《中国古代悼亡诗的写作传统》，《沧州师范学院院报》2020 年第 3 期。

如此。《悲遣》二十首是庚子年陈氏去世后韩宝忠所作，此时长子以及庶母徙居上海，诗人孤身一人在逃难途中。社会动荡不安，百姓流离失所，作为朝廷命官的诗人，一边为了国破家亡而悲哀，“离乱走关中，客里始相见。怪我避干戈，何为不携眷”，一边为了国难导致的人祸而内疚伤情。可以想见，在妻子刚刚离世后，韩宝忠无法从夫妻恩爱生活中抽离出来，也无法接受孤独凄清的鳏居生活，于是在《悲遣》中缅怀，叙述过去与陈氏吟诗作对、题字画梅、剪烛梳妆的情景，也铺叙自己长夜独醉、孤枕难眠的情景。《重遣》作于庚子年陈氏离世后诗人的漂泊途中，国运难测，孤身辗转，颠沛流离之感不免倾泻而出；《哭内》作于辛丑年六月二十陈氏离世一周年，《七夕》作于《哭内》后不久的七夕佳节，特殊的时间节点更容易引起诗人心中波澜。后几首悼亡诗的创作时间距离陈氏离世已有一段时间，虽然诗人仍然沉浸在丧妻的悲伤之中，但是已经不再沉湎于初期的铺叙。经过时间的沉淀，诗人将其内在的情感转化成一个个外在的意象，再使用恰当的抒情方式，将他对于妻子的相思、对于过去美好的怀念、未能珍惜把握的悔恨和对妻子操劳的内疚感谢等情感表达得淋漓尽致。

结语

韩宝忠《不如痴斋诗草》中的 26 首悼亡诗，妻亡之事发而后悼念之情生，悼念之情生而后悼亡之诗作，诗人将叙事和抒情结合起来使诗歌达到情事合一的艺术效果。韩宝忠悼亡诗中的特色在清代其他诗人的悼亡诗中也可窥见，如洪亮吉的前期悼亡诗《悼亡八首》，后期悼亡诗有《焦山法界楼记梦》《夜泊》等①。通过对韩宝忠悼亡诗中叙事和抒情的使用情况的分析可以看到，首先是由于这时期诗歌吸收的历代其他文类特色为悼亡诗的叙事提供了可能性，其次是组诗的形式便于容纳更多叙事的内容，最后在环境影响和作者心境变化下，最终形成了这种清代部分诗人悼亡诗歌前期多叙事、后期多抒情的现象。

① 胡旭：《悼亡诗史》，东方出版中心 2010 年版，第 432—435 页。洪亮吉《悼亡》八首作于其妻蒋氏去世月余，诗中多生活场景的铺排，偏重于叙事。其《焦山法界楼记梦》《夜泊》作于蒋氏去世已久的漂泊途中，多以意象写自己的感受，偏重于抒情。

韩宝忠《悲遣》组诗探析

陈银萍①

悼亡诗历史悠久，最早可追溯到《诗经》中的《绿衣》《葛生》，之后又有汉武帝《李夫人歌》《落叶哀蝉曲》等怀念李夫人的作品。悼亡本指悼怀死去的人，西晋潘岳《悼亡诗》第一次以“悼亡”为名悼念亡妻，从而形成悼怀已故妻妾的特指意，悼亡诗的体制也由此确立。悼亡诗在两千多年的发展过程中，形成一些内容上的共同点：一是写诗人自己的痛苦，二是写居处和墓地，三是写遗物，四是写子女，五是写德行，六是写梦境②。清末韩宝忠悼亡诗的写作继承了这一模式，但因“真情的注入，依然能写得各具面目”③。

韩宝忠（1875—1939），祖籍安徽，生于北京，在晚清民国先后担任过数县知事，一生都为下层官吏。身后留有手订诗集《不如痴斋诗草》，《悲遣》是其作于庚子年间的一组悼亡诗。据《不如痴斋诗草·前言》所载，1900 年，义和团兴起，八国联军侵入北京，时局动乱，韩宝忠携带家眷前往山西避难，安顿不过十余日，妻儿皆感染时疫去世④。韩宝忠与妻子结发十年，伉俪情深，好友华俊声在《不如痴斋诗草·序》中言：“娶

---

① 陈银萍（1998—），江西抚州人，四川师范大学中国古代文学 2021 级硕士研究生，研究方向为清代文学文献。

② 胡旭著：《悼亡诗史》，东方出版中心 2010 年版，第 3—5 页。

③ 胡旭著：《悼亡诗史》，第 5 页。

④ 韩宝忠撰，邓稳整理：《不如痴斋诗草·前言》，巴蜀书社 2020 年版，第 4 页。

陈氏，通文翰，善画墨梅，伉俪甚笃。剑芝以素绢为余楷书数行，其妻画墨梅于左。余名之曰《双清图》，悬诸壁间。”① 妻子不仅是照顾韩宝忠生活起居的人，更是能与他进行精神交流的知心人，战争与时乱致使二人天人永隔。妻子离世，诗人内心悲怆，作《悲遣》二十首悼怀亡妻，抒己之悲。

一、《悲遣》组诗在韩宝忠悼亡诗中的独特性

自潘岳《悼亡诗》取得较高的艺术成就之后，历代相继出现了许多优秀的悼亡诗人，如元稹、苏轼、韦应物等。因个人才情和经历的不同，不同作家在承袭前贤写作经验的基础上，又有属于自身的独特表现。韩宝忠的悼亡诗集中创作于庚子（1900）至壬寅（1902）三年间，专门写悼亡的有 1900 年的《悲遣》《重遣四首》，1901 年的《哭内》《七夕》《咏怀》等。其中《悲遣》和《重遣四首》都是以组诗形式写悼亡之伤痛，其他都是单体之作。

（一）单篇悼亡诗的优势与不足

韩宝忠悼亡诗中有不少单篇之作，如《哭内》《七夕》《咏怀》等，还有一些题材即使不是单纯为悼亡而作但也或多或少涉及哀思，如《送别内兄陈鼎臣》《慰张亮臣悼亡》《伤春》等。《哭内》作于辛丑（1901），此时正值陈氏逝世周年，韩宝忠心有所感。诗人回忆起去年此时妻子因病离去，但条件艰难，“死后衣棺太不情”，妻子只能被草草安葬；想起往日的凄凉，诗人“一夜呼侬十万声”，其中悲痛难以掩盖。《七夕》同样作于 1901 年，原本象征着浪漫姻缘的节日，因妻亡而染上伤感色彩。诗人独自一人，回想旧日情景如今只剩一场空，“何处结同心”“良宵剩独吟”二句表达出无尽的孤单。《送别内兄陈鼎臣》为送别之作，写诗人在避乱时碰见内兄，对于妹妹的亡去，内兄颇有责怪之意，但诗人也失去了妻子，失去至亲的二人有了共同的情感体验，反而“把酒纵清谈”“握手情恋恋”。《慰张亮臣悼亡》为安慰友人而作，二人先后丧妻，有着相似的经历，因

① 韩宝忠撰，邓稳整理：《不如痴斋诗草·序》，第 1 页。

而“分飞旅雁翻同病，独活秋虫绝可怜”同样也是诗人内心的倾诉。

在这些诗歌中，不论是特殊时间节点的抒怀（如周年忌日、传统节日）还是其他情况下对悼亡之思的触及，都侧重从某一角度、方面出发，以精粹的形式表达情绪，达到言有尽而意无穷的效果，这是单篇诗歌的优势。但当诗人的表达热情尤为热烈，需要铺叙情感、场景时，组诗的形式则更适合全方位、多层次的抒情，弥补了单首诗的不足。在《悲遣》和《重遣四首》两组诗的对比中，可以看出组诗的这种优势。

（二）《悲遣》组诗和《重遣四首》的对比

组诗是独特的诗歌表现形式，通常由两首至几十首构成一组，也有些多达百首一组。组诗的表现形式主要可以划分为“连章组诗”和“联句组诗”两种，“连章组诗”在发展的过程中，由不分组走向了分组[①]。《悲遣》二十首与《重遣四首》是标准的分组组诗，相比于单篇诗作，组诗能够容纳更多的内容，结构上也更具系统性，最重要的是在情感表达上不会受限于篇幅，能够更集中地传达诗人情感。得益于长篇幅、大容量的优势，《悲遣》二十首又较之《重遣四首》更具表现力。两组诗传达的都是对亡妻的思念，诗歌的主题和语言表达相差不大。同样是描写对妻子离世的难以接受，《悲遣》其三有“比翼齐飞觅乐乡，荷风何事妒鸳鸯”二句，《重遣四首》其一、其二分别有“漫效鸳鸯不羡仙”“春风妒煞合欢花”的诗句，“比翼齐飞”和“鸳鸯”都是对完美爱情的形容，“荷风妒鸳鸯”与“春风妒合欢花”都是写诗人内心的苦痛。描写独自一人的孤寂落寞，《悲遣》其八写“酒醒微雨碧窗纱，顾影无人懒唤茶”，《重遣四首》其二同样也写“更无人语碧窗纱”。很明显，在意象的选择和语言的表达方式上，两组诗歌是高度相似的。甚至在组诗的收束部分，前者写“美人黄土寻常事，看取莲花证夙因”，寄托佛家来排遣内心的伤悲，后者同样也以“菩提漫结因缘果，参破他生未了禅”二句收束。

但相较于《重遣四首》，《悲遣》在结构的规整和全方位的表达情感上则更显优势。《悲遣》二十首是韩宝忠悼亡之作中容量最大的一组诗，在

① 李正春：《论组诗文体特征与表达功能》，《学术交流》2007年第10期。

篇幅上远超其他悼亡诗。但长篇幅的形式并未导致诗歌结构的松散，相反对“充分抒情，有序铺陈、推演叙事，逻辑性地表达情感诉求起着十分重要的作用”[①]。《悲遣》完成于1900年，是诗集中最早创作的一批作品，也是在韩宝忠丧妻不久之后所作。短短几月之内，诗人历经坎坷曲折，带来的感受是复杂而深沉的。元稹在《叙诗寄乐天书》中谈及《遣悲怀》的创作缘由：“不幸少有伉俪之悲，抚存感往，成数十诗，取潘子《悼亡》为题。”[②] 这一段话同样可以用来概括韩宝忠的创作心理，他与陈氏是少年夫妻，逃难途中，战争和时疫夺去了妻子与幼儿年轻的生命，当时的混乱可以想象，青年丧妻丧子的痛苦自然难以排遣。长诗的形式则有利于这种情感的集中表达。《悲遣》二十首内部结构分明，自成体系，大致可分成三部分：其一至其五；其六至十三；十四至二十。第一部分总述与妻子的深厚情意，诗人反复诉说自己的遗憾；第二部分回忆生活中的细节，既有写实又有抒情；第三部分以梦为题材抒发情感，意象大多选择夜晚中的环境，如月夜、锦衾角枕、夜台等。三个部分从不同的角度描写诗人的心路历程，相互独立但又环环相扣，“共同表现同一思想”[③]，即诗人青年丧妻的“悲”。组诗的表现形式对诗人情感的丰富性有更加深入的展现，叙事完整且系统。《重遣四首》中同样也是写遗憾和悲痛，但对诗人和妻子在生活细节上的刻画、诗人因思念而辗转难眠的感受等描写则不如《悲遣》全面。

韩宝忠的悼亡诗在写作时间先后上，呈现出由组诗到短组诗再到单篇的特点。《悲遣》的篇幅最长，写作时间也最早，《重遣四首》次之，但二者都作于1900年，即妻子死亡的那一年。此时是诗人最痛苦、情感最浓厚的时刻，所以组诗的形式契合了诗人表达的欲望和热情，为诗人表情达意提供了合适的载体。而之后两年的悼亡之作皆为单体，大多作于特殊的时间节点，同时还有不少是在其他题材中夹杂悼亡的哀思。在这部分诗歌

① 李正春：《唐代组诗的语体类析》，《苏州科技学院学报（社会科学版）》2010年第5期。

② 元稹著，周相录校注：《元稹集校注》，上海古籍出版社2011年版，第855页。

③ 司全胜将组诗定义为“在同一诗题下，作者集中创作的、形式一致的，共同表现同一思想的若干首诗歌的集合。”司全胜：《关于中国古典组诗的界定》，《语文学刊》1998年第1期。

中，诗人仍然悲恸，但对于妻子的死亡，其心情不再是《悲遣》或《重遣四首》里的难以接受，而是渐渐接纳现实，单篇的形式又符合了诗人此时的心境。而《悲遣》二十首在韩宝忠悼亡诗中的独特性体现在结构的系统性和情感的集中表达。诗人在大篇幅的描写中反复渲染自己的亡妻之悲，从不同角度充分抒情。

二、《悲遣》组诗的抒情方式

《悲遣》的结构可以分成三个部分，这三部分从不同角度表达主题。其一至其五诗人通过化用不同的典故以及使用不同的意象，串联起自己的感受：或是赞美妻子，或是表达夫妻的恩爱，抑或是诉说心中的凄凉。其六至十三，作者展现夫妻二人的生活片段，在叙事抒情的表达方式中，将深沉的悲痛凝结于日常生活的描写之中，真实而感人。十四至二十，以梦境为题材写悼怀，通过写梦或者与夜晚相关的事物表情达意，如“梦里”“觉后”“鹅衾”“床”“更声”“晓钟”等。此外，这一部分在语言上也颇有特色，运用散文的句法以及虚词、虚字入诗，平实而自如，情感的表达也更显流畅。诗人运用丰富的抒情方式，从不同的切入点铺叙情感，既发挥了组诗在结构上的优势，又有利于全方位地抒情。

（1）化用典故

王廷相《与郭价夫学士论诗书》中言：“言征实则寡余味也，情直致而难动物也。故示以意象，使人思而咀之，感而契之，邈哉深矣。”[①] 王廷相认为情感的抒发需要借助一定艺术手段才能更好地表现出来，从而达到动人的效果。典故以其精炼的形式增强诗歌的意蕴，意象将主观情思寄托于客观物象，使其表现得更加生动。第一部分总述诗歌，化用典故，结合不同的意象，展现诗人的精神世界。

诗人的抒情起自“本是前身萼绿华，红丝双绾到羊家”（其一）两句，《真诰》言：“萼绿华者……女子，年可二十上下，青衣，颜色绝整，以升

① 王廷相著，王孝鱼点校：《王廷相集》，中华书局 1989 年版，第 503 页。

平三年十一月十日夜降□□，自此往来，一月之中辄六过来耳。”① “萼绿华”是传说中的神女名，诗人以此赋予妻子美好的形象，继而表达对二人婚姻的满意。但奈何“与子偕老”② 的誓言并未实现，而是“六珈”解。“六珈”是古代贵族妇女的发饰，出自《诗经·君子偕老》：“君子偕老，副笄六珈。”③ 诗人对妻子的离开是满怀遗憾、难以释怀的，对于这一点他在诗歌中进行反复地渲染。“青雀匆匆”“霓裳谱未终”“荷风何事妒鸳鸯”“不见梅花点额妆”几句描绘出生离死别的痛惜。“青雀”是传说中为西王母传递音讯的神鸟，李商隐《汉宫词》有“青雀西飞竟未回，君王长在集灵台”④ 两句，诗人希望神鸟寄信，正是因为现实世界里他无法再与亡妻相见。“荷风”一句出自庾信《奉和山池诗》：“荷风惊浴鸟，桥影聚行鱼。”⑤ 对于妻子在壮年的病去，诗人心中悲痛异常，以子规啼血自比。而当月色照耀的寂静时刻，诗人黯然伤神，垂泪灯前。凄凉凭眺时，景色还是从前的景色，只是当初陪伴的人早已不在。想到十年前新婚时“连理枝头灼灼红”，而如今只是“任付零脂剩粉中”，无限悲凉。

诗中使用的典故和意象都是常见的抒情表达，“比翼鸟”“鸳鸯”“连理枝”是文人诗歌中普遍用于表达男女之情的意象，“西风”“新月”“苍苔”“垂泪灯前”的运用也很常见。“萼绿华”的典故，清代前期纳兰性德的悼亡作品《沁园春·梦冷蘅芜》中有“问可及当年萼绿华”⑥ 一句，同样也是表达对妻子的赞美。

（2）叙事抒情

据《韩宝忠年谱简编》记载，韩宝忠于光绪二十三年（1897）开始进入仕途，这一年他二十三岁⑦。陈寅恪《元白诗笺证稿》认为：“人生时间约可分为两节，一为中岁以前，一为中岁以后。……若古代之士大夫阶

① 陶弘景撰，王云五主编：《真诰》卷一，商务印书馆 1939 年版，第 1 页。
② 毛亨传，郑玄笺，陆德明音义，孔祥军点校：《毛诗传笺》，中华书局 2018 年版，第 44 页。
③ 毛亨传，郑玄笺，陆德明音义，孔祥军点校：《毛诗传笺》，第 67 页。
④ 李商隐著，朱鹤龄笺注，田松青点校：《李商隐诗集》，上海古籍出版社 2015 年版，第 70 页。
⑤ 谭正璧、纪馥华选注：《庾信诗赋选》，古典文学出版社 1958 年版，第 107 页。
⑥ 纳兰性德著，张草纫笺注：《纳兰词笺注》，上海古籍出版社 2003 年版，第 313 页。
⑦ 韩宝忠撰，邓稳整理：《不如痴斋诗草·韩宝忠年谱简编》，第 251 页。

级，关于社会政治者言之，则中岁以前，情感之部为婚姻。中岁以后，事功之部为仕宦。”① 在进入官场之前，韩宝忠的生活主要是围绕家庭的，妻子陈氏既是他的贤内助，也是他的知心人。

第二组诗中，韩宝忠着重于对生活细节的摹写，叙事抒情，一写妻子的辛劳，一写夫妻间的相依相恋，在平凡的生活小事中，寄托深情。妻子对家庭的奉献，韩宝忠无疑是看在眼里的，并且是发自内心地体谅她的辛劳。“椿堂侍疾不成眠，捧腹床前勉药煎”（其十），一位怀孕之时仍然操持家务、于床前照顾家人的形象跃然纸上，“捧腹”“勉”几字将辛苦的情状展露无遗。“寝床屡赋本劳形，金线频年压不停”（十三）两句更是刻画了一位常年劳作的女性形象。总之，这确实是一位宜室宜家的女性。明末祁彪佳曾言：“词之能动人者，惟在真切，故古本必直写苦境，偏于琐屑中传出苦情。”② 不仅是词，对于悼亡诗的写作也是一样。在一个家族中，女性的职责是很明确的，即生儿育女，安排一家老小的起居饮食，为琐碎的生活付出全部的心血。韩宝忠看到了妻子对家庭的付出，对过去的追忆，更加让他感受到了妻子的辛苦，所以他感叹“宜室宜家枉辛劳，为赋摽梅远别亲”（十一）；对于妻子的远嫁和辛勤，他最真诚的祝愿是“来生莫做女儿身”。

于诗人而言，妻子是最为亲昵之人，夫妻之间自会有许多甜蜜温馨的互动时刻。如其六：

> 一生心事两心知，剪烛难忘对坐时。最是香初茶半候，细研花露写唐诗。

诗人回忆起和妻子相处的片段，与妻子相对而坐的时候，与妻子品茶写诗的时候，往日美好一一重现，虽然都是平凡生活中的小事，却别具动人的力量。但回忆越发美好，现实也就愈显残忍。汤显祖说：“人生而有

① 陈寅恪：《元白诗笺证稿》，生活·读书·新知三联书店 2001 年版，第 85 页。
② 祈彪佳著，黄裳校录：《远山堂明曲品剧品校录》，上海出版公司 1955 年版，第 24 页。

情，思欢怒愁，感于幽微，流于啸歌，形诸动摇。”[①] 情由心生，心感于物，所以当“酒醒微雨”后，突然发觉从前陪伴在身边的人再也不会出现为其捧茶时，只有无限的孤寂。诗人回首望向屋内，有故人留下的墨梅图，曾经一人作画一人题诗的场面赫然在眼前。物犹在，但人再也不会回来。最令人动容之处在“石头絮语真成梦”一句，诗人自注：“内子喜说《红楼》，闲以排闷。”[②] 夫妻二人在闲暇之时讨论书籍来消遣时光，细微而温馨。只是这种温馨的时刻，已经不再，但妻子留下的痕迹，却真实存在于诗人的记忆中。对于韩宝忠来说，陈氏不仅是他的贤内助，也是与他志趣相合的人，二人有着精神上的共鸣，妻子的亡去，使他失去了相知之人。

其六至十三，通过即事抒情，在平凡而真实的点滴回忆中，诗人的亡妻之痛有更具体的体现，同时妻子的形象也清晰可感。陈氏自染病到离去间隔很短，时局混乱，只能潦草安葬，因而诗人安定下来后，对妻子既有想念又有愧疚。诗人生活的地方始终都有妻子的痕迹，相关的事物提醒着诗人妻子的离去。在普通生活片段的呈现中，诗人情感显得真实动人。

（3）以梦为题材

第三部分诗人以梦为题材写作。以梦为题材，前人多有涉及。江淹《悼室人·其十》云：“二妃丽潇湘，一有乍一无。佳人承云气，无下此幽都。当追帝女迹，出入泛灵舆。奄映金渊侧，游豫碧山隅。暧然时将罢，临风返故居。”[③] 江淹在诗中祝愿妻子死后能够变成神女，自由自在，但还是希望二人能够在梦中相见。韦应物《感梦》云：“岁月转芜漫，形影长寂寥。仿佛觏微梦，感叹起中宵。绵思霭流月，惊魂飒回飙。谁念兹夕永，坐令颜鬓凋。”[④] 诗人梦见亡妻，突然惊醒，但醒来后却陷入了无尽的寂寥中。大多诗人写梦境只有较少的提及，但元稹以梦写悼亡不但数量多，而且取得较高的艺术成就，如《感梦》《江陵三梦》《梦井》《梦成之》等专门以梦为题的悼亡诗。元和五年（810）元稹被贬江陵，在途中作

① 汤显祖著，徐朔方笺校：《汤显祖诗文集》，上海古籍出版社 1982 年版，第 1127 页。
② 韩宝忠撰，邓稳整理：《不如痴斋诗草》，第 6 页。
③ 江淹著，丁福林、杨胜朋校注：《江文通集校注》，上海古籍出版社 2017 年版，第 931 页。
④ 韦应物著，陶敏、王友胜校注：《韦应物集校注》，上海古籍出版社 2011 年版，第 412 页。

《感梦》："行吟坐叹知何极，影绝魂销动隔年。今夜商山馆中梦，分明同在后堂前。"① 因朝廷争斗，元稹此时心力交瘁，前途未卜，"行吟坐叹"之间对亡妻的思念之情就更加浓厚，梦里见到妻子，就好像和从前在后堂相处时一样。虽是写梦，却情真意切，与现实生活无差，元稹其他作品也都如此。

韩宝忠同样有不少借助梦境或者通过描写与梦相关的事物寄托心中的深情。陈氏的故去，是诗人心中的隐痛，此时距妻子离世不到一年，但诗人不仅经历了亲人逝世之悲，同时也正值国家动乱，自己四处漂泊流离，内心承受着重压。这种重压不是喷薄式地发泄出来，而是抑制于心中。现实的残酷，致使诗人在梦里寻求着寄托，但梦破灭之后，只有无奈是真切的。"梦里依然笑语同"（十四），诗人在梦中见到了陈氏，欢声笑语，和从前没有差别，但醒来后才发现是一场空。不远处似乎看到了妻子的身影，以为她正悄然走来，但定睛一看原来是残荷摇曳。诗人总是梦见与妻子梦中相聚，只是醒来后"鹅衾凉似水"，妻子并不在身边，这更加让他悲伤。其他诗句如"睡乡无意觅温柔，逝水光阴又到秋"（十五）、"锦衾角枕合欢床，十载情难一刻忘"（十七）、"夜台何处访音容，数罢更声又晓钟"（十九），场景大多设在夜晚或者梦乡之中，这种时刻，诗人尤容易感怀。刘勰言："人禀七情，应物感斯，感物吟志，莫非自然。"② 夜深人静之时，诗人对外物的感知更加灵敏，情感凝聚，浓厚而深沉。所以诗人痛苦地说出"蝴蝶有情终是梦，鸳鸯无匹不成春"，人生如梦但终究不是梦，诗人有太多无可奈何，只能将深情藏之于心底。

此外，诗人的叙事语言也比较有特色，运用散文的虚词、虚字入诗。"试问嫦娥今夜月，照人何苦十分圆"（十六），月圆象征着团圆，但诗人却和妻子生离死别，"试问""何苦"两词将自己无处发泄的情感表露无遗，只能怪明月"十分圆"。再"绿绮无端弦十四，从今漫谱凤求凰"（十七）两句，"无端"指"没有由来的""无缘无故的"，李商隐有"锦瑟

① 元稹著，周相录校注：《元稹集校注》，第 251 页。

② 刘勰著，范文澜注：《文心雕龙》，人民文学出版社 1958 年版，第 65 页。

无端五十弦，一弦一柱思华年”[①] 的诗句，二者意义相同，语气之中都有怨怪之意。“漫”指“漫不经心”，“凤求凰”是汉时卓文君和司马相如定情之曲，琴音表情，只是这种深情的曲子，诗人以后再也不能用心地弹奏。又“人间信是相思苦，苦煞相思无尽期”（十八），“信”是“的确”“确实”的意思，诗人感慨人世间确实是相思之情最苦涩，而这种苦涩的情感又是绵绵无期，无法消散的。散文虚词和诗歌语言的结合，构织起诗人厚重的情感。诗人在诗歌的最后部分反复地告诉自己，妻子再也不会存在于现实世界之中，即使梦中的他们依旧欢乐，但他知道梦破碎之后只有无尽的空虚，他看清了这一点，也逐渐接受了这一点。所以诗人怪月亮太圆，又怨绿绮为何“弦十四”，都是对现实无可奈何的反映，也是一种对现实的接纳。他最后安慰自己说“美人黄土寻常事，看取莲花证夙因”（二十），不是因为要忘却，而是将对妻子的思念埋藏于心中，毕竟逝者已逝，活着的人仍要继续生活。

总结

韩宝忠《悲遣》组诗有对前贤悼亡诗写作的继承，也明显受到了同时代作家的影响。但在对前人创作经验学习的基础之上，他融入了自己独特的感受，抒写自己的怀念之情。在内容上，诗人写内心的苦痛，写物是人非的哀伤，也写亡妻的德行，不出前人写作的范畴。在诗歌表现方式上，受到了时代风气的浸染。清代以前，悼亡诗兼有单篇写作和组诗写作，但更多是单篇写作，组诗写作一般不超过十首一组。但悼亡诗发展到清代后多以大容量的组诗形式出现，从十几到几十首不等，如吴嘉纪《苦妻王氏并序》十二首，王士祯《悼亡三十五首》（悼张氏）、《悼亡诗十二首》（悼陈氏）、《悼亡诗哭张孺人十二首》（悼小张氏），厉鹗《悼亡姬十二首并序》，毕沅《哭先室汪夫人诗二十二首》等。韩宝忠延续了这一创作风气，在规整的结构中从不同角度阐发情感，但这种形式并不散乱，而是紧紧围绕着悼亡之情展开，情感鲜明而厚重。

---

① 刘学锴、余恕诚：《李商隐诗歌集解》，中华书局 1988 年版，第 1579 页。

不如痴斋与漱尘室之遥相唱和

——韩剑芝与顾华伯唱和诗研究

练　燕[1]

韩宝忠（1875—1939），字剑芝，祖籍安徽望江，号望潇湘馆。顾迪光（1870－1928），字华伯，又字启后，浙江会稽人。韩剑芝《不如痴斋诗草》与顾华伯《漱尘室集》中收录了两人的唱和之作，由此可对晚清民国诗人的唱和诗歌加以探索。作为中国诗学一个重要组成部分，唱和诗始见于东晋陶渊明、释慧远等人的诗作中，唐宋时期繁荣鼎盛，元、明、清亦延续不绝[2]。唱和诗逐渐成为诗人交流感情、增进友谊的有效途径，也是他们切磋诗艺、撰辑诗稿的重要手段。唐宋唱和诗发展繁荣，诗人诗作不胜枚举，元稹与白居易之唱和尤其引人注目[3]。千年前，元、白在中唐创造了一段唱和佳话；千年后，顾华伯与韩剑芝在民国初年唱和出一腔才士情怀。

《不如痴斋诗草》中韩剑芝与顾华伯的唱和诗属于朋友间的持久唱和一类[4]。《不如痴斋诗草》中共收录顾华伯与韩剑芝的唱和诗五组二十八首，从唱和的三个阶段表现了顾、韩友情的逐渐升华与思想的愈发契合。韩剑芝与顾华伯的首次唱和在 1921 年，从诗歌内容可知两人因姻亲关系

---

① 练燕（1998—），四川达州人，四川师范大学中国古代文学 2020 级硕士研究生，研究方向为清代文学文献。

② 巩本栋：《唱和诗词研究——以唐宋为中心》，中华书局 2013 年版，第 6 页。

③ 尚永亮：《“元白”并称与多面元白》，《文学遗产》2016 年第 2 期.

④ 《不如痴斋诗草》中韩剑芝与他人的唱和诗大致可分为三类：同僚间的唱和、朋友间的持久唱和及三组《槐园吟》组诗唱和。

结缘。1922年，一组《秋夜书怀》唱和拉近了顾华伯与韩剑芝的关系，对彼此才华的欣赏之情不再借托姻亲之名而直接表现出来。1926年两组《春兴》的唱和内容丰赡，在数量与质量上达到唱和的高潮。其后本应再接再厉，创作更多的优秀诗篇，但现实总是不如人愿，顾、韩唱和自1926年高潮后戛然而止，实是一大憾事。

一、酬酢之始：结缘于儿女良媒

顾华伯与韩剑芝两位诗人结交于儿女的一段良缘。顾华伯《五十感怀兼以自寿自纪往事》："韩君剑芝，安徽望江人，久居北京。曾官法部并服官晋省。民国以知事分直隶补新乐阙，调署唐山。郭君搏九既与剑芝莫逆，又与余订交。搏九适入都，与剑芝遇，遂为余女作伐，回陕向室人言。余在杭得信，表同情，剑芝如约聘为次子妇。庚申（1920）冬行聘，始与剑芝通竿牍。"① 再从韩剑芝和诗"宜家择妇凰求协，折简怀人雁到迟"可知，顾、韩持久唱和缘于韩剑芝次子韩渔与顾华伯女儿顾培勤结成伉俪，即子女姻缘成就了顾、韩辛酉年（1921）的首次唱和。

韩剑芝与顾华伯1921年唱和诗二首，题名为《顾大华伯以秋夜口占二律见寄并索和》，诗云：

> 经济文章代代贤，索邱坟典得真传。诗才豪迈超苏轼，史笔精严续马迁。到处莺花供啸傲，从兹鸿雪证因缘。蒹葭秋水徒增感，君客长安我宦燕。
>
> 琼琚遥赠虎头诗，三复堪珍幼妇词。宦海廿年嗟自误，秋风两地起相思。宜家择妇凰求协，折简怀人雁到迟。珠树三株才八斗，君家兄弟尽吾师。

《不如痴斋诗草》在韩剑芝诗作后附录了顾华伯的原作，诗云：

---

① 顾迪光著，顾燮光整理，俞铄编校：《漱尘室集》，《丛书集成三编》（第四十册），台湾新文丰出版公司1985年版，第224页。

使君政事冠群贤，经济文章众口传。花落闲阶春自在，棠留旧爱秩新迁。葭莩幸托怀高谊，翰墨遥通证夙缘。更羡克家多令子，伫看声誉遍幽燕。

贻书远道索新诗，珠玉居前转费辞。宋艳班香传杰作，燕云秦树寄遥思。秋风入户惊凉早，夜雨敲窗得句迟。秉烛狂吟羞学步，品题斧凿仗吾师。

（一）对“经济”一词的理解

第一首诗中，韩剑芝与顾华伯都用使用了“经济”一词，对这一词如何理解更为恰当呢？《宋史·王安石传》“以文章节行高一世，而尤以道德经济为己任”[①] 一语中曾提及“经济”一词，《资治通鉴》亦有“经济”一词：“吾负经济之才而为愚人谋事，死固甘心！”[②] 两则材料中的“经济”一词都与政治相关。顾华伯与韩剑芝虽已进入民国时代，但其诗歌创作还在古诗的思想范围内，结合“使君政事冠群贤”一句，大概可见“经济”与“政事”是有密切联系的。那么，韩剑芝有什么“众口传”的“政事”值得顾华伯在第一次赠诗时就赞叹不已？

1920 年，46 岁的韩宝忠任隆平县知事。唐山旱灾，任谨存奉省令来县查账。自民国六年以来，唐山、隆平水患频仍，韩宝忠防汛有力，且蠲免灾民赋税。是年四月，地方乡绅百姓自发为韩宝忠立“永垂不朽”政绩碑，碑文有语：“举凡一切政务，罔不励精图治，为斯民谋幸福，为地方策治安。”[③] 百姓为韩剑芝立“永垂不朽”政绩碑当是较为轰动的事件。无独有偶，通州人民也以类似的举动感恩元稹这一良吏[④]。民众为纪念地方

① 脱脱：《宋史》卷三二七，中华书局 2000 年版，第 2693 页。

② 司马光著，胡三省音注：《资治通鉴》卷二九一，中华书局 1956 年版，第 9450 页。

③ 韩宝忠撰，邓稳整理：《不如痴斋诗草·韩宝忠年谱简编》，巴蜀书社 2020 年版，第 261 页。

④ 唐朝时期，元稹到通州做官，创作了大量的诗歌并推动了通州地区的文化发展，使一个“楚风轻似蜀，巴地湿如吴。气浊星难见，州斜日易晡。通宵但云雾，未酉即桑榆。瘴窟蛇休蛰，炎溪暑不徂”（《酬乐天东南行诗一百韵》）的落后之地民风开化。虽不及文翁化蜀功绩之大，却也为通州之地的进步发展起了推动作用。因此在元稹离开之时，百姓登高远送。元稹有元九之称，所以通州民众每年的正月初九以登高望远的方式纪念这位良吏。元九登高不仅为唐代通州人民熟知，今天的通州人民仍在延续这一民俗。

官吏立政绩碑、创民俗，证明了该官吏深得民心，“其政绩实有不可泯没者”。在民众为韩宝忠政绩立碑的次年，顾、韩首次唱和，顾华伯作诗可能正赶上了这一热点，诗句中之“经济”一词可与韩宝忠的政绩结合起来理解。

总而言之，“经济文章”中的“经济”一词理解为“经世济民”是比较恰当的。

（二）新结姻亲的喜悦

《顾大华伯以秋夜口占二律见寄并索和》这一组唱和诗包含着顾、韩两家新结姻亲的喜悦，这也是顾华伯创作的主要动机。“花落闲阶春自在，棠留旧爱秩新迁。”这样一个秋夜里，虽然花已落满闲阶，但欣欣向荣之气仍存。虽是秋日，但海棠正次第盛开着，一派花枝招展的景象。景色美艳动人，顾华伯借景抒情。“葭莩幸托怀高谊”，新戚是一位怀抱“高谊”之人，“如今倘蒙不鄙，愿结葭莩”[①]，何其幸运能结为姻亲。“更羡克家多令子”，《周易》蒙卦有爻辞：“包蒙吉，纳妇吉，子克家。”[②] 此为吉兆，表示男女可以相配万家，且会令家庭更加兴旺。顾华伯在唱和诗中提及此卦，蕴含了对子女婚姻吉祥美满的期许。

韩剑芝和诗中也提到两人的姻亲关系：“到处莺花供啸傲，从兹鸿雪证因缘。”在这样一个莺啼花开的时节，多么幸运能结成姻亲；“宜家择妇凰求协，折简怀人雁到迟。”《诗经》有言“之子于归，宜其室家”[③]，“宜家”当是对顾华伯女儿持家的赞誉，是长辈对新人婚姻的祝福。

“翰墨遥通证夙缘”“从兹鸿雪证因缘”，顾韩共同期许以诗作的唱和来见证子女美好的姻缘。

（三）对彼此才华的赞赏

从《顾大华伯以秋夜口占二律见寄并索和》所附原作可以看出，第一首顾华伯的情感偏重于新结姻亲的喜悦与荣幸，第二首转向诗歌创作的研

---

① 凌濛初编著，空观主人点评，张明高校：《初刻拍案惊奇》卷二〇，中华书局 2015 年版，第 166 页。

② 高亨：《周易古今注》，中华书局 1984 年版，第 174 页。

③ 毛亨传，郑玄笺，陆德明音义，孔祥军点校：《毛诗传笺》，中华书局 2018 年版，第 10 页。

讨与欣赏。“转费辞”“得句迟”“秉烛狂吟”见出顾华伯对诗歌创作的谨慎，为寄遥思而苦苦搜寻珠玉之词，苦吟至深夜仍秉烛思索，尾联“吾师”表现对韩剑芝的求教之心。

韩剑芝对顾华伯才华的欣赏似乎更明显，两首和诗都有对顾华伯及其家族才华的欣赏。第一首“诗才豪迈超苏轼，史笔精严续马迁”是对顾华伯才情的极高评价。夸赞顾华伯胆大心细，诗作既有超越苏轼的豪迈之气，又能承接司马迁《史记》的精细。“代代贤”“君家兄弟尽吾师”是对顾华伯家族才华的称誉。

“秉烛狂吟羞学步，品题斧凿仗吾师。”“珠树三株才八斗，君家兄弟尽吾师。”顾、韩互相谦虚求教。顾华伯直言韩剑芝是“吾师”，虔诚求教；韩剑芝则称顾华伯家世代都是“吾师”，谦恭向学。顾韩对彼此才华的赏识当是两人持久唱和、保持友谊的重要因素。

顾华伯与韩剑芝因姻亲结缘而首次唱和，虽然唱和之诗难免有互相吹捧之意，但也可窥见延续顾、韩唱和的因素并不止于姻亲关系，更重要的是两人对彼此才情的赏识，促使顾、韩长期唱和与友情升华。子女喜结连理是两位长辈意料之中的喜悦，顾、韩觅得知音则是意料之外的缘分。姻亲是两人唱和初次合作的关键因素，此外对彼此才华的欣赏是推动顾、韩唱和进入下一阶段的重要因素。

二、渐入佳境：秋夜书怀唱和奇句

顾华伯与韩剑芝首次唱和之后并未停滞，次年顾华伯以《秋夜书怀》八首远寄给时任東鹿县知事的韩剑芝求取和诗。与首次唱和“口占”相比，《秋夜书怀》更加正式。顾、韩在小试牛刀后，继续以唱和交往，这是顾、韩唱和的第二阶段，是友情升华的阶段。顾、韩对彼此才华的欣赏显露在字里行间，成为这一阶段唱和的重点。

（一）新结良缘喜悦的延续

《秋夜书怀》八首首先延续了顾、韩首次唱和的内容，再次表达对子女结成良好姻缘的喜悦与期许。

《顾华伯以〈秋夜书怀八首〉见寄索和》第七首诗云：

儿时同味一灯青，沧海桑田几历经。风化造成新世界，诗书仍属旧门庭。龙门已跃文章贵，雁塔曾游姓字馨。求俶早闻慈母训，宜家当秉孟光型。

组诗后附有顾华伯的原作，诗云：

黯黯秋灯过眼青，遥瞻山斗岁频经。文章在昔传燕市，诗礼而今绍鲤庭。薛凤荀龙千里誉，王槐窦桂四时馨。朱陈结好中心乐，企慕高门旧典型。

顾、韩诗中首联言“岁频经”“几经历”，表现儿女姻缘是几世修来的，对此不论是顾华伯还是韩剑芝都看好这段姻缘。颔联，顾华伯称赞韩剑芝昔日文章的风靡，而今创作的诗中含礼，同时夸赞女婿得“鲤庭之训”，所以彬彬有礼①。韩剑芝对时代的变迁发出感慨，面对新诗兴起仍然创作古诗，表现与顾华伯相通的思想主张“叹国人之醉心新学，蔑视古文，用以自箴亦以勉”②。颈联，顾华伯表现出对女婿满意，对韩氏家族也是赞誉有加：有像薛凤荀龙、王槐窦桂这样的好人才，得一桩好姻缘。韩剑芝和诗则言家有好男儿，是一表人才。尾联只待一个“孟光型”的良人显露对这桩姻缘是相当看好的，而顾华伯也是赞誉顾韩两家正如古时朱陈一般结成良缘。

《秋夜书怀》八首中此一组唱和延续了首次唱和的内容，作为长辈对儿女姻亲的关注仍在延续，重申这是一段好姻缘。

（二）着重彼此才华的欣赏

顾韩对彼此才华的赞赏是此组唱和诗的重要内容。唱和诗的特点是原唱与和作在内容上的相互照应，这种照应包括对原唱的评价，而评价集中

---

① 程树德撰，程俊英、蒋见元点校：《论语集释》，中华书局2013年版，第1338页。

② 顾迪光著，顾燮光整理，俞锞编校：《漱尘室集》，《丛书集成三编》（第四十册），第236页。

于赞扬原唱和自谦两个方面[①]。顾、韩相交已有一定时日，对彼此的了解也比较深入了，是以顾、韩对彼此才华的评说是比较真实可靠的。

琴棋书画、笔墨纸砚是文人骚客修身养性的寄托物，诗人在书写这些意象时寄予了对对方才华的赏识。顾、韩《秋夜书怀》八首唱和诗中不乏这类意象，极尽风雅之能事。

"江南风景绝清幽，读罢琳琅笔欲收"，江南环境清幽，适合阅读与构筑文思。刘勰曾言："是以陶钧文思，贵在虚静。疏瀹五藏，澡雪精神。"[②]要想获得好的文思就应当保持虚静的内心，环境的嘈杂必然对虚静的内心产生影响，江南清幽的环境正好适合文思的酝酿。清幽环境只是创作外在条件之一，若能得"索邱坟典"来充实自己，必然抵得上千金之宝。文人学者吟诗作文并非天外来物，需要不断的积淀"积学以储宝，酌理以富才，研阅以穷照，驯致以绎辞"[③]，研读优秀的书籍对万事万物求得透彻的理解，汲取前人优秀营养并发挥自己的专长，最终才能创作出优秀的作品。有机会阅读优秀的作品更是如获至宝，柳宗元也曾有过此感，《答贡士沈起书》："又览所著文，宏博中正，富我以琳琅珪璧之宝甚厚。"[④] 阅读"琳琅"般的优秀作品是才识增长的重要因素。韩剑芝在"读罢"这些包罗万象的珍品书籍后也难免将手中之笔收起来，自谦才华不足。"读罢琳琅笔欲收"是韩剑芝对顾华伯的应和，"琳琅"一词或许包含着对顾华伯的夸赞，"玉露枫林谁与敌，新诗寄我和尤难"是韩剑芝自谦难以对顾华伯的"琳琅"诗作做出回应。"一曲阳春惊下里"以"阳春白雪"之曲作比顾华伯的诗作，对其才华的欣赏溢于言表。

从韩剑芝的和诗"轻装载鹤惟琴与，醉墨涂鸦欲砚穿"一句中的"琴""墨""涂鸦"，"遥期风雨聚春明，静对琴书百感生"中的"琴""书"，"风化造成新世界，诗书仍属旧门庭"中的"诗书"，"何论地北与天南，往复诗筒战未酣"中的"诗筒"可以看出，琴、书几乎出现在

① 巩本栋：《唱和诗词研究——以唐宋为中心》，中华书局 2013 年版，第 115 页。

② 刘勰著，范文澜注：《文心雕龙》，人民文学出版社 1958 年版，第 493 页。

③ 刘勰著，范文澜注：《文心雕龙》，第 493 页。

④ 柳宗元：《柳宗元集》，中华书局 1979 年版，第 860 页。

《顾华伯以〈秋夜书怀八首〉见寄索和》每首诗中。琴、书意象的多次使用既反映着韩剑芝作为文人对这些风雅之物的追求，也基本确定了这组诗文人唱和的格调，更表现出顾、韩对彼此才华的欣赏。从韩剑芝诗句中既能随处读到琴、书这些最平常又最直接表现才华的字词，又能轻易感受到韩剑芝对顾华伯才情的赞叹，从中可以品味到韩剑芝诗作显附的风格。

除琴与书外，韩剑芝对画也是有所偏好的。“借助他山劳梦想，长康才调本风流”，顾恺之本是以画著名，其风流的才调既见于画作，也见于诗歌。此处借画家顾恺之诗歌的风流才调指代顾华伯诗作的高妙。“得句高奇共欣赏，终轮阿堵自传神”一句中化用“顾长康画人，或数年不点目睛。人问其故，顾曰：‘四体妍蚩，本无善于妙处，传神写照，正在阿堵中’”[①]。对于顾恺之来说眼睛是传神的关键，能够得此传神之笔的画作是生动逼真的，韩剑芝再次借用顾恺之画作的生动来表现顾华伯诗歌创作能充分表现事物的神情意态。“锻到成时如垒破，入来佳境许禅参”也与画家顾恺之相关，《晋书·文苑传·顾恺之》：“恺之每食甘蔗，恒自尾至本。人或怪之。云：‘渐入佳境。’”[②]。八首和诗中顾恺之三次出现，出现频率仅次于琴、书，顾恺之代表的“画”，也是文人墨客风雅的象征物。

韩剑芝借琴棋书画表达了对顾华伯才华的欣赏，此外，韩剑芝也以自谦来衬托顾华伯的才情。前文已论“玉露枫林谁与敌，新诗寄我和尤难”“江南风景绝清幽，读罢琳琅笔欲收”两联借“书”这一意象表现顾华伯的诗才，同时两句诗也是韩剑芝为衬托顾华伯才华的自谦之词。

“开封珠玉喜当前，嫫母西施敢斗妍”，以“开封珠玉”赞誉顾华伯诗作的创造性，直接表达了对顾华伯诗才的赞美。黄帝之妻嫫母面貌丑陋，怎敢与美貌的西施斗妍？[③] 此处“嫫母”代指韩剑芝的诗歌，“西施”代指顾华伯之诗。韩剑芝通过自谦诗歌貌丑，呼应上句顾华伯“开封珠玉”似的诗歌，以自谦衬托出顾华伯诗作的卓越。自谦中也往往含有自道。韩剑芝此处明贬暗褒，“嫫母”虽然外貌丑陋，但品德贤淑、性情温柔。所以

---

① 刘义庆著，刘孝标注，余嘉锡笺疏：《世说新语笺疏》，中华书局 2011 年版，第 624 页。

② 房玄龄等：《晋书》，中华书局 1956 年版，第 617 页。

③ 巩本栋：《唱和诗词研究——以唐宋为中心》，中华书局 2013 年版，第 115 页。

韩剑芝看似自谦自己诗文貌丑，实则暗含自道诗文内容的深刻。重视外在文辞的华丽还是内在思想内容的深刻是一个长期的争论，只有“文质彬彬”的作品方能称作高品。此处韩剑芝自觉外在文辞不足回应顾华伯的优秀诗作，只好在内容上下功夫，才可勉强与之“斗妍”。

“虚怀若谷称高尚，诚服闻风拜下甘。三峡倒流将退避，小巫应见大巫残。”这两联也是韩剑芝为衬托顾华伯才华的自谦之词。听闻虚怀若谷的人可以称得上高尚之士，《孟子·公孙丑上》有言：“以力服人者，非心服也，力不赡也；以德服人者，中心悦而诚服也，如七十子之服孔子也。”[①] 顾华伯正是一位虚怀若谷、以德服人的高尚之士，令韩剑芝心悦诚服、甘拜下风，“大巫”“小巫”分别指代顾华伯与韩剑芝，既自谦不及顾华伯的高尚，也暗含自己也有虚怀若谷、以德服人的品质。

韩剑芝对顾华伯谦逊而真诚的夸赞，既表现对顾华伯才华的欣赏，也暗含韩剑芝自道内在品德的高尚。

（三）士人思想显露

《秋夜书怀》唱和还启发了顾、韩下一阶段的唱和，士人思想的契合使顾、韩唱和达到高潮。

“恨昔长安少良伴，寻碑曾到华山巅”，韩剑芝自注：“庚子避难陕幕，华伯兄尚在江右，未至长安，思之惘怅。”[②] 时隔二十多年，韩剑芝为何惘怅于庚子年顾华伯未至长安呢？“恨昔长安少良伴”原作“恨昔长安行未识”，表现出韩剑芝与顾华伯相识恨晚。姻亲使两人结缘，彼此的才华使顾韩互相吸引并持久唱和，但正如韩剑芝所言“嫫母西施敢斗妍”，姻亲与才华都不是韩剑芝产生“庚子未识”相见恨晚之情的深层原因，根源在于顾韩内在气质的相通。

庚子国难，韩剑芝人生发生了巨变。韩剑芝与慈禧沿着相同或相似的路线西迁避难，因此得以深切体会国难下黎民百姓的悲惨生活。庚子年，韩剑芝的创作无论是思想内容还是艺术手法都具有较高的价值，韩剑芝也

---

① 杨伯峻：《孟子译注》，中华书局 2019 年版，第 79 页。
② 韩宝忠撰，邓稳整理：《不如痴斋诗草》，第 147 页。

可能因此才有编撰诗集的想法[①]。韩剑芝以庚子未在长安与顾华伯相识从侧面表现出两人面对国难时态度、心境的相似。韩剑芝不乏“位卑未敢忘忧国”[②] 的诗作，这类诗作学习老杜也最明显，《送别内兄陈鼎臣》“廿载结朱陈，从未谋一面”得时人眉批“如读老杜乱后诸作”[③]。杜甫经安史之乱，诗作沉郁顿挫，忧国伤时随处可见。同样经历社会巨变的韩剑芝见证了封建王朝的灭亡，目睹了国难下痛苦的人民百姓，所思所感经年难忘，同样，顾华伯也有类似经历与情绪。

当韩剑芝发现与自己有共同思想的顾华伯时不自觉发出“恨昔长安少良伴”相见恨晚的感叹。对国家、人民的关心，对战乱的厌恶是顾、韩共同的士人思想，这一思想在顾、韩下一阶段的唱和中表现得相当突出，达到顾韩唱和的高潮。

1922 年韩剑芝与顾华伯的唱和是顾韩友情升温、唱和升华的阶段。对彼此才华的欣赏为此阶段唱和的主要基调，韩剑芝的文人雅兴、显附的诗风在诗歌的自谦与自道中显现出来；同时承接了首次唱和对新结姻亲的喜悦与期许；也为下一阶段顾韩唱和的高潮做了铺垫，开启“位卑未敢忘忧国”的唱和。

三、唱和高潮：位卑未敢忘忧国

1926 年，五十二岁的韩剑芝赋闲在家，《韩宝忠年谱简编》记载：“是年，勤于作诗，内容多哀南北内战。与顾华伯往来唱和尤多。”[④] 实际上 1926 年《不如痴斋诗草》收录的诗作只有与顾华伯唱和的两组《春兴》与《中秋有怀寄顾大》两首，共十八首，约占顾、韩唱和诗总数的三分之二，比前面两个阶段的唱和诗总数还多，通观《不如痴斋诗草》第二册所收录诗歌，韩剑芝与顾华伯的唱和诗相比与其他人的唱和诗数量也是最多的。内容方面，以哀南北内战为主。有了前面两个阶段的铺垫，这一阶段两人

---

① 韩宝忠撰，邓稳整理：《不如痴斋书草·前言》，第 4—5 页。

② 曾国藩：《十八家诗抄》卷二四，《曾国藩全集》（第四册），中华书局 2018 年版，第 2766 页。

③ 韩宝忠撰，邓稳整理：《不如痴斋诗草》，第 20 页。

④ 韩宝忠撰，邓稳整理：《不如痴斋诗草·韩宝忠年谱简编》，第 266 页。

终于找到了思想的契合点，并且一发不可收拾，《春兴》一组八首还未尽兴，还要再“叠前韵见赠”[①]。

顾华伯与韩剑芝这一阶段的唱和诗情感是复杂而深刻的。

（一）花、鸟、雨寄托喜忧参半的情感

从韩剑芝的和诗来看，《春兴》诗中不少春之景象，韩剑芝在众多的意象中选择了花、鸟、雨作为其复杂情感的寄托，顾华伯原作也不乏此类意象。

花艳，孤芳自赏；花娇，无力护红。“千红万紫样翻新”展现出一幅姹紫嫣红、万象更新的春之生气图；“胆瓶初放碧桃花”是闲散时的孤芳自赏，心境平和。“铁骑尘迷芳草路”叹息春日虽是芳草蓬勃生长，但这欣欣向荣却被“铁骑”打破，本该欣喜的春日却遭到战争的破坏，芳草遭摧残“把美好的事物毁灭给人看”，令人惋惜、愤恨。战火的喧嚣不仅湮没了春日的芳草，也给生活在战乱下无辜的人民带来无妄之灾。“莫道丰台花事好”也是如此，莫要称道丰台花开正好，因为“正当戎马阅墙时”，花开得越好，越是令人惋惜它的毁灭，况且流离失所哪里还有心情欣赏春日花盛呢？还有“老年已灭寻芳兴”，虽然难得“浮生半日闲”[②]，但已心有余而力不足，五十二岁的韩剑芝显露出心理的老态，任凭窗外之花如何灿烂，经历人世沧桑后再难提起“寻芳”的兴致。此外还有“小院摧花”“海棠当户”等，韩剑芝的和诗中随处可见春日的花，或许是因为偏爱，或许是因为春兴避不开“花”这一景物。总之，诗中的“花”表现了身处乱世中诗人复杂的心境。

《春兴》中既有鸟语切切，也有鸟鸣惊心。“能言鹦鹉灵调舌”“报岁喜听乾鹊语”是春日鸟语，展现一派欣欣向荣之象，表现诗人对春日到来的喜悦。但如“木鸢声震落花天”“怕闻布谷但催耕”则是战争阴云下的“鸟鸣惊心”。铁骑奔驰掀起的飞尘使绚烂芳草笼罩在阴霾之中，铁骑的喧嚣又惊动了树上的鸟群，发出惊人心魂的叫声，震颤了整个世界，连

---

① 韩宝忠撰，邓稳整理：《不如痴斋诗草》，第179页。

② 李涉《题鹤林寺僧舍》：“终日昏昏醉梦间，忽闻春尽强登山。因过竹院逢僧话，又得浮生半日闲。”《全唐诗》卷四七七，中华书局1960年版，第5429页。

带着诗人的心也是颤抖的。“墙壁虽有劝农文，不如禽语尤殷勤”[1]，布谷殷勤催耕本为告知不通文墨的农人耕作的时间，不至错过播种延误农耕。韩剑芝诗中却是“怕闻布谷但催耕”，何因？原是“兵气未消田未插”，战火未息，流民失所，性命难保，如何能安定下来播耕农作。杜甫《洗兵马》“田家望望惜雨干，布谷处处催春种。淇上健儿归莫懒，城南思妇愁多梦。安得壮士挽天河，净洗甲兵长不用”[2]，是韩剑芝模仿的对象。此外还有“鸟声哗”“惊社燕”“簾角红襟燕”“城头白项鸦”等对鸟的描绘。“鸟”出现的频率仅次于“花”，同样表现了韩剑芝复杂的思想情感。

雨这一意象似乎更复杂了。韩剑芝两组《春兴》和诗中，大概有七处提及雨。“好雨偏滋草木缗”“雨余绿野少人耕”与“布谷催耕”类似。春雨滋润大地，万物生长，农作物本应繁盛，但战火使百姓流离无心播种，“好雨”使麦田中荒草杂生。“霁雨阑干花灿烂”“远胜名台上雨花”是消闲时光对春日景色的欣赏。“何时共话巴山雨”“良约惟思旧雨来”表现对顾华伯与自己相隔甚远的怀念，期待早日相见互诉衷肠。但战火纷飞，不知何时才能相见，期盼西窗共剪烛，话巴山夜雨的重逢。“云翻雨覆各由他”表露出作者无可奈何之感，位卑未敢忘忧国，虽是忧国，但地位低下，无法阻止南北内战中权势争夺所引发的战火蔓延，只能随着云翻雨覆，在战火中苟全，哀叹毫无反抗之力的百姓。“块垒全凭一杯酒”只能借酒纾解这种无力感。诗人眼中的雨是复杂的，既有欣喜的、怀念的，也有哀叹的、无可奈何的。

从花、鸟、雨这组意象中可以感知韩剑芝复杂的思想情感，既有对南北内战下生灵遭破坏、百姓流离失所无可奈何的哀叹，也偶见诗人消闲时光对春日之景的欣赏。

（二）农事与战争的交叉

鸟与雨两个意象的描绘中交叉着农事与战争，流离的农民与残酷的战祸是两组《春兴》唱和的主要内容。顾华伯与韩剑芝同时对人民与战祸的

---

① 景红录：《刘克庄诗歌研究》，上海古籍出版社 2007 年版，第 183 页。

② 杜甫著，仇兆鳌注：《杜诗详注》，中华书局 1979 年版，第 519 页。

强调不是一时兴起，而是两位士人内心抱负受到外在事件触发的自然流露。“春耕”之哀，正是农事与战争的交叉，表现出顾华伯与韩剑芝共同追求的“所居民富，所去见思，生有荣号，死见奉祀”循吏思想①。

南北内战下，劳动人民流离失所，与之息息相关的田地荒芜，无人耕种。韩剑芝从流民的视角看待这场战争，切身体会战争给农事带来的破坏，给劳动人民带来的苦痛。“多稼殷殷望大田，无端南北逐烽烟”“四郊多垒罢耕田”“兵气未消田未插”反映战火弥漫得突然，劳动人民还未来得及播种就已开始奔波，战乱未歇则不敢播种。“麦苗碧到无人问，好雨偏滋草木缗”写的是到处皆是蓊郁生长的麦苗，但无人打理，因为麦苗的主人随战火而四处飘零，能否保全自身尚无定论，农作长势喜人反衬劳动人民的苦难奔波。韩剑芝换位农人，欣喜天时地利滋润农作物的生长，哀叹人不和遭受战乱流离奔波。

韩剑芝还考虑到战乱结束后劳动人民会有怎样的生活。战乱之后，未经播种的田地颗粒无收；已经播种，但未经打理导致杂草掩盖，产量极低。“大兵之后总凶年”是极准确的概括。千年前，杜甫的《春望》以一人一家之苦难反映烽火的摧残；千年后，韩剑芝的《春兴》则以农民这一群体在春日播种庄稼的成与未成描绘出战火下普通民众的奔波流离。

韩剑芝能够与劳动人民感同身受一方面体现他的民本思想，另一方面也是诗人亲身经历的真切表现。庚子国难，韩剑芝西迁避难，亲身体会了国难下劳动人民的苦难，近年又遭战乱，感触更深。

顾华伯也以“春耕”哀叹时局：“萧墙祸作干戈满，太息春农屡废耕。”“风烟造就恒沙劫，春日田家多罢耕。”“吞山雨疾灾禾稼，卷地风狂摧树枝。”干戈一起，春农废耕，禾稼遭殃，黎民失所，颠沛流离。时局动荡，从春农废耕的无奈可见。

顾、韩同以“春耕”之废哀叹时局，翁方纲曾言：“古人唱和，自生

① “民为邦本，本固邦宁”“知人则哲，能官人。安民则惠，黎民怀之”的民本思想是循吏思想的基础。参见龚汝富：《略论中国古代官箴的政治智慧》，《中国人民大学学报》2006年第1期。

感激。”① 韩剑芝承顾华伯原作之意加以抒发，将忧民伤时作为和作《春兴》的主旨。忧民伤时是顾韩共同的内在思想本质，《春兴》两组唱和正是两人思想契合的外在展示。

但顾、韩创作又有不同之处。首先是内容集中程度不同。韩剑芝直接切入主题，以忧国伤时为主体；顾华伯内容游离，常常顾左右而言他，对引起祸乱之人的不屑，对人才出于战祸的期盼，都有提及。其次是情感倾向各有偏重。韩剑芝经历庚子国难后再遭战火，表现出与劳动人民感同身受，但无力阻拦战火的漫延，只好借春日美景聊以慰藉的情怀。爱子顾培思离世，顾华伯作《哭三儿培思》，其中“拊心实种千秋恨”“抚今追昔尽然伤”② 可见其哀伤之甚。此时，顾华伯既痛乎家变又感于时世，以悲恸之情发之于辞，情感较韩剑芝更悲凉。韩剑芝和诗中以“酒酣一试青萍剑，斫地高歌且莫哀”来宽慰顾华伯的郁结情绪。

（三）诗人的审慎与友人的重视

顾、韩唱和能在这一阶段达到高潮除了思想的契合外，还有两人对此次唱和的重视，将内心思想真切表露于诗作中，激发彼此感思。顾华伯作为传统诗人，他的创作态度本身就是相当审慎的。顾培懋在《漱尘室集》的跋中回忆顾华伯，“一则叹国人之醉心新学蔑视古文，用以自箴”，“先君子之吟咏重于诗律，虽一字一句则必推敲，毋敢妄拾。故每有所作，辄经夜不寐，待成而后始安寝”③。《春兴》唱和时，顾华伯这种审慎的态度更甚。顾华伯在创作《春兴》时几近废寝忘食，其子回忆道：“犹忆甲子岁首，与剑芝姻伯、星衢表兄叠和《春兴》一诗，除进膳外未尝出户，日夜凝思，莫得佳句。其用心之专，老而弥笃。”④ 为得佳句，真有“吟安一个字，捻断数茎须”⑤ 之感。《春兴》唱和能达到高潮是顾韩内在思想共鸣

① 《石洲诗话》：“古人唱和，自生感激。若《早朝大明宫》之作，并出壮丽；《慈恩寺塔》之咏，并见雄岩，率由兴象互相感发。至于裴蜀州之才诣，未逮齐武右丞，而辋川唱和之作，超诣不减于王。此亦可见。”翁方纲：《石洲诗话》卷一，清粤雅堂丛书本，第16—17页。

② 顾迪光著，顾燮光整理，俞锲编校：《漱尘室集》，《丛书集成三编》第40册，第225页。

③ 顾迪光著，顾燮光整理，俞锲编校：《漱尘室集》，《丛书集成三编》第40册，第236页。

④ 顾迪光著，顾燮光整理，俞锲编校：《漱尘室集》，《丛书集成三编》第40册，第236页。

⑤ 中华书局编辑部点校：《全唐诗》，中华书局1999年版，第8293页。

与诗歌创作审慎、重视态度共同作用的结果。

《春兴》两组是顾韩唱和的高峰，顾华伯悲郁情调启发韩剑芝创作出情感复杂而深刻的《春兴》。韩剑芝因庚子国难的亲身经历同情南北内战中无端遭受苦难的劳动人民，但仍保持一定的风度，以“春耕”为载体，使读者感受战争中和战争后不同的苦难形式，以冷静的笔调写出满腔愤恨与同情。

四、《漱尘室集》与《不如痴斋诗草》互相呼应

唱和诗歌的研究离不开唱和双方诗歌的研究。“现在还在流传的古人文集，汉人的已经没有略存原状的了。魏的嵇康，所存的集子里还有别人的赠答和论难……《谢宣城集》虽然只剩了前半部，但有他的同僚一同赋咏的诗。我以为这样的集子最好，因为一面看作者的文章，一面又可以见他和别人的关系，他的作品比之同咏者高下如何，他为什么要说那些话。”[①] 鲁迅先生此言正是《不如痴斋诗草》收录顾华伯原作的重要意义所在：要把唱和诗读懂弄清，非原作与和作都收录观览不可。顾华伯的《漱尘室集》是研究《不如痴斋诗草》，顾、韩唱和的重要资料，两本诗集互相照应，存真复原，使读者更准确地把握顾、韩唱和的全貌。

（一）顾、韩交往始终缘由的揭示

从《不如痴斋诗草》与《漱尘室集》注释中可以探知顾、韩唱和始终的缘由。

唱和诗可资考证，从第一组唱和诗句“葭莩幸托怀高谊，翰墨遥通证夙缘”“到处莺花供啸傲，从兹鸿雪证因缘”中可推测顾、韩或因姻亲关系开始交往唱和。《不如痴斋诗草·前言》中称：“他们是因姻亲关系而深交，还是因为相知而结亲，限于材料，暂时还不得而知。”[②]《不如痴斋诗草》并未明确告知顾、韩开始交往唱和的原因，只能作出推测，这一推测在《漱尘室集》中得到了验证。顾华伯的自序诗《五十感怀兼以自寿自纪

① 鲁迅：《且介亭杂文二集》，北京联合出版公司2014年版，第185页。

② 韩宝忠撰，邓稳整理：《不如痴斋诗草·前言》，第27页。

往事》自注："余在杭得信，表同情，剑芝如约聘为次子妇。庚申（1920）冬行聘，始与剑芝通竿牍。"证实顾华伯与韩剑芝是因为姻亲关系而深交。

顾华伯与韩剑芝唱和终止的相关问题也可从《不如痴斋诗草》与《漱尘室集》两部诗集的对比中得到答案。顾、韩唱和终止诗篇是哪一篇存有歧义。对比两部诗集发现，韩剑芝《中秋有怀寄顾大》创作于丙寅年，其后附录的顾华伯原作诗《春感》从《漱尘室集》中可知是乙丑年创作的。《不如痴斋诗草》与《漱尘室集》都是按照时间顺序结集。从《漱尘室集》看，《春兴》是顾韩唱和的终篇，因为诗集中未收录韩剑芝诗作，且《春感》作于《春兴》之前。但从《不如痴斋诗草》中可知，《中秋有怀寄顾大》才是顾韩的最后一组唱和。顾华伯原作春日产出，韩剑芝次年秋日才和作，由此产生的时差在定义顾、韩唱和的终篇时产生了歧义，但通过两部诗集的对比可以明确这一问题。

1926年，顾、韩唱和达到高潮后戛然而止。《不如痴斋诗草》此后再未见顾华伯的身影。从《漱尘室集》序、跋中得知，顾华伯于戊辰（1928）年12月离世，"竟以戊辰十二月下世""戊辰十二月朔有三日恭葬""于戊辰冬十二月弃养""遽于夏历十有二月初三日弃养"①。韩剑芝与顾华伯自1926年到顾华伯离世再无唱和，顾培懋的跋中也明确："不意年来忧伤之余，精神为之耗损，迄去岁戊辰，卧病半载，医药枉效，遽于夏历十有二月初三日弃养。"② 自顾、韩唱和高潮后顾华伯就因忧伤患病，到1928年卧床半载后离世。顾、韩唱和一直是顾华伯首先写作诗歌，然后韩剑芝和作，顾华伯身体的疾病与精神的悲郁使顾、韩此后再无唱和，直至顾华伯离世，由此绝笔。

对读《漱尘室集》与《不如痴斋诗草》，可以考证顾华伯与韩剑芝唱和的始末，顾、韩的交往轨迹得以存真复原。

（二）顾、韩诗集对读可资校勘

以他书校本书是校勘的常用方法之一。《漱尘室集》与《不如痴斋诗

① 顾迪光著，顾夔光整理，俞锲编校：《漱尘室集》，《丛书集成三编》第40册，第236页。
② 顾迪光著，顾夔光整理，俞锲编校：《漱尘室集》，《丛书集成三编》第40册，第236页。

草》同时收录有顾华伯的诗歌，两部对读，明确某些诗句差异之处，经过判断认识诗歌的真实面貌。即巩本栋先生所言："唱和诗可资校勘。"①

辛酉年顾、韩首次唱和中，韩剑芝收录顾华伯的原作时对"宋艳班香传杰作，燕云秦树寄遥思"这一诗句有修改之处："云"，原作"台"，韩剑芝其后将"台"改作"云"。原作应是"台"还是"云"？《漱尘室集》中载录这句诗为"宋艳班香传杰作，燕云秦树寄遥思"，顾燮光收录时也未提及顾华伯修改之意。所以对照原作来看，韩剑芝应是将"云"误作"台"，又在手稿上改正，是抄录失误所致。

（三）百尺竿头，知而无涯

对读《不如痴斋诗草》与《漱尘室集》是一个存真复原的过程，也是一个继续思考的方向，新的问题在对读中产生。

《春兴》为题的组诗在《漱尘室集》中共收录五组，《不如痴斋诗草》中收录的第一组是《漱尘室集》收录的第三组，此组诗歌本是顾华伯与星衢唱和之作，因为"剑芝函索近作"，所以"余以和星衢《春兴》诗邮寄，旋得和章，已三叠酬之矣"②。此后又四叠、五叠寄予韩剑芝。两部诗集对这几组唱和的收录差异较大。其一，《不如痴斋诗草》未收录顾华伯四叠、五叠前韵的诗歌，韩剑芝也没有和作。其二，《不如痴斋诗草》收录的第二组《春兴》未见于《漱尘室集》中，但整体符合顾华伯诗作风格。《不如痴斋诗草》可补《漱尘室集》之缺，但《漱尘室集》只收录顾华伯个人诗作，所以于《不如痴斋诗草》韩剑芝诗歌的遗漏无能为力，还需要其他的资料的补充。

从两部诗集中可略微探知其诗歌遗录的原因。自 1911 年后韩剑芝不再将诗集示人，而顾燮光最早 1928 年才整理顾华伯遗稿，遗稿缺失，顾燮光又未能见到《不如痴斋诗草》中顾华伯所作的第二组《春兴》，所以《漱尘室集》遗录此组《春兴》。《漱尘室集》中《又读其和章感其意四叠韵和之》《阳历元旦书怀五叠〈春兴〉韵柬韩剑芝》两组明确顾华伯已经

① 巩本栋：《唱和诗词研究——以唐宋为中心》，第 117 页。
② 顾迪光著，顾燮光整理，俞锲编校：《漱尘室集》，《丛书集成三编》第 40 册，第 226 页。

寄予韩剑芝，但韩剑芝是否有和作，和作在何处尚不得知。虽有蛛丝马迹，但真正原因如何，是否还有遗漏的诗歌，遗录的诗歌现存何处还需要进一步探究。两部诗集对比中启发了新的思路，指引了新的方向。

《不如痴斋诗草》同时收录了韩剑芝与顾华伯的诗歌，《漱尘室集》收录了顾华伯较完整的诗作。两部诗集对读，对顾韩唱和始末的原因、某些诗句的正误有存真复原的作用。此外，两部诗集的差异处还有尚待解决的疑问，亟待更多材料的补充与完善。

结语

韩剑芝与顾华伯唱和从子女喜结良缘到顾华伯猝然离世，唱和近六年，顾、韩互相激发共同创作的诗歌字字珠玑。韩剑芝与顾华伯从子女结亲始和，对彼此才华的欣赏使友情升温，顾、韩唱和渐入佳境，又因士人思想的契合达到唱和的高潮。顾韩唱和是一个由才华到思想逐渐深入的过程。

“同是天涯沦落人”之感是维持顾韩持久唱和的根本原因，一方面，顾华伯与韩剑芝都遭遇了丧失亲人、战乱奔波的不幸。另一方面，韩剑芝与顾华伯同属江山易代下的传统士人。一边是放不下的家国情怀、民本思想。元白提倡“文章合为时而著，歌诗合为事而作”①，顾、韩唱和诗最精彩之处在于对劳动人民无端遭遇祸乱的感同身受，共同展现出南北战争下普通民众的悲苦。一边是面对无端战火的无可奈何。韩剑芝借宗教、美景聊以慰藉，顾华伯陷入悲郁之思无法自拔，猝然陨落。

顾、韩唱和同而有异，共通的思想气质、相异的外在表现，显示出顾、韩各自独特的个性。但戛然而止的唱和实在令人惋惜。

《不如痴斋诗草》与《漱尘室集》对读在解决一些疑问时还留有余地，敬待学者更深入的研究。

---

① 白居易著，谢思炜校注：《白居易文集校注》，中华书局2011年版，第324页。

《不如痴斋诗草》所载《槐园吟》唱和组诗探析

白函子①

《不如痴斋诗草》是清末民初诗人韩宝忠的手订编年诗集，共收录诗人1900—1939年诗作千余首，所录唱和诗约占诗歌总数一半。其中，有韩宝忠与严健秋父子唱和组诗《槐园吟》三十首。

“这组唱和诗由三人完成。首先，严健秋老人率先创作《槐园吟》绝句十首。其次，其子严煦民原韵和作《槐园吟》绝句十首。最后，韩剑芝应严煦民的请求，于秋日乡思之际步原韵作《槐园吟》十首。”② 因此，此组唱和诗尤能体现出清末民初时期县一级官员的生活状态、吏治思想与审美趣味。

一、槐园的衙署园林特色

《槐园吟》，顾名思义，与时任曲阳（今河北省保定市曲阳县）县长的严煦民所建衙署园林“槐园”这一场所有关。韩宝忠在《槐园吟》序中提及槐园的建成：

> 官廨旧有古槐二株，《邑志》载千百年物也。枝干参天，绿阴满院，乃就地修以围垣③。

---

① 白函子（2000—），四川成都人，四川师范大学文学院汉语言文学专业2020级本科生。

② 韩宝忠撰，邓稳整理：《不如痴斋诗草·前言》，巴蜀书社2020年版，第28页。

③ 韩宝忠撰，邓稳整理：《不如痴斋诗草》，第113页。

而刻于光绪三十年的《重修曲阳县志》中记载道："堂前有古槐一株，近千年物也。"① 我们或可据此猜测，韩宝忠序中所言《邑志》即为《重修曲阳县志》。按《重修曲阳县志》记载，古槐位于正北上房以北，官廨东西两院花厅之北都为空院，东花厅有照壁通向县署东便门，门外为空地，再朝北亦有一株古槐，而西花厅南的照壁之外为空地，可莳花木。清代衙署多继承明制，坐北朝南，我们可以推测，槐园很可能覆盖了衙署的北部、东西花厅以及东便门外的一小片区域②。

北宋诗人韩琦在《定州众春园记》一文中称："天下郡县，无远迩小大，位署之外必有园池台榭、观游之所，以通四時之乐。"③ 可见至少从宋朝时起，由官方牵头在衙署附近修建园林已成为惯例。衙署园林是我国古典园林的重要组成部分，是一种典型的文人园林，其知名度仅次于皇家园林、寺庙园林和私家园林，但由于战火纷扰、朝代更迭等原因，留存至今的衙署园林屈指可数。虽然衙署园林在技术上缺乏类型特点，但它们依然有着相对固定的共同特征：园林由官方构建并位于衙署内部（或分布于衙署附近）；衙署内部的园林基本遵循"前署后邸"的原则，一般坐落于署内后侧；园林规模构建须遵循较为严格的等级制度；园林内包含书房、祠庙等建筑；园林一般引水造园、因水得景，因而园内多有溪、泉、湖、瀑等景观④。

就槐园而言，我们可以从"官闲事简扫荒台，曲沼新荷手自栽"和"载柞载芟竹径深，敢云良匠苦萦心"等诗句中推测出它是一个由个人修建的、位于衙署内部的非典型衙署园林。槐园虽然同其他衙署园林一样分布于衙署的中轴线上并呈左右对称的形态，但除此之外，封建礼制对槐园建造布局的影响并不深。在布景和建筑的特点上，槐园相比于其他衙署园林，带有更多文人私家园林的特质。槐园的氛围营建，可概括为带有"中隐"风尚的"清幽"，"其园林内容体现简远、疏朗、雅致、天然的

① 周斯亿、董涛：《重修曲阳县志》，清光绪三十年刻本，第 689 页。
② 周斯亿、董涛：《重修曲阳县志》，第 689—703 页。
③ 韩琦撰；李之亮、徐正英笺注：《安阳集编年笺注上》，巴蜀书社 2000 年版，第 693 页。
④ 阎景娟：《中国古典园林文化中的生态和谐理念》，《学术研究》2007 第 12 期。

特点”①。我们可以从《槐园吟》组诗中知道，槐园修于旧廨荒地，苔痕重重，古槐蓊郁，广植绿竹。在园路设置上，槐园又丛植花木，绿植夹道，曲径通幽。在建筑要素上，古槐绿阴附近有观景小亭一座并堆有假山，另有前人所留古井一口、厅堂数间。槐园全貌虽不能窥得，但我们也能大致推知其中景观建筑分布较为稀疏，与园林的幽静氛围相得益彰。此外，作为造园者性情之外显，严健秋与严煦民诗中所提及的花草树木，也大多具备着士大夫所尊崇的高洁品格，如出淤泥而不染的荷花、坚韧不屈的松竹、谦柔的水芹和高洁的丛桂等，它们与槐园建筑共同生成了槐园这座文人园林的雅致意境。

《槐园吟》组诗中明确提到“凿池”“曲沼”“玉井”“鸣泉”，再联系诗中提及所种荷花和“农林”一词，可以推知槐园必有活水，以供凿池掘井，又兼以鸣泉漱漱，由动显静，进一步强化园林的幽邃之意趣。除此之外，槐园作为一县衙署园林，其服务范围并不限于知县严煦民及其家室，它更承担着改善生态环境，造福于民的责任。水源本来便是建园的基本条件之一，是衙署园林重要的构景因素。《槐园吟》中有诗句记载：

试验农林开水利，潘花满县起讴吟。（韩宝忠《槐园吟》其三）
小筑陂塘兴水利，红莲初放两三花。（严煦民《槐园吟》其七）

“陂塘之筑，池堰之修，皆为旱涝之备，实农作所系，国赋所关。”②兴修水利、试验农林，对促进农业的稳定、经济的发展与民生的保障发挥着重要的作用，这也是各地方官员的主要职责之一。

另外，官廨虽以“凡治必有公署，以崇陛辨其分也，必有官廨，以退食节其劳也”③的功能为主，但组诗亦有如“更将菊酒增诗兴，篱豆花开蟋蟀秋”（韩宝忠《槐园吟》其八）“招邀野老话桑麻，官舍浑如处士家”

① 杨子蕾、薛晓飞：《宋代韩琦与相州州署园林植物景观营造初探》，《古建园林技术》2020年第1期。

② 汪瑀修、林有年：《安溪县志》，明嘉靖刻本，第155页。

③ 沈榜：《宛署杂记》，北京出版社1961年版，第20页。

（严煦民《槐园吟》其七）等充满生活气息的诗句。韩宝忠“篱豆花开蟋蟀秋”直接借用了宋代诗人翁森“篱豆花开蟋蟀鸣”[①]（《四时读书乐》）的诗句。篱豆在我国古代田园诗歌中多有出现，其学名即蚕豆，在我国种植广泛，是重要的食物资源。严煦民“招邀野老话桑麻”一句又是对陶渊明“相见无杂言，但道桑麻长”[②]（《归园田居》其二）的化用，与老农共谈农桑之事，既是一县之长的本职工作，也体现了诗人“官闲事简”的半官半隐的闲淡生活之乐趣。据此，我们或可推测槐园不仅具有观赏功能，还附带着部分田庄经营的性质。这一属性既符合基层官员满足基本生活所需的要求，又实现了衙署园林“雅”与“俗”的统一，使诗人的园林诗歌从高高在上的士大夫雅趣走向更接近世俗的生活化趣味。

自南朝梁简文帝发出“会心处不必在远，翳然林水，便有濠濮涧想也”[③] 的感慨以来，园林便逐渐成为中国古典文化的一个重要组成部分，它既充满着情景相生的诗情画意，其景观本身又是对建造者审美境界、精神内涵乃至生命寄托的观照。在这个意义上，槐园可以说是严煦民审美理想的一种具体存在形式。它可以让诗人从中获得一种闲适自足的生活体验，而这些感受同样也依赖于诗人书写日常生活之趣的诗歌来阐发、印证与呈现[④]。又加之严煦民与韩宝忠同处清末民初社会转型的大变革、大动荡时代，在国家身处内忧外患的同时，他们自身还面对着“身已新而心尚旧”“社会和文化上的双重边缘化”的心态问题，对当下“有意无意间总是保持着一种若即若离的状态”[⑤]。在这种状态下，槐园这一方能够远离纷乱的精神避难所对严煦民而言更为可贵。在动乱的社会大环境下，三位诗人亦难免有精神上的迷茫与失落，幸而他们能远离纷争中心，得一方小小的精神避难所。严煦民的诗中有“忝领山城犹小隐，焚香静读乐天诗”之句。众所周知，白居易是“似出复似处，非忙亦非闲。不劳心与力，又免

---

① 张峋校注：《翁森集校注》，现代出版社 2015 年版，第 9 页。
② 陶渊明著、郭平译注：《陶渊明集》，上海文艺出版社 2019 年版，第 18 页。
③ 刘义庆著、刘孝标注，余嘉锡笺疏：《世说新语笺注》，中华书局 2011 年版，第 107 页。
④ 蒋寅：《古典诗歌中的“吏隐”》，《苏州大学学报》2004 第 2 期。
⑤ 章征科：《清末民初知识分子文化焦虑的成因探析》，《中原文化研究》2020 年第 5 期。

饥与寒”① 的“中隐”观念发明者，这种隐逸方式既能够保障诗人的收入来源，又在一定程度上避免了官场的倾轧与纷争，是后世士大夫阶层在君主专制的统治下保持精神相对自由的一种方式。在这种仕隐观中，对兼济天下的社会责任感让位于个体的精神自由与舒适。白居易虽然没有成为真正的隐士，但他向往归隐的精神态度在其诗中多有表现，如“晓垂朱绶带，晚着白纶巾。出去为朝客，归来是野人”② 与“老更为官拙，慵多向事疏。松窗倚藤杖，人道似僧居”③ 等诗句，正道出了他“中隐”式的生活状态，而严煦民正是白居易隐逸思想的继承者与实践者。李渔有对联云“能与山水为缘，俗吏便成仙吏；不受簿书束缚，忙人即是闲人”④，在案牍劳形的官吏生活之外，诗人幸而有一片“青阴待我来”的心灵安栖之处，求得自我的独立与生命的本色，“构建起审美而又诗意的人生方式”⑤。

另外，严健秋作为三人中唯一的闲居者，园林生活的乐趣在他笔下得到了最充分的体现。严健秋所作《槐园吟》第一、二、五、六、九、十首中所写吟咏风月、扫苔种荷、清风送香、青山嘉兴、日夕游亭、秋赏海棠、日长鸟噪之景；严煦民组诗其二、五、六所写咏古槐、赏芙蓉、登亭览景、游园赏花之乐及韩宝忠组诗其五、八所吟花鸟娱人、菊酒添兴的游园之趣，多取之于槐园风物。而他们的游览活动通常为赏花、登亭或听鸟，游园之余的消遣也是饮酒、赋诗这类极具诗人气质的活动。在诗歌创作中，严健秋虽写园林之趣，却并不着意于对外观的细致描摹。正如“平城如画旧林泉，妙笔无烦借巨然”所言，诗人登亭而望，平城风景如画，其自然之美，无须借他人之笔刻意描画。“亭外云闲日影长，园中花鸟费平章”（《槐园吟》其九）写出午后时光的悠闲漫长，则只从园中的花鸟入手，赞其音色之美。“平章”本指商酌，这里用来形容鸟声的悦耳活泼，自在娇啼。诗句虽只用鸟鸣作为点缀，亦足以见出园林之幽与诗人之

---

① 顾学颉校点：《白居易集》，中华书局 1979 年版，第 490 页。

② 顾学颉校点：《白居易集》，第 422 页。

③ 顾学颉校点：《白居易集》，第 422 页。

④ 李渔：《李渔全集》（第一册），浙江古籍出版社 2014 年版，第 208 页。

⑤ 郝美娟、程磊：《宋代吏隐文化的精神内涵》，《西北大学学报（哲学社会科学版）》2016 年第 5 期。

乐。“幅巾谁识醉乡侯，恒岳三年汉漫游”（《槐园吟》其八）与“南窗兀兀撚吟髭，七字初成酒一卮。醉步绿天酣泼墨，芭蕉叶上写新诗”（《槐园吟》其十）则写出了诗人诗酒生活的潇洒风流。第十首“醉步绿天酣泼墨，芭蕉叶上写新诗”一句出语新奇，诗人沉醉于诗酒之乐中，却看雨打芭蕉也是大自然妙笔作诗，一改秋雨芭蕉常带的愁苦之情，浑将大自然也带入诗人的洒脱之中。

二、《槐园吟》组诗的循吏思想

韩宝忠《槐园吟》其九写道：“传得一经成美化，龚黄勋业百年芳。”“龚黄”是汉代循吏龚遂与黄霸的并称。“循吏”一词最早见于《史记·太史公自序》[①]，它主要指“养之以仁，使之以义，教之以礼，随其所便而处之，因其所欲而与之，从其所好而劝之。如父母之爱子，如兄之爱弟，闻其饥寒为之哀，见其劳苦为之悲，故人敬而悦之，爱而亲之”[②]一类遵循儒家礼法、深受百姓爱戴的地方官员。“循吏虽然不乏曾任小至啬夫、亭长、郎官、属吏，大到公卿、宰相者，但其主体应是为朝廷治守一方的郡、国、县、道行政长官，即守、相、令、长，特别是二千石地方长官，他们是国家权力在地方的代表。”[③]除一般为地方官员外，循吏普遍还具有清廉、正直、行宽政、兴教化、讼冤狱、劝农桑、促民生、除奸盗、压豪强等“下顺人情”的特点；在“上循公法”方面，则要求循吏能够做到增加民籍和赋税。作为中国所特有的一种政治文化，循吏在地方治理乃至国家治理层面上始终发挥着不可替代的重要作用。

作为一方知县，循吏理所当然地成为韩宝忠与严煦民的为政追求。安享晚年的严健秋在诗中也明确地提及了他对严煦民的吏治期望：

泮水芹香近小园，讼庭花落过黉门。弦歌之治深期望，大圣牛刀亦戏言。（严健秋《槐园吟》其四）

---

① 司马迁：《史记》，中华书局2013年版，第3317页。
② 魏征等：《隋书》，中华书局2011年版，第1673页。
③ 刘敏：《论汉代循吏群体性产生的原因和影响》，《湖湘论坛》2014年第2期。

“黉”即指学校，诗歌第二句选取讼庭与学校两个场所，分别代表着地方治理中诉讼与教化两个尤为重要的部分。这首诗后两句则使用了子游弦歌而治的典故①，希望严煦民不遗余力地传播礼乐之教，成为一方良吏。

严煦民亦在其诗中抒发了自己的政治操守：

> 桂子风飘香满天，到官三见月华圆。虚堂愧说心悬镜，朗抱冰壶曲水边。（严煦民《槐园吟》其一）

时属仲秋，诗人宰曲阳已有三年，此诗表达了诗人对为政清白、坦荡的追求，而象征冰清玉洁的“冰壶”也是诗人清白廉洁品德的自比。

比诸上述诗文，韩宝忠的为政事迹及其相关诗歌，可作为对《槐园吟》中循吏思想的进一步补充。

韩宝忠从1911年春开始由京官转为地方官员，任沁县知事。1912年，韩宝忠因干草会事件被革职。其后，韩宝忠又历任新乐县、隆平县、束鹿县知事，最终于1923年辞官，具体原因不明②。在此期间，韩宝忠也多次于诗歌中抒发己志，这些诗歌大致可分为述廉、查学、忧民等题材。

“惟廉者能约己而爱人”③，作为地方官员，廉洁不只是个人品质的要求，更是其施政效果的重要保障。被当时人誉为“杜母”的东汉著名循吏杜诗便有“性节俭而政治清平”④之称，甚至到了“贫困无田宅，丧无所归”⑤的程度。清代也有循吏陆在新“誓不以一钱自污，钱谷耗羡，革除都尽”⑥的佳话。这一品质在韩宝忠的诗歌里也得到了体现：

---

① “子之武城，闻弦歌之声。夫子莞尔而笑，曰：“割鸡焉用牛刀？”子游对曰：“昔者偃也闻诸夫子曰：‘君子学道则爱人，小人学道则易使也。’”子曰：“二三子！偃之言是也。前言戏之耳。”杨伯峻译注：《论语译注》，中华书局2006年版，第205页。

② 韩宝忠撰，邓稳整理：《不如痴斋诗草》，第255—265页。

③ 张廷玉：《明史》，中华书局2013年版，第7186页。

④ 范晔：《后汉书》，中华书局2012年版，第1094页。

⑤ 范晔：《后汉书》，第1097页。

⑥ 赵尔巽等：《清史稿》，中华书局1977年版，第12972页。

夫子关西岂偶然，乌纱原不愧青天。拼将鹤俸频迎送，自典朝衣当酒钱。（《触怀》其一）

愧予来宰先生里，自信惟能不爱钱。（《题王明府先生松坪遗照》）

阅历黄粱梦里春，蜃楼海市本非真。人经作客方知苦，我亦为官总是贫。祖饯尚怀诸父老，神交仍属旧朋宾。金钱难得糊涂买，怕向名场作解人。（《去沁任赴省感作》）

这三首诗都作于1911年韩宝忠赴任前，与严煦民《槐园吟》其一相似，它们既是诗人京官生涯之总结，亦是知县生涯开始前抒发怀抱的自勉。除了直接表示“不愧天”“不爱钱”外，诗歌也向我们展现了一个官禄微薄、生活清贫但依然保留守拙之本心的清官形象，而韩宝忠正是带着这种不忘本心、廉洁自守的理想追求踏上了前往沁县赴任的征途。

在韩宝忠所有与地方治理相关的诗歌中，出现频率最高的是查学诗，分别有作于1911年的《西乡查学即事口占四绝》《北乡查学即事口占四绝》和作于1915年的《南乡查学口占》四首、《北乡查学口占》三首。韩宝忠虽以“龚黄勋业”为吏治理想，但其本身并不因循守旧，甚至多有强调民主、自由与权利的诗句。在第一次查学活动中，韩宝忠就已提到“学究欢迎说改良”（《西乡查学即事口占四绝》其二）的新式教育改革的情况，甚至还于诗句后自注“教习聋而不通，急宜更换”[1]，可见他对于教育事业的重视与认真。韩宝忠如此重视查学的原因，或许可从其诗句“地褊民顽敢息肩，维持乡学迪青年”（《南乡查学口占》）中见出，除了践行“君子如欲化民成俗，其必由学乎”[2] 的儒家教化传统外，还有急剧变革的新时代启蒙年轻一辈的特殊意义。

“长吏之职，号曰亲人”[3]，体恤民生、为政宽简是韩宝忠吏治的一大特点，这些在他的诗歌中也多有流露：

---

① 韩宝忠撰，邓稳整理：《不如痴斋诗草》，第49页。

② 陈澔注、金晓东校点：《礼记》，上海古籍出版社2016年版，第414页。

③ 李延寿撰：《南史》，中华书局2012年版，第1695页。

政繁绝少郑侨慈，脊土何时霖雨滋。爱国尚期诸父老，障民休恃好城池。官民共挽千钧发，上下同珍百姓脂。自治未成休自乱，安民不刻党人碑。（《东吴绅铃》）

南天苦雨西山雹，相对穷黎百感生。（《和王啸亭答周茗芗留别北京原韵四章》其二）

须念国民担负在，幽居忍赋輞川诗。（《和王啸亭答周茗芗留别北京原韵四章》其四）

十日难期一日晴，苍天何事苦苍生。但愁今夜秋风紧，谁管中宵月色明。万户烟消釜底爨，千家露宿水边棚。未能拯溺惭官拙，怕听嗷鸿有颂声。（《积雨侵旬中秋始见晴日顾念灾黎感而赋此》）

料峭霜风逼岁华，号寒无计抚农家。（《马化封科长返里赋诗二绝留别同人谨步原韵以和》其二）

赈荒回首犹思痛，赤水横流近不堪。（《忆旧游》其一）

《东吴绅铃》作于韩宝忠赴任沁县的第一年，从题目来看，此诗或为约束当地士绅而作。郑侨是以敢于直谏、体恤民情而闻名的南宋良臣，韩宝忠也在诗中用较为严厉的语气告诫士绅，表明了自己为官不以地利自恃，而期望与百姓同心的立场。在写作此诗的同年，沁县就因百姓不堪苛捐杂税，爆发了火烧士绅屋舍的“干草会”事件。在此事件中，韩宝忠始终试图以真诚的态度感化情绪过激的农民，但终因矛盾的尖锐而失败，五十余户士绅房屋被烧，韩宝忠亦遭革职①。

韩宝忠一直在山西、河北一带担任知县，所到之处多水旱灾害，百姓的生活处境一直牵动着他的心绪。《积雨侵旬中秋始见晴日顾念灾黎感而赋此》生动形象地展现了一幅涝灾期间人民艰难的生活画面，诗人关心黎民的一片苦心也流露其间。

韩宝忠忧国忧民的情怀与强烈的社会责任感不独见于上述诗歌，更体现在他的现实行为中。在隆平县任知事期间，当地多发水旱灾害，韩宝

---

① 韩宝忠撰，邓稳整理：《不如痴斋诗草》，第256页。

忠“防汛有力，且蠲免灾民赋税”①，当地乡绅百姓自发为其立“永垂不朽”政绩碑，碑文除盛赞韩宝忠励精图治、善政多端，并在水灾后亲自勘量土地、上报免税的行为外，还颂扬了他“振兴教育，整顿员警，提倡实业，尤属不遗余力”② 的功绩。另外，韩宝忠还有诸如将县衙荒废已久的旧驿开辟为农业试验场，亲自参与农业劳动等事迹③，此处不再一一赘述。

韩宝忠任知县期间，获得过五等嘉禾勋章与银质棠荫章。1923 年韩宝忠辞官时，也受到了当地士绅的大力挽留④。“所居民富，所去见思，生有荣号，死见奉祀，此廪廪庶几德让君子之遗风矣”⑤，作为我国特有的一种政治文化，“循吏”代表着“孔孟儒家的仁爱政治观及其治政为民的政治价值信念”⑥。“就为官之道来讲，仅仅具有仁爱之心也许是远远不够的，或者说仁爱之心并不是万能的，但如果治政理民者完全缺乏仁爱之心的话，那么一切有利于民生且见诸实效的政治措施都将是不可能付诸实行的。”⑦在勤政爱民这一点上，韩宝忠无疑是一名优秀的地方官吏。

三、《槐园吟》组诗的劝勉相惜

文人自古就拥有着一颗敏感细腻的心，他们常由外界的细微变化而引起内心的感触，进而书写怀抱，粲然成文。从严健秋“南窗兀兀撚吟髭，七字初成酒一卮”、严煦民“学吟拈断数茎髭，新酿松醪碧泛卮。饮罢偷闲花下立，骚坛击钵又催诗”到韩宝忠“愧乏琼瑶无以报，枯肠搜索不成诗”之句，都可以看出吟诗作赋在三人日常生活中的特殊地位。独自闲暇赋诗或在同僚亲友间开展诗歌唱和活动是古代诗人习以为常的日常生活部分，他们对于传统的怀念、对于和平生活的怀念与传统士人的责任使命和文学修养，都需要借助诗歌作为宣泄内心世界与探知外界的窗口，而诗歌

① 韩宝忠撰，邓稳整理：《不如痴斋诗草》，第 261 页。
② 韩宝忠撰，邓稳整理：《不如痴斋诗草》，第 261—262 页。
③ 韩宝忠撰，邓稳整理：《不如痴斋诗草》，第 100 页。
④ 韩宝忠撰，邓稳整理：《不如痴斋诗草》，第 264—265 页。
⑤ 班固撰，颜师古注：《汉书》，中华书局 2013 年版，第 3624 页。
⑥ 林存光：《儒家的仁爱政治观与循吏文化》，《孔子研究》2008 年第 5 期。
⑦ 林存光：《儒家的仁爱政治观与循吏文化》，《孔子研究》2008 年第 5 期。

唱和这一诗人传统的文学交往活动的开展，也是他们寻求文化认同、群体归属与怀念传统文化的阵地。

《槐园吟》组诗的唱和，有三位诗人闲吟赋诗的趣味与相互唱和的切磋因素存在，但不以骋才显能为旨，其唱和的主要目的是交流友情、倾诉怀抱和沟通思想。因此，对《槐园吟》这组特殊的唱和诗的分析，不只在于一般步韵诗的技巧雕琢或诗兴启发作用上，我们更应注意到为在改天换地的变化中同时抱有趋新和怀旧两种心理的诗人所独有之幽微情思。

对严健秋而言，槐园是他安享晚年之地，他对于现实处境的态度比严煦民与韩宝忠更为淡然，所以能有“醉步绿天酣泼墨，芭蕉叶上写新诗”一类清新活泼之句。严健秋所作《槐园吟》除第四首外多在抒发自己的游赏趣味与闲淡之情。受严健秋唱诗的引发与诱导，严煦民所作和诗的主题也大多相似，只是增添了自己地方官员立场下对仕隐选择的矛盾与些许苦闷的心态。

之后，严煦民因公拜访韩宝忠，向他出示这组唱和诗并索和。韩宝忠在和诗之序中交代其在收到诗稿后“猥以笔墨荒芜，经年未报”①，这一点可以从《不如痴斋诗草》的编录中得到印证：1915—1919年期间，诗集每年收录韩宝忠诗作都不足十首，1914年收录诗歌稍多，但大部分也是祝寿酬和、赠折扇笔墨之作。与严健秋父子可能由于彼此接触密切故而唱酬随意的态度不同，韩宝忠在诗中有意为之的“和”一行为非常明显，这类诗又分为述严氏父子亲情、诗人与严煦民友情以及对严煦民善政的赞美和祝愿三种。

韩宝忠主要在第二首和第四首诗中“和”严氏父子共享天伦的团圆之乐。他对严煦民的友谊与思念则主要表现在下面这两首诗中：

漫说同岑本异苔，羡君庭阴好培栽。高堂倘许春风坐，深愿程门立雪来。（韩宝忠《槐园吟》其二）

衙斋曾忆醉拈髭，咫尺芳邻话酒卮。何日津桥重把晤，西窗翦烛

---

① 韩宝忠撰，邓稳整理：《不如痴斋诗草》，第113页。

夜聊诗。(韩宝忠《槐园吟》其十)

当时严煦民宰曲阳，韩宝忠甫政新乐，与曲阳为邻，两人距离虽近，却只有在严煦民因公拜访韩宝忠时的一次相见。诗人以青苔长于同山比喻朋友间的彼此契合，表达了与严煦民的惺惺相惜之情。第十首则化用李商隐诗句，期盼与友人相见之后剪烛夜话，体现了二人共同的文学趣味与韩宝忠对严煦民才情的认可与重视。

对于主动求和的严煦民在诗中表现出的避世之心，韩宝忠肯定其政绩并加以鼓励，企图用这种积极的情绪感化友人，纾解其苦闷与不得志之情。韩宝忠《槐园吟》第三首“弦歌毕竟感人深，妇孺俱怀爱戴心。实验农林开水利，潘花满县起讴吟”直接表达了对严煦民重视教化、改革农业和兴修水利一系列政策的良好效果与受百姓爱戴的赞美；在第八首中，诗人直接用“善政”一词是诗人对严煦民执政成果的充分认可与肯定；第九首“传得一经成美化，龚黄勋业百年芳”也是诗人对严煦民广施教化、博得类似龚、黄二人百世芳名的赞美。

清朝与民国政府间的政权交替在中国是史无前例的，数千年传统政治秩序和文人信仰的崩溃，无疑为被迫卷入其中的韩宝忠等人带来巨大的冲击。《槐园吟》组诗都创作于中秋前后，国家混乱、思乡羁旅的彷徨忧虑之情，或为三人所共有。严健秋有“月明万里又中秋”之感慨，严煦民有“到官三见月华园”之喟叹，而促使韩宝忠写作的原因正是“秋风送爽，触起乡思”①，韩宝忠在组诗第一首中就书写了“劳燕东西各一天，槐园遥忆月长圆。秋风思动莼鲈未，一样为官在客边”的乡思之情，抒发自己因国家混乱而漂泊他乡的羁旅乡思之情。“西风吹拂柳丝丝，秋水蒹葭绕梦思”亦为他悲秋之思的情感流露，“新凉翦翦雨如麻，到处相安即是家”更是诗人对背井离乡、四处辗转的为官生活的无奈之情的现实写照。在背井离乡的三个诗人间，古典诗歌的唱和行为恰好能为韩宝忠三人提供情感交流与强化认同的机会，在一定程度上消解他们在传统理想与现实处

① 韩宝忠撰，邓稳整理：《不如痴斋诗草》，第113页。

境之间的落差，填补他们的心灵空缺。

另外，虽然严健秋所作七绝首句皆入韵，读来琅琅上口，押的也都是较为常见之韵，少取险韵、窄韵，加之诗中颇抒己志，大约是遣兴之作，并不专以之求和或骋才。但由于步韵诗形式本身的局限，严健秋第十首绝句取“髭”“卮”“诗”三字押韵，依然在很大程度了限制了严煦民和韩宝忠诗意的表达，这也正是唱和诗“（和韵诗）倘韵险，又为人所先，则必牵强赓和，句意安能融贯？徒费苦思，未见有全章妥溜者”[①] 的问题之所在。

结语

《槐园吟》以槐园这一衙署园林为背景，集中体现了清末民初县一级官员的生活场景、吏治思想与唱和情怀。它对历史现实的反映，对士大夫的审美情趣与思想写照，都是我们考察晚清民国文人生活细节的宝贵资料。

---

① 张炎著，夏嵩焘校注：《词源注》，人民文学出版社 2018 年版，第 28 页。

《不如痴斋诗草》的思想内容述评

四川师范大学文学院　邓　稳[1]

韩宝忠《不如痴斋诗草》分为三册，所收诗作从庚子（1900）至已卯（1939）诗人去世共计四十年千余首。就各册而言，第一册载录1900至1923年的诗作，主要集中在感怀悼亡以及宦游感叹等方面；第二册载录1924至1930年诗人赋闲在家的诗作，此一时期意气消沉，与僧道唱和的诗作颇多，是诗人最为痛苦、落寞时段的心态反映；第三册载录1931至1939年的诗作，虽然依旧赋闲在家，但已基本走出失望困境，能从亲友交往中获得内心的安宁，该阶段以诗社唱和之作为主，既探求诗艺亦总结人生。

一、痴情缠绵的感怀悼亡诗

韩剑芝1891年在上海与第一任夫人陈氏结婚，婚后伉俪情深，被时人传为佳话。1900年，义和团兴起，八国联军入侵北京，陈氏迁至山西十余日染病去世，而出生一岁左右的小儿子也相继离世。韩剑芝遭此大变，愤而为诗，既有对恩爱生活的深情追忆，更有对亡妻的痛苦悼念。

这类诗歌主要集中在诗集的前三年，如庚子的《悲遣》二十首、《重遣四首》，辛丑的《哭内》，等等。诗集第四首即是伤悼亡妻的《悲遣》二

---

① 邓稳（1980—），四川南充人，四川师范大学文学院副研究员，硕士生导师，研究方向为中国诗学。

十首，该诗序称：

> 庚子民教相仇，携眷避山右，解装十日，内子辄染时疫而终。草草一棺，苦情莫状，予率成悼亡诗二十首以哭之[①]。

以诗为“哭”来表达悼念是诗人的主旨，也是诗集编撰原始而重要的目的。诗中有对亡妻美丽、高雅的赞美，如第一首：

> 本是前身萼绿华，红丝双绾到羊家。深情密誓惟偕老，何向西风解六珈。

以“萼绿华”比喻夫人的美丽纯洁，以“红丝双绾到羊家”写出嫁的喜庆。

亦有对如诗如画的婚姻生活的追忆，如第六首：

> 一生心事两心知，剪烛难忘对坐时。最是香初茶半候，细研花露写唐诗。

这首诗用“一生心事两心知”写夫妻的恩爱情深。末联“最是香初茶半候，细研花露写唐诗”出自宋人邹登龙《幽事》“烧柏子香读周易，滴荷花露写唐诗”[②]，但邹诗随意采取柏子为香有宋人以俗为雅的野趣。韩剑芝此诗以“香初”“茶半”写出含蓄、典雅的情趣，以“细研”写出生活的精致。而且邹诗节奏为一三一二，造成句意节奏与诗律节奏的矛盾，颇为拗口。韩剑芝此诗则采用常见的二二一二节奏，读来更加圆美流转。

这种典雅的生活在这组悼亡诗中随处可见，往往起到了以乐景写哀的动人效果。如第八首：

---

① 韩宝忠撰，邓稳整理：《不如痴斋诗草》，巴蜀书社 2020 年版，第 2 页。

② 王芸孙：《诗艺丛谈》，新华出版社 1996 年版，第 55 页。

酒醒微雨碧窗纱，顾影无人懒唤茶。一掬湘江斑竹泪，墨图空自泣梅花。

“墨图空自泣梅花”一句诗人自注：“内子喜画梅。”[①] 陈氏画梅为当时名流华俊声知晓并写入诗集的序言：“娶陈氏，善画墨梅，伉俪甚笃。剑芝以素绢为余楷书数行，其妻画墨梅于左。余名之曰《双清图》，悬诸壁间。”[②] 夫妻合力创作书画作品并送给名流，不仅可见其才华横溢，还能体现夫妻的琴瑟和谐。这样蕴藉的雅事，文人们怎不欣赏？张云楼题赠诗稿四绝，其三云“一幅双清留画稿，令人风韵忆南楼”，注云：“陈太夫人因号南楼老人，善画。”[③] 可见张云楼对这对恩爱夫妻的颂美。但正因婚姻美满，阴阳两隔后诗人倍加痛苦、思念。这首诗首联“酒醒微雨碧窗纱，顾影无人懒唤茶”，写一个凄苦的雨夜，诗人酒醒后的孤寂无聊。末联“一掬湘江斑竹泪，墨图空自泣梅花”，以当日的恩爱情景反衬今日的悲痛无望。从整组悼亡诗来看，诗人成功地将乐景写哀的手法贯穿其中。

当然，除这些含蓄表达悼亡的诗歌外，还有更为直接的悲痛呐喊。《哭内》就是这样的作品：

嫡室庚子六月廿日逝世，转瞬经年，曷胜悲悼。

去岁今朝魂梦惊，药炉茶镬两凄清。生前心血何曾惜，死后衣棺太不情。倚我诗肩双泪重，怜他瘦骨一毛轻。千般欲说凄难说，一夜呼侬十万声。

在妻子逝世一年以后，诗人不胜悲痛，一面哀叹“死后衣棺太不情”，一面无处诉说相思，只得“千般欲说凄难说，一夜呼侬十万声”。这样的痴情，难怪有读者评论说：“声随泪下，不忍卒读！”[④]

---

① 韩宝忠撰，邓稳整理：《不如痴斋诗草》，第 5 页。
② 韩宝忠撰，邓稳整理：《不如痴斋诗草·序》，第 1 页。
③ 韩宝忠撰，邓稳整理：《不如痴斋诗草》，第 59 页。
④ 韩宝忠撰，邓稳整理：《不如痴斋诗草》，第 19 页。

除了以标题《悲遣》《哭内》悼念亡妻外，诗人还在送别、唱和诗中反复书写这一悲痛。如《送别内兄陈鼎臣》：

廿载结朱陈，从未谋一面。离乱走关中，客里始相见。怪我避干戈，何为不携眷。君应哭班昭，我今伤奉倩。……

“结朱陈”一词出自白居易《朱陈村》“徐州古丰县，有村曰朱陈……一村唯两姓，世世为婚姻”[①]，后世遂以“许结朱陈”代称相互联姻。韩、陈两家联姻已近二十年，韩剑芝与内兄陈鼎臣在离乱中初次见面，本该家长里短，分外亲热。“怪我避干戈，何为不携眷”的责难似乎在情理之中，却又让诗人猝不及防；“君应哭班昭，我今伤奉倩”两句道出缘由，把双方痛失亲人的伤痛揭示出来。有评者于此眉批：“如读老杜乱后诸作。”[②]“国家不幸诗家幸，赋到沧桑句便工”[③]，或许正是因为诗人有了这番痛苦的经历，才给后世留下许多诗歌佳作吧！

二、关心黎民的时事诗、循吏诗

《不如痴斋诗草》始作于避祸西迁途中，此时诗人已步入仕途，因此诗集一开篇即有不少时事诗以及表现循吏思想的诗。统观诗集，作者先后作了四首《感时》诗，几乎都是对时事的哀叹。壬寅（1902）年，诗人27岁，经过两年的离乱生活再次回到北京。当年下半年，写下《感时》一诗：

旷观时局醒春婆，万变云霞瞥眼过。危幕岂堪巢燕雀，狂澜何事助蛟鼍。空思沧海捞明月，竟使流光付逝波。我欲归耕无处所，一腔热血敢消磨。

---

① 白居易著，朱金城笺校：《白居易集笺校》，上海古籍出版社1988年版，第511页。

② 韩宝忠撰，邓稳整理：《不如痴斋诗草》，第20页。

③ 赵翼原诗，王起孙著，王迎建点校：《瓯北七律浅注》，苏州大学出版社2015年版，第322页。

“旷观时局醒春婆，万变云霞瞥眼过”一联写出诗人对时局的悲叹，“我欲归耕无处所，一腔热血敢消磨”流露出归隐思想，但因为家计以及师友期许等原因，诗人并不能归耕穴隐。这首《感时》诗是与毓聘唱和之作，也表现出文人士子群体的共同感受。

第二首《感时》作于庚戌（1910）年，诗人似乎走出了悲伤心境，有心施展政治才华，其诗云：

今叹才难与昔违，竞争奇想入非非。几经沧海风潮恶，一览全球天地卑。何事龙争耽虎视，未甘雌伏且雄飞。男儿无计安磐石，羞说荣名衣锦归。

在这首诗中，诗人有意“竞争”，且要“一览全球天地卑”“未甘雌伏且雄飞”，实则迎来了诗人从辛亥开始的十余年县长生涯。

第三首《感时》作于庚申（1920），诗云：

风雨飘摇屋一椽，边春无主百花然。荆天益懔冰壶抱，花月供参水境禅。谁信鲁无君子者，岂惟周有妇人焉。严疆翻被黄金误，鼓角声声震耳传。

据 1921 年 7 月 20 日《政府公报》所载《第九十一号大总统令》，1920 年韩宝忠典唐山县知事时因“疏脱监犯”需要惩戒。“风雨飘摇”写出韩剑芝对时局的再次失望，“谁信鲁无君子者”“严疆翻被黄金误”写出他被谗人构陷的愤懑。这首诗续用前诗《花朝丁香盛开感作》韵，即“用《益世报》‘七十子’韵”。《益世报》是民国四大报纸之一，在天津与《大公报》比肩，其立论公正、秉笔直书、颇能反映民间疾苦。韩剑芝在《感时》诗中再次用该报“七十子”的韵，或许正欲借此表达不平之鸣。

第四首《感时》诗作于乙丑（1925），诗人已于 1923 年彻底告别官场，可以说此诗是最后一次感叹时事。诗云：

荆棘满前途，勤修敢自画。言逊居危邦，莫效灌夫骂。怀抱七弦琴，欲弹旋复罢。漭漭岳云升，遥见神龙挂。霖雨繁苍生，尺泽润其下。日冀吾教兴，潜移而默化。郅治将大同，何分夷与夏。

这首诗题后注云“恭步冯真人锲坛元韵”，实是辞官初期诗人为排遣郁闷多与僧道交往的反映。“言逊居危邦，莫效灌夫骂。怀抱七弦琴，欲弹旋复罢”应该是诗人因言获罪的自嘲之语，“日冀吾教兴，潜移而默化。郅治将大同，何分夷与夏”表明诗人已把宗教作为安顿自已忧郁心灵的乐园。

通观四首《感时》诗，虽然没有对具体时事的叙写，但无疑可以看出诗人对时事的态度及其一身的沉浮兴衰。还有一些诗从侧面写出了具体的历史事件，如由《祝〈法政经济报〉开馆四绝》可知 1911 年《法政经济报》创刊；由《民国四年二月二日在新乐署任恭贺〈大总统法〉告成适逢第二科科长马华峰先生六旬晋四寿辰谨赋一律为祝》可知 1915 年颁布《大总统法》举国欢庆，等等。

诗人在较为漫长的宦游生涯中，往往表现出关爱黎民的循吏思想。据《大清缙绅全书》，韩宝忠名列“光绪二十三年新旧海防筹饷事例分发三月各省试用人员名单”知事栏中，知其于 1897 年已步入仕途。从 1897 到 1923 年辞官家居的 26 年间，诗人几乎都在宦游。据 1914 年 5 月 22 日《政府公告》，韩宝忠参加第二届知事试验考试荣获甲等；据 1916 年 5 月《政府公告》，韩宝忠担任新乐县知事期间，被授予五等嘉禾勋章；同年 8 月，被授予银质棠荫章；据《河北隆尧石刻》，1920 年隆平县为韩宝忠立政绩碑①，颂扬他作为隆平县知事积极防汛并力争免去灾区税赋的爱民行为。这些为政的功绩与他一贯的循吏思想密不可分，而与同僚的大量唱和诗较好地反映了他的循吏思想。

《东吴绅铃》作于辛亥（1911），正是他任沁县知事（后更名为县长）初为地方长官之时。诗云：

政繁绝少郑侨慈，瘠土何时霖雨滋。爱国尚期诸父老，障民休恃

① 韩宝忠撰，邓稳整理：《不如痴斋诗草·韩宝忠年谱简编》，第 261 页。

好城池。官民共挽千钧发，上下同珍百姓脂。自治未成休自乱，安民不刻党人碑。

这是一首步韵诗，表达了诗人对循吏的推崇。郑侨（1144—1215），字惠叔，号回溪，南宋己丑科状元，授签书镇南军节度判官，升任吏部尚书及参知政事（副宰相），进知枢密院事，耿直敢谏，体恤民情，多次奏请朝廷赈灾减赋。诗人认为当今为官虽然不能像郑侨那样爱民如子，但也需要一面怜惜民脂民膏："官民共挽千钧发，上下同珍百姓脂"；一面团结民心："自治未成休自乱，安民不刻党人碑"。辛亥革命爆发，民心不稳，诗人对民心的重要性以及如何得民心有着深刻的理解。

《中秋前五日沁源高令惠诗二章因步原韵和以寄之》称赞友人"宽简民称仲武俦"，自注："高适，一字仲武，为彭州刺史，政尚宽简。"可见其对崇尚宽简的循吏思想十分称许。《题王明府先生松坪遗照》称赞王明府"傲骨嶙峋七品官"，同时谦称"愧予来宰先生里，自信惟能不爱钱"，表达了为官不贪财的循吏思想。

丁巳（1917）年，《积雨侵旬中秋始见晴日顾念灾黎感而赋此》关爱灾民，诗云：

十日难期一日晴，苍天何事苦苍生。但愁今夜秋风紧，谁管中宵月色明。万户烟消釜底爨，千家露宿水边棚。未能拯溺惭官拙，怕听嗷鸿有颂声。

首联悲怨久雨无晴："苍天何事苦苍生"；颔联心念灾民，无心过节："但愁今夜秋风紧，谁管中宵月色明"；颈联径写百姓的苦难："万户烟消釜底爨，千家露宿水边棚"；尾联对自己对拯灾无力感到惭愧："未能拯溺惭官拙，怕听嗷鸿有颂声"。以历代循吏鞭策自己从政为民的方法，以及对没能更好施惠于民的羞愧之情，皆是古代循吏的一贯表现。诗人《六十自述口占》回顾人生经历，再次感叹："问俗民间勤教养，铜鞮宰治复幽燕。树人树木羞传颂，与世无功六十年。"可见循吏思想贯穿诗人一生，未曾忘怀。

三、丰富多彩的行旅诗

《不如痴斋诗草》的行旅诗比较丰富，颇多佳作。诗人行踪以北京为基点大约分为两条，一条是经河北、山西、陕西的逃难、宦游路线；一条是北京、上海的往返路线。第一条路线的行旅诗既多且好，现将这些行旅诗分类简述如下。

首先，写征途实景且侧重于感受的诗歌，如《西征》《途中有感》《长征》等。《西征》写于八国联军入侵北京，诗人西迁避难初期，诗云：

> 朝朝谁促唱骊歌，山路崎岖唤奈何。绕铺疏槐暗烟雨，举家行李逐风波。一官培植思庭训，廿载光阴悔墨磨。此去天涯何所事，愿抛簪组换农蓑。

“唱骊歌”写别离，“绕铺疏槐”写诗人经过山西槐树铺，“举家行李逐风波”写与妻子、孩儿共同西迁。谁料不过十余日，竟然妻亡子死？这是诗集的第一首行旅诗，结合后面的悼亡诗来看，真是异常的悲凉！末尾两句道出诗人退而求其次的愿望：“此去天涯何所事，愿抛簪组换农蓑。”《途中有感》作于从山西前往西安的旅途之中，诗云：“炊烟远隔树模糊，茅舍参差俨画图。客里秋风悲蟋蟀，马前残雪冷蒲芦。飞红扑面尘三斗，大白浇胸酒一壶。检点征衣倍珍重，砧声敲断楚山孤。”这首诗写景状物，琢句工雅，虽然行旅艰辛，但不乏豪迈气魄。《长安》一诗更能将诗人磊落不平之气宣泄出来，诗云：

> 振衣匹马入秦州，未答升平气岂休。槐梦抛残湘水月，莲花挺出华峰秋。愿纾筹策谁青眼，力转乾坤属白头。一啸长空云共遏，大河争作不平流。

此时诗人25岁，新丧妻儿，单身就幕陕抚，命运不公与有志不获骋的愤懑宣泄于诗歌。因此，开篇即以“振衣匹马入秦州，未答升平气岂休”将不平之气展露于纸端。颈联“愿纡筹策谁青眼，力转乾坤属白头”祝愿自己获得幕主岑春煊的赏识，做出一番大事业。尾联“一啸长空云共遏，大河争作不平流”化实为虚，再一次直抒不平之气。由这些诗歌来看，青年的韩宝忠颇有才华和抱负，因此在连番的灾难打击下，仍有积极用世之心。这也难怪在诗集序中，华俊声谆谆教导他要以世事为重：“剑芝年力正强，若因境遇偶乖，少损其英锐之气，甚非余之所以望剑芝也。值此时事多艰，乱极思治，挟其聪明才力出而问世，未必无补于时。……庶不负余之厚望焉。”①

其次，立意新奇的登临咏古诗。这些诗作主要集中在西迁途中，常将不平之气转化为新奇立意，如《绵山》《豫让桥》《褒姒》《过韩侯岭》，等等。先看《绵山》一诗：

> 辛苦征尘十九年，荒山何处觅旌田。论功独靳千钟赏，割股惟求一线延。公子仁亲应返国，小人有母敢贪天。君恩一炬真高厚，赢得清明尚禁烟。

绵山今在山西介休市东南，属太岳山脉，古时山下有绵上之田，故称绵山。相传春秋时晋国介子推隐遁焚身于此，因此又号介山。诗写介子推跟随晋公子重耳流亡十九年，曾经割股食主，却因立志归隐被晋文公烧死的故事。颈联“公子仁亲应返国，小人有母敢贪天”实已隐含不平之气，尾联“君恩一炬真高厚，赢得清明尚禁烟”更用似是而非的说法为介子推抱打不平。有读者评价此诗：“结句匪夷所思!”② 可见这首诗立意的新奇。《豫让桥》也作于此时，诗云：

> 一腔忠愤气难伸，国士桥边草不春。漆体誓追襄子魄，佯狂甘作

① 韩宝忠撰，邓稳整理：《不如痴斋诗草·序》，第1—2页。
② 韩宝忠撰，邓稳整理：《不如痴斋诗草》，第6页。

> 乞儿身。恨无上策酬知己，何若中行遇众人。易水悲歌同一叹，壮怀无命扫嬴秦。

首句“一腔忠愤气难伸”即揭出一股天地之间的不平之气，尾联“易水悲歌同一叹，壮怀无命扫嬴秦”对举豫让与荆轲，似又为其没有得到时机完成像荆轲那样的壮举表示遗憾。有眉批于此赞曰：“语翻新而益奇。”① 新奇、不平可以说是这类诗歌的主要特点。

第三，颇见功力的观光览胜诗。有些诗歌虽然作于行旅之中，但主要书写某一个景点，而没有对旅程艰辛的感慨，如《登慈恩寺浮图》《登西岳庙观华山》等。《登慈恩寺浮图》作于1901年春季刚到西安不久：“矗立逼诸天，题名不计年。云霞横足底，星斗列胸前。远树密于发，晴山小似拳。铃声触深醒，参彻上乘禅。”韩剑芝后来有比较虔诚的佛教信仰，但这时候还不明显，所以即使登临佛教胜地，感受深刻的却是雁塔题名的入世荣光。当年秋季，在回北京的路途中登临华山，韩剑芝创作《登西岳庙万寿阁观华山》。这首诗写景状物工雅而有气势，颇堪玩味。其诗云：

> 驱车直入华阴道，一见山峰便倾倒。三峰削成神秀钟，群岩罗列皆怀抱。突兀纵横不可攀，万寿阁上凭阑干。芙蓉玉女眼前立，振衣且作画图观。仙人掌拍青柯枰，跨河凌空擘巨灵。怪云横吞毛女洞，飞霞险走玉羊精。洗头盆侧水溶溶，千叶莲花秋不红。吐露冥冥压关辅，苍穹半落金天宫。寒飙怒号天地肃，落雁峰头惊断鸿。饱看不足日已昃，马前僮仆催金勒。淋漓兴发快挥毫，写入诗囊壮行色。

“驱车直入华阴道，一见山峰便倾倒”用开门见山的手法写出华山的险峻与诗人的崇拜，随后写玉女、仙人、毛女洞、玉羊精等神奇传说以及红莲、金天宫、落雁峰等艳丽而奇伟的景象，最后以“淋漓兴发快挥毫，写入诗囊壮行色”作结。整首诗基本四句一换韵，人随景走，因情生文，

---

① 韩宝忠撰，邓稳整理：《不如痴斋诗草》，第7页。

真可谓壮心、壮志、壮景相得益彰！

行旅诗有时是诗人即兴吟诵，但妙趣横生，如《火车口占寄京诸好友》：“客子思家梦未圆，一声汽笛到芦泉。神工打破天门险，人迹居然陆地仙。”寥寥数语写出时人乘坐火车新奇而美妙的感受。

四、情谊深重的唱和诗

大约从唐代开始，诗人之间的唱和不仅是诗人们交流情感、增进友谊的有效途径，也是他们切磋诗艺、撰辑诗稿的手段。今检三册《不如痴斋诗草》，唱和诗约占一半。其中不少是为祝寿而索诗唱和，或有谀辞之嫌，这里暂且不论。今选三组唱和诗，作一简介。

第一，同僚间的唱和。晚清民国官场还保存着相互唱和的遗风流韵，涉及因言被贬、老病离职等情事之作更加感人。李肖峰，安徽霍邱人，光绪二十年进士，历任山东、福建、两广道监察御史，是晚清名臣，曾先后上疏弹劾袁世凯、岑春煊等当时权臣。1910 年，李肖峰因谏去官，赋诗二首赠予京城朋友。韩剑芝与其同为安徽老乡，因而和诗二首以宽慰其心。诗云：

> 宣南遥指谪仙居，笔底词源倒峡如。直道不行空折槛，斯文将丧等焚书。君今养晦身何辱，我学为官志已疏。侈口富强无至计，望洋徒剩几唏嘘。
>
> 浊世休为脱颖毛，无端豸绣返词曹。云天逸志盘孤鹤，淮海诗情策六鳌。干济果谁成柱石，行藏原不为锥刀。自公退食无余事，闲看儿童学体操。

这首诗题名为《李肖峰乡丈因谏去官赋诗二律留别京友爰步元韵以和》，实则韩剑芝祖辈几代长居北京，以“乡丈”称李肖峰既有不忘祖籍之意，也有情感上的亲近和支持。“直道不行空折槛，斯文将丧等焚书”，对李肖峰正道直行而被罢黜表示愤怒；“侈口富强无至计，望洋徒剩几唏嘘”，对洋务运动以来的富国强兵道路表示失望，喻示这样的世道出仕无望，不如解甲归田。第二首“自公退食无余事，闲看儿童学体操”，展望李肖峰回家以后儿孙绕膝的温馨画面。诗人一面用世道的浑浊对友人因言获罪表示同情，一面用退隐后的诗酒逍遥及天伦之乐宽慰其心。古代的官员往往不具有人身独立性，一旦因官场倾轧而罢官，遂有被朝廷、社会抛弃的孤独、痛苦感。如果没有同僚的诗词唱和，他们往往很难有倾诉的机会。因此，被贬、被罢后与友人的唱和往往最有深情，也可以说是被贬罢者的精神支柱。

1923 年，韩宝忠不知何故辞官归隐，由魏寿岭赠别诗“宦海茫茫讵有常，生逢斯世总心伤”，以及韩剑芝和吴平甫赠诗“离合悲欢讵有常，世途险巇我心伤”可知，诗人应该也是因为争斗而被迫离开官场。这一年的诗作几乎全是朋友与之唱和归隐的主题。第一组为《魏寿岭先生赠别步和》三首并附原作，第二组《吴平甫以魏寿岭韵赠诗志别并索和》三首并附有一首原作，接下来是《魏先生宝煜祖饯赠诗步和》《魏庚九先生祖饯赠诗步韵以和》并附原作。这几组诗歌都是围绕韩宝忠罢官展开，并用“借寇”典表示送别者曾经联合向上级请求留任韩宝忠，这无疑对被罢的韩宝忠是一种宽慰。同年还录有《魏庚九先生新室落成赋诗索和元韵》二首、《和徐茗樵〈重过安园〉律句步许隽人省长〈后东轩〉韵》一首，“畏人富贵浮云似，求志应知在隐居”“时衰自脱樊笼外，善养鸢鱼活泼泼”正是诗人在和同僚、朋友唱和中对归隐后宁静生活的书写。

不过，这可能只是对同僚或宽慰自己被罢官的朋友所言的一种假象，因为在第二册，即诗人被罢归家的最初几年，诗人与僧道唱和流露出了绝望的心理。1924 年，即被罢官后的第一年，诗人以行楷抄录《金刚经》一册，并钤印曰“宦海沉浮二十年”；1927 年，诗人再次以小楷抄录《金刚经》一册。可见其对被罢官始终有一股不平之气。无论如何，同僚、朋友的诗歌唱和不同程度地宽慰甚至消解了诗人被罢后的愤怒、孤独。

第二，朋友间的持久唱和。诗集中保存有韩剑芝与某些朋友多年唱和的诗作，其中尤以顾华伯、余节高为最。诗人与顾华伯于 1921 年开始唱和，到 1926 年两人先后唱和了近二十首诗歌，分别是：1921 年《顾大华伯以秋夜口占二律见寄并索和》附原作，1922 年《顾华伯以〈秋夜书怀〉

八首见寄索和》附原作，1926年《春兴和顾华伯元韵八首》附原作、《顾华伯复以〈春兴〉叠前韵见赠仍步以和》附原作、《中秋有怀寄顾大》附原作。由此可见，诗人与顾华伯唱和久远、交情深厚。这样的友情非同寻常，从诗集的小注发现，韩剑芝的次子韩渔娶了顾华伯的女儿顾培勤为妻，不过他们的唱和主要集中在才华、友情方面，反而极少谈及姻亲关系。如第一组唱和诗，诗人用“经济文章代代贤，索丘坟典得真传”称美顾华伯曾祖父三代均有著作传世，以“珠树三株才八斗，君家兄弟尽吾师”赞扬顾华伯兄弟三人的诗才。顾华伯的诗作也多是如此。他们是因为姻亲关系而深交，还是因为相知而结姻亲，限于资料，暂时还不得而知。诗人与余节高的唱和始自1924年，终于1933年，历时近十年，从中也可以看出唱和之情在诗人生活中的地位。

另外有三组《槐园吟》组诗颇能见出当时“七品官”的审美趣味。该诗序云：

> 严煦民宰曲阳有政声，官廨旧有古槐二株，《邑志》载千百年物也。枝干参天，绿阴满院，乃就地修以围垣。凿池立亭，莳花种竹，迎养尊人健秋先生居以娱老，名之曰槐园，兼寓保存古物之意。时余敷政新乐，与曲为邻。一日，煦民因公过访，出其尊人《古槐吟》及自作十绝索和，猥以笔墨荒芜，经年未报。今岁移篆唐山，秋风送爽，触起乡思。凉夜无眠，挑灯赋此。付邮以寄，不计工拙①。

由序可知，这组唱和诗由三人完成。首先，严健秋老人率先创作《槐园吟》绝句十首；其次，其子严煦民步原韵和作《槐园吟》绝句十首；最后，韩剑芝应严煦民的请求，于秋日乡思之际步原韵作《槐园吟》十首。严煦民时宰曲阳，应为县长，韩宝忠时任新乐、唐山县长，严健秋老人此时已赋闲在家，但诗中多次提到“官闲事简”“弦歌之治”“二守熏名”等与县令相关的词语。因此，这三组诗可以作为当时乃至古代较长时期，县

① 韩宝忠撰，邓稳整理：《不如痴斋诗草》，第113页。

一级官员闲暇生活以及审美情趣的写照，颇具认识价值。

五、数量众多的诗社题咏

韩剑芝先后参加过著涒吟社、梁园诗社、稊园诗社等北京诗歌社团。今诗集中载有诗人在梁园诗社、稊园诗社所作诗数十首。1936 年、1937 年于梁园诗社作有：《初冬遣兴四绝》《早梅七绝五首》《忆旧游》《春雨限萧韵》《汴渠柳枝词》《初夏杂咏》《初秋感怀》《咏古》《秋雨》；1938 年、1939 年于稊园诗社作有：《庾亮南楼》《菊虎》《盘古生日》《借雪令》《报春鸟》《东坡以己卯元旦寿同叔》《子推燕》《药渣鱼》《王伾大柜》《稊园诗社经年纪念留题》《迷楼》《戴帽饧》等等，皆是诗人暮年的作品。这些诗作大多有分题和限韵的特征，一方面可以看出诗人的才华，另一方面似乎又显示出思想、情感的薄弱。当然，也有部分立意颇为新颖的作品，如《咏古》以七绝分别吟咏齐姜、班昭、木兰、孟光、梁红玉、红线、朝云、柳如是八位古代女子，颇见新意和才情。

不过，艺术价值更高的可能是诗集中与这些题目相近，但并不是诗人在诗社中创作的诗歌，如 1913 年的《春咏三十六绝》、1921 年的《秋声》《秋色》《秋影》《秋意》等。咏春的诗作古今多有，但很难找到合适的切入点一口气写下三十六首。韩剑芝以《春初》《春日》《春云》《春雷》《春雨》《春风》《春雪》《春月》《春露》《春晓》《春昼》《春晚》《春夜》《春晴》《春阴》《春寒》《春暖》《春半》《春城》《春郊》《春山》《春水》《春宫》《春闺》《春树》《春草》《春花》《春柳》《春鸟》《春燕》《春色》《春游》《春思》《春梦》《春恨》《春残》为题从各个方面吟咏春天，既有春景的描绘，亦有春情的感伤，彰显了诗人灵敏的感受力与高超的诗才。

《不如痴斋诗草》学术研讨会会议实录（节录）

2021年5月15日，由四川长江职业学院主办的“《不如痴斋诗草》学术研讨会暨‘长江书院’揭牌仪式”在成都召开。上海大学、温州大学、贵州大学、安徽财经大学、西华师范大学、四川农业大学、四川师范大学等文学、文献、历史、书法专业的学者三十余人受邀出席了会议。

当天上午九点，会议准时开幕。

万光治：各位老师，上午好！感谢各位光临四川长江职业学院长江书院，参加《不如痴斋诗草》的学术研讨会和长江书院的揭牌仪式。

我先向各位来宾介绍应邀参加研讨会的几位老先生，他们是：贵州大学文学院原院长王晓卫教授。王教授擅长诗歌与辞赋的研究与创作。退休以后，王教授潜心研究王国维、陈寅恪，以诗论学是他的“学术副产品”，我在微信上经常拜读他的论诗绝句。坐在王教授右侧的是王小盾教授。他是任中敏先生的博士，文献学方面的专家，在音乐文学史、域外汉学等方面有很深的造诣。他曾任教于清华大学、四川师范大学，我一度有幸成为他的同事。他现在是温州大学教授，同时又受聘于上海师大和中国音乐学院，明天就要到中国音乐学院去参加博士生的录取面试。再过去一位是伏俊琏教授。伏教授原任教于西北师范大学，是俗文学、敦煌学研究方面的专家。他现在受聘于西华师大，担任该校国学院院长，我曾经有幸到南充参加国学院的成立盛典。伏俊琏教授现在不仅研究敦煌学，还开拓了写本学的研究领域，最近创办了《写本学研究辑刊》，影响很大。韩宝忠先生诗草的发现和出版，自然会进入伏俊琏先生的研究视野，所以他很乐意接受我们的邀请，到会指导。首都师范大学的中国诗歌研究中心主任赵敏俐教授因在浙江大学出差，不能与会，委托我代表他向会议表示祝贺。

其他的都是新朋友，也有认识的，也有不认识的，请发言时自我介绍。现在我以名单为序，介绍并欢迎各位老师的到来。他们是：杨化坤老师，任教于安徽财经大学。吴炬老师，四川省金石书画研究协会理事。四川师范大学文学院的邓稳老师，《不如痴斋诗草》是他整理与点校的。文学院的张骏翚老师今天参加教师资格证的面试工作，无法与会。李俊杰老师，四川师范大学国际教育学院，刚从杭州传媒大学调任过来，他的研究方向是民国文学。王虎老师，四川农业大学。王朋老师，四川警察学院。参加会议的还有四川师范大学的袁昊老师、牟歆老师，博士、硕士研究生徐江、雷琪、苏琳琳、罗佳、任茂雪、练燕，以及本科生白涵子。

我现在向各位简单介绍《不如痴斋诗草》的缘起，以及长江书院的情况，作为会议的致辞。

2000年，四川长江职业学院的董事长韩瑾先生从其叔父韩镜清先生家里发现了祖父韩宝忠先生《不如痴斋诗草》的手抄本。韩镜清先生是中央民大的教授，全国知名的佛学研究专家。他离世之后，家属在清理遗物的时候发现了《不如痴斋诗草》。我们认真阅读了这个抄本，感觉无论是从历史的角度，还是从文学与书法的角度，都有很高的研究价值。晚清到近代，中国社会经历了从古代社会向近现代社会的转型，这个转型不同于历史上任何一个朝代的更迭。从中国传统文化走过来的士大夫无论愿意不愿意，都必须面对中国社会这一根本性的转变。在这一过程中，有眼光、有胆识的知识分子都能勇于面对，他们以自己的社会思想、社会实践，或者是文学创作，力求与时代的发展同步，在不同程度上实现自己的文化转型，韩宝忠先生正是其中的一位。一方面，他在其县长的任上理解、支持和保护工商业的发展；另一方面，他积极参加当时文人的诗社活动，其诗歌与书法的创作很有特色，时人曾题诗赞其“诗宗李杜浑无迹，书法钟王妙如神”。从前年开始，《不如痴斋诗草》经邓稳老师悉心整理，于去年正式出版。《诗草》的出版，对于研究近现代士大夫的转型，有标本的意义。我曾经与今天参会的李俊杰老师一起讨论过这个问题。李俊杰老师的博士导师是四川大学文学与新闻学院院长李怡教授，他和他的学生对晚清民国转型时期知识分子人生阅历、社会实践和文学创作的特点十分重视。李俊杰老师认为韩宝忠和他的《不如痴斋诗草》很有代表性，值得深入地研究。

《不如痴斋诗草》的出版与研究，还有文学史的意义。多年前就有学者提出，因为白话文开了一个时代的新风，中国的近现代文学史的研究与编写偏重于白话文作品，对于传统文体的创作不是很重视，甚至给扣上“封建文化”的帽子。但是事实证明，新文化运动以来，仍然有人喜欢用诗词、辞赋等传统文体进行创作。这说明文体与时代的变迁虽有关系，但又并不绝对。时代总是要发展的，但作为人们表情达意工具的文体，却是可以传承并且出新的。鉴于晚清到现当代古体诗词的创作不绝如缕，有学者提出今人的古体诗词创作应该纳入现代文学史的审视与研究范围。我赞同这个观点，所以支持《不如痴斋诗草》的整理和出版，并希望有学者把他接纳为近现代文学史的研究对象。

《不如痴斋诗草》写本的发现，还给学术界拓展研究领域以重要的启示。伏俊琏教授是造诣很深的敦煌学者。正是因为有敦煌石窟抄本的发现，才有了敦煌学兴起。我相信伏教授从中得到启示，才有了创立写本学研究与《写本学研究辑刊》的计划。以我个人的理解，写本可分两类，一是抄录他人已经刊行的著作，谓之抄本。一是抄录自己或他人未刊行的著作，谓之稿本。所以，韩宝忠先生的写本《不如痴斋诗草》应属稿本。有些抄本对古籍有校勘的价值，稿本却是未曾刊行的文献，更有不同程度上的文化价值。20 世纪 90 年代，我参加湖南师大马积高先生主持编撰的国务院古籍整理项目《历代辞赋总汇》，任全书的编委、唐宋卷主编。这是一个浩大的工程，我们除了从传世文献中收集辞赋，也关注到了未曾刊行的写本。我曾经花了好几天时间到湖南省图书馆查阅资料，在其特藏部发现很多清代到近代一些学者的写本。他们有的是私塾教学过程中师生的习作，有的是学者们自己的诗文别集，更有一些是学者的学术札记。我们从里面找到若干清人辞赋，其中有的是学生模仿经典辞赋的作业。考虑到量比较大，马积高先生仅从中选取少量作品编入《历代辞赋总汇》。当时我就想，在湖南图书馆收藏的写本中，有价值的未刊稿应该还有不少；全国各地的图书馆乃至民间，更不乏类似的写本。所以，伏俊琏老师和他的同仁开拓的写本学研究领域，一定会大有作为。我相信，随着包括写本在内的新材料的发现，文化史各门类的研究一定会拓展出新的天地！

会议的又一个内容，是四川长江职业学院长江书院的揭牌。四川长江职业学院建院已经十多年，长江书院是去年成立的，因为疫情，一直没有正式挂牌。学院的董事长韩瑾和我是老朋友。从《不如痴斋诗草》的发现和整理出版，可知其家学渊源。韩董事长很重视校园文化的建设，长江书院的建立，是四川长江职业学院校园文化建设的一个很重要的方面。韩董事长本来今天很想与各位学者会面，但是因疫情被“困”在香港，只好委托我代他向大家致意了。

长江书院目前确定的工作内容，一个是以《不如痴斋诗草》为契机，开展晚清到近代古典诗词与诗社研究。这个工作在我们四川很有必要。晚清到近现代，四川以赵熙、颜楷、骆成骧等为代表的一批知识精英，号称“五老七贤”，在文化思想、文学创作与文化教育等方面影响很大。今天四川的很多学者都是他们的再传弟子。第二个是关于四川民歌的保护、传承与研究。自 2004 年以来，我和我的团队深入田野，走遍四川 181 个区县，抢救性地采录了四川 3080 首各民族原生态民歌，出版了我国第一部以省为单位的集声、像、文、谱于一体的民歌总集《四川民歌采风录》，为四川民歌的原样保存、原样传承提供了保证。采录民歌也是学术考察的过程。民歌积淀有深刻的族群文化记忆，荷载着丰厚的历史文化信息，极具科学研究价值。2017 年 11 月，我们举办了全国性的四川民歌学术研讨会，会后，长江书院出版了《四川民歌论集》。2021 年 5 月，我与四川师大音乐学院合作，将精心选择的 17 首民歌改编为合唱歌曲，在四川大剧院举行“四川民歌合唱音乐会”，实现了民歌从田野到舞台的转换。目前，四川师大与四川长江职业学院分别主编的《四川民歌音画》第一、二辑正在编辑出版中。书院希望通过《四川民歌音画》的编辑出版，把“四川民歌进校园”的活动推向纵深。如果说中国的古典诗词是阳春白雪，民歌是下里巴人，仅就文体而言，后者却是前者的根，两者间有非常密切的内在联系。这就是长江书院将两者定位为自己关注对象的依据。

有关情况我就介绍到这里。下面请韩院长致欢迎词。

韩虎：尊敬的万光治教授，各位专家，各位学者，上午好！时惟五月，岁在辛丑，群贤毕至，腾蛟起凤，今天我们在此隆重举行《不如痴斋诗草》学术研讨会暨长江书院的揭牌仪式，我谨代表长江书院向全国各地远道而来的专家和学者，表示最诚挚的谢意和最热烈的欢迎。四川长江职业学院是2010年经四川省人民政府批准、教育部备案，具有港资背景的全日制普通高等高校，目前建有五个学院，开设48个专业，现有全日制在校学生1.4万余人，学校是四川省首批、教育部第三批现代学徒制试点单位，教育部首批1+X证书试点院校，四川省首批研学实践系列标准试点单位，第一届四川省文明校园，第十六届世界技能大赛成都集训基地，成都市职业技能竞赛成都集训基地，成渝双城经济圈产教融合发展和研攻成员单位，学校人才培养工作典型案例连续四年入选四川省高等职业教育质量年报，学校推选的以川港特色实训中心为平台，深化川港、校企、校校多方协同育人机制改革，《教育改革发展创新校企案例》入选四川省教育厅教育改革创新发展典型案例，全省只有两所高职院校入选。学校承接了省内65所高校196批2940名青年学生赴港交流学习，参与组织了香港30多所高校103批3045名学生来川交流学习。学校合作实施试点积分课程，发起成立了四川省高等教育教学，川港高等教育教学研究交流委员会，港澳台青少年交流教育基地，四川省教育对外交流中心港澳台工作部在学校挂牌，建立了川港青年创新创业社区，目前已经有14个川港青年创业团队入驻。十多年来，学校培养不少优秀人才，一大批学生成为各个行业各领域的骨干力量，其中包括全国五一劳动奖章获得者田冠园，他是我校的杰出校友。长江学子以其务实、勤奋、高强技能得到了社会的广泛赞誉。

2020年12月在《不如痴斋诗草》和四川民歌研究的基础上，四川长江职业学院长江书院入选第一批全省高校重点中华优秀传统文化学院培育项目。书院也充分利用和发挥香港项目的优势面向港澳台以及国外学生。习近平总书记曾指出，中华优秀传统文化是中华民族的经典，社会主义核心价值观的重要源泉，也是我们在世界文化激荡中站稳脚跟的坚实根基。追往圣，我们深知传播中华传统文化的责任和担当；继绝学，我们深信只要书院能够善用《不如痴斋诗草》和四川民歌研究的两大独特优势，一定能为川港两地的师生、各位学者，提供优质的学习交流机会。四川扬雄说“务学不如务求师”，清华老校长梅贻琦也说“好的大学要有好的大师”。在此我代表书院向与会的各位专家学者、海内外的有志之士，发出最诚挚的邀请，欢迎你们来到书院讲学论道，期待师生教学相长。最后谨祝书院鹏程万里，顺颂各位专家时祺。

耿兵：今天我们召开《不如痴斋诗草》学术研讨会暨长江书院揭牌仪式，刚才万老师已经讲到了它们的关系，下面我首先向各位介绍长江书院成立的背景。

2014 年农历八月二十六日，韩宝忠老先生 100 周年诞辰，就是在这个会议室，学校为他举办了一场纪念活动。学校创办者韩瑾先生是他的后辈之一。来自老家北京的亲人，编辑了一本纪念册，上面记载了韩忠宝老先生的生平以及他的书法作品。其中抄录的两件《金刚般若波罗密经》最为珍贵。这个经为绢纸书写，紫木封面，保存完好。其中一件书于 1924 年，落款为韩宝忠，盖的印是“宦海沉浮二十年”；另一件书于 1927 年，落款韩双修。据记载，韩先生在清廷刑部任职，民国后在河北一带任几个县县长，勤政廉洁，口碑很好。

直到 2019 年 2 月，新发现韩宝忠老先生的三册诗草——《不如痴斋诗草》，三册诗草手稿都保存完好。刚才说到的《金刚般若波罗密经》和诗草手稿原本都保存在四川长江职业学院。诗草收录了韩宝忠大量的诗作和友人的批注。我们把持有的资料，找了一些专家学者欣赏鉴别，大家都表示可从书法、诗作、民俗学、社会学等方面开展研究，我们四川长江职业学院没有相关的专家，我们都是外行，但是我们也开始着手相关资料的收集、整理。可以说长江书院的成立，是以研究韩宝忠先生的三册诗草手稿为起点的。

大家都看到过已经出版的《不如痴斋诗草》，它是以韩宝忠先生的三册诗草手稿以及知晓的韩宝忠老先生的生平为脉络，开展相关资料的收集、整理的，以下是部分收集到的相关资料和信息（视频）：

2019 年，今天在座的邓稳博士发现：国家图书馆出版的《清末民国旧体诗词结社文献汇编》中记有一重要诗社——著涒吟社。文献中显示韩宝忠老先生为著涒吟社的成员，并保存以“望潇湘馆”为名的诗钟体一联。

2019 年 4 月，邓稳博士出差到香港授课，课余去了香港中央图书馆查阅，发现了收藏于中国国家图书馆金石拓片特藏的《张兴邦墓志》。同时，又发现雅昌艺术拍卖网正拍卖民国藏书家韩宝忠所书“行书”一副，作品印有“双修”闲章一枚。

2019 年 6 月，我们也查阅到科学出版社出版的《河北隆尧石刻》，其中有“韩宝忠碑”，碑额为“永垂不朽”，碑身记述了当年他任县长时的功绩。2019 年 9 月，我们还发现“平遥赵公创办金井公司记”碑，该碑落款为“五等嘉禾章知东（束）鹿县事韩宝忠撰并书”，就是说碑的撰稿人和书丹人是韩宝忠。嘉禾奖章设于 1912 年 7 月，共九等，授予那些有勋劳于国家或有功绩于学问、事业的人，授予等级按授予对象的功勋大小及职位高低酌定。韩宝忠是五等。

2020 年 1 月，我们也发现《缙绅全书》记载，“韩宝忠，安徽人”，在“光绪二十三年新旧海防筹饷事例分发三月各省试用人员”名单中，韩宝忠在列。韩宝忠当时是 22 岁，进入仕途。在不同年度的四份清末官员名单均显示：“主事/直隶/司行走/韩宝忠/剑芝/安徽望江人/监生。”2021 年 1 月，在万老师的指导下，在各位老师的共同努力下，《不如痴斋诗草》正式出版。本书也是以万老师作为学术顾问、韩宝忠后人韩瑾先生作为主任共同完成的。

今天，长江书院将在各位专家学者的共同见证下正式成立，《不如痴斋诗草》的出版仅仅是长江书院研究工作的起步。今后，在各位专家学者的支持下，相信长江书院在四川民歌和晚清近代诗人、诗社与诗歌创作等研究领域将会有越来越多的成果。

（长江书院的揭牌仪式之后，学术研讨继续进行）

王小盾：我没有见过张宇超，知道他是我一个朋友的学生。我看了他的论文，写得蛮好。作者先从艾略特的一句话写起："诗人，任何艺术的艺术家，谁也不能单独的具有他完全的意义。他的重要性以及我们对他的鉴赏就是鉴赏对他和已往诗人以及艺术家的关系。你不能把他单独的评价，你得把他放在前人之间来对照，来比较。"他从这个思想和方法论引出他的讨论——关于韩宝忠的诗风和清末民初渔阳诗风的关系。由此我想起中华民族的诗歌传统。中国古代诗歌传统是讲"温柔敦厚"的。不仅如此，《毛诗序》还说过："以一国之事，系一人之本，谓之风；言天下之事，形四方之风，谓之雅。"这句话真是经得起千锤百炼啊！我们通常是由此来理解"风""雅""颂"的分类的，认为风是"以一国之事，系一人之本"，也就是拿一个普通人的作品，来反映国家的大事情和大风尚。如果把许许多多的风——许许多多个人作品——结合在一起，那就是"雅"："言天下之事，形四方之风，谓之雅。"这就是"雅"和"风"最初的分类，最初的关系。这个话可以印证刚才艾略特的话，就是看一个人要结合他的时代，看一件事要结合它的长远。

今天我在车上问了邓稳一个问题：为什么要选择韩宝忠的作品进行研究？邓稳从小谈到大，说了很长时间。我开始没搞懂，不过现在明白了，选这个作品还是很有道理的。韩宝忠和四川没有多少关系，不是历史上很有名的人物，没有伟大的事件被记录，但是他跟长江书院有关系，和四川长江职业学院韩董事有关系。万光治老师是一个有战略思想的人，其安排一定有他的道理。不过，万老师的思想还有发展和提高的余地。万老师给我讲了他的一个重点，即四川民歌研究，他在《四川民歌采风录》和《羌山采风录》的基础上，开始搞民歌的演唱，接下来有一系列的书要出版，包括在采集四川民歌时得到的史料。这是很有意义的。《四川民歌采风录》和"四川民歌史料"，这两者的关系是从艺术上到学术上进一步提升的关系。或者说，采风工作是"民间音乐研究"，但是后一项——把所有资料汇总到一起——则是“民族音乐学研究”。其间有一个转变，即把民歌生存的生态、调查的经过都记录下来，概括出来，为民歌赋予人类学的意义，为《四川民歌采风录》赋予更长远的思考。

今天我要提出，能否在《不如痴斋诗草》研究上，也形成一个比较长远的思考呢？我的意思是能否“以一国之事，系一人之本”呢？也就是说，能否朝一个大方向去发展，把第二个拳头系统化呢？我不知道伏俊琏教授的写本学和长江书院的发展是否有关系，如果有，希望在《不如痴斋诗草》的基础上，建设一个“清末民初写本研究”。我相信，这项研究会有广阔的前景。

刚才万老师提到林传甲。这和我今天在车上同邓稳谈的问题有关。我认为，要研究一个事物，就要把它放到本来的位置上，用它本真的方法来研究。比如林传甲，他到底是一个学术史上的人物呢，还是一个教育史上的人物？我看呐，从他这本《中国文学史》的贡献来看，他是教育史上的人物。现在通常把他当成文学史上的人物来看，这有点离题了。因为《中国文学史》不是为了学术而写的，是为了教育而写的，是京师大学堂里面的一门课的讲义。林传甲是开课的老师。值得注意的是：当时不只是开设了中国文学这门课，而是开设了许许多多其他的课。你得把这门课放在这个系统里面去看。我刚才讲的就是这个意思：把《不如痴斋诗草》系统化。这样就有比较长远的意义，有系统性。且拿万老师第一个重点民歌来打比方：万老师是从 2004 年开始搞民歌调查研究的；在此之前，他出于对民歌的爱好，有许许多多积累，有调查资料。所以，四川民歌采风这第一个重点是经过长期积累而产生的，是水到渠成的一个结果。第二个研究重点应该也是这样的。

我在四川师大当老师的时候，曾经利用暑期，带着学生去调查成都周围的档案馆，考察近一百年来各种稿本，看其中有多少具有文学性和艺术性的文献。虽然收获不是很大，但是注意到这些文献的地方特点，促使我思考了一些文学研究的新方向问题。刚才我问伏俊琏教授：你的写本学研究是否有重点。因为写本存世的数量远远大于刊本。伏教授重点是敦煌和中古。那么我想，如果万老师和长江书院关注清末民初的文学和文化，也应该有重点，即关注清末民初四川地区的写本和稿本。这就涉及第二件事情，就是要推进《不如痴斋诗草》的系统化。刚才万老师提到一个词叫“稿本”。稿本是写本的一种，实际上是文书向书籍、典籍转型过程中的一个状态。在文书和刊本书籍之间，当然有许多过渡形态，除去稿本，还有抄本，以及其他写本。进行清末民初四川地区的写本和稿本研究，要注意考察所有这些形态。这对于中国文献学研究，有很大很大的意义。

王晓卫：非常惭愧啊，我到会场才发现，我们很多中青年的同仁都已经认真准备了论文。我什么也没有准备。今年年初，万老师把这本书寄给我，当时我在三亚，初看了一下感觉很不错。我退休以后这些年都在从事清末到民国时期的学术研究，也是用的一种新的形式，就是研究的同时用诗词的形式来作感悟的展现。所以我先系统重读陈寅恪，一诗一文，必有感悟，写成《重读陈寅恪感赋三百律》，期望能知人论世地把握好陈寅恪先生的意旨精神。前年到去年，完成了《王国维遗书题词》，对王国维的每一篇文章，包括诗词，撷其精华，度其创见，也写有 600 多首词。大家提交的论文已经比较全面。刚才小盾教授也从学术发展前景的角度提出了非常好的指导性意见。那么我讲什么呢？既然我喜欢写诗词，就从诗歌创作的角度来谈一点看法吧。韩宝忠老前辈的书法，不用说是非常不错的。他的七言律诗和绝句，应该说也是到了比较高的一个水准。清末到民初这一段的各种各样的诗集，我读了不下数百种吧。感觉他们是在一个比较高的层面的，当然不是最高的。什么是最高的？我们说贵州有郑珍，他的诗歌的境界和艺术水准是很高的。贵阳一流的词曲家有姚华。郑珍和姚华也就是我研究的范围。韩宝忠老先生的诗歌可以说是在一个比较高的水准上，所以从这个角度看是值得我们研究的，值得我们在研究的前提下来继承和发扬的。现在写作传统诗词的人，还是比较多的，但是达到比较高的水准的还是不够多，需要在创作角度上来进行提高。我想从这个角度简单谈谈，因为我没有专门的准备。

我在读《不如痴斋诗草》的时候，随便用一张纸作了一些简单提示性的标记。我顺着这个讲一讲。先简要说一下，一首好的诗，它一定要有比较好的结构安排，中间要有顿挫，不能一平到底，不能跳脱无归，也不能够勉强凑出七言八句就算了。《不如痴斋诗草》里面的七言律诗，整体来说非常注意这些问题。好的七言律诗，首先要有顿挫。比如庚子年《途中有感》这首诗，整首诗可以说是浑然一气，远近交错，物和我在交错过程中实现交融，整个结构显得比较圆转和雄浑。好的诗歌有一个特点，特别注意各联之间的关系。我们来看《独坐》这首七言律诗的颈联“松鸣得意涛千尺，竹写相思月半棂”，是两种情景，但两种情景之间的连接，以及和前后的连接都非常好。在此我不多讲，以免变成诗歌欣赏，那样一两个小时也讲不完，仅提示一下。再比如说《伤春》，最后“檐蛛织尽缠绵网，不及情丝一缕长”，结构上出人意表，情景过渡也比较精妙，因受时间限制，也不多讲。

韩宝忠先生比较好的是七言绝句，有朋友也提到。那么他的七言绝句好在什么地方？好的七言绝句，关键在于意趣集中在一个点，因为绝句不像律诗，它的表现不能太多，往往最好是抓住一个点，放开来，然后巧妙收回来，就可以了。我们来看他的诗歌，在收束上和开篇上都很有讲究，比如：“梦里依然笑语同，欢娱觉后总成空。风前恍见姗姗影，一瓣残荷坠粉红。”开篇给人梦幻的感觉，从一种迷离的梦境和梦语开始，然后镜头巧妙收束一下，随着一点缓缓进入一种情味之中，然后对它进行巧妙处理。紧扣一点，不多说。再比如《长征》：“征铎西摇月五更，度关忙不待鸡鸣。多情最是长堤柳，送我新丰路一程。”非常巧妙地就结束了，结意是非常出色的。他不多说长征途中具体怎么样，怎么走，只扣住一点“多情最是长堤柳”。我们古代都有折柳送别的传统，这类的诗歌很多，作者扣住历史的传承，抓住一个点，“送我新丰路一程”，杨柳依依飘扬，让我们想到“昔我往矣，杨柳依依。今我来思，雨雪霏霏”。杨柳多情，送我行踪，送我新丰又一程。这样的诗句，字句平淡，不深奥，但是其中的意蕴，包含历史的积淀和眼前的情味，汇为一体，织成诗境，给人反复的思考。读诗我们要这样去读，去体味，以读者的浮想联翩去会晤古人的浮想联翩。也就是接受学上说的“再创造”。为了不占时间，就简单提示这一条。

创作的作品应该具有完整性。律、绝特点不同。对于七言律诗来说，首、颔、颈、尾要相互呼应，起承转合，要荡得开，不是扣在一个点上不放。韩宝忠先生的一些律诗，特别是庚子、辛丑年的律诗，在这一点上，大都非常成功。我在读庚子和辛丑年诗的时候，有两首题词，念给大家听，就算草草结束。

第一首是《读韩公宝忠〈不如痴斋诗草〉题庚子年作》。庚子年，是作者比较苦痛的一年，让我们想起杜甫的“艰难苦恨繁霜鬓”。什么是“艰难苦恨”的呢？人生的苦恨，所以“繁霜鬓”，“潦倒新停浊酒杯”。我们说韩宝忠先生的诗歌是在很高的层次上进行的创作，当然不是说他达到杜子美那样的境界，我们仍然需要仰望杜子美。《题庚子年作》：“廿六青春独泪多，好诗真自难中磨。悼妻情挚惊奇幻，赴陕哀歌溢恨河。”这年韩宝忠 26 岁，青春时期，白日放歌须纵酒的时候，但是“独泪多”，其悼亡诗让我们深受感动。“好诗真自难中磨”，好的诗歌是从苦难之中磨炼出来的。最值得提到的有两个主题：一个是悼亡，悼妻情挚惊奇幻，悼念妻子的感情是真挚的，但效果是让我们见到一个奇幻的境界。从潘岳以来，很多人都写悼亡诗，如苏东坡的悼亡词，也是非常优秀真切的。在这个主题上，韩宝忠非常成功。另外一个是赴陕沿途所见所思，作者将所见所思变成我诗，“赴陕哀歌溢恨河”，满腔的恨、遗憾。

第二首是《题辛丑年作集句》，是我从韩宝忠先生诗句中挑选出来四句，让它组成一个首完整的绝句。内容如下：“竹写相思月半棂，怜他瘦骨一毛轻。蓟门云树家千里，又整归鞭逐雁程。”第一句有情有景，相思的各种情感都在其中，相思使得瘦骨如一羽毛之轻，夸张比喻，何等沉重！接着用“蓟门云树家千里”顶住前面的起头，云树烟雨渺渺，在离家千里之处，从役在外，这种相思是否可以解除呢？“又整归鞭逐雁程”，又整理行装，挥舞马鞭追逐大雁的行程。这四句分别取自韩宝忠先生不同的诗篇，重新组合，希望能浑然一体，再现先生那时的心境和情韵。

下面，我以吟诵这两首诗歌表示对韩宝忠先生的敬意。

万光治：感谢王晓卫教授的绝句吟诵，我们获益匪浅！

王教授的吟诵，让我想起今天没有到会的赵敏俐教授。中国诗歌研究中心在全国寻访会吟诵古诗的人，采录他们的吟诵，已经有二十多年的历史，比我的民歌采集还要早。到目前为止，他们已经采录、保存了上万个小时的录音。没有他们的努力，也许古诗吟诵在中国真的会成为绝唱。

王晓卫教授的绝句吟诵，还让我想起了中国以绝句论学的传统。韩宝忠先生的《不如痴斋诗草》刚出版，我就寄给王晓卫教授。没几天他在微信上给我发来刚才吟诵的绝句，过几天又发来一首。从杜甫的《论诗绝句》，到启功先生的《论书绝句》《论诗绝句》《论词绝句》，都是用绝句的形式来谈学术。在古典诗歌中，绝句的格律规范很严。王晓卫先生能把自己研究陈寅恪和王国维的学术心得凝练成绝句，尤其不易。希望他的论学绝句早日出版！

伏俊琏：谢谢万光治老师，谢谢耿校长和各位老师。特别高兴有机会来参加这个座谈会。《不如痴斋诗草》出版后，邓稳老师很早就寄给我了。因为我对诗歌是比较迟钝的，不像王晓卫老师那样敏感。王老师确实是著名学者，如果王老师工作在北京就不得了了，因为在贵阳工作，他的学术影响力受到很大限制。王老师对诗歌的感悟能力是超乎常人的。他读诗吟诵的时候完全进入诗的情景之中，完全与诗中所写的人精神交融了。他研究古代文学不用说，他研究古代的兵书兵器也是带有诗人气质的。万老师是“民歌王子”，已经是七十多岁的人了，还才情洋溢，设想到他年轻时候，二三十岁的时候，展示出来的歌喉，会是多么的余音绕梁呀，会有多少痴迷的“粉丝”呀。王小盾老师是研究古代音乐文学的大家，思辨之敏捷，令人非常敬佩。所以能在几位讲了之后，我来附骥尾，当然很高兴。

我刚才听了校领导和万老师讲的四川长江职业学院和长江书院发展的一些情况，我觉得他们的规划非常有眼光。长江书院的整个设计规划，在万老师和前辈学者指导下，是非常有学理的。因为我们现在大学中一些文学课的设置，有些是不完整的。比如中国现当代文学史课程，就有点残缺。前些年，我参加过一次全国汉语言文学专业本科课程改革的会议，我提出《中国现当代文学史》应当增加这一百年的古体诗文创作，虽被一些专家否定，但我至今仍坚持这个意见。如果教材名称叫《新文学史》，不加古体诗文部分是可以的；如果名之曰《文学史》，不加古体诗文部分，至少是残缺的，不完整的。辛亥革命之后，有一大批杰出的文人，他们不能一下子变成新文学的创作者，继续用旧的文学形式写作，留下了数以千计的古体诗文赋，他们对当时社会的影响，对当时文坛的贡献是不小的。韩宝忠先生的《不如痴斋诗草》就是其中之一。事实上，古体诗文一直活在我们的文化生活中，1976 年的《天安门诗抄》，主要形式是旧体诗，它影响了数以百万计的读者，对改革开放和思想解放运动的推动，具有先驱作用。事实上，在“现代文学史”课程中讲授古体诗文，钱基博先生的《现代中国文学史》已经这样做了。这部书是九十年前的著作，记录的现代文学从晚清到民国初年大约半个世纪。全书分为“古文学”和“新文学”两部分，古文学就是古文和诗词曲。全书采用《汉书·艺文志》以来“辨章学术，考镜源流”的叙述形式，每节以几位大师为代表，他的弟子及风格相近者附其后，如王闿运、章炳麟、苏玄英、刘师培、马其昶、郑孝胥、陈三立、陈衍、陈宝琛、朱祖谋、吴梅、严复、康有为、梁启超、谭嗣同、林纾、王国维、章士钊、胡适、周树人、姚华、徐志摩等。从所选作家看确实有其保守一面，但这种布局对全面展现中国文学的面貌，还是应当充分肯定的。

刚才晓卫老师讲到贵州的姚华，我读过张舜徽先生的《清人文集别录》，其中有姚华的《弗堂类稿》条。姚华是著名学者，张先生对姚华此稿评价很高。姚华也是著名的文学家、艺术家，他是大学问家，经史子集无所不通，我甚至感到他的学问天成，汪洋恣肆，淹博难窥涯涘。姚华不仅精通四部典籍，而且词曲俚唱，书画金石，颖拓刻铜，无不为一代宗师。古代这样的精经史而通八艺者，苏东坡可为代表。姚华不是孤立的人，新旧交替时候，像姚华这样的修养很高的学者，被新文学史忽略了。如真要研究这 100 年中国学术和文学上的变化，像姚华和韩宝忠这样的诗人学者，应该引起关注。

就我们四川的历史来说，明末清初时候，巴蜀文化遭到严重打击。康熙年间，四川人口记载为几十万户（万光治先生补充说，移民前为七八万人），朝廷派的省长等移居四川，在重庆的时候被老虎吃了随从好几个人，当时遍地是野兽。巴蜀文化的恢复经过了漫长的时期，到了光绪初才逐步恢复。以南充为例，光绪之后，我国最早的基督教学者、法律学者和宪法学者都是南充人，邓小平同志、朱德元帅、罗瑞卿同志和民主革命者张澜先生出现在嘉陵江畔，不是没有道理的。巴蜀文化从清末开始出现了大的复兴，如日本留学，去上海、北京发展，实业救国等。辛亥革命失败后，“无量头颅无量血，可怜换来假共和”，他们种植水稻，发展农业等，实业救国。一百多年来，巴蜀文化是开中华文化风气之先的文化，是引领全国的文化之一。所以做文学研究，把近代旧体文学纳入长江书院的研究范围，是很有眼光的。书院现在确定的几个拳头，几个发展项目也是很有眼光的。

比如邓稳老师，研究汉代文学，可否以研究韩宝忠为契机，考虑研究方向往近代转，深挖这段时间的宝藏？大家知道，汉赋等的研究已经很成熟，但是咸丰、光绪到抗战前后这段新旧交替时期的文学，到处是处女地，待开垦的很多。所以长江书院今后可以很好地发展。书院已经有一个撒手锏，面向两地（香港和内地）招生。此外，我还建议，与川内高校联合培养相关的研究生，如邓稳老师的研究生就研究近代文学，由川师和长江书院合作一起招生。如果四川长江职业学院和川师有合作协议性的东西，是很便于工作的。如果官方合作比较难，民间合作也是可以的。当然其他大学也可以考虑。

长江书院工作的两个重点，第一是民歌，万老师给我们做了非常好的开创工作。万老师和他的团队历时 13 年，抢救、整理四川 21 个市（州）181 个区县的 3000 多首原生态民歌。他还走了新疆、甘肃、云南、贵州等地调查民歌，像我们甘肃的榆中青城小调都被他关注到了。这些民歌原生态文献是一个文化的呈现，反映很多历史、文学和音乐价值，可以说是活态的民歌全书，有待继续传承，因为这个路子开辟得太不容易了。

第二个重点是以《不如痴斋诗草》研究为重点，我觉得可以改名为“近代转型期的中国文学文化研究”。目前这个方面江南做得很好。我们巴蜀有自己的特点，也有些地方已经做得很好了。蜀学最兴盛的时候就是张之洞入蜀任学政后。我们做这个研究的时候，不仅仅是《不如痴斋诗草》，巴蜀学术也可以纳入，但川大偏重学术，我们可以偏重文学。

四个研究方向，我觉得可以和这个配合起来。其中“香港文化”可以考虑增加内容，因为纯粹的近代香港文化是殖民文化，从鸦片战争之后被英国殖民，是中西文化合成的，刚好是我们讲的近百年新旧文化交替的一个缩影，所以我们可以叫作“香港与近现代中国文化”。这样可能更全面，把香港文化作为缩影，作为近现代文化在殖民地的缩影。当然题目有点大，可以大题小做，从小处做起。

人才培养方式上可考虑两点：一方面是联合培养，一方面采用进驻研究的办法。设置研究岗位，延请相关方面有影响的研究学者进驻学习交流，如请王小盾老师来集中做相关研究，带动书院发展。当然，全面发展比较难。如四川三国文化目前已经很成熟，川师、省社科院、川大、西华师大等都有人研究，我们可以避开，两个重点方面可以做出成绩来。这个同教育部人文社科研究基地一样，做事是由这个研究基地进行，研究基地设置在这里，但研究工作不限于某一个学校。长江书院作为近代诗抄和近代文化的研究基地，可能把全国本方向最高水平的专家纳入麾下，才能超过川内的学校，甚至在全国都做出影响。就像浙江大学马一浮书院一样，只做经学。成都人杰地灵，是西部文化中心，有做好这些工作的大环境。

万光治：几位先生的学术发言，对长江书院以巴蜀文化为基础，开拓并形成自己的研究特色，提了很好的建议。

研究领域的开拓，是突破学术研究瓶颈的关键。自“文革”结束，恢复研究生招生以来，中国古代文学专业招生的数量很大。日积月累，中国古代文学专业的硕士生、博士生在为学位论文选题时，往往面临很大的困难。师生的共同苦恼是，从先秦到元明清，名家名著是热门的选题，已经被研究者广泛涉猎。尽管在方法、层面、理论等方面，对它们的研究仍然有很大的创新余地，但对于本科生、硕士生、博士生而言，实现上述创新还缺乏相应的知识积累和理论准备。于是在古代文学专业研究生培养中出现了一个现象，一些同学在《四库全书》中去寻找一些不为人注意的、并无太大研究价值的小作家做论文题目，答辩时称因为该作家过去无人研究，自己的研究算是“填补了空白”。其实在我们的文化领域，还有很多处女地有待关注。如王小盾教授花了很大的力气，去了很多国家，如法国、韩国等，研究汉文典籍在国外的生存和研究状态，对开拓文学史、域外汉学史以及中外文化交流史的研究功不可没。伏俊琏教授的写本学研究，王晓卫教授的王国维、陈寅恪研究，在对象上有拓展，在方法上也有自己的创新。刚才谈到的巴蜀文化研究，在四川学术界已是显学，但仍有很多领域需要发现与开拓。巴蜀文化是一个动态的概念。在上古巴蜀的历史与文化中，很多的谜团有待出土的文物破解。但仅就传世文献的记载，战国到明清，巴蜀先后接纳了五次规模移民，这些移民对上古原生形态的巴蜀文化有何影响，值得研究。明末清初，因为战乱，辽阔的巴蜀大地仅存八万人左右，巴蜀文化受到的破坏可想而知。之后，由官方组织的南北移民大量来到四川，他们与原住民相融合，为原生形态的巴蜀文化注入新的元素。因为如此，巴蜀文化成为包容性很强的地域文化。它与不同地域文化的嫁接，结出的果实往往出乎人们的意料。仅就我们采录的四川民歌看，其中有来自福建泉州的宋代民歌，有来自苏、浙、赣的明代民歌，有来自两湖、甘、陕的清代民歌。乃至在抗战时期，除了江南一带的民歌，更有来自东北的二人转。可以说正是移民文化，造就了四川汉族民歌丰富的形态与色彩。最近有人请我给即将出版的《寻找诗婢家》写序。北京荣宝斋、天津杨柳青、上海朵云轩、四川诗婢家，是中国经营文物书画、文房四宝的四大名店。四川诗婢家成立于一百年前，20世纪因各种原因，最后成为集体所有制的水印厂，再后来连厂也没有了。近一二十年，有人把它恢复起来，经营者请了一位作家为它的起死回生作传，书名就叫《寻找诗婢家》。我看了这本书很有感慨，诗婢家的黄金时代居然是在抗日战争最艰苦的时期。当时四川作为抗战大后方，从全国各地来了很多文化人，宜宾的李庄，至今留有遗迹。《寻找诗婢家》记录了巴蜀与外来的诗书画家相互间的交往，不但影响到诗婢家在当时的繁荣，更深刻地影响了巴蜀的书画的创作与教育。上述例子说明，巴蜀文化研究方向的博士生、硕士生如果将田野、史实与文献的考察结合起来，定能有效地拓宽自己的学术视野，研究工作大有可为。四川长江职业学院长江书院所以把研究与推广四川民歌定位为自己的工作方向，也正是基于这样的考虑。

……

邓稳：《不如痴斋诗草》及其一系列的研究有什么样的特征？这已经由刚才几位朋友和各位同仁进行了介绍，我就不再重复。至于《不如痴斋诗草》有什么样的研究价值，我认为可借孔子提出的“兴观群”来加以概括。

先来看《不如痴斋诗草》“群”的价值。就由张骏翚老师为诗集写的诗说起吧。张老师是才子，几年前因为新诗集《跪在佛前一万年》而轰动狮子山。前几年他又写过四册新诗，但最近几年开始转而写作古诗。收到《不如痴斋诗草》后不久，他即说：“你的书我仔细看过。你《前言》已经写得比较详尽了，所以我就不再写文章。没有文章，我可不好意思来参会。”但可能张老师又放心不下，很快写了一首《次韵韩宝忠〈夜雨留宿马坊门〉》给我，诗云：“寄住廛宅里，高楼欲挂瓢。俗尘多枉攘，世事那逍遥。倚树诗思起，听风客念消。正应斟美酒，谁可与闲聊。”诗写得很好，但“俗尘多枉攘，世事那逍遥”感觉有点消沉，用来参会好像不太合适。因此，我就很婉转地说，是否可以写一些组诗，或者说按照张云楼题赠《不如痴斋诗草》的方式，也就是今天几位先生所说的论诗诗的方式来写。所以他后来又作《读清韩宝忠〈不如痴斋诗草〉慨题二首》，其一云：“说诗未必只三唐，各擅风流蔚耀光。大有遗珠谁可见，自将别韵作铿锵。”其二云：“世间人尽是诗人，寄迹追俗似影身。国变家难遭历后，动觉知县回吟魂。”这让我很是感慨，所谓“战士邀功，必借干戈成勇武；逸民适志，须凭诗酒养疏慵”。张骏翚老师是一个逸民，喜欢骑自行车、喝酒、交友，不喜欢做学术文章。他曾几次想放弃对这本书的研究，但还是写了论诗诗，这就体现了诗歌所具有的“群”的文化价值，即能够把人聚集到一块儿。这种价值从小的方面说，也是王小盾老师刚才引用《毛诗序》里面的价值：“以一国之事，系一人之本。”这种价值在韩宝忠先生的诗集和家族中有无体现？用韩家前门大院的那一副对联“忠厚传家久，诗书继世长”来说吧，正是因为有了这样的家训，正因为有了这本诗集，才让韩家文化绵延不断，才有了今日的长江书院、今天举办的《不如痴斋诗草》研讨会。各位老先生、年轻朋友今天能够到场，张宇超昨天在机场候机十多个小时最终航班虽然被取消但却能毫无怨言，都是诗歌团结人的价值体现。回过头来看张骏翚老师的诗作。第一首“大有遗珠谁可见，自将别韵作铿锵”，把韩宝忠诗作比喻为散落民间的一颗珠宝，这是从文学价值上去论述《不如痴斋诗草》。第二首“世间人尽是诗人，寄迹追俗似影身”，意指我们每个人都有一颗诗心，甚至也具有一定的诗才。诗心如何被召唤，需要契机，所以就讲到韩宝忠《不如痴斋诗草》为什么撰写，即庚子事变、妻子离世、小儿夭折等经历对他的影响。

读到这里，我很有感慨。因为中国有一个诗的传统，诗歌具有“群”——凝聚人的功能，张骏翚老师才几次想放弃但最终被召唤了出来。所以，当天中午吃饭的时候我花了几分钟也口占了几句：“才子惜诗人，风骚贯古今。云龙自辉映，慷慨有知音。”这是诗人与诗人之间的共鸣，也是中国文化前后的呼应，包括今天反复谈到的百年巨变、文化的中断，但现今我们又去写作古诗、长江职业学院又创办一个长江书院，这都是文化的呼应。云龙呼应，连绵不绝。这也是《不如痴斋诗草》“群”的文学价值。

通过对比也能轻松找到《不如痴斋诗草》“观”的价值。比如《漱尘室集》和它相比，一方面可以看出诗集编撰体例的优劣，虽然顾华伯、韩宝忠都出自世代书香的家庭，编撰也都各有体例，但《不如痴斋诗草》内容更丰富、体例更完备。另一方面是诗集的认识价值。顾华伯和韩宝忠都是北方人，两个人在融入民国社会的时候都受到很大的打压，但是时间点不同。顾华伯在民国之初即愤然辞去官职，而 1921 年以后对时代更为不满。当年 5 月 5 日孙中山在广州就职大总统，他因为郁闷很快就去世了。韩宝忠在民国时候当过一段时间的知县，但在南北权力交接过程中，由于各种原因，他要么辞职，要么被辞职。在这种特殊的政治背景下，诗人宦海沉浮的经历便有了很大的认识价值。所以“观”的价值在此能得到很好的体现。

最后谈谈诗集“兴”的价值。沿着《不如痴斋诗草》的方向，如今天伏老师所说的，把它扩大化以后会有一个什么样的价值显现？其实近代以来，四川文化因在内地发展比较缓慢，但近代文明沿着长江流域上移以后，四川文化便得到迅猛发展，如戊戌六君子中刘光第和杨锐都是四川人，皆在北京兴办蜀学。林传甲作为福建人，任职京师大学堂，写出第一部中国文学史。表面看起来林传甲和四川没有关系，但他的母亲刘壿是能文能武的将门之后，四川人，且林传甲早年丧父实则由其母亲教育成材。刘壿曾系统写出严格教授林传甲的过程，如以孟子动心忍性进行教育。因为受到近代儒学变化的影响，刘壿也崇尚西学：“醉与西洋修路桥，从来才艺在中州。”中州指中国，这首诗歌里面有很强的民族意识。与此呼应，林传甲《中国文学史》也是站在整个世界大变局的动态的社会现状中来思考如何走出有中国特色的文化教育道路。林传甲虽然根据教育部的章程来写中国文学史，但实际是家学、世风和个人观点的反映，之前的研究者对这里面的信息辨认得还不太清楚。这说明一个问题，林传甲《中国文学史》影响很大，但其最初的文化起源地完全可以追溯到四川。所以长江书院的设立，价值很大：长江文化和四川文化的交融，能在《不如痴斋诗草》等一系列四川晚清民国诗集、文集中得以凸显。

总而言之，《不如痴斋诗草》的价值，一是孔子所说的“群”，即能团结人，凝聚人心；二是“观”，可以由此认识那个社会和时代；三是“兴”，即启发的价值，即对如何回归中国的学术话语、如何走有中国特色社会发展的学术道路，都有所借鉴。我的陈述完毕，谢谢大家。

……

袁昊：晚清民国有很多的旧体诗，直到今天仍然有许多旧体诗写作者，这么多旧体诗可以从哪些角度来进行研究呢？在此之前学术界也在争论，说旧体诗要不要进入文学史？争议很大。然而今天他们也没有找到一个很好的理由，让旧体诗进入文学史。问题就是那么多的旧体诗，它是一种现象，是文学现象。大量的旧体诗，难道就没有价值吗？像现代这样的学术话语架构之下，我们怎么来发现旧体诗的价值呢？

其实包括上午各位老先生以及年轻的学者也谈到了一个角度，就是从时代与个人之间的关系来看，从精神时代的角度来切入。我觉得是一个比较好的方法，刚才王朋老师也讲到了，从微观个人这个角度来观照历史，窥探这个时代思想。因为我的学术背景，对新诗比较熟悉，“五四”之后的新诗是一个创造的主流，偏重于个人化的、抒情化的，这是新诗主流的诗歌模式。但是，新诗有一个对立，它必须要对古代文学尤其是旧体诗做一个切分，一个断裂，只有断裂之后才能够重新构建新文学自己的基础。基于此，五四新诗没有花更多的时间和精力来重新发掘旧体诗对现代社会的现代意义。

其实古体诗词里有很大一部分，直到今天仍然是具有特色的，就是旧体诗深厚的纪事功能。而这个纪事功能在新诗里边是较少的。我们看新诗里面有叙事诗、长篇叙事诗。实际上这个叙事诗一方面是从欧洲的西方叙事诗里借鉴过来的，另外一方面是从中国民歌里借鉴过来。但新诗从旧体诗中借鉴学习叙事功能与特色是比较少的。

我们来看韩宝忠的诗集，发现有大量的这种纪事诗，无论他的游记诗还是他的唱和诗等，有很多反映当时社会民俗，包括重大的社会事件的。上午李俊杰老师讲到了诗集中一些反映时政的诗歌，王朋老师讲的书写辛亥年事件的诗歌，都具有很强的纪事特征，因此我个人觉得，从旧体诗的纪事功能这一角度，来重新发掘韩宝忠这个诗集的意义与价值，是一个很好的研究切入口，以此来证明现代新诗纪事功能的不足。

那如何来具体操作呢，如何具体切入和研究呢？施特劳斯在《迫害与写作艺术》中提出了一种新的写作方式——“隐微写作”，该书梳理了欧洲社会政治环境对写作产生的压力，导致写作者必须用深层的技巧来写作，这就叫作隐微写作。韩宝忠诗歌中，我发现很多诗歌把他的一些想法、个人的见解，放在写景抒情的诗歌里面，比如《西征》《途中有感》《夏雨生众绿》等等，我们不能仅仅是从风景诗、写景诗角度来解读它，这样把他诗歌的意义缩小，应该把他作为一个文人通过写景来反映时代转化的精神苦闷，即探索其隐微写作的政治环境与作者的精神境况。当然，“隐微写作”这个说法和传统士大夫的“显与隐”“穷与达”之间观念，其实在某种程度上是有一致性的，应把两种观念结合起来。

最后我想讲一讲《不知痴斋诗草》的诗学问题。如果以现代学术评价标准来看的话，旧体诗有一个很大的问题，我们要追问无论是从艺术上还是思想内容上它有没有带来一些新的东西？而这些东西与现在的人的价值观念、美学观念是否具有一致性？我们现在看了很多旧体诗会觉得它们和社会现实关系、包括人的观念，差距很大。就是因为旧体诗缺乏创新，它没有新的认知也没有新的美学特色。从我自己的阅读感受来看，从晚清以来就有很诗歌创作者在试图通过延续旧的形式而增加新的内容，比如梁启超就主张保存旧体诗的形式而注入新的内容。怎么来注入新的内容，这个就是旧体诗需要突破的重大困境，到今天我觉得仍然没有把这个问题解决掉。我读了很多当代不错的所谓旧体诗写得很好的人的旧体诗，他们用的那些词语，基本上还是传统的词语，而新的词语是很难进入到旧的诗歌的形式的。为什么呢？因为诗歌的形式是有限的，你要把那些新的词语，新的物象放进入这种旧体诗里面，很难达到一种匀称，结合度是很难保证。这也就是我开始读韩宝忠诗集的时候，读不下去的一个原因。诗集中的词语，包括意象的选择，基本上都是旧的。但是，我们要注意，就是用这些旧的词语、旧的形式，他在一些写景的诗歌上注入了一些现代人的感受，并且他用旧的词语把它表现了出来。这是我觉得他的诗歌之所以为我们现在研究并加以阐述的意义所在。

另外，上午也有老师讲过的，诗集的旧形式、旧内容与新的现代人的精神苦境结合产生一个诗学张力。那是在诗集后面的一些诗歌，尤其是韩宝忠有意识创作诗歌的时候，所写的诗歌确实具有诗学上的自觉。邓老师在《不知痴斋诗草·前言》中也有说明。韩宝忠在开始诗歌创作的时候，不太注重诗歌艺术等问题，但是在后来，他对诗歌创作是有艺术追求的。这也就是说，我原来带着一种新文学、新诗史视野来看旧体诗，往往忽视了一点，就是先入为主地判断他的旧形式、旧词语，实际上旧词语、旧形式里面也可能包含新的内容。而这种新的形式与内容，在聂绀弩等一系列的现代作家旧体诗里面你也会发现。所以这一点我觉得是研究晚清民国以来的旧体诗一定要注意的问题。这也是邓稳老师为什么有志于重新梳理晚清民国旧体诗的想法。现在全国有好多地方也在研究民国旧体诗，南京师大、首都师大、上海师大等都在研究。但问题是能否从一个现代视野的角度来重新发现旧体诗现代意义，我觉得这很难做到，要花很多时间，且要拥有高远的学术视野和眼光。邓稳老师在《不如痴斋诗草·前言》中讲到了诗集的很多价值，我觉得我讲的这个价值，如果能纳入邓老师研究视野的话，有可能对《不如痴斋诗草》学术价值会有提升。我的发言就到此结束，谢谢大家！

（刘立、吕冯琼、邓稳整理）

《不如痴斋诗草》学术研讨会会议综述

吕冯琼　任茂雪①

由四川长江职业学院主办的"《不如痴斋诗草》学术研讨会暨'长江书院'揭牌仪式"，于2021年5月15日在四川成都举办。与会人员包括来自省内外各高校和学术机构的学者共三十余人，提交学术论文二十篇。学者们通过会议发言和互相评点的方式，围绕《不如痴斋诗草》的各个方面进行了深入研讨，同时对长江书院的发展提出了宝贵建议。会议开幕式由著名学者万光治教授主持，四川长江职业学院校长韩虎、长江书院常务副院长耿兵分别致辞。

会议开幕式及长江书院揭牌仪式完成后，《不如痴斋诗草》学术研讨会正式开始。根据会议学术论文和发言的不同主题，可将其分为三个部分。

一、《不如痴斋诗草》的价值和研究前景

会议第一阶段围绕《不如痴斋诗草》的学术价值、研究前景进行了深入探讨。万光治先生认为《不如痴斋诗草》展示的作者形象对研究近现代士大夫的转型有标本意义：在文学史层面，可以将其古体诗词创作纳入近现代文学史的研究对象；在文献层面，《不如痴斋诗草》写本是一个稿本，

---

① 吕冯琼（1986—），四川广安人，文学硕士，四川长江职业学院讲师，研究方向为中国古代文学。任茂雪（1999—），四川自贡人，四川师范大学中国古代文学2020级硕士研究生，研究方向为清代文学文献。

拥有校勘和文化上的价值。此外，万光治先生以开拓文化研究领域为出发点，希望学者将田野、史实与文献的考察结合起来，拓宽自己的学术视野。文献学、音乐学专家王小盾教授从万光治先生《四川民歌采风录》和“四川民歌史料”的关系出发，认为这种长远的思考也应当放到《不如痴斋诗草》的研究上。王小盾教授基于与四川师范大学邓稳老师对《不如痴斋诗草》价值的探讨，提出要使其研究系统化，可以考虑用我国风诗传统“以一国之事，系一人之本”来进行参照。同时抓住其为写本的特质，以“清末民初写本”为切入点，使研究具有更深远的意义。

对此，敦煌学、俗文学和写本、抄本方面的专家，西华师范大学国学院院长伏俊琏教授作出回应。一方面，他认为可以结合蜀学之特色，将韩宝忠及其诗歌一同纳入“近代转型期的中国文学文化”研究。另一方面，伏俊琏教授结合长江书院现况，建议以《不如痴斋诗草》之研究配合书院与香港的合作关系，探究近现代文化在殖民地的缩影，借此渐渐将书院作为近代诗抄和近代文化的研究基地。《不如痴斋诗草》的整理者、四川师范大学邓稳老师积极回应了王小盾教授。他从诗人之间的共鸣、中国文化前后呼应的角度揭示了《不如痴斋诗草》“群”的功能；从诗作中反映的关于宗教、诗社的文化中总结出其“观”的功能；同时主张以一系列四川晚清民国诗文集来研究长江文化与四川文化的交融，作为回归中国学术话语的借鉴之举来体现其“兴”之功能。

作为研究中国现当代文学的学者，四川师范大学李俊杰老师的《个体记忆的温度、价值与意义——读〈不如痴斋诗草〉》为该书研究提供不同视角。李俊杰老师发现《法政学报》中韩宝忠鼓吹现代法治的诗歌具有现代功能的发端意义。由此他认为研究视野局限于诗歌古典功能会忽略其中的现代价值和作者现代精神内核。因此研究《不如痴斋诗草》及其他同类文献时，应当找出在权力话语遮蔽下被宏观历史淹没的个体的表达。四川师范大学袁昊老师《晚清民国下层官吏的精神境况与隐微写作——以韩宝忠〈不如痴斋诗草〉为考察中心》与李俊杰老师有所呼应。他以施特劳斯在《迫害与写作艺术》中提出的“隐微写作”为切入点，探索作者所处的政治环境及其精神境况。这和当时旧文学中包含新内容的现象是分不开的，也是重新梳理晚清民国旧体诗的价值所在。

二、《不如痴斋诗草》之创作特色和思想

会议第二阶段围绕《不如痴斋诗草》思想和艺术特色作主题发言。贵州大学王晓卫教授从诗歌创作的角度来剖析韩宝忠的诗歌。他认为好的七律应当抑扬顿挫又浑然一气，好的七绝应当集中一点、收放自如，《不如痴斋诗草》显然达到了这样的创作成就。王晓卫教授吟诵自作诗两首以和韩诗，表达对韩宝忠诗作的欣赏与敬意。选择了同一角度的还有四川师范大学徐江博士《取法多师 融古出新——韩宝忠诗歌创作特色论析》（与田静合作）。他从字法、句法、篇法三个方面举出例子来说明韩宝忠诗歌多学唐诗，尤其是学习李商隐和杜甫，进而推测出韩宝忠以《唐诗三百首》为范本进行学习的结论。在此基础上，徐江博士提出了三点学诗之建议：唐诗仍有强大生命力，学诗当从唐诗入手；诗歌创作当由模拟而入；博观约取自成一家面目。

韩宝忠是一位书法家，《不如痴斋诗草》不仅是诗稿，也是一部书法作品。四川省金石书画研究协会理事吴炬老师即以《兴来独运天机活——浅议韩宝忠先生的论书诗和书法》论其书法。一方面，韩宝忠之书法远法钟王、近踵诸城。其继承了“浓墨宰相”刘墉的书法特点，又提倡中锋笔法的以锥画沙；另一方面，韩宝忠用力甚勤，终日临池以求书法精进。吴炬老师还论韩宝忠之书法实践，指其根据不同场合和作品性质对书法之态度、字体和风格有不同选择。

对《不如痴斋诗草》之思想进行研究的有四川警察学院王朋老师《浅论韩宝忠的吏治思想——读〈不如痴斋诗草〉有感》、四川师范大学牟歆老师《清末民初时期政治风云中的下层官员心态索引——以韩宝忠〈不如痴斋诗草〉为例》。两位学者皆以下层官吏为切入点，但各自的侧重点有所不同。王朋老师分析韩宝忠为官不同时期的吏治思想转变及其原因。在辛亥革命之前，由于清朝“四格八法”的考核制度以及任职志向，韩宝忠多次表明自己的廉政思想。在辛亥革命之后，韩宝忠反对对贫苦百姓的欺压，更多地表现自己的仁政思想。此外，韩宝忠还有更高的渴望救亡图存

的从政理想。牟歆老师则着重分析晚清动荡时期韩宝忠作为一个知识分子的心态变化。韩宝忠是国家动乱的亲身经历者，在展现巨变时局的同时也表现自己的国破家亡之哀感。当进入仕途看到中兴的希望，他又斗志昂扬地展现自己的经世济民之志。在他的诗中有着低落与高亢、牢骚与颂扬的对撞，这正代表了那一时期新旧思想碰撞下下层官员的矛盾心态。

三、《不如痴斋诗草》之题材内容

会议第三阶段围绕《不如痴斋诗草》不同题材作主题发言。安徽财经大学杨化坤老师以《论韩宝忠〈不如痴斋诗草〉中的岁时诗》为题展开研究。《不如痴斋诗草》中关于春和秋的诗歌尤其多，这些岁时诗不仅包含了丰富的内容，表达了真挚的情感，还体现了《不如痴斋诗草》的创作渊源——中国古代文人伤春悲秋的文化传统。四川农业大学王虎老师感于巴蜀晚清诗人强烈的忧患意识，而选择了《不如痴斋诗草》中的爱国诗进行研究并写下《浅析韩宝忠的爱国诗》（与罗金红合作）。在内容上，王虎老师把韩宝忠的爱国诗分为“忠君爱国”、心系百姓和歌颂山河三个部分。在艺术上，他认为其诗有崇唐尊杜、慷慨悲壮和自然简省的特点。

四川师范大学苏琳琳《〈不如痴斋诗草〉中的时事诗考述》对韩宝忠的时事诗进行了详细分析。苏琳琳将其分为三个时期：庚子国难时期稍具老杜沉郁顿挫之气；辛亥革命时期表现了遗民从迷茫到慷慨激昂的心态变化；民国时期又因为国家动乱而表现出郁闷与落寞。以诗为证，可以看到当时以韩宝忠为代表的知识分子在国难当头的真实生存状态和心理感受。四川师范大学罗佳以《韩宝忠行旅诗研究》为题论述《不如痴斋诗草》中的行旅诗。从时期上来划分，其早年行旅诗多反映诗人在乱世中的愁苦，而中年生活较为稳定，行旅诗也较之前更加冲淡平和。从内容上来看则可分为侧重感受的纪行诗、怀古伤今的咏怀诗和侧重景色的观光诗。韩宝忠的行旅诗反映了庚子国难前后普通民众之心态。四川师范大学任茂雪以《“事发而后情生，情生而后诗作”——韩宝忠悼亡诗的叙事和抒情研究》为题，论述《不如痴斋诗草》中的悼亡诗。文章分别分析韩宝忠悼亡诗的叙事场景和叙事模式、抒情意象和抒情方式。文章认为其悼亡诗前期多叙事，后期多抒情之现象，是由于组诗诗体和历代诗歌传统为其提供了叙事性增强的可能性。练燕《不如痴斋与漱尘室之遥相唱和——韩剑芝与顾华伯唱和诗研究》分析顾、韩唱和之诗，并在顾华伯《漱尘室集》中搜辑《不如痴斋诗草》未录之作，力图还原顾、韩二人交游以及诗歌全貌。顾、韩因结为姻亲进入首次唱和之阶段；又因彼此才华相当、性情相近以臻佳境；在动乱之下两位传统文人以复杂而深刻的情感交流达到了唱和之高潮，却又因顾华伯的突然病逝戛然而止。白函子《〈不如痴斋诗草〉所载〈槐园吟〉唱和组诗探析》分析韩宝忠与严健秋、严煦民父子之交游。三人交游之时皆远离政治中心，所以其诗中没有顾、韩二人忧时伤事的内容。严氏父子多抒发自己的闲居志趣，韩宝忠也专重三人之情感交流。这一组唱和诗尤能见出传统文人的审美情趣和隐居状况。

15 日下午 6 时《不如痴斋诗草》学术研讨会圆满结束。会议第一阶段几位学者对《不如痴斋诗草》价值的探讨，给后来学者拓宽了研究视野、指明了研究方向；第二阶段对于《不如痴斋诗草》思想和艺术的分析详细而具体，青年学者从自身研究方向出发展开热烈讨论，思想的碰撞迸发出新的火花。第三阶段是《不如痴斋诗草》的专题研究，将韩宝忠诗歌内容全貌大概展示了出来。尤其是前辈学者对年轻学者的指导具有全局性、方向性的意义，对其完善文章和今后的学术之路大有裨益。

跋

2003年，我的伯父韩镜清去世。伯父在北京的家人清理遗物时，发现两部紫木封面的绢纸册页，是祖父韩宝忠分别于1924年、1927年手书的《金刚经》。数年之后，友人四川师范大学古代文学教授万光治，观赏后大为赞叹。他取来启功先生墨宝《心经》复制品的装裱长卷供我参考，建议我将1927年祖父手书《金刚经》用同样的方法复制长卷用作礼品交流，然后封存法书以利保护。

2018年，伯父家人又在遗物中发现三册题为《不如痴斋诗草》的诗稿遗著。万光治教授仔细阅读后，认为张云楼以"诗宗李杜""书法钟王"论其诗歌的思想艺术与书法造诣，恰如其分。读者通过诗歌，不仅能大致知晓祖父的行迹与宦历，更能由此了解士大夫在清末民初这一社会转型时期的独特思想、生活与社会实践。因此，《不如痴斋诗草》在近现代古体诗创作史上应有一席之地。在万老师的推动下，诗集经四川师范大学邓稳副研究员的悉心整理，于2020年由巴蜀书社正式出版。

《不如痴斋诗草》的发现，唤起了我半个多世纪前的一些回忆。

自1966年始，全国学校停课近十年，刚上小学五年级的我自此辍学。1971年，无学可上、无业可就的青年被动员上山下乡，患有肝病的我侥幸留城待业。在此之前，任职于四川省工业厅的父亲已下放内江，接受"改造"。年底，我奉母命前往内江，照顾刚从"牛棚"出来的父亲。其时，他的身体已经极度虚弱，但仍需带病参加劳动。在生活与读书条件都极其艰难的情况下，父亲怕我荒废时光，常用钢笔在废纸上写些古人诗歌，给我讲解，令我背诵。

父亲韩文龙 1914 年生于北京，毕业于北京大学工学院机械工程系，之后父亲辗转北京、上海、重庆，一直在工厂、学校作技术或教学工作。我曾经想过，工科出身且以机械制造为职业的父亲，为什么对古代诗歌有如此兴趣？为什么在困境中仍叫我学习和背诵古人诗歌？直至发现祖父《不如痴斋诗草》，我重温父亲留给我的《自传》和仅存的八页诗抄，才从一些过去被忽略的细节得到答案。父亲的三页《自传》用毛笔写就，字迹秀劲，颇见临帖功夫，显然自小受到过祖父的严格训练。今存父亲选诗八页，次第为汉乐府《朝出东郭门》、白居易《长恨歌》以及李商隐的三首《无题》。诗抄文字有多处涂改，可见父亲当时手边无书，下笔全凭记忆。在诗句的疑难字词下面，父亲注有汉语拼音，是怕我识字不多，读音错讹。我还从父亲的手迹中看到，在李商隐诗句“昨夜星辰昨夜风”的右下角，写有“东门街 85 号”，这是我家当年的成都住址；在李商隐诗“刘郎已隔蓬山远，更隔蓬山一万重”的下方，更录有他自己的诗作“早晚退休归，预将书报回。相迎不道远，直到北站台”，落款为“于 1972. 5. 24 晚　文龙”。我从父亲的选诗，不仅可以看出他的文学修养，更从其选诗多涉亲人间的相思与伤悼，感受到他在困境中借古人酒杯浇自己胸中块垒的无奈。而他自己作的诗，表达的则是父子共有的思念亲人、渴望自由的感情。由是我确信，正是在父亲的帮助下，我才能免于当时废学风气的影响，养成读书的习惯，学到一些读书的方法。1977 年，我顶替退休的母亲，成为成都水泥厂工人。年底，全国恢复高考，连小学都没有毕业的我考上西南财经学院（今西南财经大学）金融系。可以说，没有父亲在艰难岁月里对我的磨砺，我的人生很可能是另一种景象。

《金刚经》册页与《不如痴斋诗草》稿本的发现，使我又有了进一步了解伯父的兴趣。伯父韩镜清，长我父亲两岁，在北京四中读书时即皈依三宝，潜心佛法。他 20 岁考入北京大学哲学系，师从汤用彤、周叔迦等先生学习藏文、梵文与佛教哲学，毕业后又从汤用彤先生读研究生。伯父一生，先后任职于北京大学、中央民族大学、中国社会科学院世界宗教研究所。他曾于 1950 年、1954 年两次骑马由四川甘孜进入西藏拉萨，进行语言调查，编写藏语讲义。后虽历经坎坷磨难，仍初心不改，以全译唯识论经典为己任。1977 年，他从中央民族大学哲学系主动退休后闭关不出，致力于佛教经典的翻译、研究、出版。他从藏文大藏中翻译有关慈氏及因明等重要典籍达 60 余种，于 1992 年完成约 380 万字的《成唯识论疏翼》，此后又汉译《慈氏五颂》及其重要释论 60 余部计约 260 万字。至今在伯父家中，珍藏有一页扇面，是前中国佛教协会会长赵朴初先生书写的《唐太宗玄奘法师赞》“松风水月，未足比其清华；仙露明珠，安能方其朗润”，落款时间为戊寅五月。戊寅乃 1978 年，恰好是伯父退休后的第一年，由此可见赵朴初先生对伯父发愿译经的鼓励与期待。

伯父曾在回答《世界宗教文化》记者的提问时，谈到因为社会普遍存在的佛教信仰以及祖父向佛的最初影响，所以他在高中时期就比较关注人生宇宙等哲学问题，自学了一些佛学典籍。在访谈中，他还谈到自己在北京大学哲学系就读时如何得到大师们的教诲与指引，以及他自己对佛学的潜心学习与刻苦探索（参见黄夏年、陈科《建立慈氏学的人：访韩镜清教授》，《世界宗教文化》2000 年第 4 期）。就在我写这篇感想的同时，中央民族大学“民大记忆”编委会编辑的《韩镜清北大听课笔记》由学苑出版社出版了。伯父的课堂笔记详细记录顾颉刚、胡适、钱穆、汤用彤、赵万里、张星烺、徐中舒等十七位先生的授课内容多达 30 余万字。从书后影印笔记页面的清爽、笔迹的流畅，可知他的理解能力与笔录能力达到了与先生讲授几乎同步的境界。2019 年 12 月，堂姐遵照伯父遗嘱，代表家人向中央民族大学图书馆捐赠 116 种 4312 册收藏与研究价值极高的图书，其中包括藏文《大藏经》216 函和手抄藏经等珍贵文献（参见高山彬《从韩镜清藏书的捐献谈起》，《上海书评》2022 年 6 月 29 日）。

以《金刚经》册页与《不如痴斋诗草》稿本的发现为起点，追溯祖父、伯父与父亲的人生轨迹，我真切地感受到家庭教育对人一生的定位与成长有何等重要的意义。社会教育固然是民族文化传承的主渠道，而家庭作为社会的基本细胞，在民族文化的传承链条上更有不可忽略的地位与作用。从祖父的佛教信仰与诗歌创作，联想到伯父人生道路的选择以及他所取得的佛学成就；从父亲手书的自传与诗歌，感受到家庭对他显性与隐性的传统文化熏陶。以此而论，《不如痴斋诗草》的整理出版以及进一步结集出版研究论文集等一系列学术活动的相继发生，也就不再是偶然的事情了。

韩　瑾

2022 年 6 月 3 日

图书在版编目（CIP）数据

旷观时局，寓情诗书 ：《不如痴斋诗草》研讨会论文集 / 邓稳主编. —— 成都 ：巴蜀书社，2022. 11

ISBN 978-7-5531-1812-3

Ⅰ. ①旷⋯ Ⅱ. ①邓⋯ Ⅲ. ①诗歌研究—中国—近代 Ⅳ. ①I207. 2

中国版本图书馆 CIP 数据核字（2022）第 191409 号

KUANGGUAN SHIJU YUQING SHISHU BURUCHIZHAI SHICAO YANTAOHUI LUNWENJI

旷观时局，寓情诗书 ：《不如痴斋诗草》研讨会论文集 邓 稳 主编

责任编辑	陈 礼
封面设计	崔建军
出 版	巴蜀书社 成都市锦江区三色路 238 号新华之星 A 座 36 层 邮编：610023 总编室电话：(028)86361843
网 址	www. bsbook. com
发 行	巴蜀书社 发行科电话：(028)86361852
经 销	新华书店
照 排	四川胜翔数码印务设计有限公司
印 刷	成都蜀通印务有限责任公司
版 次	2022 年 11 月第 1 版
印 次	2022 年 11 月第 1 次印刷
成品尺寸	170mm×240mm
印 张	16. 25
字 数	320 千
书 号	ISBN 978-7-5531-1812-3
定 价	60. 00 元